MIRA®

Der Preis dieses Bandes versteht sich einschließlich
der gesetzlichen Mehrwertsteuer.

Umwelthinweis:
Dieses Buch wurde auf chlor- und säurefreiem Papier gedruckt.

In tödlicher Gefahr

Alles läuft bestens in Abbie DiAngelos Leben – ihr Restaurant gehört zu den ersten Adressen New Jerseys, Sohn Ben macht nur Freude –, bis ein Erpresser plötzlich alles zerstören könnte. Ihr krimineller Halbbruder Ian McGregor, soeben aus der Haft entlassen, droht, ihre Mutter ins Gefängnis zu bringen. Angeblich hat er Beweise, dass Irene vor Jahren Abbies Stiefvater ermorden ließ. Abbie erklärt sich bereit zu zahlen – doch bei der Geldübergabe geht etwas schief. Ian wird von einem Drogendealer erstochen, Abbie kann in letzter Sekunde fliehen. Detective John Ryan ermittelt. Er ahnt nicht, dass Abbie, die er verhört und die ihn von der ersten Begegnung an fasziniert, die Zeugin ist, die alles erklären kann ...

Christiane Heggan

In tödlicher Gefahr

Roman

Aus dem Amerikanischen von
Margret Krätzig

MIRA®

MIRA® TASCHENBUCH
Band 25078
1. Auflage: März 2004

MIRA® TASCHENBÜCHER
erscheinen in der Cora Verlag GmbH & Co. KG,
Axel-Springer-Platz 1, 20350 Hamburg
Deutsche Erstveröffentlichung

Titel der nordamerikanischen Originalausgabe:
Deadly Intent

erschienen bei: Mira Books, Toronto
Published by arrangement with
Harlequin Enterprises II B.V., Amsterdam

Konzeption/Reihengestaltung: fredeboldpartner.network, Köln
Umschlaggestaltung: pecher und soiron, Köln
Titelabbildung: by GettyImages, München; Strandperle, Hamburg
Autorenfoto: © by Harlequin Enterprise S.A., Schweiz
Satz: Berger Grafikpartner, Köln
Druck und Bindearbeiten: Ebner und Spiegel, Ulm
Printed in Germany
ISBN 3-89941-101-3

www.mira-taschenbuch.de

Prolog

18. Mai
Allen Correctional Center,
Lima, Ohio

An seinem dreiundvierzigsten Geburtstag, um den sich kein Mensch kümmerte, entschied Ian McGregor, dass er genug hatte vom Gefängnisleben. Zu dieser Erkenntnis gelangte er auf dem Weg mit neun weiteren Insassen vom Zellenblock 11 zum Aufenthaltsraum. Sie schlurften dahin und schubsten sich gegenseitig, nur um die Wachen zu ärgern.

Ian hatte sein halbes Erwachsenendasein immer mal wieder im Gefängnis gesessen. Die meisten Vergehen waren geringfügig gewesen – Trunkenheit und Randaliererei, versuchter Einbruch und Scheckbetrug –, doch die letzte Verurteilung, sechzehn Monate für Einbruchdiebstahl, hatte ihm den Rest gegeben. Gott sei Dank war er in zehn Tagen wieder frei, und diesmal würde er frei bleiben. Keine stinkenden Zellen, keine perversen Mithäftlinge und keine Gefängnisaufstände mehr. Beim letzten hatte er sich vier hässliche Stichwunden eingehandelt, als irgendein Auftragsschläger ihn mit einer Gabel traktiert hatte.

Freiheit war leider auch das Einzige, worauf er sich freuen konnte. Er hatte weder Geld noch Arbeit oder ein Zuhause, es sei denn, seine langjährige Freundin Rose Panini, mit der er immer mal wieder zusammen war, nähme ihn bei sich auf.

Sollte sie sich weigern, konnte er es ihr nicht mal verübeln. Bei seinem Vorstrafenregister der letzten zwanzig Jahre war er alles andere als ein guter Fang. Einfach ausgedrückt: Rose hatte die Nase voll von ihm. Das hatte sie ihm am Morgen seiner letzten Verurteilung deutlich gesagt und geschworen, ihn nie wieder sehen zu wollen. Bisher hatte sie sich daran gehalten. Seine Bitte, ihn zu besuchen, hatte sie ignoriert, und seine Briefe hatte sie ebenfalls nicht beantwortet. Aber Ian war optimistisch. Sobald sie ihn auf ihrer Türschwelle stehen sähe, reumütig und triefend vor Charme, würde sie ihm vergeben. Rose war kein Lottogewinn, aber sie hatte ein großes Herz, ganz zu schweigen von einem festen Job.

Sein zweites Problem war ernsthafterer Natur und hatte einen Namen: Arturo Garcia, einer der gemeinsten Hurensöhne, denen er je das Pech hatte zu begegnen. Vor zehn Jahren hatte er für Garcia gearbeitet und als sein Kurier alle Nachtclubs in der Gegend von Toledo mit Methadon und Kokain beliefert. Der Job war ziemlich einfach gewesen und die Bezahlung gut. Bis die Bullen, die ihn beobachtet hatten, ihn bei einer Lieferung schnappten und ins Gefängnis warfen.

Als er schon glaubte, das nächste Jahrzehnt hinter Gittern verbringen zu müssen, bot ihm der Staatsanwalt einen Deal an, der fast zu gut war, um wahr sein zu können. Seine Freiheit für eine umfangreiche Aussage gegen seinen Boss. Er hatte nicht lange überlegt. Das hätte er aber tun sollen, denn außer dass er über Arturo ausgepackt hatte, war er auch noch mit dreißigtausend Dollar aus dessen Besitz abgehauen, und das machte den Drogenboss erst richtig wütend.

Nachdem Arturo verurteilt worden war – dummerweise hatte Ian an dem Prozess teilgenommen –, wurde er tobend aus dem Saal gezerrt, während er einen Schwall von

Obszönitäten und Drohungen gegen seinen Verräter ausstieß.

„Wir sind noch nicht fertig, du klauender Penner!" schrie Garcia damals. „Ich finde dich, sobald ich draußen bin, und schlitze dich auf wie einen Fisch!"

Als Arturo entlassen wurde, war er selbst jedoch gerade wegen Einbruchdiebstahl in den Bau gewandert. Eine glückliche Fügung, die ihn vorläufig vor einem sicheren und schmerzhaften Tod bewahrt hatte. Angeblich war Arturo in seine Heimatstadt El Paso zurückgekehrt, wo er mit seinem jüngeren Bruder Tony ihrer verwitweten Mutter im familieneigenen Lebensmittelgeschäft half. Aber wer konnte wissen, ob das stimmte? Genauso gut konnte Arturo sich gerade jetzt vor den Gefängnistoren die Beine in den Bauch stehen und auf seine Chance warten, ihn umzubringen.

Ian wurde in seinen Überlegungen durch einen heftigen Schlag in die Kniekehlen gestört. „Beweg dich, McGregor! Was glaubst du, was das hier ist? Eine Beerdigungsprozession?"

Ian war versucht, dem Wachmann den Knüppel zu entreißen und in den Hintern zu schieben. Doch er ließ es bleiben, so befriedigend der Gedanke auch sein mochte. Gegenwehr würde ihm nur eine Woche Einzelhaft und den Entzug seiner Fernsehprivilegien einbringen. Die Einzelzelle machte ihm nichts, aber er wollte nicht auf seine abendliche Fernsehstunde verzichten, besonders jetzt, da *Baywatch* in den Privaten gezeigt wurde und täglich lief. Es ging doch nichts über einen Haufen gut gebauter Bräute in engen Badeanzügen, um das Blut eines Mannes in Wallung zu bringen.

Wie immer war die Truppe, die sich hier zur Entspannungsstunde einfand, in zwei Lager gespalten. Die hartgesottenen Pokerspieler, die nicht von den Karten lassen konnten, auch wenn sie nur Spielgeld setzten – und eine Hand voll Fernsehsüchtiger. Heute gab es für Ian und seine fernsehbegeisterten Freunde etwas Besonderes. Statt einer ganzen Stunde ihres Lieblingsprogramms hatten sie sich für eine halbe Stunde eines örtlichen Schönheitswettbewerbs und die letzten dreißig Minuten von *Baywatch* entschieden.

Ian nahm einen Platz in der ersten Reihe ein, die Augen starr auf den Bildschirm gerichtet, wo sechs wohlgeformte Mädchen, Finalistinnen des Miss Columbus Schönheitswettbewerbs, in knappen Bikinis beschwingt über den Laufsteg staksten, so dass die wippenden Brüste aus den Bikinitops zu fallen drohten. Ian und seine Kumpels klatschten und johlten, sobald eine Bewerberin nah an der Kamera war und ihnen einen appetitanregenden Blick auf ihren festen Hintern bot. Sogar die Wachen stimmten ein, pfiffen und stierten die Mädchen an, als hätten sie noch nie nackte Haut gesehen.

„He", sagte Larry Warmath, der Häftling neben Ian, als der Wettbewerb zu Ende war, „hat das einer aufgenommen?" Blöd grinsend rutschte er wie ein Idiot auf seinem Stuhl herum. „Das möchte ich mir bei meinem nächsten Privatvergnügen noch mal ansehen."

Alle lachten, doch Ian achtete nicht mehr auf die anderen. Die Fernbedienung in der Hand, schaltete er auf der Suche nach *Baywatch* die Kanäle durch, bis zwei Frauen auf dem Bildschirm – eine dünne Blondine mit zu viel Make-up und eine Brünette mit weißer Schürze – seine Aufmerksamkeit erregten. Die schlanke, zarte Brünette war nicht gerade sein Typ, aber er musste zugeben, dass sie ein Blickfang war. Sie schien Mitte dreißig zu sein, wirkte jedoch viel jünger, wenn sie lächelte. Das dunkelbraune Haar war zurückgenommen und im Nacken mit einem weißen Band zusammengebunden. Ihre schönen, großen grauen Augen blickten offen, doch vor allem ihr Mund fiel ihm auf. Volle Lippen, an den Mundwinkeln leicht nach oben gezogen, weckten alle möglichen Fantasien.

Die beiden Frauen schienen in einem Restaurant zu stehen, das im Moment anscheinend noch nicht geöffnet hatte. Den Blick auf die Brünette gerichtet, hörte Ian zu.

„Heute“, begann die Blondine, „reden wir mit Abbie DiAngelo. Miss DiAngelo ist Besitzerin und Chefköchin des französischen Landrestaurants Campagne hier bei uns in Princeton.“

Ian richtete sich auf. Abbie DiAngelo? Er hatte mal eine Abbie DiAngelo gekannt. Seine Stiefschwester. Als er sie das letzte Mal gesehen hatte, war sie etwa acht gewesen. Deshalb war er nicht sicher, ob sie es war. Aber wie viele Abbie DiAngelos konnte es wohl geben?

„Her mit dem Ding!“ Warmath versuchte, Ian die Fernbedienung abzunehmen, doch der hielt sie außerhalb seiner Reichweite. „Wir interessieren uns nicht für Nachrichten, Mann. Wir wollen *Baywatch*.“

„Das sind nicht die Nachrichten, also beruhige dich, Larry, okay?“

„Was für ‘n Scheiß is’ denn das?“

„Zwei gut aussehende Tussis. Das bringt dich doch nicht in Schwierigkeiten, Casanova, oder?“ Er zwinkerte den anderen zu, die bereits kicherten.

„Teufel, nein.“ Warmath, der nicht allzu helle war, leckte sich die Lippen und lehnte sich auf seinem Stuhl zurück.

Ihm blieb ohnehin keine Wahl. Ian hatte die Fernbedienung und würde sie nicht hergeben. Und die übrigen drei Männer schienen nichts dagegen zu haben, sich die Frauen anzusehen.

„Miss DiAngelo“, fuhr die Reporterin fort, „ist eine Absolventin des ‚New York Culinary Institute‘ und den Bürgern aus der Gegend von Princeton wohlbekannt. Ehe sie ihr Restaurant eröffnete, führte sie den populären Partyservice DiAngelo Catering.“ Sie wandte sich der jungen Frau zu. „Und nun sind Sie soeben aus Lyon in Frankreich zurückgekehrt, wo man Sie mit einer der höchsten kulinarischen Auszeichnungen geehrt hat, dem Bocuse d'Or. Das ist eine unglaubliche Ehre für eine amerikanische Köchin, nicht wahr? Bisher hat niemand aus unserem Land eine solche Auszeichnung erhalten.“

Abbie DiAngelo lehnte an einem Tisch und konzentrierte sich auf die Reporterin, ohne auf die Kamera zu achten. „Ja, das stimmt. Offen gesagt habe ich nicht erwartet, als Gewinnerin heimzukehren. Ich wäre schon glücklich gewesen, unter die ersten zehn zu kommen. Schließlich habe ich zum ersten Mal an einem Wettbewerb teilgenommen.“

„Wie haben die Franzosen auf Ihren Sieg reagiert?“

Abbie DiAngelo lachte, und Ian glaubte, ein Grübchen in der linken Wange zu erkennen. „So wie sie auf Lance Armstrong reagiert haben, als er die erste Tour de France gewann.“ Mit gespieltem Entsetzen legte sie beide Hände an die Wangen. „‚*Une Arméricaine? Mon Dieu. C'est pas possible.*‘“

Die Reporterin lachte, doch Abbie wurde gleich wieder ernst. „Tatsächlich hätten sie vor, während und nach dem

Wettkampf kaum netter sein können. Ein Lokalreporter nannte mich *La Petite Américaine* – die kleine Amerikanerin. Der Name blieb an mir haften, und als der Wettkampf vorüber war, freuten sich alle Mitbewerber mit mir."

„Was bedeutet Ihnen dieser Preis, Abbie?"

Ihre Augen begannen zu strahlen. „Nun, zum einen tut er meinem Stolz sehr gut."

„Wie man mir sagte, haben Sie keinen."

Sie lachte wieder. „Da seien Sie mal nicht so sicher. Ein Küchenchef ohne Stolz ist wie ein Soufflee ohne Luft. Er wird den Anforderungen nicht gerecht. Nein, ernsthaft", fuhr sie fort, „die wahre Belohnung war für mich, eine Woche lang Mitglied einer so elitären Gruppe zu sein und mit weltbekannten Küchenchefs zu arbeiten, Tipps mit ihnen auszutauschen und Techniken zu vergleichen. Unter so starkem Druck drei Tage lang zu kochen hat mich überzeugt, jeder Herausforderung gewachsen zu sein. Ich bin bereit."

„Das Menü, das Sie für die Richter gekocht haben, war beeindruckend. Werden Sie einige dieser Gerichte Ihrer gegenwärtigen Speisekarte hinzufügen?"

„Das habe ich bereits. Und alle waren ein großer Erfolg."

Die Reporterin beugte sich zu Abbie vor und blinzelte dabei in die Kamera. „Bekommt man deshalb so schwer eine Tischreservierung bei Ihnen?"

„Ich weiß nicht, mag sein", erwiderte Abbie lächelnd. „Vielleicht versuchen Sie es mal über Ihre Beziehungen."

Warmath stieß Ian in die Rippen. „He, was ist das mit dir und dieser Tusse, Mann?" Er wand sich wieder und fragte im Singsang: „Biste verliebt, McGregor?"

Ian starrte weiter auf den Bildschirm. „Nein, aber ich glaube, ich kenne die."

„Ach was." Der Mitgefangene lachte schallend. „Also, warum stellst du sie uns nicht vor? Wir möchten sie auch kennen lernen." Und an die anderen gewandt: „Stimmt's nich', Kumpels?"

„Halt die Klappe, ja?" Ian blendete, konzentriert auf das Interview, die Stimmen der anderen aus. Er war sich fast sicher, dass die Frau auf dem Bildschirm seine Stiefschwester war.

„Wollten Sie immer schon Chefköchin werden?" fragte die Reporterin.

Hinter ihr ging ein Kellner in schwarzer Hose mit weißem kurzärmeligem Hemd von Tisch zu Tisch und legte Silberbesteck neben die Teller. „Eigentlich wollte ich Ballerina werden."

Sie ist es, dachte Ian und erinnerte sich an die Ballettposter in Abbies Zimmer, an die Tanzstunden, die sie zweimal wöchentlich bekam, und an die Aufführungen, zu der er mit seiner Schwester Liz hatte gehen müssen. Sie ist es wirklich. Heiliger Strohsack!

Die Blondine blickte dem Kellner einen Moment nach, ehe sie sich wieder Abbie zuwandte. „Wann kam der Sinneswandel?"

„Das weiß ich nicht genau. Meine Mutter war und ist immer noch eine wunderbare Köchin. Das hat wohl für mich letztlich den Ausschlag gegeben, in die Gastronomie zu gehen."

Irene lebte also noch. Das war nicht überraschend. Sie war erst Mitte dreißig gewesen, als sie seinen Vater geheiratet hatte.

„Ich danke Ihnen, Abbie, dass Sie sich bei Ihrem hektischen Terminplan die Zeit genommen haben, mit uns zu reden. Und noch einmal Glückwunsch zu Ihrem Preis.“ Die Reporterin wandte sich der Kamera zu und zeigte ihre strahlend weißen Zähne. „Wir sprachen mit Abbie DiAngelo, der Gewinnerin des prestigeträchtigen Bocuse d'Or. Loraine Grant für CBS.“

Warmath stieß Ian wieder an. „Vielleicht sollten wir die Braut hierher einladen, damit sie für uns kocht. Der Gefängnisfraß, den wir kriegen, frisst mir 'n Loch in den Magen so groß wie der Grand Canyon.“

Doch Ian hörte nicht zu, sondern dachte nach. Obwohl er nicht gerade religiös war, konnte er es nicht für einen Zufall halten, dass er Abbie nach achtundzwanzig Jahren wieder gefunden hatte. Es war ein Zeichen von oben, das er nicht ignorieren durfte. Eben noch hatte er sich gefragt, woher sein nächstes Geld kommen sollte, und plötzlich war alles klar. Jawoll, endlich lächelten die Götter auf Ian McGregor herab. Und all das verdankte er einer Laune des Schicksals – oder in diesem Fall einem Druck auf die Fernbedienung.

Wer behauptete, dass Wunder nur für die Gläubigen bestimmt waren?

28. Mai,
Stateville Gefängnis,
Akron, Ohio

Ians erster Besuch, nachdem er zehn Tage später das Allen Correctional Center verlassen hatte, galt nicht Rose, sondern einem alten Kumpel, der seit sechs Jahren in Stateville in der Todeszelle saß.

Ian hatte Earl Kramer vor über zehn Jahren in San Francisco kennen gelernt. Sie waren Partner beim Einschleusen illegaler Einwanderer aus China gewesen – Männer und Frauen, die so verzweifelt ein besseres Leben suchten, dass sie pro Person zehntausend Dollar für eine sichere Passage in die Vereinigten Staaten zahlten. Ehe Ian und Earl aber auch nur einen Penny daran verdienten, war der Dritte im Bunde mit der Kasse getürmt.

Pleite und verbittert hatten Ian und Earl sich getrennt, jeder auf der Suche nach dem nächsten Coup für den schnellen Dollar. Ein paar Jahre später hörte Ian, dass Earl wieder im Gefängnis saß, diesmal wegen Polizistenmordes. Dafür wurde er zum Tode verurteilt.

Ian hätte keinen weiteren Gedanken an Earl verschwendet, doch seinen cleveren kleinen Plan, Abbie auszunehmen, konnte er ohne seinen alten Kumpel nicht umsetzen. Eine Besuchserlaubnis zu bekommen war jedoch kein leichtes Unterfangen gewesen. Obwohl Stateville kein Hochsicherheitsgefängnis war, galt das Besuchsrecht bei Todeskandidaten nur für engste Familienangehörige. Erst als Earls Frau Anna bei den Gefängnisoffiziellen intervenierte, Ian sei ein alter Freund und gehöre praktisch zur Familie, hatte man ihm den Besuch gestattet.

Nachdem er gründlich durchsucht worden war, wurde er mehrere schmale Korridore entlanggeleitet und in einen Raum mit zwei Kabinen geführt, die durch eine dicke Glasscheibe getrennt waren.

Ian wählte die hintere Kabine, setzte sich und blickte sich nervös um. Die Atmosphäre in diesem Flügel war anders, ruhiger und bedrückender. Man konnte förmlich eine Uhr ticken hören, obwohl er nirgends eine sah. Vielleicht rührte das unheimliche Gefühl von dem Wissen, dass sich irgendwo an diesem Flur die Hinrichtungskammer befand und auf den nächsten Insassen wartete. Ian fröstelte.

Als er das sich nähernde Rasseln von Ketten hörte, begann er heftig zu schwitzen. Einen Augenblick später kam Earl herein, begleitet von zwei Wachen. Trotz der sechs langen Jahre im Todestrakt hatte er sich erstaunlich gut gehalten. Sein Haar war jetzt von einem schmutzigen Grau und stand ihm in stacheligen Büscheln vom Kopf ab. Außerdem war er schwerer, als Ian ihn in Erinnerung hatte, und wirkte massiger unter dem verblichenen blauen Gefängnisanzug.

An Händen und Füßen gefesselt, schlurfte er zur Kabine und setzte sich. Da bemerkte Ian das kleine schwarze Buch, das Earl mitgebracht hatte und auf den Tisch legte. Er hatte gehört, dass einige Insassen im Todestrakt zu Gott fanden, wenn nichts anderes mehr half, aber er hätte sich nie träumen lassen, dass der bösartige, Zoten reißende Earl gläubig wurde. Besorgt, seine Hoffnung auf rasches Geld begraben zu müssen, blickte er seinem Gegenüber eine Weile forschend ins Gesicht und hoffte, das erlösende Wort „angeschmiert“ aus seinem Mund zu hören. Falls Kramer die Besorgnis seines alten Partners spürte, so zeigte er es jedoch nicht.

Ian wartete, bis Earl mit beiden Händen den Hörer genommen hatte, ehe er in seinen sprach. „Wie geht’s dir, Kumpel?“

Earl sah ihn finster an. „Ich bin hier im gottverdammten Todestrakt. Was glaubst du wohl, wie’s mir geht?“

Ian entspannte sich. Das war genau der Earl, den er kannte. „War wohl 'ne dumme Frage."

Die halbherzige Entschuldigung schien seinen früheren Partner nicht zu interessieren. „Was zum Geier suchst du hier? Ich dachte, nach Garcias Drohungen wärst du längst über alle Berge."

„Bin ich auch bald." Ian warf den beiden Wachen an der Tür einen flüchtigen Blick zu. Sie beobachteten ihn, wirkten jedoch eher gelangweilt als argwöhnisch. Er senkte die Stimme. „Ich habe einen Vorschlag für dich."

„Du willst mich rausholen?"

Ian lachte. „Ich dachte, ein Mann mit deinen Verbindungen hätte inzwischen einen Weg gefunden, hier rauszukommen."

„Verbindungen sind nicht billig."

Ian grinste. „Wenn das so ist, wird dir mein Vorschlag sicher gefallen."

Während sie vorgaben, eine normale Unterhaltung zu führen, senkte Ian die Stimme noch ein wenig und erläuterte Earl seinen Plan.

1. KAPITEL

3. Juni
Princeton, New Jersey

„Ja, Ben, fabelhaft!“

Abbie DiAngelo sprang heftig klatschend auf, als der Ball, den ihr neunjähriger Sohn geschlagen hatte, über das Innen- und Außenfeld flog und kurz vor dem Homerun aufschlug.

„Lauf, lauf, lauf!“ Die Menge jubelte und johlte, als zwei Läufer ins Ziel kamen und Ben mit einem spektakulären Rutscher das dritte Mal erreichte.

Der Schiedsrichter zeigte mit ausgestrecktem Arm an, dass Ben in Sicherheit war. Grinsend stand der Junge auf und nahm die Gratulation seines Trainers entgegen, der ihm einen Klaps mit der Hand versetzte, und blickte zu den Tribünen hinüber. Abbie machte das Siegeszeichen mit dem Daumen nach oben. Als Dank zog er an seinem Helm. Sie wusste, dass er trotz seiner lässigen Haltung vor allem erleichtert war. Seine Schläge waren nicht berühmt gewesen. Dank des Trainings mit Brady Hill, ihrem jungen Souschef im Campagne, der einmal davon geträumt hatte, für die Yankees zu spielen, hatte sich Bens Technik in den letzten beiden Wochen gewaltig verbessert und damit die Zahl seiner gelungenen Schläge.

Fünfzehn Minuten später begaben sich die ungeschlagenen Princeton Falcons auf die Ränge zu ihren stolzen Eltern. Als Ben stehen blieb und einige Worte mit einem seiner Mannschaftskameraden wechselte, beobachtete Abbie ihn mit der vertrauten Wehmut im Herzen. Sie war stolz auf ihn. Er hatte sich zu einem warmherzigen, offenen und guten Jungen entwickelt. Eine Zeit lang hatte es sie so geängstigt, ihn allein zu erziehen, dass sie sogar die notwendige Scheidung von Jack infrage gestellt hatte. Doch wie ihre Mutter Irene stets betont hatte, war eine Trennung der Eltern oft weniger schädlich für ein Kind, als in einer schlechten Ehe aufzuwachsen. Und wenn irgendjemand wusste, wie zerstörerisch eine schlechte Ehe sein konnte, dann Irene.

Eigenartig, wie ihr Leben in mancher Hinsicht dem ihrer Mutter glich. Sie hatten beide mit ihren Partnern die falsche Wahl getroffen und es überstanden, indem sie sich auf ihr Kind konzentrierten. Letztlich waren sie gestärkt aus ihren Fehlern hervorgegangen.

Den Beutel mit dem Schläger über eine Schulter geschlungen, kam Ben auf sie zugelaufen. Abgesehen von dem sonnigen Gemüt, das er von ihr geerbt hatte, war der Neunjährige das genaue Ebenbild seines Vaters. Er hatte Jacks flammend rote Haare, die großen blauen Augen und genau wie er Sommersprossen auf der Nase.

„Hast du den ‚Triple' gesehen, Mom?" Die Augen strahlten vor kindlicher Begeisterung. „Und den ‚Double' davor?"

Ihr erster Impuls war, ihn heftig zu umarmen. Doch gerade rechtzeitig erinnerte sie sich, dass er mit seinen neun Jahren Umarmungen und Küsse in der Öffentlichkeit peinlich fand. Also begnügte sie sich damit, ihm das Haar zu zerzausen. „Aber sicher habe ich das gesehen. Ich bin stolz auf dich, Sportsfreund."

„Jimmy sagte, meine drei ‚RBIs' haben das Spiel entschieden."

Sie wollte seine Begeisterung nicht dämpfen, deshalb wählte sie ihre Worte mit Bedacht. „Du warst beeindruckend auf dem Spielfeld. Aber weißt du noch, worüber wir neulich gesprochen haben? Baseball ist ein Mannschaftsspiel. Alle Spieler haben zu dem Sieg heute Abend beigetragen."

Ben nickte zögerlich. „Das hat der Trainer auch gesagt."

Lächelnd genoss Abbie diesen Moment mit ihrem Sohn. Obwohl die Dinnerzeit im Campagne auf vollen Touren lief und sie zurückkehren müsste, drängte sie Ben nicht zur Eile. Brady würde für sie einspringen. „Ich denke, dieser ‚Triple' verdient eine Belohnung. Was hältst du davon, wenn ich bei Flo für eine Eistüte anhalte, ehe ich dich zu Hause absetze?"

„Vor dem Dinner?"

„Was wäre das Leben ohne Risiko?"

Ben belohnte sie mit einem glücklichen Lächeln. „Cool."

Abbie vergaß die Regel, ihn nicht vor seinen Freunden zu berühren, schlang einen Arm um die schmalen Schultern, und sie gingen gemeinsam auf ihren roten Acura Geländewagen zu. Ein plötzliches Unbehagen, wie sie es seit der Drohung ihres Exmannes, ihr Ben wegzunehmen, nicht mehr erlebt hatte, erfasste sie. Alarmiert schaute sie sich um. Einige Schritte entfernt lehnte ein Mann mit der Schulter an dem Zaun, der das Spielfeld teilweise eingrenzte. Obwohl in Jeans, Polohemd und Turnschuhen – die Standardbekleidung für die Väter der Kinderliga –, passte er irgendwie nicht hierher. Vielleicht, weil er allein war. Oder weil er sie beunruhigend musterte. Der Verstand sagte ihr, dass er vollkommen harmlos sein konnte, ein Fan von Kinder-

Baseball. Aber heutzutage, da so viele menschliche Raubtiere durch die Straßen schlichen, konnte man nicht vorsichtig genug sein. Falls sie ihn beim nächsten Spiel wieder sähe, würde sie Bens Trainer auf ihn aufmerksam machen.

Abbie versuchte, ihre Verunsicherung abzuschütteln, hielt Ben umso fester und ließ ihn erst am Geländewagen los.

Ian sah zu, wie Abbie in ihr Auto stieg, einen knallroten Geländewagen, und bemerkte erfreut, dass er sie nervös gemacht hatte. Menschen zu verunsichern bereitete ihm Vergnügen und wertete die kleine Überraschung, die er für sie in petto hatte, noch mehr auf.

Er war seiner Stiefschwester vom Restaurant zum Spielfeld gefolgt und erfuhr auf diese Weise, dass sie einen Sohn hatte, der bei den Falcons spielte, dem gegenwärtigen Spitzenreiter der Liga. Den Jungen unter den anderen herauszufinden war jedoch nicht einfach gewesen, da kein Spieler den Namen DiAngelo auf dem Hemd trug. Erst durch Abbies Jubelrufe hatte er mitbekommen, dass der sommersprossige, rothaarige Junge mit dem breiten, strahlenden Lächeln ihr Sohn war und Ben hieß. Auf seinem Hemd stand in großen schwarzen Buchstaben der Name Wharton.

Dass Abbie einen Sohn hatte, war eine Überraschung gewesen. Sie hatte ihn in dem Interview nicht erwähnt, und auf der Webseite des Restaurants, die er vor der Abreise aus Ohio gelesen hatte, war auch keine Rede von einem Ehemann gewesen. Ein Mann komplizierte die Sache möglicherweise. Da er jedoch keinen Ehering an ihrer Hand entdeckt hatte, könnte sie möglicherweise geschieden sein.

Oder verwitwet. Vielleicht gehörte sie auch zu diesen glühenden Feministinnen, die sich künstlich befruchten ließen, um zu zeigen, dass sie keinen Mann brauchten, um ein Kind aufzuziehen.

Wie auch immer, er beklagte sich nicht. Bis jetzt war alles ziemlich nach Plan gelaufen. Sogar Rose, die gute verlässliche Rose, hatte ihn wieder aufgenommen, wenn auch nicht gerade mit offenen Armen. Er hatte sich schon sehr abmühen müssen, damit sie ihm nicht die Tür vor der Nase zuknallte, aber schließlich hatte sie ihn hereingelassen.

„Ich verändere mein Leben radikal“, hatte er ihr mit aller gebotenen Eindringlichkeit versprochen. „Ich verlasse diese miese Stadt und fange neu an.“ Dann hatte er sie lange ernsthaft angesehen. „Und ich möchte, dass du mit mir kommst, Rose.“

Anschließend erklärte er ihr, dass er seine Stiefschwester aufgetrieben habe und hoffe, ein Darlehen von ihr zu erhalten, um eine kleine Wohnung zu mieten und sich neu einzukleiden, damit er sich nach einem anständigen Job umsehen könne. Mehr hatte er ihr nicht erzählt. Rose war ein wenig eigen und sehr geradlinig. Je weniger sie von seinem Plan wusste, desto besser.

Die geplante Jobsuche hatte Rose mit Skepsis quittiert, und das aus gutem Grund. Früher war seine Unfähigkeit, einen Job zu finden – oder, wie sie es ausdrückte, seine Arbeitsscheu –, der Anlass zu endlosen Streitereien gewesen.

Obwohl er seinen Auftritt so überzeugend fand, dass er geradezu einen Oscar dafür verdient hätte, dauerte es eine Weile, bis Rose sich für die Idee erwärmte, ihre Heimatstadt Toledo zu verlassen. Noch schwerer war es gewesen, sie dazu zu bringen, die gemeinsame Reise nach Princeton, New Jersey, zu finanzieren.

„Betrachte es als Investition“, hatte er gesagt und dabei langsam und aufreizend ihr Bein gestreichelt, so wie sie es mochte. „Eine Investition in uns.“

Das wirkte Wunder. Rose hatte sich in seine Arme geschmiegt und zwei Tage später bei ihrem Vermieter und ihrem Boss im Schönheitssalon, wo sie als Maniküre arbeitete, gekündigt.

Leider hatte Rose nicht so viel auf der hohen Kante gehabt wie gehofft. Und da er nicht einschätzen konnte, wie lange es dauern würde, bis Abbie mit Geld herüberkam, mussten sie ihre Pennys zusammenhalten. Sogar das bescheidene Motel an der Route 27 riss ein Loch in ihren Geldbeutel.

Gleich nach dem Einzug vor wenigen Stunden hatte er sich Rose' Oldsmobile geborgt und war zum Palmer Square gefahren, um sich Abbies Restaurant anzusehen. Er war beeindruckt gewesen. Das Viertel war eines dieser Schickimicki-Einkaufszentren, das um einen kleinen Park herum errichtet worden war, den die Einheimischen ‚Das Grün‘ nannten. Ringsum lagen schicke Boutiquen und teure Feinschmeckerlokale.

Vom Restaurant war er zur Steuerbehörde gefahren, um die Adressen seiner Stiefschwester und ihrer Mutter Irene zu erfahren. Sobald der Angestellte merkte, dass er es mit einem Auswärtigen zu tun hatte, holte er hilfreich eine Karte heraus und zeigte ihm die Lage beider Straßen.

Falls Erfolg an der Größe eines Hauses festgemacht werden konnte, hatte Abbie es wahrhaftig geschafft. Ihr Haus war doppelt so groß wie das der McGregors in Palo

Alto seinerzeit und umgeben von etlichen Acres meist bewaldeten Landes. Irene hingegen lebte in einem gut erhaltenen zweistöckigen Gebäude in einem Arbeiterviertel.

Ian zog sich endlich vom Zaun am Spielfeldrand zurück und ging zu seinem Oldsmobile. Er hatte genug aus Abbies Unterhaltung mit ihrem Sohn erfahren. Sie würden jetzt ein Eis essen, und dann wollte sie Ben heimfahren. Was sie danach tun würde, hatte sie zwar nicht erwähnt, doch er war sicher, dass sie die Dinnerzeit im Restaurant verbringen würde.

Da er nichts weiter vorhatte, fuhr er zurück zum Palmer Square, fand hinter dem Restaurant einen kleinen Parkplatz und wartete. Wie erhofft, tauchte nach einer halben Stunde der rote Geländewagen auf.

Das Gesicht hinter einer Straßenkarte verborgen, beobachtete er, wie seine Stiefschwester ins Restaurant eilte. Die Wartezeit würde lang werden, bis sie ihr Lokal schloss, aber das machte nichts. Er konnte durchaus geduldig sein – vorausgesetzt, der Einsatz lohnte sich.

2. KAPITEL

3. Juni,
El Paso, Texas

„Nein, Arturo." Tony Garcia stellte sich zwischen seinen älteren Bruder und die Reisetasche auf dem Bett. „Du wirst diesen McGregor nicht jagen."

Arturo, einen Kopf größer als sein Bruder und hundert Pfund schwerer, schob ihn beiseite. „Und wer will mich aufhalten?"

„Ich."

„Bleib mir vom Leib, Tony, okay?" Arturo warf ein paar Kleidungsstücke in die Tasche. „Ich habe drei lange Jahre gewartet, um diesem Hurensohn die Quittung dafür zu präsentieren, dass er mich verpfiffen hat. Jetzt wird er zahlen."

„Er ist es nicht wert, dass du wieder ins Gefängnis gehst!"

„Ich gehe nicht ins Gefängnis."

„Und ob, wenn du ihn umbringst."

Arturo baute sich vor Tony auf. Er war ein bulliger Mann mit der Kraft eines Stieres und einem entsprechenden Temperament. Mit dem kahl rasierten Schädel und dem Ziegenbart, den er sich hatte wachsen lassen, sah er noch bedrohlicher aus. „Was ich mit McGregor mache, ist meine Sache."

Leider nicht, dachte Tony seufzend. Es machte ihm zwar keinen Spaß, der Aufpasser seines Bruders zu sein, doch ihm blieb keine Wahl. Vor sechs Monaten hatte er seinem Vater, der auf dem Sterbebett lag, versprochen, dafür zu sorgen, dass Arturo nicht wieder in Schwierigkeiten geriet, und er hielt sein Versprechen.

„Arturo, sei vernünftig!“ bat er, obwohl sein Bruder noch nie über Vernunft verfügt hatte. „Die Sache ist zehn Jahre her. Zeit zu vergeben und zu vergessen.“

Wütend sah Arturo ihn an. „Wenn ich das täte, würde das ganze *barrio* über mich lachen. Ich würde meinen Ruf verlieren.“

„Es geht also nur darum, dein Gesicht zu wahren?“

„Es geht darum, mein Geld zu kriegen!“ Arturo trat noch näher zu Tony. „Dreißigtausend hat mir dieser Arsch geklaut, die will ich zurück, Mann!“

„Willst du mir etwa weismachen, dass du nur deine dreißigtausend haben willst?“

Arturo warf ein Paar abgetragene Stiefel in die Tasche. „Für den Anfang.“

„Dann gib mir dein Wort, dass du ihn nicht umbringst.“

„Das hängt von McGregor ab. Wenn er keinen Mist baut, lasse ich ihn vielleicht leben. Wenn doch ...“ Er zuckte die Achseln.

„Was dann? Dann wirst du geschnappt und gehst wieder in den Kahn. Was wird aus Ma, wenn du wieder im Knast bist? Das letzte Mal hat sie schon fast umgebracht.“

„Sie kommt schon klar. Sie hat ja dich.“

„Nein, hat sie nicht.“

Arturo, der gerade ein T-Shirt in die Tasche werfen wollte, hielt inne. „Was zum Henker soll das heißen?“

„Das heißt, dass ich nicht hier sein werde. Wenn du darauf bestehst, McGregor zu jagen, komme ich mit.“

„Verflucht, ich brauche keinen Babysitter!“ brüllte Arturo.

„Gewöhn dich dran. Ich werde immer da sein." Er stieß ein paar Mal mit dem Zeigefinger in die Luft und berührte fast die Nase seines Bruders. „Direkt vor dir werde ich stehen und dafür sorgen, dass du auf dem rechten Pfad bleibst. Hast du das kapiert?"

Ehe Arturo den Mund schließen konnte, stürmte Tony hinaus und wünschte sich, davonlaufen und den Bruder seinem Schicksal überlassen zu können. Doch Tony liebte den großen Halunken und schuldete ihm Dank, weil der ihn als Kind immer beschützt hatte.

Im *barrio* aufgewachsen, waren beide frühzeitig einer Straßengang beigetreten. Tony war vierzehn gewesen und Arturo neunzehn. Angewidert von der Gewalt hatte Tony vier Jahre später die Blades verlassen und im Lebensmittelgeschäft der Eltern angefangen. Er hatte sogar ein paar Kurse am örtlichen College belegt. Arturo hingegen spekulierte bereits darauf, der nächste Anführer der Bande zu werden. Kurz nach seiner Einsetzung als neuer *jefe* der Blades war Arturo von einem Mann angesprochen worden, der sich als mächtiger Drogenboss zu erkennen gab und jemanden mit Mut suchte, der sein Verteilungszentrum in Toledo, Ohio, führte.

Tony war besorgt gewesen, sein Bruder könnte eine kriminelle Laufbahn einschlagen, und hatte ihn zu überreden versucht, das Angebot abzulehnen. Arturo hatte ihn nur ausgelacht.

„Bist du verrückt, Tone? Sieh mich doch an." Auffordernd hatte er die Arme ausgebreitet, um sein Argument zu untermauern. „Ich bin nur ein lumpiger Bandenführer, ein hässlicher, gemeiner Mexikaner ohne Geld und Zukunft. Dass ich hässlich bin, kann ich nicht ändern, aber arm muss ich bestimmt nicht bleiben."

In puncto Geld behielt er Recht. Innerhalb eines Monats verdiente Arturo tausend Dollar die Woche, steuerfrei, und lebte auf großem Fuß. Das Geschäft lief so gut in Toledo, dass er einen Partner hereinnahm, Ian McGregor.

Zwei Jahre später ging McGregor der Polizei ins Netz und wurde freigelassen, nachdem er dem Staatsanwalt Arturo auf einem Silbertablett geliefert hatte.

Obwohl Arturo geschworen hatte, sich an seinem früheren Partner zu rächen, hatte Tony immer gehofft, er würde den Verrat irgendwann vergessen und einfach sein Leben weiterführen. Pech gehabt. Nachdem Arturo durch die Buschtrommeln im Gefängnis gehört hatte, dass McGregor draußen war, begann er zu packen.

Leise fluchend ging Tony in sein Zimmer, holte seine Reisetasche aus dem Schrank und warf sie aufs Bett. Arturo davon abzuhalten, McGregor umzubringen, war keine Aufgabe, die ihn freute, doch wer sollte es sonst tun?

Abbie nannte die Küche des Campagne das Nervenzentrum, und jeder, der einmal dort gewesen war, würde ihr zustimmen. Es war ein emsiger, lauter, hektischer Ort, und die meisten Besucher dankten ihrem Schöpfer, dass sie hier nicht arbeiten mussten.

Abbie empfand es genau umgekehrt. Gleichgültig, wie viele Stunden sie in der Küche verbrachte und wie erledigt sie am Ende eines Tages war, die Hektik und die zu bewältigenden Herausforderungen wurden ihr nie zu viel.

Froh, dass die Küche mit der Effizienz und Präzision einer gut geölten Maschine lief, nahm Abbie ihre Schürze vom Haken und lächelte Brady an, der auf sie zukam.

„Wie ist es gelaufen?“ fragte er eifrig.

Ihr Souschef war ein ansehnlicher junger Mann mit dem Aussehen eines Filmstars: kurze, stachelige blonde Haare à la Brad Pitt und ein einnehmendes Lächeln. Ein gebrochener Ellbogen hatte seine viel versprechende Baseballkarriere beendet und ihn gezwungen, sich nach neuen Möglichkeiten für seinen Lebensunterhalt umzuschauen. Auf Anraten seiner Freunde, die seine Kochkünste liebten, hatte er sich in einer örtlichen Kochschule eingeschrieben und nach der Ausbildung einen Job als zweiter Assistent des Küchenchefs in einem Restaurant in Philadelphia bekommen. Als Abbie vor drei Jahren das Campagne eröffnete und einen Souschef suchte, hatte sie seine Bewerbung gelesen und sofort ein Vorstellungsgespräch vereinbart. Nach zehn Minuten war ihr klar gewesen, dass sie den Richtigen hatte. Sie verstanden sich so ausgezeichnet, dass sie dem Arbeitgeber-Arbeitnehmer-Verhältnis rasch entwuchsen und Freunde wurden.

Da Brady Ben stundenlang beigebracht hatte, seine Schlagtechnik zu verbessern, gab Abbie ihm einen ausführlichen Spielbericht, weil er das erwartete. Als sie von Bens spektakulärem ‚Triple' im letzten Inning erzählte und den drei ‚RBIs', strahlte Brady.

„Er ist ein Anwärter für das Allstar Team", urteilte er mit überzeugtem Kopfnicken.

Abbie band sich die Schürze um die Taille. „Sag ihm das nicht, okay? Ich möchte ihm eine Enttäuschung ersparen, falls er nicht ausgewählt wird."

„Falls er nicht ausgewählt wird, nehme ich mir seinen Trainer zur Brust."

Abbie stöhnte auf. „Oh nein, du redest schon wie einer dieser Väter aus der Kinderliga, die ihren Spross für viel besser halten als alle anderen."

Brady lachte. „Schon gut, schon gut, ich halte die Klappe."

Gemeinsam mit Brady ging Abbie durch den großen Raum mit der Edelstahleinrichtung, warf einen Blick auf die Bestellzettel am Drehgestell, hob Deckel, schnupperte, probierte und lugte in den Backofen, wo vier Cassoulets in kleinen Tontöpfen sanft vor sich hin blubberten.

„Hat sich während meiner Abwesenheit irgendwas Ungewöhnliches ereignet?" Abbie ging zu den schulterhohen Schwingtüren und blickte in den voll besetzten Speisesaal.

„Der Präsident der Universität und seine Gattin sitzen an Tisch drei. Sie feiern Silberhochzeit."

Abbie erkannte den grauhaarigen Akademiker. Er und seine Frau gehörten zu den Stammkunden und großzügigen Sponsoren des jährlichen „Food Festivals", dessen Einnahmen an ein örtliches Frauenhaus gingen. „Schick ihnen eine Flasche Champagner, Brady. Mit besten Empfehlungen des Hauses. Und sag ihnen, ich komme später zum Gratulieren vorbei."

Brady gab Abbies Auftrag sofort fingerschnippend an eine vorbeieilende Bedienung weiter. „Oh", fügte er zwinkernd hinzu, „das hätte ich fast vergessen. Dein Verehrer ist wieder da."

Fragend zog Abbie eine Braue hoch. „Ich habe einen Verehrer?"

„Tu doch nicht so. Du weißt genau, dass ich von Professor Higgins rede. Er hat es zum Lunch nicht geschafft, deshalb ist er heute zum Dinner gekommen. Und natürlich hat er darauf bestanden, an seinem üblichen Tisch zu sitzen. Ich musste ein bisschen umorganisieren, aber ich denke, ein so guter Kunde ist es wert."

Abbie entdeckte den eleganten pensionierten Professor in seinem kleinen Alkoven sofort. Oliver Gilroy, gebürtiger Engländer, der sein Land vor fünfzehn Jahren verlassen hatte, um in Amerika englische Literatur zu unterrichten, war ein charmanter Mann mit einer Vorliebe für gutes Essen und alles, was das Leben angenehm macht. In einem Raum voller Menschen fiel er nicht unbedingt auf. Er war klein und schlank mit ordentlich frisiertem grauem Haar und der Art Gesicht, die man schnell vergisst. Allerdings war er ein wenig exzentrisch. Er kam jeden Tag genau zur selben Zeit ins Restaurant – zwölf Uhr mittags –, verlangte stets denselben Tisch und bestellte, gleichgültig, was er aß, stets denselben Wein: einen australischen Chardonnay.

Es stimmte, offensichtlich mochte er sie. Doch diese Sympathie schrieb sie weniger einer romantischen Zuneigung als vielmehr ihrer Ähnlichkeit mit seiner Tochter zu, deren Bild sie gesehen hatte. Sowohl seine feinen Manieren als auch sein kultivierter britischer Akzent hatten Brady bewogen, ihn Professor Higgins zu taufen, nach der unvergesslichen Gestalt aus *My Fair Lady*.

„Ich glaube, er hat Ben wieder ein Geschenk mitgebracht", flüsterte Brady.

Abbies Blick fiel auf den Miniatureisenbahnwagen aus Holz neben dem Weinglas des Professors. Seit seiner Pensionierung widmete Gilroy seiner alten Leidenschaft – dem Bauen von kleinen Modelleisenbahnen, die er aus vorgefertigten Teilen zusammensetzte – viel Zeit. Als er von Abbies kleinem Sohn erfuhr, brachte er Ben sofort eine soeben fertig gestellte Big Boy Lokomotive mit. Dem ersten Geschenk waren ein Holzwaggon, ein Viehwagen, ein offener Güterwagen und verschiedene Frachtwaggons gefolgt.

Obwohl Abbie versucht hatte, ihn davon abzuhalten, füllte er Bens Sammlung weiter auf. Der Junge sollte einen kompletten Satz der „Southern Pacific“ besitzen, der Lieblingsbahn des Professors.

Sie würde später auf ihrer Runde an seinem Tisch vorbeigehen. Und da sie wusste, dass er eine Vorliebe für Windbeutel hatte, bat sie Brady, ihm eine Schachtel mit seinem Lieblingsgebäck mitzugeben.

Brady kicherte. „Es hat sich noch immer gelohnt, das Kind zu verwöhnen, wenn man was von der Mutter will.“

„Um Himmels willen, Brady, hör bitte auf damit. Der Mann ist alt genug, mein Vater zu sein.“

„Na und? Er ist gebildet, sieht nicht übel aus und ist wohlhabend, soweit ich weiß. Außerdem könntest du etwas Romantik in deinem Leben ganz gut gebrauchen.“

Abbie verzog das Gesicht. „Danke, dass du mich daran erinnerst.“

„Du weißt, wie ich das meine.“

„Ja, du denkst, ich führe ein langweiliges Leben.“ Sie tätschelte ihm spielerisch den Arm. „Lenken wir deine Kreativität doch auf etwas anderes – zum Beispiel auf die gebratene Ente für Tisch eins.“

Gegen elf war der letzte zufriedene Gast endlich gegangen. Ihre Angestellten waren fort, und die Küche war wieder so makellos sauber wie heute Morgen. Abbie stand allein im leeren Speisesaal an der Kasse und zählte die Tageseinnahmen. Vierzehntausend Dollar. Nicht übel für einen Montagabend.

Sie langte unter die Kasse und nahm den Beutel heraus, in dem sie die Einnahmen zur Bank brachte. Während sie das Geld hineinsteckte, glitt ihr Blick über den leeren Saal.

Auch nach drei Jahren als Besitzerin des Campagne machte es sie noch stolz, wie viel sie in so kurzer Zeit erreicht hatte, auch wenn eher die Umstände als ihr freier Wille ihren beruflichen Werdegang bestimmt hatten. Als Ehefrau und Mutter eines Babys hatte es ihr genügt, einen Partyservice zu führen, der es ihr erlaubte, ihre Zeit selbst einzuteilen. Nach der Scheidung von Jack war ihr jedoch klar geworden, dass sie ihre Ziele höher stecken musste, wenn sie ernsthaft Geld verdienen wollte. Das bedeutete, ihr eigenes Restaurant zu eröffnen, ein Traum, den sie seit ihrem ersten Tag am kulinarischen Institut gehabt hatte.

Zunächst hatte sie das Risiko gescheut. Doch nach einer Inventur ihrer Fähigkeiten, ihrer Entschlossenheit und der finanziellen Möglichkeiten verwandelten sich ihre Bedenken allmählich in freudige Zuversicht. Sie konnte und würde es schaffen. Einen Teil des Unternehmens finanzierte sie mit dem Geld, das ihr nach der Scheidung zustand, plus ihren Ersparnissen, und sie überredete eine Bank, ihr den Rest als Darlehen zu geben. Das erste Jahr wurde nicht einfach, das zweite auch nicht. Bei so vielen guten, etablierten Restaurants in Princeton und Umgebung war es nicht leicht, Aufmerksamkeit zu erregen. Doch dank einiger guter Kritiken und der Mundpropaganda war das Campagne jetzt einer der begehrtesten Speisetempel im Umkreis von zwanzig Meilen.

Im Gegensatz zu anderen Besitzern französischer Land-Restaurants hatte sie der Versuchung widerstanden, den Speisesaal mit den üblichen Terrakottatöpfen, Lavendelbüscheln und verschiedenen ländlichen Kunstarbeiten zu dekorieren. Stattdessen hatte sie sich aus Frankreich mehrere Ballen *souleiado* mitgebracht, das provenzalische Tuch in

Blau-, Rot-, Grün- und Gelbtönen, und daraus Tischtücher gemacht. Das Geschirr, strahlend ockerfarbene Keramik, stammte ebenso aus Südfrankreich wie die Gläser aus Blasenglas. Mit Ausnahme eines alten Wandteppichs, den sie vor Jahren auf einem Flohmarkt erstanden hatte, blieben die safranfarbenen Wände kahl. Der Effekt war spektakulär.

„Okay, Mädel", sagte sie sich leise und schob den Geldbeutel in ihre Tasche. „Genug Selbstbeweihräucherung für einen Abend. Zeit, heimzugehen."

Leise summend ging sie durch den Speisesaal in die Küche, schaltete das letzte Licht aus und verließ ihr Lokal durch die Hintertür.

Sie hatte ihren Geländewagen fast erreicht, als eine Gestalt aus dem Schatten trat.

Abbie unterdrückte einen ängstlichen Aufschrei. Die Tasche an die Brust gepresst, erinnerte sie sich, dass Princeton eine der sichersten Städte in New Jersey war. In den drei Jahren, seit sie das Restaurant führte, hatte sie nie Grund zur Furcht gehabt, nicht einmal zu so später Stunde.

Erst als der Fremde einen Schritt vortrat und direkt unter der Laterne stand, erkannte sie ihn.

Der Mann vom Spielfeldrand.

Entmutigt sah sie sich um. Der Parkplatz war leer, sie war allein. Als echter Gentleman hatte Brady ihr mehrfach angeboten, zu bleiben, bis sie ging, um sie zu ihrem Auto zu begleiten. Sie hatte das stets abgelehnt, was sie nun zutiefst bedauerte.

„Wer sind Sie?" fragte sie und bemühte sich um eine ruhige Sprechweise. „Was wollen Sie?"

Die offenkundige Antwort war Geld, obwohl sie irgendwie spürte, dass es hier um etwas anderes ging. Falls er nur ihr Geld wollte, was hatte er dann am Baseballfeld verloren? Der Gedanke an Vergewaltigung ließ kurz Panik aufkommen, doch sie fühlte sich nicht wehrlos. Wenn nötig, würde sie ihm einen heftigen Kampf liefern. Dank eines Selbstverteidigungskurses nach der Scheidung wusste sie sich zu wehren.

„Was ist los? Sie wirken nervös." Während er sprach, griff der Fremde in seine Hemdtasche und holte Zigaretten und ein Feuerzeug heraus. Ohne sie aus den Augen zu lassen, stieß er die Zigarette leicht auf die Flachseite des Feuerzeugs. Die Geste war ihr vage vertraut, doch sie erinnerte sich nicht, woher. Sie konnte auch den Mann nicht einordnen. „Du hast doch keine Angst vor mir, Abbie, oder?"

Er kannte ihren Namen. War dies ein gutes oder ein schlechtes Zeichen?

Sie gab sich mutiger, als sie war, unterzog ihn einer genaueren Betrachtung und versuchte sich zu erinnern, wo und wann sie ihm schon einmal über den Weg gelaufen war. Im Restaurant vielleicht? Oder damals, als sie noch den Partyservice gehabt hatte? Aus der Nähe erkannte sie, dass seine Augen entweder dunkelbraun oder schwarz waren. Die Haare hatten dieselbe Farbe, waren für ihren Geschmack allerdings ein wenig zu lang. Er hatte sie zurückgekämmt, was das kantige Gesicht und die niedrige Stirn betonte. Sie schätzte ihn auf etwa vierzig.

Abbie war sicher, ihm nie begegnet zu sein, doch er schien sie zu kennen. Vielleicht hatte er das Interview vor einigen Wochen in CBS gesehen. Daher kannte er sie wahrscheinlich. Wildfremde Menschen gratulierten ihr seither auf der Straße oder beim Einkauf im Bauernmarkt zu ihrem Preis.

Neugierig und bemüht, einen potenziellen, wenn auch eigenartigen Gast nicht zu verprellen, erwiderte sie: „Ich glaube, Sie sind da etwas im Vorteil, Mr. ...?"

Amüsiert steckte der Mann die Zigarette in den Mund. „Schönes Lokal hast du da." Er deutete mit dem Kopf auf ihr Restaurant. „Was nimmst du so pro Abend ein?" fragte er mit der Zigarette zwischen den Zähnen. „Fünf Riesen? Zehn?" Das Feuerzeug flammte auf, und während er die orangerote Flamme an die Zigarettenspitze hielt, sah sie seinen Blick zu ihrer Tasche wandern. Er kicherte wieder, als wüsste er genau, was darin war und woran sie dachte.

Der Instinkt sagte ihr, dass er kein gewöhnlicher Räuber war. Er war zu gesprächig und zu sehr darauf aus, sie mit seinen Bemerkungen nervös zu machen. Sie fasste wieder Mut. „Wie viel ich einnehme, geht Sie nichts an." Während sie sprach, nahm sie ihr Handy aus der Tasche. „Tun Sie sich selbst einen Gefallen, und gehen Sie mir aus dem Weg. Oder ist es Ihnen lieber, ich hole die Polizei?"

Ungerührt machte der Mann einen tiefen Zug an seiner Zigarette und blies ihr den Rauch entgegen. An den Geländewagen gelehnt, erwiderte er: „Aber nicht doch, Abbie, ist das eine Art, seinen großen Bruder zu begrüßen?"

3. KAPITEL

Abbies erster Impuls war, die 911 zu wählen. Den Finger bereits über der Tastatur, hielt sie jedoch inne. Etwas an diesem Mann, vielleicht seine unbekümmerte Art, machte sie stutzig. Sollte er die Wahrheit sagen?

Sie verwarf diesen Gedanken sofort wieder, doch Zweifel waren gesät und ließen sie nicht mehr los. Als sie Ian McGregor das letzte Mal gesehen hatte, war er fünfzehn gewesen. Demnach wäre er heute dreiundvierzig. Er hatte dunkles, welliges Haar gehabt und dunkle Augen, die boshaft funkelten – so wie die des Mannes jetzt –, wenn er jemandem einen Streich spielte.

„Es stimmt." Er machte wieder einen Zug an seiner Zigarette. „Ich bin es. Ian McGregor. Wie er leibt und lebt. Ich wette, du hast nicht geglaubt, mich jemals wiederzusehen?"

Was sollte sie darauf erwidern? Als sie nach dem verheerenden Feuer im Haus der McGregors mit ihrer Mutter Kalifornien verlassen hatte, waren Ian und seine Schwester Liz bei ihrer Tante Lucinda in Palo Alto geblieben. Damals war sie selbst acht gewesen und hatte die beiden Teenager schnell aus der Erinnerung verdrängt, zumal sie zwei Jahre unter den Nörgeleien ihres Stiefbruders und der hochmütigen Gleichgültigkeit seiner Schwester Liz gelitten hatte.

„Was ist los, Prinzessin?" fragte er und benutzte den alten Spitznamen, den er ihr damals gegeben hatte. „Hat die Katze dir die Zunge stibitzt? Oder bist du vor Wiedersehensfreude sprachlos?"

„Woher soll ich wissen, dass Sie der sind, für den Sie sich ausgeben?"

Schweigend zog er eine Brieftasche heraus, öffnete sie und hielt sie ihr schräg zum Licht hin, damit sie lesen konnte. Der abgelaufene Führerschein, ausgestellt auf Ian McGregor, verwies auf eine Adresse in Toledo, Ohio. Das Foto ähnelte ihm genug, um letzte Zweifel auszuräumen. Jetzt wusste sie auch, warum ihr seine Geste vorhin so vertraut gewesen war. Sein Vater hatte die Zigarette immer auf fast dieselbe Weise gegen das Feuerzeug geklopft. Schwungvoll klappte er die Brieftasche wieder zu. „Ich hätte dich früher besucht, aber deine Mutter hat keine Nachsendeadresse hinterlassen."

„Du hast genau gewusst, wo du sie erreichen kannst, wenn du es wirklich gewollt hättest!" meinte sie bissig. „Sie hat sehr wohl eine Adresse hinterlassen, bei eurer Tante Lucinda."

Ian schob die Brieftasche wieder in seine Jeans. „Und wie geht es meiner lieben Stiefmommy?"

„Wie hast du mich gefunden?"

„Ich habe dein Interview gesehen. Meine Mithäftlinge und ich schalteten durch die Kanäle ..."

„Mithäftlinge?" wiederholte sie, als ihr die Bedeutung seiner Worte bewusst wurde. „Du warst im Gefängnis?"

„Tu nicht so erstaunt. Ist das nicht genau der Werdegang, den Irene mir prophezeit hat?" Er wackelte spöttisch mit dem Zeigefinger hin und her und imitierte die Strafpredigt seiner Stiefmutter. „‚Ich schwöre dir, Ian McGregor, wenn du dich nicht bald änderst, landest du im Jugendgefängnis.' Was soll ich sagen, sie hatte Recht. Irgendwie geriet ich in schlechte Gesellschaft, und ehe ich wusste, wie mir geschah, war ich im Knast. Aber ich sollte mich nicht beklagen, oder?" Ein Lächeln breitete sich langsam auf seinem Gesicht aus. „Schließlich hat sich was Gutes aus meinem letzten Knastaufenthalt ergeben. Ich habe dich gefunden."

„Und warum wolltest du mich finden?"

„Warum nicht? Schließlich sind wir eine Familie."

„Seit wann? Wenn ich mich recht entsinne, hast du mich immer wie einen Eindringling behandelt."

Er grinste. „Ich merke immer noch, wann du richtig sauer wirst. Dann verengen sich deine Augen wie damals als Kind. Allerdings hätte ich dich ohne den Namen DiAngelo nicht wieder erkannt. Du hast dich verändert, kleine Schwester." Er ließ den Blick an ihr hinabgleiten. „Zum Vorteil, muss ich gestehen."

„Was willst du, Ian?" Ihre Stimme klang ungeduldig, doch es war ihr egal, denn sie war müde und wollte nach Hause.

Er schien sie nicht gehört zu haben. „Dann bist du also eine berühmte Köchin geworden. Das wundert mich nicht. Du und Irene, ihr wart immer in der Küche und habt diese tollen Sachen gebrutzelt. Das war das genaue Gegenteil von der Pampe, die wir von meiner Mutter kriegten, als sie noch lebte."

„Warum hast du Irene dann nicht ein bisschen Dankbarkeit zeigen können, anstatt nur grob und kritisch zu sein."

„Um Himmels willen, Abbie, mach mal halblang, ja? Ich war dreizehn, als ihr zwei eingezogen seid. Plötzlich war mein Leben auf den Kopf gestellt. Ich musste mich nicht nur auf eine Stiefmutter einstellen, sondern auch noch auf eine Göre von Stiefschwester. Das war verdammt hart."

„Und plötzlich möchtest du aus heiterem Himmel die Familienbande erneuern?"

Er zog wieder an der Zigarette, und diesmal besaß er die Höflichkeit, den Rauch zum Nachthimmel zu blasen. „Man sagt, Menschen werden im Alter sentimental. Vielleicht passiert mir das gerade. Ich werde sentimental."

Abbie hatte genug. Was für ein Spiel er auch treiben mochte, sie spielte nicht mit. „Gute Nacht." Sie wollte an ihm vorbei zu ihrem Geländewagen gehen, doch Ian verstellte ihr den Weg.

„Nicht so schnell, Prinzessin. Du und ich, wir haben noch etwas miteinander zu regeln."

Auch wenn sie gern gegangen wäre, blieb ihr keine Wahl, als abzuwarten, was er zu sagen hatte.

„Du erinnerst dich an das Feuer, Abbie?"

Seine unerwartete Frage ließ augenblicklich bildhaft eine bestimmte Erinnerung entstehen: das Haus in Flammen, und ihre Mutter, die sie und Ian aus dem Inferno rettete. Entsetzt hatte sie damals zugeschaut, wie ihre Mutter wieder in die Flammen laufen wollte, um ihren Mann und Liz zu holen. Zum Glück waren die Feuerwehrleute rechtzeitig eingetroffen und hatten sie daran gehindert. Liz hatte überlebt, doch für Patrick McGregor war es zu spät gewesen.

Und ob sie sich an diese Nacht erinnerte. Neben dem Tod ihres Vaters, als sie fünf gewesen war, war das Feuer eines der schlimmsten Erlebnisse ihrer Kindheit gewesen.

„Ich erinnere mich", bestätigte sie ruhig.

„Weißt du noch, wie es passiert ist?"

„Warum fragst du das?"

„Tu mir den Gefallen, Abbie. Erinnerst du dich, wie das Feuer entstanden ist?"

„Ich erinnere mich an die Einschätzung des Leiters der

Feuerwehr. Dein Vater lag rauchend im Bett und hatte wie gewöhnlich getrunken. Er ist mit der Zigarette in der Hand eingeschlafen." Es war ihr gleich, ob sie ihn durch die vorwurfsvolle Bemerkung beleidigte. Er hatte schließlich damit angefangen.

Aber Ian wirkte nicht beleidigt, eher herablassend. „Es lag in Irenes Interesse, dass der Einsatzleiter das glaubte. Sie wollte, dass alle es glaubten. Aber so war es nicht."

Abbie fühlte sich plötzlich elend. Zu gern hätte sie das Unbehagen ihrer Übermüdung zugeschrieben, doch der Grund für das flaue Gefühl im Magen war eindeutig Ian. Das Wiedersehen nach all den Jahren ließ eine merkwürdige Vorahnung in ihr aufsteigen. Ohne es genau erklären zu können, wusste sie, dass diese unwillkommene Wiedervereinigung ihr Leben verändern würde. Am liebsten hätte sie sich an ihm vorbeigedrängt, um in ihr Auto zu steigen und so zu tun, als wäre nichts gewesen. Doch eine unbekannte Kraft, ein Zwang, weiter zu hören, was er wollte, ließ sie verharren.

„Wovon sprichst du?" Ihre Stimme war kaum lauter als ein Flüstern.

„Das Feuer war kein Unfall", sagte Ian. „Es war das Werk eines Brandstifters." Er machte eine Pause, um Wirkung zu erzielen. „Eines Brandstifters, der von deiner Mutter bezahlt worden war."

4. KAPITEL

Abbie spürte, wie ihr Mund trocken wurde. Sekundenlang konnte sie nicht begreifen, was sie gehört hatte. Als ihr seine Anschuldigung schließlich bewusst wurde, schlug sie ihm mit beiden Händen gegen die Brust. „Du bist krank, Ian. Ich hatte gehofft, die letzten achtundzwanzig Jahre hätten dich verändert. Wie ich sehe, war das ein Irrtum. Du bist noch genauso verdreht wie früher. Und wenn du dir einbildest, dass ich mir deine Lügen weiter anhöre, bist du verrückter, als ich dachte."

Mit ungeahnter Kraft schob sie ihn aus dem Weg und öffnete die Tür ihres Geländewagens.

„Und wenn ich dir nun sage, ich kann beweisen, dass deine Mutter jemanden für die Brandstiftung bezahlt hat, glaubst du mir dann?"

Sie zitterte so sehr, dass es sie wunderte, wie ruhig sie sprechen konnte. „Wenn du diese Beweise hättest, wärst du schon vor langer Zeit zur Polizei gegangen."

„Ich habe es erst kurz vor meiner Abreise aus Ohio erfahren. Offenbar war ich nicht der einzige Häftling, der dich an jenem Abend im Fernsehen über deinen Preis, dein erfolgreiches Restaurant und dein Glück hat prahlen hören. Mein Freund erinnerte sich an Irene McGregors früheren Namen – DiAngelo – und zählte zwei und zwei zusammen."

„Ein Mithäftling?" Abbie lachte gereizt auf. „Den willst du als Beweis anführen?"

„Häftlinge sind auch Menschen."

„Es sind Kriminelle, die so selbstverständlich lügen, wie sie atmen."

„Einige vielleicht, aber Earl Kramer erzählt die Wahrheit über Irene."

„Woher willst du das wissen?"

Ian verzog die Lippen zu einem schmalen Lächeln. „Ich war mit genügend Lügnern zusammen, um zu erkennen, wann ich hereingelegt werde. Und wenn Earl sagt, Irene hat ihn angeheuert, meinen Vater zu töten, glaube ich ihm."

„Wie lange kennst du den Mann?"

„Zwölf, dreizehn Jahre."

„Und er hat die ganze Zeit gewartet, dir zu erzählen, dass er das Haus deines Vaters niedergebrannt hat?" Sie lachte, obwohl sie das Ganze überhaupt nicht amüsant fand. „Komm schon, Ian, sogar du müsstest die Lücken in deiner Geschichte erkennen."

Ihr spöttischer Ton schien ihn nicht zu kümmern. „Er wäre ein Idiot gewesen, eine Straftat zu gestehen, solange er noch ein freier Mann war. Aber jetzt, da er im Todestrakt sitzt und alle Berufungsmöglichkeiten ausgeschöpft sind, hat er nichts mehr zu verlieren, wenn er die Wahrheit sagt."

„Und er hat eine Menge zu gewinnen, wenn er eine Geschichte erfindet."

„Was sollte er dabei gewinnen?"

„Geld, Ian." Sie hielt die Tür des Geländewagens auf und wandte sich erneut zu ihm, damit er sie hörte; vor allem wollte sie ihm auch zeigen, dass sie keine Angst hatte. „Häftlinge brauchen Geld, nicht wahr? Um ihre Familien zu unterstützen und die Wärter zu bestechen, die ihnen das Leben dadurch vielleicht ein bisschen angenehmer machen. Wie viel hat es dich gekostet, diesen Earl Kramer zu einer Lüge zu überreden?"

Ian gab sich überzeugend schockiert. „Du verstehst das

völlig falsch, Schwesterchen. Earl hat nach mir geschickt. Er wusste, dass ich rauskomme, deshalb hielt er die Zeit für reif, reinen Tisch mit mir zu machen."

„Woher dieser plötzliche Drang zur Wahrheit?"

„Earl ist religiös geworden. Er hat wieder zum christlichen Glauben zurückgefunden." Ian zuckte die Achseln. „Das nützt ihm jetzt zwar nichts mehr, aber es ist ihm egal. Er will mit reiner Seele vor seinen Schöpfer treten."

„Und er hat dich ausgewählt, ihm dabei zu helfen?"

„Ja, richtig."

Langsam schüttelte sie den Kopf. „Hast du eine Ahnung, wie falsch das alles klingt?"

„Glaubst du mir nicht?"

„Du bist, wie du selbst zugibst, ein Gauner, Ian. Dein ganzes Leben ist ein einziger Betrug. Nein, ich glaube dir nicht."

„Ich bin kein Gauner mehr. Ich will mein Leben ändern, vielleicht ein Geschäft aufmachen."

„Um was zu tun? Kleinen alten Ladys ihre Pensionspennys abzuknöpfen?"

Er ging nicht auf die sarkastische Bemerkung ein, zog an seiner Zigarette, behielt den Rauch einen Moment in den Lungen und stieß ihn langsam aus. „Vielleicht solltest du mit Earl reden, Abbie. Du solltest dir anhören, wie Irene über Chiffre-Anzeigen Kontakt mit ihm aufgenommen hat, wo sie sich getroffen haben und wie sie ihm erklärt hat, der Tod meines Vaters solle wie ein Unfall aussehen."

„Dann muss er ja einverstanden gewesen sein, den Job gratis zu machen, denn wie wir beide wissen, hatte meine Mutter kein eigenes Geld."

„Wieder falsch, Schwesterherz. Sie hatte noch Geld aus

der Versicherungspolice deines Vaters. Damit hat sie Earl bezahlt. Zweitausendfünfhundert Dollar Vorauszahlung und zweitausendfünfhundert, nachdem der Job erledigt war."

„Du erwartest also, dass ich dir abkaufe, meine Mutter wüsste, wie sie Kontakt zu einem Auftragskiller aufnehmen kann?"

Er zuckte die Achseln. „Das wusste sie bestimmt nicht. Deshalb hat sie die Anzeige in der Zeitung aufgegeben. Das wird ständig so gemacht. Sieh dir die kleinen Rubriken mal an, wenn du Zeit hast."

„Ich weiß nicht, wer hier lügt, du oder dein Knastfreund. Aber einer von euch beiden lügt."

„Weißt du, zuerst habe ich ihm auch nicht geglaubt, aber dann wurde mir klar, dass Earl die Wahrheit sagt. Der Bastard war tatsächlich für den Tod meines Vaters verantwortlich. Am liebsten hätte ich den Hurensohn umgebracht", fügte er mit dünner, zorniger Stimme hinzu. Seine Wut war Abbies Ansicht nach jedoch gespielt. „Ich wollte sein elendes Leben gleich beenden. Er sollte für den Tod meines Vaters bezahlen und für all das Leid, das über mich und Liz hereingebrochen ist, nachdem Irene uns im Stich gelassen hatte." Er senkte die Stimme ein wenig. „Leider wurde er von dickem Sicherheitsglas und zwei Bewaffneten geschützt. Aber auch wenn es möglich gewesen wäre, ich hätte mich nicht an ihm vergriffen. Ich wollte nicht wegen so einem wieder ins Gefängnis kommen."

Abbie musste zugeben, dass er ausgezeichnet spielte, aber nicht gut genug. „Tut mir Leid, Ian", sagte sie mit einem herablassenden Lächeln. „Als Kind habe ich dir fast alles geglaubt. Aber ich bin erwachsen geworden und kaufe dir deine pathetische Geschichte nicht ab. Wenn du so klug wärst, wie du glaubst, hättest du das geahnt, ehe du herkommst und dich zum Narren machst."

Diesmal schien sie ihn getroffen zu haben. Er presste die Lippen zusammen, und der Blick wurde starr.

„Ich bin immerhin klug genug zu wissen, dass mir die Polizei von Palo Alto zuhören wird, wenn ich mit der Geschichte zu ihr gehe, so pathetisch sie auch klingen mag", entgegnete er schroff. „Und was glaubst du wohl, was die dann machen?" Er wartete nicht auf eine Antwort. „Als Erstes würden sie Earl befragen und dann Irene. Und egal, wie entschieden sie Kramers Anschuldigungen bestreitet, so würde die Polizei sicher ihre Beziehung zu meinem Vater durchleuchten. Das wäre wohl nicht allzu günstig, stimmt's?" Selbstgefällig sah er sie an. „Soweit ich mich erinnere, hatten die beiden doch ständig Streit – laute, hässliche Auseinandersetzungen, die man in der ganzen Nachbarschaft hören konnte. Irene hat sogar mal gedroht, meinen Vater zu verlassen. Danach ist er ausgerastet. Du erinnerst dich an die Nacht, nicht wahr, Schwesterherz? Klar erinnerst du dich. Du bist in Tränen aufgelöst in dein Zimmer gerannt. Oh ja, den Bullen wird es gefallen, den ganzen Schmutz zu hören. Und da es bei Mord keine Verjährung gibt, vermute ich mal, dass die liebe Mommy ganz schön in der Scheiße stecken wird."

Abbie kämpfte das Gefühl der Panik nieder. Ob Ian nun log oder nicht, in einem Punkt hatte er Recht. Falls Earl auch nur halbwegs glaubhaft klang, blieb der Polizei keine Wahl, als der Sache nachzugehen. Damit würde aus dem ruhigen Leben ihrer Mutter die reinste Hölle werden.

„Wie ich das sehe", fuhr Ian fort, „habe ich Anspruch

auf Entschädigung für den Verlust meines Vaters, dafür, dass Irene mich bei meiner Tante gelassen hat, die nur auf unser Erbe scharf war, und dafür, dass mein Leben den Bach runtergegangen ist, während deines sich prächtig entwickelt hat. Ich hätte mich wegen des Geldes gleich an Irene gewandt, aber so wie ihr Haus aussieht, hat sie wohl nicht viel. Du hingegen scheinst eine Menge zu haben, wahrscheinlich mehr, als du brauchst."

Dass er am Haus ihrer Mutter gewesen war, machte sie wütend. „Du hältst dich von meiner Mutter fern, Ian!" schrie sie. „Hast du das kapiert?"

„Die ganze Welt kann dich hören, Schwesterchen."

„Und nenn mich gefälligst nicht Schwesterchen!" Sie sah sich um, verärgert, dass sie sich durch ihn hatte provozieren lassen, und atmete tief durch. „Lass die Tür los!" presste sie hervor, „oder ich werde ..."

„Hunderttausend Dollar, Abbie." Jetzt war er todernst. „Das verlange ich für mein Schweigen. Ich lasse dir Zeit, darüber nachzudenken. Inzwischen könntest du dir das hier mal ansehen." Er zog ein Blatt Papier aus der Tasche und gab es ihr. „Es ist nur eine Kopie. Also glaub nicht, dass es dir was nützt, sie zu zerreißen."

Es war ein Brief ihrer Mutter an ihren Großvater, etwa eine Woche vor dem Brand in Palo Alto geschrieben. Irene erzählte ihrem Vater, wie schlecht Patrick sie behandelte. *„Ich hasse ihn so sehr, Daddy"*, hatte sie am Ende geschrieben. *„Manchmal sehe ich ihn an, wenn er schläft, und möchte ihn einfach nur umbringen."*

„Woher hast du das?" fragte Abbie mit brüchiger Stimme.

Erneut sah Ian sie selbstgefällig an. „Vom Küchentisch.

Irene hatte ihn eine Minute liegen lassen, ohne zu bemerken, dass ich dort war. Sie hatte gedroht, meinem Vater von dem Hasch zu erzählen, das sie in meinem Zimmer gefunden hatte. Also habe ich den Brief geklaut und einen Deal mit ihr ausgehandelt. Ich würde Dad den Brief nicht zeigen, wenn sie nichts wegen des Haschs sagt."

„Und sie war einverstanden?"

Er lachte. „Natürlich war sie das. Sie wusste verdammt gut, was mein Dad mit ihr machen würde, wenn er den Brief gelesen hätte."

„Wie konnte so ein Blatt Papier das Feuer überstehen, obwohl das ganze Haus bis auf die Grundmauern abgebrannt ist?"

„Ich hatte ihn zusammen mit einigen anderen Sachen von mir im Garten vergraben. Nach dem Feuer habe ich alles ausgebuddelt. Ich weiß nicht, warum ich den Brief all die Jahre aufbewahrt habe. Mit Dads Tod war er eigentlich wertlos, aber aus irgendeinem Grund habe ich ihn behalten. Dann ruft vor ein paar Wochen unverhofft mein alter Kumpel Earl Kramer an, und da wusste ich, dass der Brief mir gerade recht kam."

Abbie wurde skeptisch. „Du hattest ihn die ganze Zeit im Gefängnis bei dir?"

„Nein. Er war in dem Koffer, den ich bei einer Freundin gelassen hatte. Sobald ich draußen war, ging ich hin und holte meine Sachen. Der Brief war noch da, wo ich ihn hinterlassen hatte, in einem Buch."

„Das beweist gar nichts", erwiderte Abbie, schwenkte den Brief hin und her und hoffte, überzeugter zu klingen, als sie tatsächlich war. „Drohungen werden ständig ausgesprochen."

„Ja, aber wie viele führen ihre Drohungen aus?“

„Ich habe dir schon gesagt, meine Mutter hat nichts Strafbares getan! Sie hat ihr Leben riskiert, um dich ...“

„Erzähl das den Geschworenen.“

Er ließ die Tür los, und Abbie schlug sie zu. Noch ein Wort von ihm, und sie würde ihm garantiert etwas antun. Sie wollte den Schlüssel ins Zündschloss stecken, doch ihre Hand zitterte so sehr, dass es erst beim dritten Versuch klappte. Dann sprang der kraftvolle Motor an, und sie fuhr vom Parkplatz.

5. KAPITEL

Abbie umklammerte das Lenkrad so fest, dass die Fingerknöchel weiß hervortraten. Sie fuhr die vertraute Strecke nach Hause, als würde sie von einem Autopiloten gelenkt, und musste immer wieder an Ians lächerliche Forderungen denken. Hunderttausend Dollar. Hatte er den Verstand verloren? Sie hatte nicht so viel Geld! Außer dreißigtausend Dollar in Zero Bonds für die Ausbildung ihres Sohnes und dem Preisgeld für den Bocuse, das sie in Bankanleihen investiert hatte, besaß sie nichts. Nicht mal eine Lebensversicherung.

Angst krampfte ihr den Magen zusammen. Ob Ians Anschuldigungen nun stimmten oder nicht – und sie war sicher, sie stimmten nicht –, so hatte er doch die Oberhand und wusste es. Ihr war klar, dass er keine Gewissensbisse haben würde, seine Drohung wahr zu machen. Der Mann hatte kein Gewissen. Würde die Polizei jedoch Earl Kramer, einem Todeskandidaten, glauben? Vielleicht ja, falls man die ehemaligen Nachbarn der McGregors befragte, die zweifellos von Irenes unglücklicher Ehe und den zahllosen Streitereien während der zwei Jahre erzählen würden.

Aber was sagen ein paar Streitigkeiten schon aus? überlegte sie, als sie in die Elm Road einbog. Alle Ehepaare stritten. Sie und Jack hatten während ihrer stürmischen fünfjährigen Ehe zweifellos ihr Maß an Streitereien voll gemacht, und trotzdem hatte sie Jack nicht umgebracht. Genauso wenig wie Irene Patrick getötet hatte. Ihre Mutter war die sanfteste Seele, die man sich vorstellen konnte, freundlich, umsichtig und fürsorglich. Und sie hatte ihre Tochter von Herzen geliebt, das hatte Abbie immer gespürt. Warum sollte sie also das Leben ihres Kindes durch ein Feuer gefährden, nur um ihren Ehemann loszuwerden? Das ergab einfach keinen Sinn.

Doch es gab diesen Brief. Für sich genommen würde er nicht ausreichen, Irene etwas anzuhängen, aber zusammen mit einer möglichen Aussage von Nachbarn und Earl Kramers so genanntem Geständnis bedeutete er Unheil.

Schließlich kam ihr zweigeschossiges Farmhaus mit seiner Steinfront und dem tief herabgezogenen Dach in Sicht. Im Erdgeschoss brannte Licht, ein Zeichen der Ermutigung und Sicherheit. Tiffany, ihre Babysitterin, würde unten leise Fernsehen schauen, während Ben oben fest schlief, seine geliebten Schläger und Handschuhe am Fußende des Bettes.

Abbie drückte auf die Fernbedienung, die an der Sonnenblende angebracht war, und wartete, bis sich die zwei Türen der Doppelgarage öffneten. Sobald sie hineingefahren war, steckte sie den Brief in ihre Tasche und nahm sich ein paar Sekunden, um sich zu sammeln, ehe sie ins Haus ging.

Tiffany, ein erklärter Fan der Filme aus den 40er Jahren, sah sich im Wohnraum einen Schwarz-Weiß-Film aus Abbies umfangreicher Sammlung an. Stets aufmerksam, wandte sie jedoch sofort den Kopf, als sie Abbies Schritte hörte, und stand auf. Sie war eine hübsche neunzehnjährige College-Studentin mit langen blonden Haaren und Mittelscheitel, ausdrucksvollen braunen Augen und einem rasch aufflammenden Lächeln. Als ältere Schwester dreier übermütiger Brüder wusste sie genau, wie sie Ben nehmen musste, ohne dass er auch nur argwöhnte, überlistet zu werden.

„Hallo, Miss DiAngelo."

„Hallo, Tiffany. Tut mir Leid, dass ich so spät komme." Sie ließ ihre Tasche auf einen Sessel fallen. „Alles in Ordnung?" Diese Frage stellte sie selten, aber heute Abend fühlte sie sich verunsichert und brauchte Bestätigung.

„Alles bestens." Tiffany lachte und nahm ihre Lehrbücher vom Couchtisch. „Ben war so aufgekratzt nach dem Spiel, dass er nicht mal über die grünen Bohnen auf seinem Teller gemäkelt hat."

Abbie lächelte. Bens Aversion gegen grünes Gemüse war legendär. Ihre beste Freundin Claudia hatte ihm einmal gesagt: „Ich traue nichts Grünem, und essen würde ich es schon gar nicht." Seither glaubte er, ihr nacheifern zu dürfen.

Nachdem Tiffany gegangen war, löschte Abbie das Licht, ging hinauf und warf einen letzten Blick auf Ben. Seine Nachttischlampe brannte und verbreitete einen sanft goldenen Schein in dem Raum, den sie letztes Jahr nach Baseballthemen neu dekoriert hatten. An den Wänden hingen Poster von Bens Lieblingsspielern der Liga – Mark McGuire, Sammy Sosa, Barry Bonds und natürlich Scott Rolen, dem dritten Baseman und Star der Philadelphia Phillies.

Der Junge hatte sich auf der Seite zusammengerollt, die Hände unter der Wange, das rote Haar zerzaust. Erneut fühlte sie sich beklommen. Falls Ian seine Drohung wahr machte, würde auch das Leben ihres Sohnes beeinträchtigt werden. Sie lebten in einer kleinen Stadt, und dank ihrer Bekanntheit durch den Preis – über den sie sich nicht mehr so recht freuen konnte – würde ein Skandal sich schnell herumsprechen. Es war fraglich, ob sie Ben vor der hässlichen

Publicity schützen könnte, die zweifellos mit einer Untersuchung einhergehen würde.

Er hatte bereits eine Menge mitgemacht – die ständigen Spannungen in der Ehe seiner Eltern, schließlich die Scheidung und ein bitterer Sorgerechtsstreit. Sie wollte nicht zusehen, wie er Schaden nahm und sein glückliches, geordnetes Leben in die Brüche ging.

Zum ersten Mal seit der Scheidung von Jack wünschte sie, sich mit einem Ehemann besprechen zu können. Jemand, der stark und klug war und sie nicht nur tröstete, sondern ihr auch riet, wie sie den Feind angehen musste.

Ein bitteres Lachen blieb ihr in der Kehle stecken. Diese Beschreibung schloss Jack schon mal aus. Er war nie der Ritter in schillernder Rüstung gewesen. Zudem machte er sich nicht einmal besonders viel aus Ben. Nur aus Rache hatte er ihr den Jungen wegnehmen wollen, weil sie ihn verlassen hatte. Seit er seine Anwaltskanzlei nach Edison im Norden New Jerseys verlegt und eine neue Freundin hatte, besuchte er Ben allerdings kaum noch. Er zog es vor, mit ihm zu telefonieren oder ihm teure Geschenke zu schicken.

Sie konnte mit Claudia reden, der wunderbaren, verlässlichen Freundin, die ihr durch schwere Zeiten geholfen hatte. Und da war auch noch Brady, ihr beständiger Problemlöser. Die Versuchung, sich sofort an die beiden zu wenden, war groß, doch sie widerstand ihr. In ihr Problem konnte sie vorerst niemanden einweihen, nicht einmal ihre beiden liebsten Freunde.

Komm schon, DiAngelo, rief sie sich innerlich zur Ordnung. *Du hast schon Schlimmeres überstanden als das hier.*

Hatte sie das wirklich, oder machte sie sich nur etwas vor?

Abbie zog die Bettdecke über den schlafenden Jungen, beugte sich hinunter, küsste ihn auf die Stirn und schlich auf Zehenspitzen hinaus.

Auch in ihrem eigenen Schlafzimmer, in dem sie sich immer geborgen gefühlt hatte, schwand die Angst nicht, die sie seit Ians Auftauchen empfand. Als hätte das schlechte Karma ihres Stiefbruders sie verfolgt und ihre Umgebung vergiftet.

Sie nahm den Brief ihrer Mutter aus der Tasche und las ihn erneut. Irene musste an jenem Tag völlig am Ende gewesen sein, denn die Zeilen waren ein einziges Dokument der Verzweiflung. „*Ich fühle mich gefangen*", hatte sie geschrieben. „*Falls ich Patrick verlasse, bleibt mir kein Penny mehr. Doch wenn ich bleibe, verliere ich vielleicht den Verstand.*" Und dann die letzte Zeile: „*Manchmal sehe ich ihn an, wenn er schläft, und möchte ihn einfach nur umbringen.*"

Langsam faltete Abbie den Brief zusammen und schob ihn ganz hinten in ihre Nachttischschublade unter einen Stapel alte Bilder.

Als müsste sie sich versichern, dass sie ihre Lieben beschützen konnte, ging sie zu ihrem französischen „Armoire" an der Wand und öffnete ihn. Rechts hing an einer Stange die Winterkleidung, links waren sechs Regale und oben vier Schubladen. Nur die oberste war verschlossen. Der Schlüssel lag hinter einem Stapel Handtücher verborgen. Abbie holte ihn aus dem Versteck, öffnete die Lade und fand die Waffe.

Obwohl sie nicht geladen war und die Munition unter der Matratze steckte, fühlte sich das kalte Metall beruhigend an – aber auch ein wenig abschreckend. Eigentlich verabscheute sie Waffen. Erst nach Jacks Drohung, ihr Ben wegzunehmen, hatte sie sich eine besorgt.

„Kein verdammter Richter wird mich daran hindern, mit meinem Sohn zusammen zu sein“, hatte Jack ihr am Morgen nach der Sorgerechtsentscheidung vor dem Gerichtsgebäude gedroht. „Hast du mich verstanden?“

Sie hatte ihn nicht nur verstanden, sondern auch sehr ernst genommen. Vom Gericht war sie schnurstracks zur Polizei gegangen und hatte einen Waffenschein beantragt. Zwei Wochen später war sie mit dem Schein in der Hand in ein Waffengeschäft gegangen und hatte sich die umfangreichen Auslagen angesehen. Da der Ladenbesitzer ihre Unsicherheit spürte, empfahl er ihr eine 9mm Walther PPK. Die deutsche Waffe war leicht, solide und lag perfekt in der Hand.

Der Verkäufer zeigte ihr, wie man das Magazin entfernte und die Waffe lud. Dann demonstrierte er, wie man sie entsicherte, damit sie schussbereit war. Er hatte hinzugefügt, sie müsse nur den Abzug betätigen.

Danach war sie auf einen Schießstand gegangen, um das verdammte Ding benutzen zu lernen. Zuerst waren ihre Ergebnisse entsetzlich gewesen, und sie hatte Angst beim Schießen gehabt. Der Not gehorchend, hatte sie täglich geübt, bis sie das Ziel sicher treffen konnte. Ein- oder zweimal hatte sie sogar mitten ins Schwarze getroffen.

Sie wog die PPK einen Moment in der Hand, spürte das Gewicht und hatte zum Glück nicht mehr das Gefühl, dieses Ding würde sie gleich beißen. Nachdem sie sich etwas beruhigt hatte, legte sie die Waffe zurück, verschloss die Lade, versteckte den Schlüssel und schloss den Schrank.

Falls jemand sie oder Ben bedrohen sollte, war sie bereit.

6. KAPITEL

„Sieh an, sieh an. Wer hat denn da endlich beschlossen, seinen elenden Hintern nach Hause zu schieben?"

Rose stand mit zorniger Miene im Motelzimmer, die Fäuste auf die Hüften gestemmt. Trotz der späten Stunde war sie noch völlig bekleidet – limonengrüne Hose und ein überweites weißes T-Shirt mit dem Aufdruck *Elvis lebt*. Auf dem Tisch neben ihr lagen ein Dutzend Tarotkarten und sagten unausweichliches Verhängnis oder großes Glück voraus, je nach Rose' momentaner Stimmung und Interpretation. In letzter Zeit überwog das Verhängnis.

Sie war mal eine Augenweide gewesen, aber harte Zeiten und eine Vorliebe für Schokoladenröllchen hatten ihren Tribut gefordert. Mit zweiundvierzig war sie zwanzig Pfund schwerer als damals bei ihrer ersten Begegnung mit Ian. Die Tränensäcke unter den Augen ließen sie eher nach fünfzig als nach vierzig aussehen. Ihre Haarfarbe hatte sich in den letzten zwanzig Jahren von Schwarz zu Braun, dann Blond und jetzt Rot verändert. Kein gedämpftes, sondern ein leuchtendes Karottenrot, das man aus einer Meile Entfernung sah.

Außerdem war sie härter geworden. Ihre Gefügigkeit, die Ian früher so geschätzt hatte, war zu seiner Überraschung einer Haltung gewichen, die besagte: „Was du denkst, interessiert mich einen Dreck!" Diese Veränderung stieß ihn nicht unbedingt ab. Er mochte Frauen mit Rückgrat. Aber manchmal, so wie in diesem Augenblick, wünschte er, sie würde einfach ihre große Klappe halten.

„Nicht jetzt, Rose, okay?" Er ging zum Styroporkühler,

den er mit Bier bestückt hatte, hob den Deckel und nahm sich ein Coors.

„Doch, jetzt!“ widersprach sie und baute sich vor ihm auf, während er aus der Flasche trank. „Seit acht Stunden bin ich in diesem Zimmer eingesperrt, und mir langt's. Ganz zu schweigen davon, dass ich am Verhungern bin.“

„Du hättest zum Essen gehen können. Du wusstest doch, dass es eine Weile dauern würde.“

„Du hattest mein Auto, Einstein. Wie hätte ich denn hier wegkommen sollen?“

Er deutete mit dem Finger zum Fenster. „Da ist ein Burger King weiter unten an der Straße. Warum bist du das Stück nicht gegangen?“ Er wollte schon hinzufügen, dass ihr ein bisschen Bewegung gut tun würde, besann sich aber, weil dies Ärger bedeutet hätte.

„Ich will keinen Burger King, verdammt!“ Sie versetzte dem Kühler einen heftigen Tritt. „Schließlich finanziere ich diesen Ausflug und erwarte etwas mehr als einen fettigen Burger und eine Schale Fritten. Seit der Abreise aus Toledo haben wir nichts anderes mehr gegessen.“

„Und ich habe dir erklärt, dass wir sparsam sein müssen, bis meine Schwester mit dem Darlehen rüberkommt. Wenn wir anfangen, das restliche Geld für teures Essen rauszuwerfen, sind wir Ende der Woche blank.“

„Geld sollte unsere geringste Sorge sein.“ Sie warf einen bedeutungsvollen Blick auf die Tarotkarten. „Du hast ernstere Probleme.“

Ian verdrehte die Augen. „Nicht das schon wieder, Rose! Bitte.“

„Sieh dir die Karten an, nur eine Minute.“ Sie deutete mit dem Finger darauf. „Diese hier heißt: die Liebenden.

Das sind wir. Die Wiederbelebung einer alten Beziehung."

Ian hob die Flasche an den Mund. „Was ist so schlimm daran?"

„Wir sind umgeben von negativen Kräften: Trennungen, das Ende einer Affäre, eine unmögliche Wahl. Sogar eine falsche Wahl. Und diese hier ...", sie nahm eine Karte auf und wedelte ihm damit vor dem Gesicht herum, „aus den Stabkarten bedeutet Katastrophen, Verlust, Trennung." Sie machte eine Pause und sah ihn dramatisch an. „Und Tod."

„Hör auf damit, ja? Du weißt, ich glaube nicht an diesen Mist." Tatsächlich machte ihm dieses esoterische Zeug eine Heidenangst, aber das würde er niemals zugeben.

„Die Karten lügen nicht", fuhr Rose fort. „Ich hatte ein schlechtes Gefühl bei dieser Reise, noch ehe ich die Karten in der Hand hatte, und ich habe es immer noch."

Ian setzte sich in den Sessel beim Fenster. „Du hast nur Angst wegen Arturo Garcia. Ich hätte dir nichts von ihm erzählen sollen."

„Das brauchtest du auch nicht." Sie nahm eine weitere Karte auf. „Die vier Schwerter. Sie bedeuten Gewalt und Kampf, Menschen finden ein schlimmes Ende."

„Vielleicht solltest du dir ein paar neue Karten zulegen, Süße. Arturo ist nirgends in Sicht. Alles läuft wunderbar nach Plan."

Das schien sie zu beschwichtigen. „Du hast deine Schwester getroffen?"

„Richtig."

„Sie war einverstanden, dir das Geld zu geben?"

„Sie war einverstanden, mir ein *Darlehen* zu geben."

Argwöhnisch sah Rose ihn an. „Diese Frau hat dich

achtundzwanzig Jahre nicht gesehen. Bis heute Abend wusste sie nicht einmal, ob du noch lebst. Und dann gibt sie dir einfach so ein Darlehen?“

„So ist meine Schwester eben, großzügig wie sonst was.“

„Ich kann es kaum glauben. Es sei denn, du verschweigst mir etwas.“

Rose war bedeutend klüger, als sie aussah. Deshalb musste er vorsichtig sein und durfte nicht zu viel verraten. „Ich verheimliche dir nichts, Rose. Nicht mehr.“ Er trank einen großen Schluck Bier. „Zugegeben, Abbie war erst ein bisschen zögerlich. Aber als ich ihr versprochen habe, mein Leben zu ändern und ihr jeden Penny zurückzuzahlen, hat sie zugesagt, mir zu helfen.“

„Die Frau muss eine Heilige sein. Ich an ihrer Stelle hätte dich mit einem Tritt in den Hintern aufgefordert, dich zu trollen.“

„Wirklich, Rose?“ Er riss sie auf seinen Schoß und schob die Hand unter ihr T-Shirt. „Genauso, wie du mich letzte Woche weggeschickt hast, als ich auf deiner Türschwelle stand?“

Offenbar war sie nicht in der Stimmung für Neckereien, denn sie schlug ihm auf die Hand. „Wann genau kriegst du dieses Darlehen?“

„In ein paar Tagen.“

„Und was sollen wir inzwischen machen? Oder hast du vergessen, dass ich meine Kreditkarte ausgeschöpft habe?“

„Wie könnte ich das vergessen, wo du mich jede Minute daran erinnerst?“

Rose war wie ein mechanisches Spielzeug, das sich, einmal aufgezogen, nicht mehr stoppen ließ. „Vielleicht sollten wir uns nach Jobs umsehen." Sie sprang auf und holte die Zeitung, die sie auf der Seite mit den Chiffre-Anzeigen aufgeschlagen hatte. Sie drehte die Zeitung, damit er lesen konnte, was sie mit schwarzer Tinte eingekreist hatte. „Ich habe schon ein paar Sachen ausgesucht. Zum Glück gibt es keinen Mangel an Arbeit in dieser Stadt."

Der bloße Gedanke an Arbeit ließ Ian schon frösteln. „Ich kann mich jetzt nicht um einen Job bemühen. Ich habe nichts anzuziehen."

„Die Strickland Obstgärten an der Cold Soil Road suchen Hilfskräfte. Denen ist es egal, wie du angezogen bist. Sie brauchen jemanden, der Zäune repariert und Erdbeeren wiegt und abpackt. Die zahlen sechs Dollar die Stunde."

„Gütiger Himmel, Rose, das ist kaum der Mindestlohn."

„Damit können wir das Zimmer und ein paar anständige Mahlzeiten bezahlen. Ganz zu schweigen davon, dass es unser Selbstwertgefühl hebt."

Ian legte die Füße auf den anderen Sessel und nahm die Fernbedienung. „Also, Rose, wenn es dein Selbstwertgefühl hebt, Erdbeeren für einen Hungerlohn zu pflücken, mach nur. Ich halte dich nicht auf." Er schaltete den Fernseher ein und fragte sich, ob sie in diesem Kaff *Baywatch* empfangen konnten. „Ich habe für den Rest meines Lebens genug harte Arbeit geleistet."

Über Nacht war aus dem Delaware Tal eine Sturmfront herangezogen, so dass die Straße nass und die Luft feucht vom Morgentau war. Gleich nach der Abfahrt von Bens Schulbus hatte Abbie das Haus verlassen und befand sich jetzt auf der Route 27 Richtung Norden, auf dem Weg zu ihrer

Mutter im benachbarten Kingston. Da Brady täglich für sie auf den Markt ging, hatte sie eine Stunde frei, um ihre Mutter zu besuchen, ohne ein schlechtes Gewissen haben zu müssen, sie vernachlässige ihr Restaurant.

Diese innigen Momente mit ihrer Mutter waren wertvoller denn je. Im letzten Jahr hatte man bei Irene DiAngelo Alzheimer festgestellt. Obwohl die Symptome noch nicht besonders ausgeprägt waren, stellte Abbie inzwischen längere Perioden von Vergesslichkeit und Verwirrtheit und stärkere Stimmungsschwankungen fest. Dasselbe hatte Marion bemerkt, die ergebene Haushaltshilfe, die sich um Irene kümmerte.

Abbie war gewarnt, dass die Krankheit, wenn auch langsam, so doch unausweichlich fortschreiten würde. Vorläufig war sie allerdings froh über jede sorgenfreie Stunde, die sie mit ihrer Mutter verbringen konnte. Sie bedauerte nur, dass Irene ihre Eigenständigkeit noch so heftig verteidigte und nicht zu ihr und Ben ziehen wollte.

„Ich bin vielleicht ein wenig vergesslich", hatte sie Abbie in einem Ton gesagt, der keinen Widerspruch duldete, „aber ich kann immer noch für mich selbst sorgen. Und unter gar keinen Umständen werde ich meiner Tochter zur Last fallen."

In einigen Jahren, wenn sich ihr Zustand verschlechtern würde, sähe sie die Lage vielleicht anders. Bis dahin blieb Irene in dem bescheidenen, zweistöckigen Haus am Shaw Drive, das sie seit siebenundzwanzig Jahren bewohnte. Sie war jedoch einverstanden gewesen, dass Abbie eine Art Gesellschafterin für sie einstellte, die auf sie Acht gab, Besorgungen machte und leichte Hausarbeit übernahm. Bisher hatten weder Abbie noch Irene das Arrangement bedauert. Marion, eine Witwe mit zwei erwachsenen Kindern, war in jeder Beziehung ein Juwel.

„Mom!“ rief Abbie und betrat das Haus. „Marion! Jemand zu Hause?“

„In der Küche!“ antwortete ihre Mutter.

Als Abbie eintrat, wischte Irene gerade die Arbeitsplatte mit einem Küchentuch ab, während der halb abgedeckten Eisenpfanne auf dem Herd ein köstlicher Duft entströmte. Klein und zart, wirkte Irene eher wie eine zerbrechliche Südstaatenschönheit und nicht wie eine Frau italienischer Herkunft. Ihre Augen hatten eine erstaunliche Farbe, eine Mischung aus Grau und Grün. Heute trug sie das hübsche blaue Kleid, das Abbie ihr letzte Woche zu ihrem vierundsechzigsten Geburtstag geschenkt hatte, und sah zauberhaft aus.

Da Abbie wusste, wie sehr ihre Mutter Komplimente über ihre Kochkünste schätzte, schnupperte sie übertrieben. „Lammfleischbällchen?“

„Polpette d'agnello“, korrigierte ihre Mutter. „Hast du dein Italienisch vergessen?“

„Unter der Gefahr, mir deinen Zorn zuzuziehen? Niemals.“ Abbie küsste ihre Mutter auf die Wange. „Das riecht köstlich, Mom. Kann ich einen Bissen probieren?“

Strahlend reichte Irene ihr einen Holzlöffel. Abbie tauchte ihn in die dicke braune Sauce, nahm ein wenig auf die Löffelspitze und führte sie zum Mund. „Mm.“ Verzückt schloss sie die Augen. „Unglaublich. Bist du sicher, dass du nicht im Campagne arbeiten möchtest? Ich wäre bereit, dir einen Spitzenlohn zu zahlen.“

Irene lachte erfreut. „Nein danke, du bist mir zu herrschsüchtig.“

Abbie streckte tadelnd den Zeigefinger in die Luft. „Du hast mit Brady gesprochen, gib's zu!" Sie legte den Löffel ins Spülbecken und sah sich um. „Wo ist Marion?"

„Sie ist Milch einkaufen gegangen."

Abbie nickte. Ihrer Mutter ging es erfreulicherweise immer noch so gut, dass man sie für kurze Zeit allein lassen konnte, besonders an beschwerdefreien Tagen, und heute schien einer zu sein. Wie lange dieses Stadium andauern würde, wussten nicht einmal die Ärzte. Der Verlauf der Krankheit war bei jedem Patienten unterschiedlich.

Abbie wartete, bis ihre Mutter den Herd heruntergeschaltet hatte, dann nahm sie sie bei der Hand. „Komm, setz dich, Mom. Ich muss etwas mit dir besprechen."

Sie führte Irene in den Wohnraum mit der beigefarbenen Sitzgarnitur in Tweed und dem braunen Teppichboden. Durch das große Panoramafenster zum Shaw Drive sah Abbie den alten Mr. Winters. Er beugte sich gerade herab, was ihm bei seiner Arthritis sichtlich schwer fiel, und hob den Unrat auf, den der Sturm letzte Nacht herangeweht hatte.

Abbie erinnerte sich noch genau an den Tag, als sie mit ihrer Mutter dieses Haus bezogen hatte. Aufgeregt war sie von Zimmer zu Zimmer gerannt und hatte zu entscheiden versucht, welches das ihre werden sollte, während ihre Mutter entzückt über die gut ausgestattete Küche gewesen war. Um sich und ihre Tochter durchzubringen, hatte Irene zwei Jobs übernommen: tagsüber als Schwesternhelferin im Krankenhaus und abends als Putzhilfe in Bürogebäuden. Währenddessen hatte eine Freundin Abbie beaufsichtigt. Obwohl Irene eine attraktive Frau war, wollte sie nie wieder heiraten.

„Von jetzt an gibt es nur noch uns zwei, Kleines", hatte sie ihrer Tochter an ihrem ersten Abend in dem neuen Haus erklärt. „Und so soll es auch bleiben."

Abbie dachte oft an diese Zeit und an die Opfer, die ihre Mutter für sie gebracht hatte. Und an die Nächte, wenn sie völlig erschöpft, aber lächelnd heimgekehrt war, nie zu müde, ihr noch die Lieblings-Gutenachtgeschichte vorzulesen. Oh ja, sie hatte glückliche Stunden hier verlebt, und deshalb sah sie es als ihre Pflicht an, dafür zu sorgen, dass ihre Mutter ebenfalls so lange wie möglich glücklich in ihrem Haus leben konnte.

„Über was möchtest du mit mir reden, Liebes?" Irene schüttelte ein Zierkissen auf, ehe sie sich Abbie gegenüber in einen Sessel setzte. „Du wirkst plötzlich so ernst. Ist im Restaurant etwas passiert?"

„Nein. Gott sei Dank läuft im Campagne alles glatt." Abbie faltete die Hände und beugte sich vor. „Ich hatte gestern Abend einen unerwarteten Besucher."

„Ach! Wen denn?"

„Ian McGregor."

Irene war sichtlich schockiert. „Ian? Was macht der denn hier?"

„Er sagte, er sei auf der Durchreise."

„Das verstehe ich nicht. Woher kannte er deine Adresse?"

„Durch das Fernsehinterview. Er hat es gesehen, hörte, dass ich in Princeton lebe, und beschloss, mich zu besuchen. Dank Internet war es nicht schwierig, mich zu finden." Sie machte eine Pause, da sie wusste, wie leicht sich ihre Mutter in letzter Zeit aufregte. Allerdings sah sie keine andere Möglichkeit, die Wahrheit zu erfahren, als offen zu reden. „Er wollte wissen, ob ich mich an das Feuer erinnere."

Irene setzte sich kerzengerade hin. „Warum hat er dich gefragt? Wenn er etwas wissen will, soll er zu mir kommen."

„Ich wollte nicht, dass er dich aufregt."

„Und ich möchte nicht, dass er *dich* aufregt!"

„Das hat er nicht, Mom", log sie. „Er war ein bisschen nervig, aber wenn ich mich recht entsinne, war er das immer, nicht wahr?" Erleichtert stellte Abbie fest, dass die Mitteilung keine dramatische Veränderung im Verhalten ihrer Mutter bewirkte, und fuhr deshalb fort: „Was genau ist in jener Nacht passiert, Mom?"

„Du weißt, was passiert ist. Patrick ist mit einer brennenden Zigarette in der Hand eingeschlafen. Das war eine üble Angewohnheit von ihm, die mich damals in Angst und Schrecken versetzte. Deshalb hatte ich angefangen, im Nebenzimmer zu schlafen."

Ein weiteres Detail, das die Behörden interessant finden würden. „Ian behauptet, er habe einen der Feuerwehrleute von Brandstiftung reden hören", fügte Abbie vorsichtig hinzu.

Irenes Blick schien sich einen Augenblick zu verfinstern. „Hat er das gesagt?"

„Stimmt es? Haben die Behörden ursprünglich Brandstiftung angenommen?"

„Vielleicht."

„Kannst du dich nicht erinnern?"

„Nein, Abbie", entgegnete Irene aufgebracht. „Ich erinnere mich nicht. Wer weiß schon noch all das, was vor so langer Zeit passiert ist?"

„Reg dich nicht auf ...“

„Ich rege mich nicht auf. Ich bin wütend. In all den Jahren haben wir von dem Jungen und seiner Schwester nicht ein Wort gehört. Und jetzt erzählst du mir, dass er hier ist und Ärger machen will.“

„Nein, das will er nicht. Mom, bitte ...“

„Sag ihm, er soll uns in Ruhe lassen, Abbie!“ Sie sprang auf, das Gesicht blass, die Augen feucht. „Sag ihm, dass er fortgehen soll!“

Ehe sie antworten konnte, hörte Abbie eilige Schritte im Flur. Einen Moment später kam Marion herein, eine Einkaufstüte auf den Armen. Sie war eine kleine, rundliche Frau mit grauem, dauergewelltem Haar, runden Wangen und einem stechenden Blick aus braunen Augen.

Besorgt blickte sie von Abbie zu Irene. „Was ist los? Man hört Sie beide schon auf der Straße.“

„Alles okay, Marion.“ Abbie stand auf, ging zu Irene und hätte sich ohrfeigen mögen, dass sie ihre Mutter aufgeregt hatte. „Mom war ein bisschen ungehalten mit mir, aber es ist schon wieder gut.“ Sie legte ihrer Mutter einen Arm um die Schultern. „Nicht wahr, Mom?“

Irene nickte. Sie wirkte ruhiger, doch ihr unsteter Blick besagte etwas anderes. Warum hatte sie sich bei der Erwähnung des Feuers so aufgeregt? Waren die Erinnerungen an jene Nacht so lebendig und schmerzhaft, dass sie nicht darüber reden konnte? Lag es vielleicht nur an der Alzheimerkrankheit, oder steckte mehr dahinter?

Abbie verbrachte die nächste halbe Stunde mit dem Versuch, Irene wieder in einen Zustand von Gelassenheit zu versetzen. Auch wenn sie zu gern mehr über das Feuer erfahren hätte, so mussten weitere Befragungen warten.

Nicht einmal Ians Drohungen waren es wert, ihre Mutter in solche Aufregung zu versetzen.

Während Irene eine großzügige Portion Polpette in einen Plastikbehälter abfüllte, plauderte Abbie über die neuen Gerichte, die sie ihrer Sommerspeisekarte hinzufügen wollte, und über Bens inzwischen berühmten Triple. Außerdem erwähnte sie den neuen Film mit Al Pacino, der am nächsten Freitag herauskommen sollte. Ihre Mutter war verrückt nach Al Pacino.

Langsam entspannte sich Irene wieder, und auch Abbie wurde ruhiger. Vielleicht hatte sie das Verhalten ihrer Mutter überbewertet. Warum sollte sie sich nicht bei der Erwähnung des Feuers aufregen? Denn schließlich war ihr Mann in den Flammen umgekommen. In ihrem Zustand waren emotionale Ausbrüche üblich und sicher kein Grund, voreilige Schlüsse zu ziehen.

Kurz nach zehn machte Abbie sich bereit zum Aufbruch. „Ich fahre besser, ehe Brady einen Suchtrupp losschickt."

Irene gab ihr den Plastikbehälter. „Umarme Ben von mir und sag ihm, er soll mich besuchen kommen. Ich habe den Jungen Ewigkeiten nicht gesehen."

Abbie versetzte es einen Stich. Denn erst vor zwei Tagen hatten sie gemeinsam mit Ben zu Abend gegessen.

7. KAPITEL

Als Abbie ins Campagne zurückkehrte, wartete Brady bereits auf sie. „Da ist jemand, der dich sprechen möchte", sagte er mit leiser Stimme. „Ein Mann. Er behauptet, er ist dein Bruder."

Abbie straffte sich. War das Ians Vorstellung von ‚etwas Zeit lassen', wie er gesagt hatte? Weniger als zwölf Stunden? „Wo ist er?"

„Ich habe ihn in dein Büro geführt. Eigentlich wollte er lieber im Speisesaal sitzen und einen Lunch serviert bekommen. Seine genaue Wortwahl war: ‚Bring mir was Teures, und zwar gratis.'" Dass Brady Ian nicht sonderlich mochte, war offenkundig. „Du hast mir nie etwas von einem Bruder gesagt."

„Er ist eigentlich mein Stiefbruder. Ich erzähle dir später von ihm." Sie ging auf ihr Büro zu. „Ich höre lieber mal, was er will."

Abbie fand ihn an ihrem Schreibtisch stehend, ein gerahmtes Foto von Ben in der Hand. „Stell das hin!" fuhr sie ihn an.

Beim Klang ihrer Stimme drehte Ian sich um. „Gut aussehender Junge. Sieht dir allerdings nicht ähnlich. Kommt wohl nach seinem Vater."

Sie durchquerte den Raum, entriss ihm das Foto und stellte es wieder auf den Schreibtisch. „Ich möchte nicht, dass du herkommst, Ian."

„Wäre es dir lieber, ich käme zu dir nach Hause?"

„Es wäre mir lieber, du würdest verschwinden!"

Erhobenen Hauptes spazierte Ian durch den Raum und blieb immer wieder stehen, um die Fotos zu begutachten, die überall standen. Dass er auf diese Weise Einblick in ihr

Privatleben erhielt, war Abbie äußerst unangenehm. Sie hätte es lieber gesehen, wenn Brady ihn im Speisesaal bedient hätte, denn sie wollte nicht, dass er auch nur andeutungsweise an ihrem Leben teilhatte.

„Kann ich nicht machen, Schwesterchen", sagte er und drehte sich um. „Wie ich gestern Abend bereits sagte, haben wir noch etwas zu erledigen." Er lachte gut gelaunt, als sei dieser Besuch eine harmlose Familienzusammenführung. „Ich sehe keine Bilder von deinem Ehemann. Du hast doch einen, oder?"

„Ich habe dir schon gesagt, mein Privatleben geht dich nichts an."

Ergeben hob er die Hände. „Okay, okay, keine Aufregung, ich war nur neugierig." Er wartete einen Herzschlag lang, ehe er hinzufügte: „Hast du dir unser kleines ... Arrangement überlegt?"

„Du erpresst mich, Ian. Das würde ich nicht als Arrangement bezeichnen."

„Und ich würde es eher eine Rückzahlung nennen – für all das Elend, das ich deiner Mutter verdanke."

„Sie hat dir nichts getan. Wie sich dein Leben entwickelt hat, ist allein deine Schuld."

Er wischte die Bemerkung mit einer Handbewegung beiseite. „Das ist mir gleichgültig. Ich will nur wissen, ob du sie wegen des Feuers gefragt hast."

„Nein." Abbie hoffte, dass er ihr die Lüge nicht anmerkte. „Ich habe keinen Anlass gesehen, sie aufzuregen, indem ich schmerzliche Erinnerungen wachrufe."

„Du hast ihr nicht mal gesagt, dass ich hier bin?"

„Nein, Ian, habe ich nicht, aus genau demselben Grund."

Er sah sie lange forschend an, als müsste er entscheiden, ob sie die Wahrheit sagte oder nicht. Da sie sich unter diesem Blick unbehaglich fühlte, sprach sie mit gespielter Selbstsicherheit weiter. „Offen gesagt, ich weiß gar nicht, warum ich noch hier stehe und mir deinen Blödsinn anhöre, da ich so viel zu tun habe."

„Weil du verdammt gut weißt, dass du in dieser Sache keine Wahl hast." Sein Blick war hart geworden, und in der Stimme klang keine aufgesetzte Fröhlichkeit mehr mit. „Ich habe den Trumpf in der Hand, Abbie. Entweder du rückst das Geld raus, oder ich rufe den Staatsanwalt in Palo Alto an und erzähle ihm, dass deine Mutter eine kaltblütige Killerin ist."

Nur Mut, Abbie, bluffe ihn, bleib hart. Wem wird die Polizei wohl eher glauben, zwei Knackis oder einer gesetzestreuen Bürgerin?

Einen Moment glaubte sie, es tun zu können. Wenn sie ihm zeigte, dass sie sich nicht einschüchtern ließ, würde er nachgeben. Doch obwohl ihr die Worte schon auf der Zunge lagen, blieb sie stumm. Abschätzend sahen sie einander an und warteten, wer als Erster zurückstecken würde.

„Weißt du was?" Ian holte sein Handy aus der Hemdtasche. „Da du immer noch Zweifel hast, stelle ich dir den Kontakt zu Earl her. Er wird dich überzeugen."

Sie wollte etwas einwenden, doch er wählte bereits. Während er wartete, zwinkerte er ihr zu und wirkte sehr zuversichtlich. „Anna", sagte er, als jemand den Anruf entgegennahm. „Hier ist Ian McGregor. Bitte sag Earl, dass er die Telefonnummer anrufen soll, die ich dir gleich gebe. Er soll nach Abbie DiAngelo fragen. Hast du etwas zu schreiben?" Er wartete noch einige Sekunden, dann gab er die

Nummer des Restaurants durch, die er auswendig kannte. „Kannst du ihn heute noch erreichen? Es ist dringend." Er lächelte. „Super, Anna. Danke."

Er klappte das Telefon zu und steckte es wieder ein. „Das war Earls Frau. Sie sagte, er würde sich noch heute melden, falls er seine drei Anrufe pro Woche noch nicht ausgenutzt hat."

„Woher soll ich wissen, dass der Anruf aus dem Gefängnis kommt?"

„Er muss ein R-Gespräch anmelden. Die Vermittlung wird dir sagen, dass der Anruf aus Stateville kommt."

Ian hatte an alles gedacht, war auf jede Frage vorbereitet. War das alles nur ein ausgetüftelter Bluff, oder sagte er tatsächlich die Wahrheit?

Er legte ihr einen Zettel auf den Schreibtisch. „Ich habe dir meine Handynummer aufgeschrieben. Ruf mich an, sobald er sich gemeldet hat."

„Ich springe nicht, wenn du pfeifst, Ian. Schließlich habe ich ein Geschäft zu führen."

Ehe er antworten konnte, klopfte es. Ohne eine Aufforderung abzuwarten, öffnete Brady die Tür und steckte den Kopf ins Zimmer. Ein Blick genügte ihm, um die Spannung zwischen den beiden zu spüren. „Abbie, wir haben in der Küche eine Krise. Könntest du sofort kommen?"

Es hatte noch nie eine Krise gegeben, mit der er nicht selbst fertig wurde, und sie bezweifelte, dass es jetzt eine gab. Allerdings war sie dankbar für die Unterbrechung. „Ich komme sofort."

Sie sah Ian an, der sich leicht verneigte. „Ich gehe dann." Er beugte sich vor, so dass sein Mund fast ihr Ohr berührte, und flüsterte: „Aber ich komme zurück." Als er an Brady vorbeiging, der ihm die Tür aufhielt, fügte er hinzu: „Das würde ich mir abschminken, Junge. Klugscheißer mag keiner."

„Sie müssen's ja wissen", konterte der und folgte ihm mit Abbie in den leeren Speisesaal. Sobald Ian fort war, wandte Abbie sich an ihren jungen Souschef. „Sag mir, dass es keine Krise gibt. Im Moment wäre ich kaum etwas Ernsterem als verbranntem Toast gewachsen."

Er schüttelte den Kopf. „Die war nur ein Vorwand, um zu sehen, ob bei dir alles okay ist."

„Woher wusstest du, dass ich Hilfe brauchte?"

„Ich kenne solche Typen. Wie konntest du zu so einem Exemplar von Stiefbruder kommen?"

Brady verdiente es, so viel wie möglich zu erfahren. „Nach dem Tod meines leiblichen Vaters heiratete meine Mutter Patrick McGregor, einen Witwer mit zwei Kindern. Zwei Jahre später starb Patrick, und ich zog mit meiner Mutter nach Kansas zu meinem kranken Großvater. Ian und seine Schwester blieben in Kalifornien bei ihrer Tante. In den letzten achtundzwanzig Jahren habe ich keinen von beiden wieder gesehen."

„Was will Ian von dir?"

Sie ging auf die Küche zu. „Ein Darlehen."

„Hoffentlich hast du ihm gesagt, dass du nicht die Bank of America bist."

„Nicht mit diesen Worten, aber so in etwa, denke ich."

„Falls er es nicht kapiert, gib mir Bescheid. Ich würde ihm gern diese Selbstzufriedenheit vom Gesicht ..."

Brady wurde von lauten Stimmen aus der Küche unterbrochen. Die eine gehörte Sean, einem von zwei Küchenhelfern.

„Ich habe dir gesagt, Abbie ist beschäftigt!“ sagte der. „Du musst ein andermal wiederkommen.“

„He, du Penner!“ schimpfte der andere, „ich war schon in diesem Geschäft, als du noch in die Windeln gemacht hast. Also sag mir nicht, was ich tun soll!“

„Das ist Ken!“ Abbie eilte, mit Brady auf den Fersen, zur Küche und stieß die Schwingtüren auf.

Ken Walker stand mit hochrotem Gesicht in der Küche, die Fäuste geballt, als wolle er jeden Moment zuschlagen. Ken, Mitte dreißig und mit der stämmigen Statur eines Ringers, hatte ein aufbrausendes Temperament. Nachdem er ein Jahr bei Abbie gearbeitet hatte, war er von Brady vor sechs Wochen dabei erwischt worden, wie er Geld aus der Kasse nahm. Abbie hatte ihn sofort entlassen und später erfahren, dass er ein Spielproblem hatte, von dem sie nichts wusste.

„Was ist hier los?“ fragte sie, froh, dass das Restaurant noch nicht geöffnet hatte. „Ken, was tun Sie in meiner Küche?“

„Hallo, Miss DiAngelo.“ Er nahm seine Baseballkappe ab und hielt sie vor sich. „Ich wollte Sie fragen, ob ich meinen alten Job zurückhaben könnte?“

Brady wollte etwas erwidern, doch Abbie kam ihm zuvor. „Ich mache das schon.“ Sie winkte Ken in den Wirtschaftsraum und sagte: „Sie wissen, dass es nicht geht. Zum einen hat sich meine Einstellung nicht geändert. Sie haben mich bestohlen, und das kann ich nicht dulden. Zum anderen haben wir Sie bereits durch Sean ersetzt. Ich könnte Ihnen Ihren alten Job gar nicht zurückgeben, auch wenn ich es wollte.“

„Ich spiele nicht mehr“, erklärte Ken, als hätte er nicht

gehört, was sie gesagt hatte. „Und ich gehe dreimal die Woche zu den anonymen Spielern. Es funktioniert, denn ich war seit über einem Monat nicht mehr in Atlantic City."

„Das freut mich zu hören, Ken, aber ich kann Ihnen trotzdem keinen Job geben."

„Bestimmt nicht? Ich habe das Restaurant beobachtet. Seit Sie den Preis bekommen haben, ist hier unheimlich was los. Ein bisschen zusätzliche Hilfe in der Küche könnten Sie wahrscheinlich gebrauchen. Ich wäre auch mit einer geringeren Position zufrieden, bis ich meine alte zurückbekommen kann."

Seine Hartnäckigkeit war einer der Gründe, warum sie von Anfang an Probleme mit ihm gehabt hatten. Auf die Gefahr hin, sich zu wiederholen wie eine gesprungene Schallplatte, sagte sie: „Es geht nicht, Ken. Tut mir Leid."

Sein Ton wurde wieder kampflustig. „Es macht Ihnen Spaß, jemanden zu treten, der am Boden liegt, was, Miss DiAngelo? Das gehört zu Ihrem Egotrip, stimmt's?"

Abbie straffte sich. „Sie vergessen sich, Ken."

„Wohl eher Sie. Ich kam in gutem Glauben her und habe zugegeben, dass ich ein Problem hatte. Ich habe Ihnen sogar gesagt, wie ich damit fertig werde, aber das ist Ihnen gleichgültig."

In diesem Augenblick kam Brady herein und packte Ken am Arm. „Das reicht, Freundchen. Raus mit Ihnen."

„Ich bin noch nicht fertig!" schrie Ken.

„Oh doch, das sind Sie." Brady schob ihn zur Hintertür hinaus. „Miss DiAngelo hat Sie nicht angezeigt, weil sie Mitleid mit Ihnen hatte. Aber sollten Sie noch einmal im Restaurant auftauchen, hole ich die Polizei!" Er machte die

Tür zu, schloss ab und beendete so die Schimpfkanonade des Mannes.

„Mir gefällt nicht, wie der sich aufführt“, meinte Brady zu Abbie. „Wir sollten es der Polizei melden und sie bitten, ihn im Auge zu behalten.“

Abbie schüttelte den Kopf. „Ich möchte nicht, dass er Schwierigkeiten bekommt oder sich seine Chancen auf einen neuen Job verbaut. Warten wir ab, was passiert.“

Sie sah zum Fenster hinaus. Ken war zwar fort, doch das beruhigte sie kaum. Was mochte dieser Tag noch für sie bereithalten?

8. KAPITEL

Ian saß kaum dreißig Meter von dem kleinen blauen Haus entfernt in Rose' Wagen und fragte sich, ob er hingehen und an Irenes Tür läuten sollte.

Abbies Reaktion auf die Frage, ob sie mit ihrer Mutter über das Feuer gesprochen habe, hatte ihn stutzig gemacht. Seine Stiefschwester war nie eine gute Lügnerin gewesen. Ihr leichtes Zögern und das Abwenden des Blickes hatten ihm verraten, dass sie etwas verbarg. Aber was?

Er überlegte noch, wie er sich Irene nähern sollte, als die Haustür geöffnet wurde. Eine Frau trat heraus und sah sich zögernd, fast ängstlich um.

Obwohl seit ihrer letzten Begegnung fast dreißig Jahre vergangen waren, erkannte er sie sofort. Irene DiAngelo. Ihre dunklen Haare waren jetzt fast grau, doch ansonsten hatte sie sich kaum verändert. Sie war immer noch die zarte, attraktive Lady von damals. Dennoch war sie anders. Sie benahm sich merkwürdig, als wüsste sie nicht genau, wo sie war, was keinen Sinn ergab, da sie soeben aus der eigenen Haustür getreten war.

Er beobachtete sie weiter durch das geöffnete Fenster und wartete ab, was sie tun würde. Doch sie stand nur da und sah unsicher aus. Ehe er sich wegducken konnte, blickte sie in seine Richtung, starr und reglos. Ian fluchte leise. Es fehlte ihm gerade noch, dass sie die Polizei rief und ihn als Spanner anzeigte.

Rasch nahm er die Straßenkarte von Mercer County vom Beifahrersitz, entfaltete sie und hielt sie sich vor das Gesicht, während er Irene weiter aus dem Augenwinkel beobachtete. Der Trick schien zu wirken, denn sie sah ihn nicht mehr an, sondern ging zu einem Rosenbeet vor dem Haus.

Währenddessen kam ein blauer Van um die Ecke des Shaw Drive und hielt in der Einfahrt. Ein Junge, etwa siebzehn oder achtzehn, sprang heraus und winkte Irene zu.

„Hallo, Miss DiAngelo!“

Sie sah den jungen Mann an, als hätte sie ihn noch nie gesehen. Eigenartig, dachte Ian, wirklich eigenartig.

„Ich bin gekommen, um den Rasen zu schneiden“, erklärte der Junge. Ihr sonderbares Benehmen schien ihn überhaupt nicht zu beunruhigen.

Während der Junge über das Wetter plauderte, zog er einen Rasenmäher aus seinem Van und schob ihn in den Vorgarten. Irenes Mimik verriet reine Panik. Sie fuhr herum, als sei ihr der Leibhaftige erschienen, und lief ins Haus.

Ian saß einen Moment verblüfft da. Was, zum Teufel, war das denn? Was war los mit Irene?

Nun ja, es gab nur eine Möglichkeit, das herauszufinden. Er öffnete die Wagentür, stieg aus und eilte wie jemand, der dringend etwas zu erledigen hat, auf das Haus zu. Der Junge war soeben zu seinem Wagen zurückgekehrt, um die Unkrauthacke zu holen, und beobachtete ihn.

„Hallo“, grüßte Ian freundlich, hielt die Karte hoch und deutete auf das Haus. „Vielleicht können Sie mir helfen. Ich bin Immobiliengutachter. Ich wurde von meiner Gesellschaft hergeschickt, mir die Häuser dieses Blocks anzusehen. Als ich bei Miss DiAngelo geklingelt habe, benahm sie sich seltsam und ließ mich nicht ein. Hat sie ein Problem?“

Der Junge zuckte die Achseln. „Miss Di ist ganz okay. Ihr Erinnerungsvermögen setzt nur manchmal aus. Vielleicht versuchen Sie's in einer Stunde noch mal. Dann ist sie vielleicht wieder klar."

„Was meinen Sie damit? Was ist denn los mit ihr?"

Der Junge öffnete den Schraubverschluss eines Kanisters und füllte Benzin in den Mäher. „Sie hat eine Krankheit, die das Gedächtnis beeinträchtigt. Ich habe vergessen, wie sie heißt."

„Alzheimer?"

„Ja, richtig. Alzheimer. Die meiste Zeit ist sie okay und richtig nett. Aber manchmal, so wie jetzt, kann sie sich nicht erinnern, wer man ist."

Ian konnte seine Begeisterung kaum bezähmen. Irene hatte Alzheimer. Deshalb hatte Abbie sich so komisch benommen und ihre Mutter nicht mit den Vorwürfen zu dem Feuer konfrontiert. Wenn Irene sich also nicht an jene Nacht erinnern konnte, war sie auch nicht in der Lage, die Vorwürfe zu entkräften.

Wenn das nicht ein absoluter Glücksfall war. Und er hatte sich schon Sorgen gemacht, Abbie durchschaue seinen Bluff. Doch ihr Widerstand war nichts weiter als Angst gewesen, und jetzt kannte er den Grund.

Die Lunchzeit im Campagne war fast vorüber, und in der Küche ging es wieder ein wenig geruhsamer zu, als der Anruf kam. Abbie stand nur wenige Schritte vom Wandtelefon entfernt, als es klingelte. Nachdem sie sich überzeugt hatte, dass die Belegschaft zum Lauschen zu beschäftigt war, nahm sie den Hörer ab.

„Sie haben ein R-Gespräch von einem Earl Kramer aus dem Stateville Gefängnis", sagte eine nasale weibliche Stimme. „Übernehmen Sie die Kosten?"

Abbie drehte sich zum Fenster und merkte, wie ihre Kehle trocken wurde. „Ja.“ Sie schluckte. „Ja, ich übernehme sie.“

„Abbie DiAngelo?“ Die Stimme am anderen Ende klang grob und ungebildet. „Sind Sie das?“

„Ja.“ Sie räusperte sich. „Aber ich muss den Anruf in mein Büro legen. Es dauert nur eine Sekunde.“

Der Mann lachte. „Ich geh’ nich’ weg.“

Als Brady vorüberging, reichte sie ihm den Hörer. „Würdest du den bitte auflegen, wenn ich es dir sage?“

Sich seiner Neugier bewusst, eilte sie in ihr Büro und nahm dort den Hörer auf. Ihr Herz schlug schneller, aber nicht von dem kurzen Sprint. „Ich bin dran, Brady. Danke.“

„Kein Problem.“

„Mr. Kramer?“

„Ja.“

Abbie hielt den Hörer ans Ohr, ging um den Schreibtisch herum und setzte sich. „Wissen Sie, warum Ian Sie bat, mich anzurufen?“

„Klar. Sie wollen wissen, ob das stimmt, was ich ihm über Ihre Mutter verklickert habe.“ Er machte eine kurze Pause. „Es stimmt.“

Sie schloss die Augen und zwang sich, bis fünf zu zählen. „Sie wissen, dass es nicht wahr ist. Warum tun Sie das? Hat Ian Ihnen Geld geboten?“ Dumme Frage. Bildete sie sich ein, er würde es zugeben, wenn es so wäre?

„Wo ich bin, nützt einem Geld rein gar nix, Missie. Außerdem ist Earl Kramer nich’ käuflich.“

Das bezweifelte sie stark. „Warum kommen Sie jetzt damit heraus? Weshalb haben Sie Ian die Geschichte nicht gleich nach Ihrer Verurteilung erzählt?“

„Weil ich immer noch ‘ne Chance gesehen hab’, durch Berufung um die Todesstrafe rumzukommen. Nach zwei Versuchen haben die mir jetzt aber gesagt, das war’s. Ich bin erledigt, da kann ich auch gleich alle Sünden beichten, nich’ nur die, wegen der ich die Todesstrafe gekriegt hab’.“

„Warum?“

„Weil mir Gottes Gnade zuteil wurde, Miss DiAngelo“, sagte er mit aufgesetzter Ehrfurcht, die so falsch klang wie alles andere. „Dadurch, dass ich meine Verfehlungen gestehe, vergelte ich ihm seine Freundlichkeit.“

Abbie ließ sich gegen die Lehne sinken. Mit wem redete sie da eigentlich? War er ein Mensch, der zum Glauben zurückgefunden hatte, oder ein gerissener Halunke? „Ian sagte, Sie könnten mich überzeugen. Tun Sie es.“

„Wie soll ich das machen?“

„Wie sah meine Mutter vor achtundzwanzig Jahren aus?“

„Sie war eine Augenweide. Toller Hintern.“

„Beschränken Sie sich auf das Gesicht, bitte.“

„Also gut, überlegen wir mal.“ Er schwieg einen Moment. „Sie hatte dunkles, welliges schulterlanges Haar. Und helle Augen, grau oder grün.“ Wieder eine Pause. „Und ‘nen Schönheitsfleck über der Oberlippe.“

Stimmte alles, doch Abbie war noch nicht überzeugt. Ian hätte ihm eine Beschreibung von Irene geben können. „Was war mit dem Haus?“

„Lag an der El Camino Lane – eine halbe Meile oder so vom Stadtkern entfernt. Ein großes Haus mit ‘nem Unter- und Dachgeschoss.“

Auch das konnte er von Ian wissen. Sie musste etwas

Spezielles fragen, das nicht jeder wusste. Aber was? Sie war nicht gerade eine Expertin im Befragen hartgesottener Krimineller. „Wie sind Sie ins Haus gelangt?"

„Ihre Mutter hat die Hintertür offen gelassen. Sie hatte mir gesagt, in welchem Raum McGregor schlief. Also bin ich raufgegangen und hab' geguckt, ob der wirklich fest pennt. Auf dem Nachttisch stand 'ne leere Flasche Bourbon, und das Zimmer stank nach Fusel. Ich wusste also, dass er bestimmt nich' wach wird."

„Hat es Ihnen nichts ausgemacht, dass auch drei Kinder im Haus schliefen?"

„Ihre Mutter war wach. Sie hätte nicht zugelassen, dass den Kiddies was passiert."

Trotzdem hatte das Obergeschoss bereits in Flammen gestanden, als Irene in ihr Zimmer gekommen war. Wenn sie wirklich wach geblieben war, warum hatte sie dann so lange gewartet, um ihr Kind zu retten? „Wie konnten Sie da sicher sein? Sind Sie in der Nähe geblieben und haben zugeschaut?"

Er lachte wieder – ein zynisches, herablassendes Lachen, damit sie sich dumm vorkam. „Was? Und mich einkassieren lassen? Sie machen wohl Witze."

„Ian sagte, meine Mutter habe durch eine Chiffre-Anzeige Kontakt mit Ihnen aufgenommen."

„Klar. Machen viele Leute so, auch jetzt noch. Für den Normalo ohne Verbindungen zum Milieu ist eine Chiffre-Anzeige mit dem richtigen Text fast die einzige Möglichkeit, zu finden, was man sucht. Sie brauchen nichts weiter zu schreiben als ..." Er machte wieder eine kurze Pause. „‚Suche jemand für Spezialarbeiten.' Oder: ‚Handlanger für Abbrucharbeiten gesucht.' Da kriegt man zwar 'ne Menge

Anrufe, aber mit etwas Geduld über kurz oder lang auch den richtigen."

„Was stand in der Anzeige meiner Mutter?" Vielleicht konnte sie in den Zeitungsarchiven nachsehen? Heutzutage hatten die meisten Zeitungen Kopien auf Mikrofiche.

„Großer Gott, wie soll ich denn das noch wissen?"

„Wie wäre es dann mit dem Namen der Zeitung? Und dem Erscheinungsdatum der Anzeige? Sicher können Sie sich daran erinnern."

„Tut mir Leid. Damals habe ich etwa ein Dutzend Zeitungen aus dem ganzen Land gelesen. Ich weiß nich' mehr, in welcher Irenes Anzeige stand oder wann sie Kontakt zu mir aufgenommen hat."

„Wie bequem."

Diesmal bemerkte er den sarkastischen Unterton, denn er reagierte. „He, es is' nich' meine Schuld, wenn es nich' das is', was Sie hören wollen. Aber das ändert nix an dem, was ich weiß."

„Sie wollen sagen, was Sie erfinden, Mr. Kramer, nicht wahr?"

„Das sollen die Bullen entscheiden, Missie." Er ließ eine Sekunde verstreichen. „War's das? Meine fünfzehn Minuten sind fast um. Sie wollen doch nich', dass ich Schwierigkeiten kriege, oder?"

Abbie fühlte sich ausgelaugt. Sie war nicht sicher, was sie von dieser Unterhaltung erwartet hatte oder ob sie überhaupt etwas erwartet hatte. „Ja", erwiderte sie, „wir sind fertig."

„Werden Sie mit mir beten, Miss DiAngelo?"

Verblüfft wollte sie etwas erwidern, doch er sprach bereits weiter. „Herr Jesus Christus, du hast dein Leben für mich gegeben, und nun möchte ich meines für dich geben. Ich biete dir meinen Tod an, Herr, so wie ich dir meinen Körper und meine Seele ..."

Abbie warf den Hörer auf die Gabel. Was war das für ein krankes Monster? Glaubte er wirklich, sie kaufte ihm diese Vorstellung ab? Und was für eine Sorte Mensch erfand solche Lügen ohne Gewissensbisse und betete im selben Atemzug für seine Seele?

Sie bedeckte das Gesicht mit den Händen und verharrte in dieser Haltung, bis Brady sich über die Sprechanlage meldete, um ihr zu sagen, dass er gehen würde.

Vielleicht ist noch nicht alles verloren, dachte sie und erhob sich hinter ihrem Schreibtisch. Möglicherweise gab es einen Ausweg aus diesem Albtraum – einen legalen. Sie wusste nicht, wie der aussehen konnte, doch Claudias Bruder war Anwalt. Obwohl er in Philadelphia lebte, traf er sich häufig mit seiner Schwester. Und wenn er in der Stadt war, sorgte Abbie immer dafür, dass sie Dinner oder Lunch im Campagne aßen. Doch was noch wichtiger war, sie wusste, dass sie ihm trauen konnte.

Mit dem Gedanken nahm sie ihre Handtasche und ging ebenfalls.

9. KAPITEL

Abbie hatte die fünfunddreißigjährige Claudia Marjolis vor sieben Jahren kennen gelernt, als sie bei der großen Eröffnung ihrer ersten Ein-Frau-Show den Partyservice gemacht hatte. Als jüngster Spross einer alten Geldadelsfamilie aus Philadelphia und erklärter Rebell hatte Claudia ihre Familie damit geschockt, dass sie ihr Medizinstudium hinwarf und Bildhauerin wurde.

Obwohl ihre Eltern sich schließlich von dem Schreck erholten und ihre Tochter dann von Herzen unterstützten, wussten sie immer noch nicht recht, was sie mit diesem Freigeist anfangen sollten. Ein Geist, der sich nicht nur in ihrer Arbeit widerspiegelte – die von manchen Kritikern als revolutionär bezeichnet wurde –, sondern im Lebensstil, in der Art der Kleidung und sogar in der Wahl des Essens.

Ihre Wohnung, zugleich Atelier, befand sich im Loft eines zweistöckigen Gebäudes – einer ehemaligen Bonbonfabrik. Eine Fensterfront bot einen ungehinderten Blick auf den Holder Tower der Princeton University, eines der bekanntesten Wahrzeichen der Stadt. Die Hälfte des Loftraumes wurde von ihren Arbeiten eingenommen, einem ausgewählten Sortiment an Ton- und Bronzeskulpturen verschiedener Formen und Größen. Der übrige Raum, teils Wohnraum, teils Küche, war in verschiedenen Rot- und Schwarzschattierungen gehalten. Das Schlafzimmer verbarg sich hinter einer von Claudias interessanteren Kreationen, einem Glasturm aus leeren Krügen. Abends, wenn das goldene Licht im richtigen Winkel hereinfiel, erstrahlte das Kunstwerk, als stünde es in Flammen. Ben kam für sein Leben gern her. Zum einen, weil Claudia ihn fürchterlich verwöhnte, und zum anderen, weil sie ihn oft mit auf den Schrottplatz nahm, wo sie Metallabfälle für ihre Arbeiten kaufte.

Als Abbie eintrat, versuchte Claudia soeben laut stöhnend, eine sechs Fuß lange, liegende Frauengestalt über den Schieferboden zu zerren. Klein und kaum hundert Pfund schwer, wirkte die Freundin, als könnte sie nicht mal eine Feder bewegen. Zwei Jahre als Kellnerin einer stets vollen Cafeteria in SoHo während des Studiums am Lower Manhattan Art Center hatten ihr jedoch eine Kraft im Oberkörper verliehen, über die nur wenige Frauen ihrer Größe verfügten.

Mit ihrem Wust an roten, derzeit mit Gips gesprenkelten Locken, den großen runden blauen Augen und der Großmutterbrille sah sie aus wie eine hübschere Version von Raggedy Ann. Klug und erfolgreich, hatte sie auf die Ehe verzichtet, obwohl sie dreimal kurz vor einer Heirat gestanden hatte. Alle drei hoffnungsvollen Bräutigame hatte sie am Altar stehen lassen – Opfer ihrer berüchtigten Bindungsphobie. Abbie hatte oft gespottet, dass der Film, „Die Braut, die sich nicht traut“ auf Claudias Lebensgeschichte basiere.

Als die Tür knarrend ins Schloss fiel, drehte Claudia sich um, eine Hand in Taillenhöhe in den Rücken gepresst. „Du kommst genau richtig. Das Ding wiegt eine Tonne.“

„Sieht so aus.“

Abbie betrachtet die Skulptur genauer, eine Frau mit konischen Brüsten, gewaltigen Schenkeln und kleinen Füßen. Sie hatte den Entstehungsprozess des neuen Werkes zwar während der letzten sechs Monate verfolgt, aber erst vor vier Wochen war ihr aufgegangen, dass der Gipsblock eine Frau werden würde.

„Nun, was hältst du davon?“ fragte Claudia wie eine stolze Mama.

Abbie umrundete mit geschürzten Lippen langsam die Statue und begutachtete jedes Detail. Die zwei schwarzen Knopfaugen im Gesicht schienen ihre Bewegungen zu verfolgen. „Hm, ich weiß nicht recht. Wann hast du dich zu den spitzen Brüsten entschlossen?“

„Ich wusste, dass du das fragen würdest.“ Claudia nahm einen Staubwedel aus Federn vom Boden auf und wischte damit leicht über den weiblichen Torso. „Die Idee kam mir letzte Woche, nachdem ich ein Bild von Josephine Baker gesehen habe. Ihre Brüste waren damals in Paris der Clou. Sie haben mich angeregt.“

Abbie warf ihrer Freundin einen amüsierten Blick zu. „So, so, meine Liebe, hast du etwa ein Geheimnis, von dem ich wissen sollte?“

„Klugscheißerin. Ich meinte natürlich künstlerische Anregung. Und nun hilf mir, ja?“ Sie legte den Staubwedel beiseite und streckte die Finger. „Und pass auf, dass der Läufer drunter bleibt. Ich will den Boden nicht verkratzen.“

Abbie warf ihre Tasche auf einen Stuhl. „Wo soll sie hin?“

Claudia deutete auf einen Platz vor dem Fenster. „Da drüben. Damit jeder sie von der Nassau Street sehen kann.“

Der Anweisung folgend, nahm Abbie ihre Position ein und legte die Hände auf den breiten Rücken der Statue. Dann begann sie langsam, aber stetig zu drücken, bis die Figur an ihrem Platz stand. Die Bewegung musste Aufmerksamkeit erregt haben, denn ein paar Passanten blieben stehen und blickten mit offenen Mündern hinauf, was exakt der von Claudia gewünschten Reaktion entsprach. Der Platz war wie geschaffen für die Figur.

Sie trat zurück, um den Effekt zu prüfen, und nickte zufrieden. „Ideal."

„Hast du ihr schon einen Namen gegeben?" fragte Abbie, wohl wissend, wie ungern Claudia ihre Arbeiten betitelte. Ihre meisten Stücke hießen „ohne Titel".

„Nein, aber mein Händler drängt mich, mir was einfallen zu lassen. Irgendwelche Vorschläge?"

„Bedaure, meine Kreativität beginnt und endet in der Küche."

„In dem Fall ist vielleicht eine Tasse Kaffee genau das Richtige, um deine kreativen Säfte in Wallung zu bringen. Und ich habe ein paar Muffins, die du versuchen solltest. Ein neues Rezept."

„Was ist drin?" fragte Abbie argwöhnisch.

„Flachssamen, Mais und ein Hauch Jalapeño. Zieh kein Gesicht, es wird dir schmecken." Sie ging auf die Küche zu. „Und dann kannst du mir erzählen, was los ist." Sie nahm die Glaskanne von der schwarzen Kaffeemaschine und schenkte zwei Becher voll. „Und erzähl mir nicht, es sei nichts los", fuhr sie fort, den forschenden Blick auf Abbie gerichtet. „Denn die Besorgnis in deinem Blick, liebste Freundin, die du so heftig zu verbergen versuchst, verrät dich."

Zunächst hatte sie nicht vorgehabt, Claudia ins Vertrauen zu ziehen. Nicht nur, weil die Sache sehr persönlich war, sondern auch, weil sie ihre beste Freundin nicht in eine kompromittierende Lage bringen wollte. Doch als sie sich entschlossen hatte, Dennis Marjolis um Hilfe zu bitten, war klar gewesen, dass sie auch Claudia einweihen musste.

„Es ist kompliziert", begann sie, nicht sicher, wo sie anfangen sollte.

Claudia stellte einen Teller mit duftenden Muffins auf den Tresen und kletterte auf einen rot lackierten Hocker. „Du redest mit der Person, für die das Wort kompliziert erfunden wurde. Also komm schon, sprich dich aus."

Abbie berichtete alles, von dem Moment an, als sie Ian am Spielfeldrand entdeckt hatte, bis zum Telefonat mit Earl Kramer vor zehn Minuten.

„Um Gottes willen!" rief Claudia aus. „Ich habe noch nie einen solchen Blödsinn gehört! Diese beiden Clowns sind doch nichts als Betrüger, die eine Geschichte erfunden haben, um den schnellen Dollar zu machen. Und dieser Brief wurde in einem Augenblick der Verzweiflung geschrieben. Der bedeutet gar nichts!"

„Das habe ich auch gedacht." Abbie brach sich ein Stück Muffin ab und kaute bedächtig. Es schmeckte überraschend gut.

„Warum hast du Ian dann nicht gesagt, er soll sich eine andere Dumme suchen?"

„Das hätte ich getan, wenn meine Mutter sich nicht so verdächtig verhalten hätte."

„Schätzchen, deine Mutter hatte einfach einen schlechten Tag. Vielleicht waren die Erinnerungen an jene Nacht zu schmerzlich für sie. Oder sie haben etwas in ihrem Kopf ausgelöst, und sie war nur verwirrt. Hat dir Dr. Frantz nicht erklärt, dass sie solche Tage haben würde?"

„Ja, aber ..."

„Aber was?" drängte Claudia.

„Was, wenn es mehr war als das? Vielleicht hat sie unbewusst die Vorgänge jener Nacht verdrängt. Oder deren Folgen."

Die Freundin schüttelte den Kopf. „Du lässt dich von deinem durchtriebenen Stiefbruder reinlegen. Willst du meinen Rat? Hier ist er: Informiere die Polizei. Was Ian versucht, ist Erpressung, und das ist strafbar. Lass nicht zu, dass er dich auch nur einen Tag länger quält als nötig."

Die Reaktion der Freundin erstaunte Abbie nicht. Trotz ihrer unkonventionellen Art glaubte Claudia fest an die Regeln des Rechts. „Ich kann nicht zur Polizei gehen, ehe ich nicht fundierten juristischen Rat eingeholt habe. Darum bin ich hier. Ich muss mit Dennis reden."

„Warum hast du das nicht gleich gesagt?" Claudia nahm ein schnurloses Telefon vom Küchentresen. Abbie beobachtete sie, während sie der Sekretärin ihres Bruders ihren Namen nannte und ihn zu sprechen wünschte. Bei Claudias enttäuschtem Gesichtsausdruck und nach ihren nächsten Worten ließ Abbie die Schultern sinken. Dennis war auf Geschäftsreise.

Doch die Miene der Freundin hellte sich sofort wieder auf. „Er kommt heute Abend zurück? Fantastisch! Bitte sagen Sie ihm, er soll mich sofort anrufen, gleichgültig, wie spät es ist. Danke, Sylvia."

Claudia legte den Hörer auf. „Bist du einverstanden, dass ich Dennis schon mal die Situation erkläre, wenn er anruft, oder möchtest du das selbst machen?"

„Nein, mach nur, ich fülle dann die Lücken aus."

Der tiefe Schlag der Standuhr im Foyer ertönte ein Mal. Ein Uhr nachts, und Dennis Marjolis hatte nicht angerufen.

Vielleicht hat seine Maschine Verspätung, dachte Abbie, oder er hat Skrupel, mir bei einer so komplizierten und vielleicht hoffnungslosen Sache einen Rat zu geben? Abbie rechnete schon nicht mehr mit seinem Anruf, zumindest für heute Nacht, als das Telefon schellte.

Sie hechtete zum Küchentresen und antwortete nach dem ersten Klingeln. „Hallo?"

„Abbie?"

Erleichtert atmete sie auf. „Dennis." Zu besorgt, um Zeit für Geplauder zu vergeuden, kam sie gleich auf den Punkt. „Hast du so halbwegs verstanden, was Claudia dir erzählt hat?"

„Ziemlich genau sogar." Er machte eine Pause, und sie hörte Papier rascheln. „Fangen wir von vorne an, und unterbrich mich, falls ich dich verwirre. Das tue ich manchmal."

Es stimmte zwar nicht, aber es war lieb von ihm, das zu sagen, damit sie sich nicht dumm vorkam. Sofort hatte sie das Gefühl, bei ihm gut aufgehoben zu sein. „Mach' ich."

„Befassen wir uns zunächst mit Kramers Aussage. Todeskandidaten gestehen routinemäßig erfundene Straftaten, in der Hoffnung, genügend Interesse zu wecken, um einen Aufschub der Exekution zu erreichen. Die Polizei kennt diese Taktiken und braucht schon etwas Gehaltvolleres als sein Wort, um die Aussage ernst zu nehmen."

„Wäre der Brief meiner Mutter überzeugend genug?"

Sie hörte Dennis seufzen und ahnte, was nun kam. „Dieser Brief ist ein belastendes Beweisstück, Abbie. Selbst wenn deine Mutter leugnet, jemals vorgehabt zu haben, ihren Mann zu töten, wird die Anklage ihn als Beweis gelten lassen, dass deine Mutter nicht nur den Gedanken hatte, deinen Stiefvater umzubringen, sondern auch verzweifelt genug war, die Tat begehen zu können."

„Soll das heißen, es könnte tatsächlich zum Prozess kommen?"

„Ich fürchte, ja. Der Brief, zusammen mit Kramers detaillierten, belastenden Aussagen gegen Irene, wird einem Anklagevertreter ausreichen, eine Anklage vor dem Geschworenengericht zu erreichen."

„Und was ist mit Earls ach so praktischen Gedächtnislücken? Er scheint sich an alles zu erinnern, außer an den Namen der Zeitung, in der meine Mutter angeblich inserierte, und an das Datum oder den Wortlaut der Anzeige. Beweist das nicht, dass er lügt?"

„Nicht unbedingt. Das sind kleine Details, und achtundzwanzig Jahre sind eine lange Zeit."

Dies war nicht die erhoffte Antwort, doch es gab einen weiteren Aspekt, über den sie noch nicht gesprochen hatten. „Also gut, nehmen wir den schlimmsten Fall an. Meine Mutter wird angeklagt. Was ist mit ihrer Erkrankung? Würde die Alzheimerkrankheit einen Strafprozess ausschließen?"

„Ob deine Mutter in der geistigen Verfassung ist, dem Prozess zu folgen, wird nach einer Kompetenzanhörung vom Gericht festgestellt. Irene wird sich einer mentalen Prüfung unterziehen müssen, die von staatlichen Ärzten durchgeführt wird. Sie werden feststellen, ob sie in der Lage ist, die gegen sie vorgebrachte Anklage zu verstehen. Beim rechtlichen Standard für die mentale Kompetenz zur Prozessfähigkeit geht es nicht darum, ob Alzheimer dein Gedächtnis beeinträchtigt hat, sondern ob du in der Lage bist, die Schwere der gegen dich vorgebrachten Anschuldigungen zu verstehen. Wenn ich mich recht entsinne, hatte deine Mutter bei unserem letzten Gespräch Alzheimer im Frühstadium."

„Das ist immer noch so", bestätigte sie und ahnte, auf was er hinauswollte.

„Also ist sie aufnahmefähig und die meiste Zeit geistesgegenwärtig?"

Sie spürte ihre Hoffnung schwinden. „Ja."

„Du erkennst das Problem, nicht wahr?"

Abbie lehnte sich gegen den Tresen, während vor ihrem inneren Auge Bilder vorbeizogen, wie Irene von der Polizei verhört und dann wegen Mordes angeklagt wurde. Das wunderbar friedliche Leben ihrer Mutter wäre für immer zerstört. Ihre Tage würden nur noch aus Anschuldigungen, reißerischen Schlagzeilen, Demütigungen und Angst bestehen. Wenn all das sie nicht umbrächte, dann mit Sicherheit eine Gefängnisstrafe.

„Abbie?" fragte Dennis besorgt.

„Ja, ich habe dich gehört. Ich versuche ..." Sie spürte, wie ihre Stimme brach und verstummte.

„Tut mir Leid. Ich wünschte, ich hätte Ermutigenderes für dich."

„Ich auch."

„Hast du noch Fragen? Muss noch etwas geklärt werden?"

„Nein. Du hast dich schmerzhaft deutlich ausgedrückt."

„Tut mir Leid", wiederholte er, und sie wusste, dass er es aufrichtig meinte. „Bitte ruf mich an, wenn du weitere Hilfe brauchst, ja?" fügte er hinzu. „Die Vertraulichkeit zwischen Anwalt und Klient ist dir garantiert."

„Mach' ich."

10. KAPITEL

Abbie saß allein am Küchentisch, und ihre morgendliche Tasse Kaffee war inzwischen kalt geworden. Obwohl ein frischer Wind die Wolken vertrieben hatte und der Himmel über Princeton strahlte, hob sich ihre Stimmung nicht. Sie hatte eine unruhige Nacht verbracht. Das Telefonat mit Claudias Bruder hatte sie depressiver gemacht, als sie es vorher gewesen war. Außer zur Polizei zu gehen, wie Claudia vorgeschlagen hatte, und darauf zu hoffen, dass die Wahrheit siegte, sah sie keinen Ausweg aus dieser Misere.

Was war überhaupt die Wahrheit? Alles, was sie sicher wusste, war, dass Irene während ihrer zweijährigen Ehe mit Patrick McGregor eine sehr unglückliche Frau gewesen war. Selbst heute noch konnte sie sich genau an die heftigen Streitereien der beiden erinnern. Unter der Bettdecke verborgen, hatte sie gebetet, das Schreien möge aufhören und ihr Stiefvater solle so werden, wie ihr leiblicher Vater gewesen war: freundlich, fürsorglich und immer zu einem Spaß aufgelegt. Abbie hatte ihren Dad geliebt und sein Aussehen, seinen Geruch und sein Lachen gemocht. Wenn sie die Augen schloss, erinnerte sie sich, wie er sie vom Boden aufgehoben und auf seine Schultern gesetzt hatte, damit sie die Erntedankparade sehen konnte. Sie dachte an den Spaß an ihrem fünften Geburtstag, als sie Dreirad fahren gelernt hatte. Dad war neben ihr hergerannt und hatte sie angefeuert.

Dann war ein schrecklicher Unfall auf der Baustelle passiert, der Joe DiAngelo und drei Arbeiter das Leben kostete. Danach war alles anders geworden.

Abbie warf ihrer Mutter nicht vor, dass sie wieder geheiratet hatte. Sie war erst sechsunddreißig gewesen, ohne Arbeitserfahrung und nicht in der Lage, ihre Tochter allein durchzubringen. Als ein Freund ihr Patrick McGregor, einen Witwer und erfolgreichen Geschäftsmann, vorstellte, hatte Irene keine Chance gehabt. Bei der ersten Verabredung hatte Patrick ihr von seinem großen Haus an der El Camino Lane erzählt und von seinen zwei fabelhaften Kindern, die tapfer versuchten, mit dem Tod der Mutter fertig zu werden.

Es hatte nicht lange gedauert, und Irene war dem Charme des Iren und seinem guten Aussehen erlegen. Ein paar Wochen später hatten sie geheiratet, und Abbie bekam zwei neue Geschwister. Allerdings waren Ian und Liz eher Teufelsbraten und nicht die fabelhaften Kids, die Patrick beschrieben hatte.

Die Wahrheit über Patricks Trunksucht kam erst weitere Wochen später heraus. Zunächst war es harmlos erschienen. Andere Männer entspannten sich nach der Tagesarbeit, indem sie den Sportteil der Zeitung lasen, die Nachrichten hörten oder mit ihren Kindern spielten. Patrick trank.

Bald entwickelte sich die abendliche Angewohnheit jedoch zu einem Problem, das Irene nicht eindämmen konnte. Es kam immer häufiger zu Streitereien, die so heftig wurden, dass Irene daran dachte, ihren Mann zu verlassen. Eines Abends hatte Abbie ihre Mutter mit dem Großvater in Kansas telefonieren und über die Trinkerei ihres Mannes reden hören. Unglücklicherweise hatte auch Patrick mitgehört und wurde so wütend, dass ein Nachbar klingelte und sie aufforderte, leiser zu sein, da er ansonsten die Polizei holen würde.

Ian hatte Recht. Falls die Behörden ihre ehemaligen

Nachbarn befragten, fänden sie reichlich Verdachtsmomente für ein Verbrechen.

Was konnte sie also tun? Abbie unterdrückte einen Seufzer der Hoffnungslosigkeit. Sie besaß keine hunderttausend Dollar, die sie Ian geben konnte. Und selbst wenn, wäre es klug, einer Erpressung nachzugeben? Vielleicht genügte ihm das Geld nicht. Was, wenn Ian in einem Jahr wiederkäme und mehr wollte?

Bei dem bloßen Gedanken wurde ihr flau im Magen. Bisher war ihr Leben sehr geradlinig verlaufen. Die Werte, nach denen sie lebte, versuchte sie auch an ihren Sohn weiterzugeben – Integrität, Respekt, Rücksichtnahme, Ehrlichkeit und Selbstachtung.

Wenn Irene im Vollbesitz ihrer Kräfte wäre, wüsste Abbie genau, was sie sagen würde: „Wir kämpfen, Liebes. Wahrheit gegen Lüge, Gut gegen Böse. Wir werden siegen, du wirst sehen."

Aber ihre Mutter war nicht mehr auf der Höhe, und die Intrige, die sie in besseren Zeiten bekämpft hätte, könnte sie jetzt ruinieren.

Es sei denn, sie, Abbie, verhinderte es.

Nachdem sie lange in ihren Becher gestarrt hatte, als läge die Antwort darin verborgen, stand sie auf und trug den kalten Kaffee zum Spülbecken. Trotz des inneren Aufruhrs waren ihre Hände bemerkenswert ruhig. Das war gut, denn bis dieser Albtraum vorüber wäre, brauchte sie Nerven aus Stahl.

„Ich lasse nicht zu, dass dir etwas geschieht, Mom", raunte sie und goss den Kaffee in den Ausguss. „Ich verspreche es."

Mit langen, energischen Schritten marschierte Abbie auf

die Princeton National Bank an der Nordseite des Palmer Square zu. Die Entscheidung, sich hunderttausend Dollar zu leihen, war ihr nicht leicht gefallen. Obwohl das Restaurant inzwischen Gewinn abwarf, bedeutete ein zusätzliches Darlehen zu diesem Zeitpunkt, dass sie ihre Einnahmen erhöhen musste. Das schaffte sie nur, indem sie das Campagne auch sonntags öffnete, wenigstens zur Dinnerzeit.

Das Darlehen zu bekommen sollte kein Problem sein. Den zuständigen Abteilungsleiter, Ron Meltzer, betrachtete sie als Freund. Er hatte sich dafür eingesetzt, dass ihr die vorherigen zwei Darlehen bewilligt wurden, und sie vertraute darauf, dass er ihr auch diesmal half. Warum sollte er nicht? Sie war stets pünktlich mit ihren Zahlungen, hatte alle Konten bei seiner Bank, und angesichts der wachsenden Popularität des Campagne konnte man sie nur als ausgezeichnete Investition bezeichnen. Der wunde Punkt war, dass sie Ron wegen des Darlehensgrundes belügen musste.

Nach kurzem Zögern drückte sie die Glastüren auf und entdeckte Ron an seinem Schreibtisch im hinteren Teil des Raumes.

„Abbie!“ Ron Meltzer, ein großer, fast knochiger Mann mit randloser Brille, kam freundlich lächelnd hinter seinem Schreibtisch hervor und ging ihr mit ausgestreckten Händen den halben Weg entgegen. „Was für eine schöne Überraschung.“ Er gab ihr einen Kuss auf die Wange. „Sonst bekomme ich Sie immer nur zu Gesicht, wenn Lori und ich zum Dinner ins Campagne gehen.“ Er wartete, bis sie vor seinem Schreibtisch Platz genommen hatte, ehe er zu seinem Sessel zurückkehrte. „Und das ist nicht so oft, wie ich es gerne hätte.“

„Danke, Ron, nett, dass Sie das sagen."

„Also?" Er verschränkte die Arme und setzte seine ernsthafte Bankiersmiene auf. „Wie kann ich Ihnen heute helfen, Abbie?"

Sie räusperte sich leicht nervös. „Ich brauche ein Darlehen, Ron. Ein ziemlich großes."

Er lehnte sich im Sessel zurück. „Wie groß?"

„Einhunderttausend Dollar."

Ron hob eine Braue. „Haben Sie sich entschlossen, das Restaurant zu vergrößern? Sie erwähnten so etwas, als ich das letzte Mal mit Lori bei Ihnen war."

„Nein." Abbie rutschte auf dem Stuhl hin und her. „Eigentlich brauche ich das Geld, um das Haus meiner Mutter umzubauen."

Diesmal zog er beide Brauen hoch. „Das Haus in Kingston?"

Abbie nickte.

„Welche Umbauten schweben Ihnen denn da vor?"

„Nun ja ..." Sie befeuchtete sich die Lippen. „Wie Sie wissen, hat meine Mutter Alzheimer. Außerdem leidet sie unter Arthritis. Ich dachte, wenn wir unten ein Schlafzimmer und ein Bad einbauen, erleichtert es ihr das Leben." *Verzeih mir, Mom, dass ich dich so benutze!*

„Haben Sie das Haus schätzen lassen?" fragte Ron.

Abbie begann sich unbehaglich zu fühlen. Das Gespräch lief nicht wie erwartet. „Nicht in letzter Zeit."

„Nun, zufälligerweise sind mir die Häuser am Shaw Drive und ihr etwaiger Wert vertraut." Er schüttelte langsam den Kopf. „Die Verbesserungen, die Ihnen da vorschweben, machen das Haus Ihrer Mutter zum mit Abstand teuersten in der ganzen Gegend. Und wie Sie wissen, verschlechtert das die Chancen, es später zu verkaufen, ganz erheblich."

„Meine Mutter hat nicht vor auszuziehen."

„Vielleicht jetzt noch nicht, aber irgendwann wird sie es müssen, richtig?"

„Vermutlich."

„Lassen wir den Wiederverkaufswert einen Moment außer Acht, und befassen wir uns mit einem anderen Problem – Ihrer Kreditwürdigkeit für ein weiteres Darlehen." Während er sprach, legte Ron die Finger bereits auf die Computertastatur. Sobald Abbies Konto erschien, drehte er den Monitor herum, damit sie lesen konnte, was dort stand.

„Wie Sie sehen, haben Sie bereits zwei große Darlehen laufen, eines für das Restaurant, das andere für das Haus. Und Sie erinnern sich bestimmt, dass ich bereits beim zweiten Darlehen einiges an Überredungskunst habe aufwenden müssen, um das Direktorium von der Notwendigkeit zu überzeugen."

„Und ich habe Sie nicht im Stich gelassen", sah Abbie sich genötigt zu betonen. „Ich habe jeden Monat pünktlich gezahlt."

„Das haben Sie, in der Tat. Aber das zusätzliche Darlehen wäre eine große Belastung Ihres Budgets." Er schien aufrichtig zu bedauern. „Ich wünschte, ich könnte Ihnen helfen, Abbie. Sie arbeiten hart, und Sie sind ein bedeutendes Mitglied unserer Gemeinde, aber momentan einem so großen Darlehen zuzustimmen, wäre unklug. Ich rate Ihnen, lassen Sie das Haus Ihrer Mutter, wie es ist. Und wenn sie die Treppe nicht mehr schafft, was hoffentlich noch lange nicht der Fall sein wird, sollten Sie sie ermutigen, zu Ihnen zu ziehen oder in ein Heim zu gehen."

Abbie schwieg. Was sollte sie auch sagen? Er hatte Recht. Sie hatte dieses Darlehen so dringend haben wollen, dass sie blind gewesen war gegenüber den möglichen Einwänden. Kaum zu einem höflichen Lächeln fähig, erhob sie sich, dankte Ron und eilte hinaus.

Ohne auf die drängelnden Menschen ringsum zu achten, ging Abbie langsam zu ihrem Restaurant zurück. Und nun? Ron hatte abgelehnt, und es anderswo zu versuchen war zwecklos. Man würde ihr überall dasselbe erzählen. Sie hatte ihren Kreditrahmen ausgeschöpft.

Sofern sie nicht eine Bank ausraubte, würde sie auf die Schnelle keine hunderttausend Dollar bekommen.

Sie konnte sich weigern, auf Ians Forderung einzugehen, und ihm erklären, dass man ihr kein Darlehen geben würde und sie deshalb auch kein Geld für ihn habe. Nicht einen Penny. Wenn er seine Drohung wahr machen wolle, müsse er das eben tun.

Aber konnte sie dieses Risiko eingehen?

Die Antwort lag auf der Hand. Sie war eben keine Spielerin. Nein, das stimmte nicht ganz, schließlich war sie mit dem eigenen Restaurant ein großes Risiko eingegangen. Aber das war ihr Fachgebiet, da kannte sie sich aus. Krisen ängstigten sie nicht. Und weder schwierige Gäste noch launische Angestellte. Mit den Hochs und Tiefs ihrer Branche konnte sie umgehen. Aber wie bluffte man erfolgreich einen Erpresser?

Doch sie weigerte sich, so schnell aufzugeben, und dachte weiter nach, bis sich in ihrer Verzweiflung eine Art Lösung abzeichnete. Sie konnte sich ihre Zero Bonds und die Bankanleihen auszahlen lassen. Das gäbe zwar einen

Zinsabzug, doch insgesamt müsste sie auf knapp fünfzigtausend Dollar kommen. Dies war nur die Hälfte dessen, was Ian verlangte, doch wenn er so gierig war, wie sie vermutete, würde er vielleicht das Geld nehmen und abhauen.

Da sie wusste, wie ungeduldig ihr Stiefbruder war, hatte sie fast erwartet, ihn bei ihrer Rückkehr vor dem Restaurant anzutreffen. Doch er war nicht da. Stattdessen tauchte er während der Lunchzeit auf. Diesmal machte er seinen großen Auftritt durch die Hintertür und überraschte die Belegschaft, einschließlich Brady, der aussah, als würde er ihn am liebsten erwürgen.

Wortlos führte Abbie Ian in ihr Büro, schloss die Tür und lehnte sich dagegen. „Soll das eine Art Psychoterror werden, Ian? Jederzeit hier aufzutauchen und meine Arbeit und meine Belegschaft zu stören?"

„Ich nenne das eher meine Geldanlage beschützen." Er setzte sich hinter ihren Schreibtisch und lehnte sich im Sessel zurück. „Du hast also von Earl gehört?"

„Spar dir dein zufriedenes Grinsen. Der Kerl klingt total verlogen."

„Aber er kann der lieben Mom eine Menge Ärger machen."

Das stimmte allerdings. „Egal", erwiderte sie ruhig. „Ich habe keine hunderttausend."

Ian legte die Arme auf den Schreibtisch. „Was ist das für ein Mist? Du bist doch satt bis über beide Ohren."

„Ich weiß nicht, wieso du das glaubst. Aber das Restaurant wirft erst seit ein paar Monaten Gewinn ab."

„Das ist nicht mein Problem."

„Lass mich ausreden!" Sie fixierte ihn mit einem harten Blick, und zu ihrer Überraschung klappte Ian den Mund zu. „Ich habe dreißigtausend Dollar plus Zinsen für die Zero Bonds und eine Bankanleihe für dreizehntausend Dollar, die erst in drei Jahren fällig wäre." Ian sagte kein Wort. „Ich könnte mir alles auszahlen lassen", fuhr sie in gebieterischem Ton fort. „Ich habe das überschlagen; es ergibt etwa achtundvierzigtausend Dollar."

Sie sah, dass Ian zusammenzuckte.

„Nimm es, oder lass es." Sie entschuldigte sich nicht und bat auch nicht um Nachsicht. Beides wäre ohnehin zwecklos.

„Wie ist es mit einem Bankdarlehen?" fragte er schließlich. „Du bist doch jemand in dieser Stadt. Du hast Ansehen und etwas in der Hinterhand."

„Ich war heute Morgen auf der Bank. Sie haben das Darlehen abgelehnt. Mit dem Geschäftsdarlehen und der Hypothek auf dem Haus habe ich den Kreditrahmen ausgeschöpft."

Abbie verschränkte die Arme, beobachtete ihren Stiefbruder und hatte ein perverses Vergnügen an seiner ungläubigen, enttäuschten Miene. Es tat gut, mal am längeren Hebel zu sitzen. Wie lange ihr Glück allerdings anhielt, blieb abzuwarten.

Als Ian wieder sprach, war sein Tonfall erstaunlich gedämpft. „Wie schnell kann ich das Geld bekommen?"

Fast hätte sie erleichtert geseufzt. Auf keinen Fall sollte er merken, wie viel Angst sie ausgestanden hatte, denn sonst lehnte er ihr Angebot vielleicht ab. „Das muss ich mit der Bank klären, aber vermutlich spätestens Freitagnachmittag."

„Ich bin am Donnerstag um vier Uhr da."

„Nein!" Ihr scharfer Ton ließ ihn stutzen. „Du hast mir

schon genügend Probleme bereitet, weil du hierher gekommen bist. Sag mir, wo du wohnst, und ich bringe dir das Geld."

Er zögerte, als vermute er einen Trick dahinter.

„Keine Angst", fügte sie hinzu, „im Gegensatz zu dir halte ich mein Wort. Wenn ich sage, ich bin mit dem Geld da, bin ich da. Aber halte den Brief meiner Mutter bereit, den echten."

Er brauchte zwei, drei Sekunden für seine Antwort. „Ich wohne im Clearwater Motel, an der Route 27."

Sie nickte. „Ich bin um halb vier dort. Wenn sich was ändert, rufe ich an."

„Was soll sich ändern?"

„Ich weiß nicht", erwiderte sie ungeduldig. „Meine Tagesplanung dreht sich nun mal nicht um dich, Ian. Probleme können immer auftauchen."

Er stand auf und kam um den Schreibtisch herum. „Sieh zu, dass es klappt."

11. KAPITEL

Ian glitt hinter das Steuer von Rose' Oldsmobile und sah auf die Uhr im Armaturenbrett. Verdammt, wieder zu spät. Wie angekündigt, hatte Rose damit begonnen, auf der Suche nach einem Job die Runde durch die örtlichen Schönheitssalons zu machen. Sie hatte ihn gebeten, den Wagen gegen eins zurückzubringen. Nun ja, sollte sie schmoren. Ihm war das völlig egal. Sein Superdeal war nur noch die Hälfte wert, und er hatte keine Ahnung, wie er das ändern konnte.

Noch weniger als die Hälfte des Erwarteten zu bekommen war eine Riesenenttäuschung. Zuerst hatte er Abbie nicht geglaubt. Achtundvierzig Riesen, das konnte nur Beschiss sein. Aber je mehr er darüber nachdachte, desto glaubwürdiger wurde Abbies Geschichte. Dank Restaurant und Haus war sie knapp bei Kasse.

Achtundvierzigtausend Dollar waren allerdings immer noch eine Menge Geld. Mehr als er je im Leben besessen hatte. Und da er nicht vorhatte, es mit Earl zu teilen, gehörte alles ihm. Aber sein Pech hörte damit nicht auf. Vorhin hatte er von Marie, Rose' Cousine in Toledo, erfahren, dass Arturo Garcia bei ihr aufgetaucht war, ihr ein Messer an die Kehle gehalten hatte und wissen wollte, wo er, Ian, steckte. Die ängstliche Marie hatte behauptet, keine andere Wahl gehabt zu haben, als es ihm zu sagen.

Ian hatte sich vor Angst fast in die Hosen gemacht. Da Arturo nun wusste, dass er in Princeton war, würde er jedes verdammte Hotel abklappern, bis er ihn gefunden hatte.

Die Vernunft riet ihm, sich schleunigst aus dem Staub zu machen. Bis Freitag zu bleiben war ungesund. Andererseits, wie weit kam man mit neunundfünfzig Dollar? Er zog das Geld aus der Hosentasche und zählte es erneut. Es hatte sich über Nacht nicht vermehrt. Sooft er auch zählte, es blieben stinkige neunundfünfzig Mäuse. Selbst wenn Rose heute eine Stelle fand, bekam sie erst nächste Woche einen Lohnscheck.

Wie immer, wenn er pleite war und schnell Geld brauchte, dachte er an seine Schwester Liz. Genau wie Rose hatte sie ihm schon früher aus der Patsche geholfen. Aber Liz war unberechenbar und verdammt kritisch. Dieser eiskalte Blick, mit dem sie ihn jedes Mal ansah, wenn er um Geld bat, gab ihm das Gefühl, ein Bettler zu sein. Leider war sie im Augenblick seine einzige Rettung. Vielleicht sollte er seinen Stolz schlucken, eine Rückfahrkarte nach New York kaufen und sie besuchen.

Entweder das oder bis Freitag hungern.

Da sie sich beim Fahren abgewechselt und nur angehalten hatten, um etwas zu essen und zu duschen, hatten Arturo und Tony die tausendachthundert Meilen von El Paso nach Toledo in neununddreißig Stunden zurückgelegt. In Toledo hatte Arturo rasch Rose Paninis Cousine ausfindig gemacht und herausgefunden, dass Ian und seine Freundin am zweiten Juni nach Princeton, New Jersey, gefahren waren. Obwohl Marie Panini panische Angst gehabt hatte, konnte sie Arturo nicht mehr sagen. Rose hatte keine Nachsendeadresse hinterlassen, und Marie hatte nichts von ihr gehört. Arturo war jedoch guten Mutes. Er brauchte nur den Namen der Stadt. Der Rest war einfach.

So weit von zu Hause entfernt einen Platz zum Übernachten zu finden, wäre für die meisten Menschen ein Problem gewesen; nicht so für Arturo, der in der Hälfte der Staaten seine Verbindungen hatte. Nach ein paar Anrufen stellte ein Freund den Kontakt zu Enrique Soledad her. Enrique besaß an der Südseite von Trenton eine Autowerkstatt und vermietete gelegentlich das kleine Apartment darüber. Wie Tony aus dem Telefonat zwischen Arturo und dem Mechaniker schloss, war Enrique nicht gerade wild darauf, zwei Fremde aufzunehmen. Doch nach ein bisschen Überredung ließ er sie gratis einziehen, vorausgesetzt, sie verschwänden, ehe in zwei Wochen der nächste Mieter einzog.

Als sie die Grenze zwischen Pennsylvania und New Jersey überfuhren, unternahm Tony einen letzten Versuch, Arturo zur Umkehr zu bewegen.

„Er kann dir sowieso nichts zurückzahlen", stellte Tony fest. „Du hast Rose' Cousine gehört. Der Mann ist pleite."

„Ich kenne einen Kredithai in der Bronx." Arturo schenkte Tony ein böses Lächeln. „Den werde ich McGregor mit Freuden empfehlen."

„Und wie soll er den Kredithai bezahlen?"

„Das ist nicht mein Problem, kleiner Bruder."

Tony wusste nur zu gut, was mit Leuten geschah, die Kredithaien Geld schuldig blieben. Aber vielleicht hatte Arturo Recht. Das war nicht ihr Problem. Falls McGregor dumm genug war, sich darauf einzulassen, musste er auch die Konsequenzen tragen.

Um fünf am Mittwochnachmittag erreichten sie Trenton und fanden mühelos die Werkstatt. Wie Tony erwartet hatte, fiel Enriques Begrüßung nur ein Grad wärmer als frostig aus. Als Arturo ihm jedoch eine Flasche Johnny Walker Black – Enriques Lieblingsmarke – überreichte, war er sogleich milder gestimmt. Eine halbe Stunde später, die Mägen brennend vom Whiskey, stiegen die drei zum Apartment über der Garage hinauf. Es war klein, aber sauber und hatte sogar einen funktionierenden Fernseher, was Arturo beglückte.

„Ruft an, wenn ihr was braucht", sagte Enrique, ehe er ging. „Nach Dienstschluss werden alle Anrufe in die Werkstatt automatisch in mein Haus umgeleitet. Falls ich nicht da bin, wird mein Großvater die Nachricht annehmen."

Sobald Enrique gegangen war, verschwendete Arturo keine Minute mehr. Er holte das Telefonbuch von Mercer County aus dem Regal, setzte sich und begann mit Tonys Handy die Motels der Region anzurufen.

12. KAPITEL

Kurz nach fünf stieg Ian an der New York Port Authority aus dem Bus. Die Straßen des Big Apple waren voller eiliger Pendler, die sich auf dem Heimweg befanden. Eine tolle Stadt, um sich zu verlaufen, dachte er, als er sich der Menge der Fußgänger anschloss. In diesem Gewühl würde Arturo ihn niemals finden. Da der riesige Kerl eine wirkliche Bedrohung darstellte, überlegte er, ob er nicht hierher umziehen sollte. Liz ließ ihn vielleicht sogar in ihrem Apartment pennen, bis er was Eigenes gefunden hatte. Er brauchte nicht viel, eine Couch, eine Dusche und ein Sechserpack.

Die Manhattan Towers waren ein zweiundsiebzigstöckiges Hotel, in dem – nach der überfüllten Lounge am Ende der Lobby zu urteilen – hauptsächlich Geschäftsmänner und -frauen abstiegen. Dass es mitten in der Woche war, schien die New Yorker nicht von ihrem liebsten Zeitvertreib abzuhalten – Geschäfte über eisgekühlten Martinis abzuschließen.

Nach ein paar Minuten Wartezeit fand Ian einen Tisch, bestellte ein Bier und beobachtete seine Schwester. Sie servierte die Drinks an der Bar mit einem Lächeln, das die Antarktis zum Schmelzen gebracht hätte.

Er musste zugeben, dass sie wesentlich besser aussah als bei ihrer letzten Begegnung. Sie hatte endlich die lästigen fünfzehn Pfund verloren, und obwohl sie nicht mehr die Kleidergröße trug wie in ihrer Jugend, wirkte sie schlank und fit. In der engen schwarzen Hose und dem knappen weißen Hemd sah sie sogar sexy aus. Das blonde Haar trug sie glatt und gerade geschnitten, so dass die hässliche Narbe auf der rechten Wange verdeckt wurde. Warum sie das verdammte Ding nicht hatte wegmachen lassen, obwohl ihr reicher Ehemann, ein Ex-Rockstar, sich die Operation hätte leisten können, verstand er allerdings nicht.

Sie war kaum geschminkt, nur ein wenig Rouge und ein Hauch Lippenstift. Das machte sie jünger als fünfundvierzig. Make-up hatte sie ohnehin nie nötig gehabt. Sie gehörte zu den wenigen glücklichen Frauen, die beim Aufwachen schon toll aussahen und im Verlauf des Tages immer hübscher wurden. Deshalb war sie in der Schule auch von allen Jungs umschwärmt worden.

Er beobachtete sie weiter, schlürfte den Trail Mix, den ihm die Kellnerin gebracht hatte, und fragte sich, wie Liz reagieren würde, weil er wieder Geld brauchte. Wie er sie kannte, würde sie ihm wahrscheinlich ins Gesicht lachen und ihn an die vielen Male erinnern, da sie ihm etwas geborgt und es nie zurückbekommen hatte.

Aber vielleicht überraschte sie ihn auch. Liz war ein komischer Vogel, eine Einzelgängerin, die wenig redete und sich nie beklagte. Nicht mal, als ihr Vater Irene DiAngelo geheiratet hatte. Er hatte daran einiges auszusetzen gehabt, doch Liz, auch nicht gerade erfreut, hatte die Dinge genommen, wie sie kamen. Sie war einfach nicht der Typ, sich über so etwas aufzuregen.

An ihrem achtzehnten Geburtstag hatte sie ihren Anteil am Rest vom väterlichen Erbe eingesackt und war nach New York City abgehauen. Dort hatte sie Jude Tilly kennen gelernt und geheiratet. Er war der Leadsänger einer Band, die damals so populär war, dass alle fünf Mitglieder in kürzester Zeit Millionäre wurden. Liz und Jude hatten eine Weile das typische Jetsetleben geführt, flogen um die

Welt, gaben Feste in ihrem Penthouse in Manhattan und warfen das Geld zum Fenster hinaus.

Dann brach die Band eines Tages auseinander, und Judes Traum, als Solist an der Spitze der Hitlisten zu bleiben, zerplatzte. Dies traf ihn so schwer, dass er zu trinken begann und Drogen nahm. Nach ein paar Jahren war er pleite. Liz, die verzweifelt versuchte, ihren Mann wieder auf den rechten Weg zu führen, entschied, dass ein Baby genau das Richtige für ihn wäre. Dann folgte eine weitere Hiobsbotschaft. Sie konnte keine Kinder bekommen.

Anstatt seine Frau zu trösten, fand Jude es jedoch an der Zeit, die Scheidung einzureichen. Nach zehn gemeinsamen Jahren und mehr Kränkungen, als sie verdiente, war ein Sommerhaus im Hinterland des Staates New York das Einzige, was Liz von ihrem berühmten Ehemann blieb. Oder lag es in den Berkshires? Ian war nicht sicher. Man hatte ihn nie dorthin eingeladen.

Da Liz nicht mehr auf Jude aufpasste, geriet sein Leben völlig außer Kontrolle. Drei Monate nach der Scheidung starb er an einer Überdosis.

Eine Weile war sie untröstlich gewesen, doch schließlich gewann der Überlebenswille die Oberhand, und sie nahm ihr Leben wieder auf.

Als er ihr jetzt zuschaute, wie sie mixte, schüttelte und einschenkte, hätte er geschworen, dass sie ihr Leben lang nichts anderes gemacht hatte. Aber warum überraschte ihn das? Liz war der Typ von Frau, der alles konnte, wenn er es nur wollte.

Und da sie so gut war, schwamm sie wahrscheinlich geradezu in Trinkgeldern.

Er nahm noch einen Schluck Bier, holte einen Zettel aus

der Tasche, schrieb eine kurze Notiz und winkte der Kellnerin.

„Noch ein Bier, Sir?“ fragte sie.

„Noch nicht.“ Er gab ihr den Zettel und lächelte charmant. „Tun Sie mir einen Gefallen, Süße? Geben Sie den Zettel der Bardame.“ Als sie zögerte, reichte er ihr fünf Dollar. Das war ein bisschen zu großzügig, aber wie hieß es so schön? Um Geld zu verdienen, muss man Geld ausgeben.

Er sah zu, wie die Kellnerin Liz den Zettel gab und in seine Richtung deutete. Seine Schwester zeigte keine Reaktion, als sie ihn entdeckte. Kein Zeichen des Erkennens oder der Verärgerung. Stattdessen steckte sie den Zettel in die Hemdtasche und nahm die nächste Bestellung entgegen.

Er musste eine Stunde warten, bis sie von einem Barmann abgelöst wurde und mit einer Flasche Mineralwasser und einem Glas an seinen Tisch kam.

„Was machst du hier?“ fragte sie und setzte sich ihm gegenüber hin.

„Hallo, Ian“, erwiderte er, „schön, dich zu sehen. Du siehst gut aus.“

Sie ignorierte seinen Sarkasmus, schenkte die halbe Flasche Wasser in ihr Glas und trank durstig. „Wann bist du aus dem Gefängnis gekommen?“

„Vor ein paar Wochen.“ Er sah sich um. „Netter Schuppen. Nicht wie diese Gruft, in der du vor ein paar Jahren gearbeitet hast.“

„Freut mich, dass es dir gefällt.“

„He, ich freue mich nur, dass es dir so gut geht.“

„Worauf ich wette.“ Sie trank noch einen Schluck. „Wie viel willst du diesmal?“

„Warum denkst du immer, ich will etwas von dir? Weshalb kann ich nicht einfach hergekommen sein, um meine Schwester zu besuchen? Du weißt, wie lange es her ist, seit wir uns das letzte Mal gesehen haben?“

„Drei Jahre. Ich glaube, du kamst in mein Apartment, um dir zweitausend Dollar zu borgen – zu borgen“, betonte sie. „Oder war das damals, als du dir dreitausend geborgt hast mit dem Versprechen, das Geld innerhalb von Wochen zu verdoppeln?“

„He, der Deal ist schief gegangen, auch für mich. Ich habe dabei wesentlich mehr verloren als du.“

Sie nippte weiter desinteressiert an ihrem Wasser.

„Aber ich brauche wirklich Geld, Schwesterherz. Nicht viel, nur genug, um mich über die nächsten Tage zu bringen.“

„Hast du schon mal versucht, Geld mit Arbeit zu verdienen, wie der Rest von uns?“

Er spürte eine Strafpredigt nahen und wappnete sich. Alles hatte seinen Preis. „Seit ich in New Jersey bin, suche ich dauernd nach Arbeit“, log er. „Das Problem ist, niemand will einem Exknacki einen Job geben.“

„Oder du versuchst es nicht ernsthaft genug.“

„Hör mal“, schnauzte er zurück, ein wenig angesäuert durch ihre hochnäsige Art. „Du hast nie in meinen Schuhen gesteckt, okay? Und deshalb hast du keine Ahnung, wie es ist, ein Ausgestoßener zu sein.“

Sie blickte in ihr Glas. Ein schwaches Lächeln umspielte ihren Mund, als amüsiere sie sich insgeheim über einen guten Witz. Dann verstand er. Sie musste sich ständig wie eine Ausgestoßene gefühlt haben mit dieser Narbe auf der Wange. Aber verdammt, das Ding zu behalten war doch ihre eigene Entscheidung gewesen.

Nach einer kleinen Ewigkeit blickte sie auf. „Warum New Jersey?“

„Weil es hier eine Chance gibt, die ich nicht ungenutzt lassen kann.“

„Woher hast du das Geld für die Reise?“

„Rose Panini.“

Liz lachte. „Die Ärmste ist immer noch in dich vernarrt? Nach allem, was du ihr angetan hast?“ Sie schüttelte den Kopf. „Die muss verrückt sein.“

„Sie liebt mich. Ist das so schwer zu begreifen?“

„Ja. Aber das ist nur meine Meinung.“

Er ließ ihr die Bemerkung durchgehen. Liz gegen sich aufzubringen würde ihm nicht weiterhelfen. „Ich weiß, dass ich einige Dummheiten im Leben gemacht habe, aber die sechzehn Monate in Allen haben mich verändert. Mein Gott, Liz, du kannst dir nicht vorstellen, wie schrecklich das war.“ Seiner Meinung nach konnte ein bisschen Übertreibung nicht schaden. „Du hörst davon, du liest darüber, doch wenn du wirklich in dieser Hölle steckst, ist es schlimmer, als du dir vorgestellt hast. Eine Weile war ich sogar in Therapie. Das hast du sicher nicht gewusst.“

Sie hob das Glas an ihre Lippen. „Nein, du wirkst so bodenständig.“

„Spotte ruhig. Das macht mir nichts. Ich werde nicht mehr wütend.“

„Als Nächstes erzählst du mir, du bist ein veränderter Mensch.“

„Bin ich. Frag Rose.“ Er sah sich wieder um und senkte die Stimme. „Ich ziehe neue Seiten auf.“

„Beweise es.“

Mein Gott, er hatte vergessen, was für ein überhebliches

Luder sie sein konnte. „Ich will mein eigenes Geschäft eröffnen."

„Was für eins?"

„Das weiß ich noch nicht."

Liz stellte ihr Glas ab. „Wenn du dir einbildest, ich finanziere ein neues Unternehmen, vergiss es. Die Bank ist geschlossen, Freundchen. Auf Dauer."

Er schüttelte den Kopf. „Nein, das Geschäft ist finanziert. Was ich von dir brauche, sind vier- oder fünfhundert Eier, bis der Deal durch ist."

„Ach ja, wieder einer deiner Deals."

„Guck nicht so skeptisch. Ich werde echtes Geld machen. Willst du nicht wissen, wie?"

„Also gut, ich gebe zu, ich bin neugierig. Was ist es diesmal? Verkaufst du Tickets für eine Reise zum Mond? Oder hast du irgendwo eine Goldmine entdeckt und suchst Investoren? Also los, Ian, sag's mir, wer ist das nächste Opfer?"

Er lehnte sich zurück und freute sich auf den Ausdruck in ihrem Gesicht. „Abbie DiAngelo."

Ihr herablassendes Lächeln schwand. „Irenes Tochter?"

„Kennst du eine andere Abbie DiAngelo?"

„Wo steckt sie?"

„Princeton, New Jersey. Sie besitzt dort ein schickes Restaurant, und es geht ihr ziemlich gut." Er schnaubte verächtlich. „Wenn man sie allerdings reden hört, schafft sie es kaum, sich nach der Decke zu strecken."

„Und die gibt dir Geld, damit du dein eigenes Geschäft aufmachen kannst?" Liz lachte. „Nun mach mal halblang."

„Sie wird mir das Geld geben", sagte Ian mit leiser Stimme, „weil ihr keine andere Wahl bleibt. Ich weiß etwas über Irene, das sie ruinieren kann."

„Was brabbelst du da?“

Endlich hatte er ihre Aufmerksamkeit. Gut. Jetzt musste er nur noch so überzeugend sein, wie er es bei Abbie gewesen war. „Irene hat unseren Vater umgebracht“, erklärte er ruhig.

Liz’ Miene versteinerte sich. „Wie bitte?“

Er wiederholte fast wortwörtlich, was er auch Abbie erzählt hatte. Und es sei pures Glück gewesen, dass sein alter Freund Earl Kramer Abbies Fernsehinterview gesehen habe.

Liz lauschte mit angespannter Miene und befeuchtete sich gelegentlich mit der Zungenspitze die Lippen. Er sah, dass seine Eröffnung sie hart getroffen hatte. Als er fertig war, senkte sie den Blick ins Glas, das sie mit beiden Händen hielt.

„Warum hast du mir nie was von dem Brief erzählt?“ fragte sie schließlich.

„Ich hatte ihn ganz vergessen“, erwiderte er wahrheitsgemäß. „Als Earl dann anrief, wurde mir klar, dass der Brief den Fall untermauert.“

Doch Liz schüttelte den Kopf. „Tut er nicht. Jeder weiß, dass Dad mit seiner ekelhaften Angewohnheit, im Bett zu rauchen, seinen Tod selbst verschuldet hat. Es ist ein Wunder, dass er das Haus nicht schon früher abgefackelt hat.“

„So ist es nicht gewesen.“

„Woher willst du wissen, dass dein Freund die Geschichte nicht erfunden hat?“

„Weil ich Earl kenne.“

„Und er ist bereit, die Tat zu gestehen?“

„Wenn es so weit kommt, ja. Aber das wird es nicht.“

Mit leerem Ausdruck starrte Liz in die Ferne. „Irene“,

sagte sie ruhig, als ob sie mit sich selbst sprechen würde. „Die liebe Irene. Wer hätte das gedacht?“

„Ich. Unter all ihrer Freundlichkeit war diese Frau ein Luder. Das habe ich immer gewusst. Du doch auch, oder?“

Liz drehte spielerisch ihr Glas auf dem Tisch. Er sah, dass sie immer noch skeptisch war. „Du und dein Freund, ihr seid Kriminelle“, sagte sie wie als Antwort auf seine Gedanken. „Irene DiAngelo ist eine ehrbare Frau. Was glaubst du wohl, wem die Bullen glauben, wenn sie die Anschuldigungen bestreitet? Zwei Knackis oder der heiligen Irene?“

„Das ist ja das Schöne, Liz, Irene kann die Anschuldigungen nicht bestreiten. Sie ist *loco*.“

„Was?“

„Die alte Dame fällt langsam auseinander.“ Er machte eine Pause, ehe er die Bombe platzen ließ. „Sie hat Alzheimer.“

Liz goss sich den Rest Mineralwasser ein. „Wie ich sehe, hast du dich nicht verändert. Du hast immer noch die Moral eines Straßenkaters.“

„Und du bist ein wahres Tugendschaf, was?“

„Nein, aber ich würde nie die Krankheit eines Menschen ausnutzen.“

„Nun ja, dann sind wir in dieser Hinsicht wohl verschieden.“

„Du wirst wieder im Gefängnis landen, Ian.“

„Wie kommst du darauf?“

„Und wenn Abbie dich nun anzeigt?“

„Wird sie nicht. Der Brief hat sie richtig erschüttert. Sie wird ihrer Mutter den Albtraum einer Anklage nicht antun wollen. Und ihrem Sohn auch nicht.“

Liz zog die schmalen blonden Brauen hoch. „Sie hat einen Sohn?"

„Er heißt Ben und ist neun. Verstehst du? Für sie steht zu viel auf dem Spiel. Deshalb gibt sie mir das Geld."

Wieder verfiel Liz in Schweigen. Ian war nicht sicher, was sie dachte. Sie war so verdammt schwer zu durchschauen. „Warum tust du das?" fragte sie plötzlich.

„Was?"

„Abbie erpressen?"

Er verdrehte die Augen. „Stellst du dich jetzt etwa auch gegen mich? Irene hat unseren Vater umgebracht. Verdammt, Liz, macht dich das nicht wütend, wie sie unser Leben ruiniert hat?"

„Falls du nur auf Rache aus bist, ruf die Polizei und zeig Irene an."

„Rache reicht mir nicht. Ich will Entschädigung."

„Also erpresst du Abbie."

„He, ich bin nicht verrückt. Ich hätte gern Geld von Irene kassiert, aber die hat nichts." Er rückte auf den Stuhlrand vor. „Also hilfst du mir nun aus? Mit dem Geld, meine ich. Mein letzter Cent ist für die Buskarte nach hier draufgegangen. Rose bringt mich um."

Seufzend blickte Liz auf ihre Uhr. „Ich habe um sieben Schluss. Bleib hier, und wir gehen zusammen zum Bankautomaten. Jetzt muss ich an die Arbeit zurück."

Ian grinste und dachte bereits daran, wie er heute Abend mit Rose feiern würde. Ein schönes, saftiges Steak, eine Flasche Wein – die Sorte mit echtem Korken – und dann zusammen ab in die Koje.

Viel besser konnte das Leben nicht mehr werden.

13. KAPITEL

Ian war in Hochstimmung. Dank der Großzügigkeit seiner Schwester war er um fünfhundert Dollar reicher aus New York zurückgekehrt und würde in einer Stunde weitere achtundvierzigtausend einkassieren. Die Zeit der Knauserei war vorüber.

Leise summend stand er im Motelzimmer vor dem Spiegel und zog sich eine dichte graue Perücke zurecht, damit kein eigenes Haar darunter hervorsah. Die Verwandlung war unheimlich. Sogar seine eigene Mutter, Friede ihrer Seele, hätte ihn nicht erkannt. Auch Arturo Garcia würde ihn nicht erkennen, falls der Scheißkerl ihn fand. Ohnehin hatte sich die Wahrscheinlichkeit, entdeckt zu werden, in den letzten vierundzwanzig Stunden dank einer weiteren brillanten Idee beträchtlich vermindert. Er hatte den Motelportier bestochen. Zwinkernd und eine Fünfzigdollarnote zwischen zwei Fingern wedelnd, hatte er angedeutet, dass ein eifersüchtiger Ehemann hinter ihnen her sei. Der Mann hatte das Zwinkern erwidert, um sein Einverständnis zu zeigen, und das Geld eingesteckt.

Diese Verkleidung war nur eine zusätzliche Versicherung, falls Arturo auf der Suche nach ihm die Straßen von Princeton durchstreifen sollte.

Ian kicherte, freudig erregt wie seit Wochen nicht mehr. Sogar der kleine Rückschlag, dass er sich mit weniger Geld begnügen musste, schien ihm nicht mehr wichtig. Entscheidend war, hier wegzukommen und so viel Abstand wie möglich zwischen sich und Arturo zu bringen. New York City klang immer noch gut oder vielleicht L.A., möglicherweise auch Chicago. Sobald er sein Ziel erreicht hatte, würde er Rose ein wenig Geld schicken. Sie brauchte es eigentlich nicht, da sie schon einen Job gefunden hatte, doch er würde es aus Anstand tun. Eines Tages wäre sie ihm vielleicht wieder nützlich, obwohl er bezweifelte, dass sie ihm vergeben würde, wenn er sie diesmal sitzen ließ.

Leicht nervös sah er auf die Uhr. Abbie würde erst in gut einer Stunde kommen, und das Warten brachte ihn fast um. Hoffentlich ging von ihrer Seite aus nichts schief. Aber warum sollte es? Sie hatte ebenso viel zu verlieren wie er. Sie würde ihn nicht hereinlegen. Vielleicht sollte er anfangen zu packen. Beschäftigung beruhigte die Nerven.

Leise „Happy Days are here again" pfeifend, ging er zum Schrank und machte eine rasche Inventur. Er besaß nicht viel, nur die paar Sachen, die Rose ihm vor der Abreise aus Toledo gekauft hatte, aber das würde sich bald ändern.

Er überlegte noch, ob er jetzt oder später packen sollte, als sich plötzlich ein kräftiger Arm um seinen Hals legte und ihm die Luft abschnitt.

„Willst du verreisen, *amigo*?"

Arturo! Ian fürchtete, dass sich seine Gedärme im nächsten Augenblick entleeren würden. Verzweifelt krallte er die Hand um den Arm des Mannes und versuchte, den stählernen Griff zu lockern. Er öffnete den Mund, um etwas zu sagen, doch heraus kam nur ein ersticktes „arrg".

Der Arm gab eine Spur nach. Das genügte Ian, um nach Luft zu schnappen.

„Was hast du gesagt, McGregor?"

„Bi... Bitte", keuchte er. „Du ... bringst mich um."

„Und das soll mir das Herz brechen?"

Ian versuchte, sich aus dem Klammergriff zu lösen, wurde jedoch nur umso fester gehalten.

„Hör auf, dich zu winden, oder ich tue dir wirklich weh.“ Um seiner Drohung Nachdruck zu verleihen, stieß Arturo ihm das Knie in den Rücken, so dass Ian aufstöhnte. „Hältst du jetzt still?“

Ian nickte, die Augen geschlossen.

„Was ist das überhaupt für eine Aufmachung?“ Mit der Spitze eines hässlich aussehenden Messers angelte Arturo Ian die Perücke vom Kopf und ließ sie vor seinem Gesicht baumeln. „Wolltest du mich damit reinlegen? Oder mit der Hotelregistrierung unter dem Namen deiner Freundin? Verdammt, für was hältst du mich, McGregor? Für einen Idioten?“

Dieser verfluchte, hinterfotzige Portier!

Ian bekam wieder einen harten Stoß, diesmal in die Nieren, so dass er vor Schmerzen aufschrie. „Arturo, bitte!“ flehte er, sobald er wieder reden konnte. „Lass mich erklären.“

Mit einem Schütteln des Handgelenks ließ Arturo die Perücke zu Boden fallen und drückte Ian die Messerklinge an die Kehle. „Okay, erkläre. Du hast eine Minute.“

Ian überlegte fieberhaft, wie er diesen Gorilla dazu bringen konnte, loszulassen, damit er wegrennen konnte. Leider war er momentan nicht in einer besonders kreativen Stimmung.

„Ich ... ich weiß, du bist sauer wegen ... wegen dem, was in Toledo passiert ist. Aber das ist lange her, Mann.“ Die scharfe Spitze drückte sich tiefer in seine Haut. Etwas Warmes rann den Hals hinab. Großer Gott, er blutete. Der Bastard hatte ihn geschnitten. Ian hielt den Atem an aus Angst, die kleinste Bewegung könnte tödlich sein.

„Nicht lange genug, du elendes Stück Scheiße.“ Arturos

Atem strich heiß über Ians Ohr. „Nicht lange genug, denn ich habe weder vergessen, wie du mich vor zehn Jahren verpfiffen hast, noch dass du mir dreißig Riesen geklaut hast."

Ian leckte sich die Lippen. Vielleicht gab es eine vage Chance, dieser Todesfalle zu entkommen. „Arturo, hör mir zu ... wegen dem Geld. Du kannst es zurückhaben, Mann. Jeden Penny."

„Ja?" Die Klinge bewegte sich nicht. „Wie?"

„Meine Schwester gibt mir ein Darlehen. Darum bin ich hier."

„Liz?"

„Nein, nicht Liz. Abbie DiAngelo, meine Stiefschwester. Ihre Mutter war vor vielen Jahren mit meinem Dad verheiratet. Ihr gehört ein Restaurant hier in Princeton."

„Willst du mich verarschen, McGregor? Ich weiß nichts von einer Stiefschwester."

„Ich leg' dich nicht rein, Mann, ich schwöre! Abbie gibt mir ein Darlehen, damit ich wieder auf die Beine komme. Achtundvierzig Riesen, du kannst alles haben."

„Du schuldest mir hundert."

„Hundert? Bist du verrückt? Ich hab dir nur dreißig geklaut, das hast du selbst gesagt."

„Mit Zinsen einhundert. Und da gebe ich dir noch einen Bonus. Du weißt, wie hoch die Zinsen sind."

„Also gut, okay. Ich beschaffe dir den Rest. Irgendwie."

Der Griff um Ians Hals lockerte sich ein wenig mehr. „Wann kriegst du das Geld?"

Ian überlegte fieberhaft. Er musste diese Chance, lebend aus der Sache herauszukommen, nutzen. Wenn er es ganz cool anginge, könnte er sogar das Geld kassieren und damit abhauen. Aber hier im Hotel war nicht viel zu machen, da hatte Arturo eindeutig die Oberhand. Er musste ihn ins Freie locken.

„Heute Abend", beantwortete er die Frage. „Um zehn. Nachdem Abbie das Restaurant geschlossen hat."

„Kommt sie her?"

„Nein. Wir ... treffen uns am Pier", erwiderte er schnell und erinnerte sich, dass er gestern oder vorgestern am See entlanggegangen war.

„Wo, zum Kuckuck, ist der Pier?"

„Am Carnegie See, ganz in der Nähe. Vielleicht drei Blocks von hier. Ich habe ihn ausgewählt, damit ich zu Fuß hingehen kann. Rose arbeitet als Kellnerin in einer Imbissstube im Ort, und sie braucht ihre Karre." Er vermutete, dass seine Geschichte umso glaubwürdiger klingen würde, je mehr Details er erzählte. Wie er Abbie anrufen und ihr mitteilen sollte, dass der Plan geändert war, wusste er allerdings noch nicht. Aber er würde es schaffen. Er musste es einfach schaffen.

Arturo lachte. „Deine Alte arbeitet, und du bist hier und spielst Verkleiden. Wie männlich von dir, McGregor." Sein Lächeln schwand so schnell, wie es gekommen war. „Wann kommt Rose zurück?"

„Um Mitternacht."

Arturo schwieg einen Moment. „Also gut", sagte er plötzlich. „Wir machen Folgendes. Wir gehen zusammen zum Pier. Sobald deine Stiefschwester auftaucht, kassierst du die Mäuse und gibst sie mir. Kapiert?"

Genau darauf hatte Ian gehofft. Er nickte. „Und wie geht's dann weiter?"

„Wenn du mir keinen Ärger machst, lasse ich dich leben."

Na klar, dachte Ian, als ob ich das glauben würde.

Arturo presste Ian wieder den Mund ans Ohr. „Wenn du versuchst, mich reinzulegen, *amigo*, wirst du es bedauern – dann rechnen wir ab. *Comprende?*“

„*Sí.* Ich meine, ja.“

„Gut.“ Arturo ließ ihn los. Ian drehte sich um und sah sich zum ersten Mal seit zehn Jahren dem Mann gegenüber, der fast zweitausend Meilen gefahren war, um ihn zu finden. Großer Gott, der Kerl war noch massiger und hässlicher geworden, als er ihn in Erinnerung hatte. Er hatte sich den Kopf kahl rasiert und offenbarte damit einen unebenen Schädel und hässliche Warzen; und er hatte sich einen Spitzbart stehen lassen. Im linken Ohr steckten immer noch mehrere Ohrringe, einer in der Form gekreuzter Knochen. Er hatte dunkle Knopfaugen, die nicht gerade vor Intelligenz blitzten. Doch ein Mann von der Größe und Gemeinheit eines Arturo Garcia brauchte nicht unbedingt Hirn. Zu ausgefransten Jeans trug er ein schmieriges, an den Schultern abgeschnittenes T-Shirt und abgewetzte Stiefel. Auf seine fleischigen Arme waren nackte Meerjungfrauen und Feuer speiende Drachen tätowiert.

Ian warf einen Blick zur Tür, die er verschlossen hatte. „Wie bist du reingekommen?“ Im selben Moment merkte er, wie dumm die Frage war.

Arturo lachte, so dass die Lücke zwischen seinen Schneidezähnen sichtbar wurde. „Mit meinem verlässlichen Dietrich.“ Er grinste wieder. „Ich verreise nie ohne ihn.“

Er ließ sein Klappmesser zuschnappen. „Ich setze mich jetzt so lange da hin, bis wir zusammen losgehen“, meinte er und deutete mit dem Messer auf den Sessel beim Fenster. „Falls du irgendwas Mieses anstellst, bist du tot.“

„Wir sollen sieben Stunden hier drin bleiben?“

„Hast du ein Problem damit?“

Mit einem Verrückten in einem Motelzimmer eingesperrt zu sein? Ja, damit hatte er allerdings ein Problem, aber das würde er Arturo natürlich nicht gestehen.

Ian schüttelte den Kopf. „Wenn du keines hast, warum sollte ich dann eins haben.“

Arturo setzte sich in den Sessel, streckte die langen Beine aus und schaltete den Fernseher ein. Nachdem er die Kanäle hatte durchlaufen lassen, blieb er bei einem Trickfilm der Power Rangers hängen. Ian legte sich aufs Bett und verdrehte die Augen. Arturos geistiges Niveau verblüffte ihn immer wieder.

Während die Actionhelden ihren Blödsinn trieben, versuchte Ian, gedanklich einen Plan auszuarbeiten. Er musste Kontakt zu Abbie aufnehmen, ehe sie das Restaurant verließ. Falls er jedoch noch lange wartete, erwischte er sie nicht mehr.

Sein Blick wanderte zu Rose' Handy auf dem Nachttisch. Wenn er es unbemerkt einstecken könnte, hatte er schon halb gewonnen.

Er wartete, bis sein unwillkommener Gast völlig in die Spielchen auf dem Bildschirm vertieft war, streckte langsam den Arm aus, schnappte sich das kleine Telefon und steckte es ein. Der leichte Teil war erledigt, nun kam das Schwierige – der Anruf.

Ian wartete noch eine Minute, schwang die Beine vom Bett und stand auf. „Kann ich pinkeln gehen?“

Arturo sah erst ihn an, dann die angelehnte Badezimmertür. Schließlich stand er auf und ging wortlos ins Bad.

Ian lachte. „Was ist? Hast du Angst, ich entwische durchs Klo?"

„Nein, aber du bist blöd genug, es durchs Fenster zu probieren."

„Da ist doch gar kein Fenster, Mann."

Arturo sah sich im Bad um und kicherte, als er Rose' Unterwäsche und einen rosa Babydoll auf dem Bügel an der Duschstange hängen sah. Offenbar zufrieden, dass es keinen Fluchtweg gab, nickte er. „Mach schnell."

Ian schloss die Tür, nahm gleichzeitig das Handy aus der Tasche und wählte, die Lippen zusammengepresst. Sein ganzer Körper war angespannt vor Sorge, Abbie könnte schon fort sein.

Komm schon, komm schon.

Ein Küchenangestellter – nicht der Klugscheißer – antwortete, und innerhalb von Sekunden war Abbie an der Strippe. Ian sprach schnell und in eindringlichem Flüstern. „Ich bin's, Ian. Es gibt eine Änderung im Plan. Komm nicht ins Motel. Wir treffen uns heute Abend um zehn am Pier vom Carnegie See."

„Warum? Was ist passiert?"

„Ich habe jetzt keine Zeit, das zu erklären. Tu's einfach." Er wiederholte Ort und Zeit und beendete das Gespräch.

Da er geschätzte dreißig Sekunden im Bad gewesen war, betätigte er die Toilettenspülung, wusch sich die Hände und trocknete sie ab. Er sah auf seine Uhr. Das hatte weitere zehn Sekunden gedauert. Den Ablauf musste er sich merken.

Als er herauskam, streifte Arturo ihn lediglich mit einem flüchtigen Blick, ehe er sich wieder dem Fernsehbild zuwandte. Ian setzte sich aufs Bett, den Oberkörper gegen das Kopfteil gelehnt. Während er sich die Hände abgetrocknet hatte, war ihm eine Idee gekommen. Die Ausführung erforderte jedoch einen weiteren Gang ins Bad.

Ian machte ein Nickerchen und erwachte gegen sechs. Er gähnte laut und betrachtete Arturo, der sich jetzt *The three Stooges* ansah und dabei lachte wie ein Idiot. „He, Arturo“, begann er, „ich krieg' Hunger. Wie wär's, wenn wir uns was zu beißen bestellen? Eine Pizza vielleicht. Oder ich könnte losziehen und was Chinesisches holen.“

Arturo warf ihm einen viel sagenden Blick zu. „Na klar.“ Er deutete auf das Moteltelefon auf dem Couchtisch. „Bestell eine Pizza, groß, mit Salami und Peperoni und extraviel Käse.“ Um sicherzugehen, dass Ian keine Dummheit machte, zog er wieder das Messer heraus und ließ es aufklappen. „Worauf, zum Teufel, wartest du?“

Eine halbe Stunde später klopfte es an die Tür. Arturo gab Ian mit dem Messer ein Zeichen, sich zu bewegen, während er selbst aus dem Blickfeld verschwand, blieb jedoch nah genug bei Ian, um ihm notfalls das Messer in den Rücken rammen zu können.

Arturo brauchte nicht mehr als zehn Minuten, um so viel Pizza zu verschlingen, dass jeder Vielfraß geplatzt wäre. Dazu trank er drei von Ians Bieren und rauchte zwei Zigaretten. Er war jetzt wesentlich entspannter, aber nicht weniger wachsam. Falls Ian gehofft hatte, sein Bewacher würde einschlummern, sah er sich getäuscht.

Trotzdem war dies der geeignete Zeitpunkt, Phase zwei seines Planes einzuleiten. Er stand auf und ging auf das Bad zu.

„Wo willst du hin, zum Geier?“ fragte Arturo scharf.

„Zum Pott, Mann.“

„Du warst doch gerade. Was ist los mit dir? Hast du ‘n Problem oder was?“

„Nein, ich habe kein Problem. Ich bin vor fünf Stunden zum Klo gegangen. Musst du nie pinkeln?“

„Okay, okay.“ Arturo wedelte mit dem Messer herum. „Hör auf zu jammern. Geh.“

Wieder im Bad, sah Ian auf die Uhr und riss Rose’ Nachthemd vom Bügel. Wie ein Kumpel es ihm gezeigt hatte, bog er rasch den Drahtbügel auf, bis er ein langes gerades Stück hatte, und formte eine Garotte mit zwei Schlaufen als Griffe an jedem Ende.

Er testete die neue Waffe mehrfach auf Biegsamkeit. Okay, sie würde ihre Aufgabe erfüllen. Zufrieden schob er sie in sein Hosenbein und ging ins Schlafzimmer zurück.

Er war bereit.

14. KAPITEL

Abbie hatte die achtundvierzigtausend Dollar in Hundert- und Fünfzigdollarnoten in einen alten Schulranzen gepackt, der auf dem Beifahrersitz des Acura stand. Als sie vorhin auf der Bank gewesen war, hatte das Geld für sie bereitgelegen. Ein Kassierer, den sie kannte, hatte sie in einen Privatraum geführt, wo die Bündel gezählt wurden.

Zum Glück war Ron Meltzer nicht auf seinem üblichen Posten gewesen. Das ersparte ihr, ihm noch eine Lüge auftischen zu müssen, obwohl sie sicher war, dass er von der Abhebung wusste. In dieser Bank geschah kaum etwas, ohne dass er Kenntnis davon hatte. Vielleicht war er absichtlich nicht hinter seinem Schreibtisch gewesen, um ihnen beiden eine Peinlichkeit zu ersparen.

Auf der Heimfahrt im Regen dachte sie an Ians Telefonat. Diese plötzliche Änderung im Plan beunruhigte sie. So wie er geflüstert hatte, war anzunehmen, dass jemand in der Nähe gewesen war. Aber wer? Und was hatte vor allem diese alberne Geheimnistuerei zu bedeuten? War sie irgendwie in Gefahr? Bei Ians Lebenslauf und der Art von Kontakten, die er pflegte, wäre dies nicht verwunderlich.

Ein paar Minuten später fuhr sie in die Garage, stieg aus und ließ den Ranzen auf dem Beifahrersitz, wo er sicher war. Sobald das Garagentor sich schloss, ging sie ins Haus.

Der Anblick von Ben und Tiffany am Küchentisch, der eine mit Schulaufgaben beschäftigt, die andere mit Examensvorbereitungen, vermittelte ihr wieder ein Gefühl von Normalität. „Hallo, Leute."

Sie gab Ben einen raschen Kuss. Er hatte nichts dagegen,

wenn sie ihn vor Tiffany küsste, weil er gesehen hatte, dass die auch ihre Brüder flüchtig küsste. „Wie war dein Tag?"

„Gut." Er zog ein Blatt Papier zwischen den Seiten seines Mathebuches hervor. „Das ist vom Direktor des Sommercamps. Du musst es ausfüllen und unterschreiben."

Sie setzte sich zu den beiden an den Tisch und warf einen Blick auf das Formular, das fast identisch mit denen war, die sie in den letzten beiden Jahren ausgefüllt hatte. *Fast.* „Ben, das ist nicht für das Tagescamp."

„Ich weiß", sagte er lässig. „Ich bin zu groß für das Tagescamp, Mom. Deshalb habe ich mich dieses Jahr für Camp Kettle Run eingetragen."

„Aber dann bist du zwei ganze Wochen weg!"

„Na und?"

Darauf war Abbie nicht gefasst. Sie war noch nicht so weit, vierzehn Tage und Nächte voller Sorge um ihn allein in diesem großen Haus zu verbringen. Noch vor einem Jahr hatte er von Camp Kettle Run nichts wissen wollen. Er war glücklich gewesen, morgens um neun ins Tagescamp zu fahren und nachmittags um vier abgeholt zu werden. Danach konnte er noch schwimmen gehen oder bei Jimmy Hernandez spielen.

Sie merkte, dass er ein wenig beunruhigt war. „Es ist doch okay, Mom, oder? Kann ich gehen?"

Er ist neun, Abbie, und du hast ihn dazu erzogen, unabhängig, selbstsicher und abenteuerlustig zu sein.

Sie lächelte, als sie Tiffanys amüsierten Blick auffing. „Natürlich kannst du gehen."

„Dann vergiss nicht, das Formular zu unterschreiben. Das Camp ist schnell voll."

„Ich denke dran." Sie stahl sich noch einen Kuss und erhob sich vom Stuhl. „Sind ‚Sloppy Joes' okay zum Dinner?"

„Mit Fritten?"

„Okay, mit Fritten."

Anderthalb Stunden später, während Ben und Tiffany beim Dinner waren, lief Abbie hinauf ins Schlafzimmer und nahm ihre PPK aus dem Schrank. Diesmal holte sie auch das Kästchen mit Munition unter der Matratze hervor. Mit leicht zitternden Händen lud sie konzentriert alle sieben Kugeln ins Magazin. Jetzt war sie ruhiger, überprüfte die Sicherung der Waffe und steckte sie in die Tasche.

Bemerkenswert gelassen schlang sie den Taschenriemen über die Schulter und ging wieder nach unten, wo ihre Freundin sie erwartete.

„Claudia!" Die Tasche fühlte sich plötzlich entsetzlich schwer an. „Habe ich vergessen, dass du kommen wolltest?"

„Nein." Die Freundin war offensichtlich beunruhigt. „Ich habe mir Sorgen gemacht", raunte sie, als sie sich umarmten. „Seit Mittwoch habe ich nichts von dir gehört."

Abbie lachte nervös. „Kein Grund zur Panik. Ich war nur sehr beschäftigt." Ehe Claudia antworten konnte, gab Abbie Ben einen Abschiedskuss, versprach Tiffany, zur Abwechslung mal früh nach Hause zu kommen, und schob Claudia auf die Garage zu.

„Was ist los?" fragte die Freundin, sobald sie außer Hörweite waren. „Wenn ich dich nicht besser kennen würde, müsste ich annehmen, dass du mir nicht nur ausweichst, sondern mich auch noch loswerden willst."

Abbie drückte einen Knopf an der Wand, und das Garagentor schwang auf. „Sei nicht albern, warum sollte ich das tun?“

„Ich weiß nicht. Vielleicht weil ich dich neulich gewarnt habe, die Sache mit Ian allein regeln zu wollen.“

„Das ist Unfug. Du weißt, wie sehr ich deine Meinung schätze.“

„Gut, denn gleichgültig, wie du die Sache angehst, ich bin für dich da. Das weißt du, hm?“

Abbie fragte sich, ob Claudia das Angebot aufrechterhalten würde, wenn sie von der geladenen Waffe in ihrer Tasche wüsste, die sie zu benutzen gedachte, falls Ian auch nur einen Finger gegen sie hob. „Natürlich weiß ich das. Es ist nur ... ich möchte dich nicht in die Sache hineinziehen.“

„Ich bin deine Freundin! Ich möchte hineingezogen werden.“

Claudias Aufrichtigkeit ermutigte Abbie, ihr doch die Wahrheit zu sagen. „Ich werde ihm das Geld geben.“

Die Freundin wirkte nicht überrascht. „Wann?“

„Heute Abend. Ich sollte es ihm um halb vier in sein Motel bringen. Aber er rief mich an, kurz bevor ich das Restaurant verließ, und sagte, es gebe eine Änderung im Plan. Ich treffe ihn um zehn am Pier vom Carnegie See.“

„Hunderttausend Dollar? Ich dachte, du hättest nicht so viel Geld.“

Sie gingen auf Claudias Van zu. „Habe ich auch nicht. Ich habe alle Ersparnisse zusammengekratzt und kam auf achtundvierzigtausend. Ian war mit dem Betrag zufrieden.“

„Und danach lässt er dich in Ruhe?“

„Er hat mir sein Wort gegeben.“

Claudia schnaubte verächtlich. „Was ist das Wort eines Knastbruders denn schon wert?“

„Vermutlich nicht viel. Aber ich muss ihm vertrauen, ich habe keine Wahl.“

„Er kommt zurück und wird mehr verlangen, Abbie. Das weißt du, nicht wahr?“

„Ich glaube nicht, dass er das tut. Er weiß, dass ich nichts mehr habe.“

Claudia nickte. „Also gut. Ende des Vortrags. Ich habe allerdings eine Bitte. Lass mich mitkommen.“

Da sie mit dem Angebot gerechnet hatte, schüttelte Abbie energisch den Kopf. „Ausgeschlossen. Wie gesagt, ich will dich da nicht hineinziehen. Außerdem würde Ian ausflippen, wenn er sieht, dass ich jemanden mitgebracht habe.“

„Er wird es nicht merken. Ich verstecke mich.“

Trotz der ernsten Situation musste Abbie lächeln. „Ich glaube, du hast dir zu viele Wiederholungen von Magnum angesehen. Danke für das Angebot, aber die Antwort bleibt Nein.“

„Dann versprich mir, dass du mich sofort nach deiner Rückkehr anrufst und mir sagst, ob alles gut gegangen ist.“

„Mache ich.“ Abbie küsste Claudia auf die Wange und spürte, dass ihre Freundin sie ein wenig fester drückte als sonst. „Und jetzt lass mich gehen“, sagte sie neckend. „Ein paar von uns müssen für ihren Lebensunterhalt arbeiten.“

Damit sein Plan funktionierte, war es entscheidend für Ian, mit Arturo zum Pier zu gehen und nicht zu fahren.

„Ich weiß, es regnet“, hatte er Arturo gesagt, „aber Abbie rechnet damit, dass ich zu Fuß komme. Wenn sie als Erste da ist und ein Auto kommen sieht, wird sie einfach wieder abhauen.“

Arturo hatte missfallend gegrunzt, aber sonst keine Einwände erhoben.

Auf halbem Weg zum Zielort begann Ian, seinen Plan in die Tat umzusetzen. So unauffällig wie möglich zog er den Draht aus dem Hosenbein und hielt ihn lässig seitlich gegen das Bein. Sein Kumpel hatte ihm erklärt, dass die Garotte keine Waffe für Amateure sei. Sie erforderte Präzision, Schnelligkeit und große Kraft. Ein untrainierter Killer konnte leicht das Ziel – den Hals des Opfers – verfehlen, so dass der Draht auf der Nase oder dem Kinn hängen blieb. Dann könnte das Opfer sich befreien und die Waffe gegen den Angreifer einsetzen. Obwohl Ian nie getötet oder es auch nur versucht hatte, war er bei genügend Demonstrationen der Waffe dabei gewesen, um sicher zu sein, dass er sie richtig handhaben konnte. Arturo war ein massiger Typ, doch er selbst hatte den Überraschungseffekt auf seiner Seite und zudem einen gewaltigen Anreiz – das eigene Überleben.

Es war eine dunkle, wolkenverhangene Nacht, die nur gelegentlich von den Scheinwerfern der Wagen erhellt wurde, die die Route 27 hinauf- oder hinabfuhren.

„Ist sie das?“ Arturo deutete auf einen Wagen, der das Tempo verlangsamte.

„Ich weiß nicht. Ich kann nichts sehen. Ist das ein roter Geländewagen?“

Wie aufs Stichwort drehte Arturo Ian den Rücken zu und beugte sich ein wenig vor, um zwischen den Bäumen hindurchzuspähen.

Ian wurde aktiv. Den Draht an beiden Schlingen haltend, warf er ihn Arturo über Kopf und Hals und zog zu. Gleichzeitig presste er ihm ein Knie in den Rücken, um ihn zu halten.

Wie erwartet wand Arturo sich, griff nach dem Draht und versuchte, die Finger darunter zu schieben. Ian hielt fest, das Gesicht verzerrt vor Anstrengung, dieses übergroße Biest daran zu hindern, sich freizukämpfen.

Doch anstatt auf die Knie zu sinken, wie er es inzwischen hätte tun sollen, taumelte Arturo rückwärts und riss Ian um. Sein Kopf krachte mit solcher Wucht gegen einen Baum, dass er einige Sekunden bewusstlos war.

Als er die Augen öffnete und kopfschüttelnd versuchte, das Schwindelgefühl loszuwerden, hatte Arturo die Garrotte vom Hals gerissen. Einen Moment stand er nur da, mit herabhängenden Armen, und sah aus wie ein riesiger, bösartiger Affe.

„Du Hurensohn!“ schimpfte er, ehe er sich auf Ian stürzte.

Schreiend und fluchend rollten sich die Männer auf den nassen Blättern, doch es war offenkundig, dass Ian seinem massigen Gegner nicht gewachsen war. In weniger als zehn Sekunden lag er flach auf dem Rücken, und Arturo saß rittlings über ihm.

„Du hast einen Riesenfehler gemacht, *amigo*“, zischte er und hielt ihn zwischen seinen kraftvollen Schenkeln fest.

Ian sah nicht, wie er das Messer herauszog, doch plötzlich war es da, tödlicher denn je. Arturo hielt es wie ein kleines Schwert zwischen Daumen und Zeigefinger, die übrigen Finger um den Griff geschlungen.

Ihm fiel nichts ein, was er hätte sagen können, um der Situation zu entkommen, und versuchte deshalb, seinen Angreifer zu schlagen. Doch Arturo wich mit dem Kopf aus, lachte und genoss den Moment der Überlegenheit.

„Hast du geglaubt, du könntest mich bescheißen, Penner? Du dachtest, du könntest mich reinlegen? Hast du deinen beschissenen Verstand verloren?“

Ian begann zu betteln, doch Arturo verschloss ihm, mit der Rückhand schlagend, den Mund. „Ich habe dich gewarnt, stimmt's? Und ich habe dir gesagt, was passiert, wenn du mich verarschst.“

Ian hatte keine Chance zu antworten. Mit dem Ausdruck reinsten Vergnügens rammte Arturo ihm die Klinge in den Bauch. Nicht ein oder zwei Mal, sondern in einer Folge heftiger Stöße, jeder gefolgt von einem lauten Aufstöhnen.

Schmerz explodierte in Ians Körper. Er spürte weder Regen noch Angst, nur den Schmerz: heiß, roh und unerträglich.

Die Bäume über ihm begannen sich zu neigen, zuerst nach rechts, dann nach links. Ian hob den Kopf vom Boden in dem verzweifelten Versuch, um Hilfe zu rufen. Doch er brachte die Kraft nicht auf, ein einziges Wort zu formen, und ließ mit dumpfen Aufprall den Kopf wieder fallen.

Ein großer Schatten stand über ihm. Arturo? Er wollte mit ihm reden, doch er konnte nichts mehr herausbringen. Die Bäume begannen wieder ihren verrückten Tanz und drehten sich schneller und schneller.

Ian krallte beide Hände in den Bauch, von wo der Schmerz ausstrahlte. Er brauchte Hilfe. Jemand musste stoppen, was hier mit ihm geschah. Seine Lippen bewegten sich, als seine Lungen um Luft kämpften, doch seltsamerweise ließ der Schmerz nach, je schwächer er wurde. Das musste ein gutes Zeichen sein. Vielleicht hatte die Glücksgöttin beschlossen, noch einmal auf seiner Seite zu stehen.

Er hätte lachen mögen. Denn er war immer ein Hurensohn mit verdammt viel Glück gewesen.

In der Ferne hörte er einen Automotor. Jemand kam, um ihn zu holen. Es würde alles gut werden. Er musste nur ruhig liegen bleiben und Energie sparen, dann würde alles gut. Der Schmerz war jetzt fast verschwunden, und die Bäume hatten aufgehört, sich zu drehen.

Erleichtert schloss er die Augen.

15. KAPITEL

Die Hektik in der Küche des Campagne hatte nicht einen Moment nachgelassen. Doch für Abbie, die nur noch ein Nervenbündel war, verging der Abend quälend langsam. Mehr als alles andere wünschte sie sich, dass der Tag vorüber wäre und ihr Leben wieder seinen normalen Verlauf nähme.

Um Viertel vor zehn band sie die Schürze ab, warf sie in den Wäschekorb und versuchte so gelassen wie möglich zu wirken, obwohl sich ihre Pulsfrequenz in den letzten Minuten vermutlich verdreifacht hatte.

„Gehst du früher?“ fragte Brady.

„Ja.“ Sie wich seinem Blick aus. „Tiffany muss für die Abschlussarbeiten büffeln, und ich habe ihr versprochen, früher zu kommen. Es macht dir doch nichts aus, abzuschließen, oder?“

„Natürlich nicht.“ Er warf einen Blick auf den Lederranzen, den sie zusammen mit ihrer Tasche über der Schulter trug. „Sieht schwer aus. Soll ich ihn dir zum Wagen tragen?“

„Nein, ich komme schon klar.“ Das war maßlos übertrieben. Sie hatte Angst und atmete so schnell, dass sie fürchtete zu hyperventilieren.

Da Brady sie weiterhin forschend ansah, drückte sie ihm rasch beschwichtigend den Arm und fragte sich, ob er ihr die Nervosität anmerkte. Er war sehr einfühlsam. Bisher war sein sechster Sinn stets Anlass für fröhliche Späße zwischen ihnen gewesen, doch heute fand sie ihn eher beunruhigend. Um weiteren Fragen aus dem Weg zu gehen, wünschte sie allgemein eine gute Nacht und verschwand.

Glücklicherweise war der Albtraum bald vorüber. In zwanzig Minuten würde sie wieder zu Hause sein, ihren Jungen wie jeden Abend auf die Stirn küssen, und Ian säße im Bus nach irgendwo.

Der Regen war stärker geworden, nahm ihr die Sicht und zwang sie, langsam zu fahren. Doch selbst bei gemächlicher Fahrt brauchte sie nicht länger als acht Minuten zum Carnegie See. Tagsüber war in diesem Bereich der Route 27 dichter Verkehr. Heute Abend war es auf Grund des Regens und der späten Stunde relativ ruhig.

Mehrere große Felsbrocken markierten die Einfahrt zum Parkbereich. Abbie fuhr im weiten Bogen darum herum, ließ den Acura rollen und spähte auf der Suche nach Ian durch die nasse Windschutzscheibe. Zu ihrer Linken lag das Bootshaus, in dem das Ruderteam der Universität seine Ausrüstung lagerte. Genau vor ihr befand sich ein dicht bewaldeter Bereich zwischen Seeufer und Straße.

Ian war nirgends zu sehen.

Sie ließ den Wagen langsam auf die Bäume zurollen und hielt an. Eine Hand auf der Tasche, um notfalls rasch die Waffe ziehen zu können, drückte sie einen Knopf an der Tür. Lautlos glitt die Seitenscheibe halb hinunter, und sie steckte den Kopf heraus. „Ian!“ rief sie. „Bist du da?“

Keine Antwort.

Die Kehle trocken vor Nervosität, sah Abbie auf die Uhr im Armaturenbrett. Sie hatte sich ein paar Minuten verspätet, aber er würde sicher warten.

Plötzlich tauchten zwei Scheinwerfer in der Kurve auf, und einen Moment sah es so aus, als wolle der Wagen anhalten. Besorgt, es könnte ein State Trooper in einem Zivilfahrzeug sein, schaltete sie die Lichter aus. Sie wollte keinem Polizisten erklären müssen, was sie um diese Zeit und bei diesem Wetter hier zu suchen hatte. Sobald der Wagen weitergefahren war, rief sie noch einmal nach Ian.

Nichts.

Sie überlegte, ob sie bleiben oder wegfahren sollte, als ein Mann auf ihren Wagen zusprang. Mit der Rechten griff er ins Fenster, in der Linken hielt er ein Messer.

„Wo ist das Geld?“ Der Mann versuchte, die Fahrertür zu öffnen, und wurde noch wütender, als er merkte, dass sie verriegelt war. „Gib mir das verdammte Geld!“

Abbie fand den Knopf, um das Fenster hinauffahren zu lassen, doch der Angreifer drückte es mit solcher Wucht nieder, dass es sich keinen Zentimeter bewegte.

Die Waffe, Abbie! Zieh die Waffe!

Mit der Rechten griff sie in die Tasche und zog die PPK heraus.

„Hauen Sie ab!“ schrie sie und löste die Sicherung. „Ich habe eine Waffe und werde sie benutzen!“

„Gib mir das Geld, du Luder!“ Der Mann stieß das Messer durch das geöffnete Fenster in den Wagen und fuchtelte damit hin und her. Mit jeder Bewegung kam es ihrem Gesicht bedenklich näher.

Drück ab!

Die Worte ihrer Schießtrainer gingen ihr durch den Sinn: „Ziehen Sie niemals eine Waffe, wenn Sie nicht entschlossen sind, sie zu benutzen. Ihr Gegner erkennt Ihr Zögern, nimmt Ihnen die Waffe ab und richtet sie gegen Sie.“

Sie konnte es, sie würde nicht zum Opfer werden.

Der Angreifer hatte jetzt den ganzen Arm in den Wagen gesteckt und versuchte, ihr die Waffe abzunehmen. Schreiend riss sie ihren Arm zurück und schleuderte die Waffe auf den Nachbarsitz. Sich gegen diesen Wahnsinnigen zu wehren war zwecklos. Ihr blieb nichts anderes übrig, als so schnell wie möglich von hier wegzukommen.

Sie rammte den Gang ein und trat das Gaspedal durch. Der Acura schoss nach vorn, und sie begann nach rechts und links zu schleudern, damit ihr Angreifer losließ.

Doch er hielt sich fest. „Gib mir das Geld!“ Diesmal sauste die Klinge an ihrer Wange vorbei und streifte ihr Haar. Sie schlingerte weiter und sah, wie der Körper des Mannes herumgeschleudert wurde, doch er ließ nicht los. An einer Stelle wäre sie fast ins Wasser gefahren, merkte es gerade noch rechtzeitig und lenkte wieder auf festen Grund.

Der Regen prasselte jetzt herab und rann vom kahlen Schädel des Mannes über sein Gesicht, was ihn mehr wie ein wildes Tier aussehen ließ denn wie einen Menschen. In dem verzweifelten Versuch, ihn loszuwerden, trat sie noch einmal aufs Gas und raste über die volle Parkplatzlänge. Dann trat sie abrupt auf die Bremse und wappnete sich vor der automatischen Straffung des Sitzgurtes.

Abbie sah noch die Überraschung des Mannes, als der Ruck ihn endlich wegschleuderte. Sie wartete nicht, bis er wieder auf die Beine kam, setzte kurz zurück und fuhr davon. Ehe sie den Parkplatz verließ, sah sie im Rückspiegel, dass ihr Angreifer ausgestreckt am Boden lag.

Großer Gott, ich habe ihn umgebracht!

Sie fuhr weiter, Richtung Heimat, doch als sie die Ampel Ecke Nassau Street und Vandeventer erreichte, ließ die Wirkung des Adrenalins, das sie angetrieben hatte, nach, und sie begann am ganzen Körper zu zittern.

Sie konnte nicht weiterfahren. Der Gedanke, vielleicht

einen Mann getötet zu haben, lähmte sie. Allerdings hatte er sie mit einem Messer angegriffen. Hätte er die Chance bekommen, so hätte er sie umgebracht. Warum machte sie sich also Gedanken um ihn, anstatt froh zu sein, dass sie überlebt hatte?

Die Ampel sprang auf Grün, doch statt nach Hause zu fahren, drehte Abbie um und fuhr zum See zurück. Sie musste sich vergewissern, ob er tot war. Was sie tun sollte, falls er wirklich nicht mehr lebte, war ihr allerdings schleierhaft. Hoffentlich war er nur verletzt. Dann würde sie um Hilfe telefonieren und auflegen, ehe jemand nach ihrem Namen fragen konnte.

Diesmal ließ sie das Fenster geschlossen. Gleichgültig, wie schwer der Mann verletzt war, sie würde sich keinesfalls in seine Reichweite begeben. Sie hielt den Wagen an, sah sich um und starrte auf die Stelle, wo er gefallen war. Nichts.

Der Mann war verschwunden.

Abbie lehnte sich gegen den Sitz zurück und atmete erleichtert durch. Wenn er weggehen konnte, war alles okay. Dann hatte sie ihn zumindest nicht schwer verletzt.

Danke, Gott.

Erleichtert machte sie kehrt und fuhr die Strecke zurück, die sie gekommen war, ohne anzuhalten.

„*Du hast ihn umgebracht?*" Tony starrte Arturo ungläubig an. „Du hast McGregor umgebracht?"

Tropfnass vom heftigen Regen warf Arturo die Wagenschlüssel aufs Bett. „Was, zum Teufel, hätte ich denn tun sollen? Der Scheißkerl hat versucht, mich zu töten! Guck dir das an, wenn du mir nicht glaubst." Er riss den Ausschnitt seines T-Shirts herunter.

Tony sah den knallroten Striemen an Arturos Hals. „Wie hat er das denn geschafft?“

„Der Bastard hatte eine Garotte. Ist das zu fassen? Der hatte die ganze Zeit vor, mich kaltzumachen.“

„Und deshalb hast du ihn umgebracht? Hättest du ihn nicht einfach k.o. schlagen können? Das konnte doch nicht so schwer sein. Du bist doppelt so groß.“

Arturo ging in dem kleinen Raum hin und her, wobei er nur ein paar große Schritte brauchte, um das Zimmer zu durchqueren. „Er hat mich reingelegt! Der hat mich für blöd verkauft, Mann. Er wollte angeblich pinkeln, dabei hat er sich im Bad die Garotte gebastelt.“

Tony sank in einen Sessel und bedauerte zutiefst seine mangelnde Vorausschau. Er hätte Arturo zu McGregor begleiten sollen. Denn er hätte wissen müssen, dass etwas schief gehen würde. Bei Arturo ging immer was schief. Das Pech verfolgte ihn wie ein anhänglicher Welpe.

Aber Mord?

Er sah, dass sein Bruder eine Flasche Rum aus dem Schrank nahm, sie öffnete und einen kräftigen Schluck trank. „Und diese Frau“, begann Tony ruhig, sich der Tatsache bewusst, dass er der Starke, der Vernünftige sein musste. „McGregors Schwester. Hat sie dich deutlich sehen können?“

„Teufel, ja. Das Luder hat eine Waffe gezogen.“

„Demnach kann sie dich identifizieren.“

Arturo nahm noch einen Schluck und schwieg.

„Was ist mit dem Geländewagen?“

„Was soll damit sein?“

„Hat dich jemand gesehen, als du vom Motelparkplatz gefahren bist?“

„Wie, zum Teufel, soll ich das wissen?"

„Hast du jemanden gesehen?" fragte Tony geduldig.

„Ich habe nich' drauf geachtet. Hatte anderes im Kopf."

Tony nahm sein Handy und erinnerte sich, dass Anrufe bei Enrique nach Dienstschluss in sein Haus durchgestellt wurden. Hoffentlich war er auch da.

Arturo sah ihn finster an. „Was machst du da?"

„Ich rufe Enrique an. Wir müssen den Wagen von der Straße holen, falls ihn jemand gesehen hat."

„Enrique ist nicht zu Hause."

Tony schaltete das Telefon aus. „Woher weißt du das?"

„Weil ich nicht so dämlich bin, wie du glaubst. Ich wusste, dass ich den Wagen verstecken muss. Deshalb habe ich Enrique angerufen. Sein Großvater sagte, er ist nicht da. Hat eine Verabredung und kommt erst spät zurück."

„Du hast zum Telefonieren angehalten, nachdem du McGregor umgebracht hast? Bist du verrückt?"

„Ich habe nicht angehalten. Ich hab' das hier benutzt." Er zog ein Handy aus der Tasche und legte es vor Tony auf den Tisch.

„Was ist das?"

Arturo lachte zufrieden, als hätte er soeben etwas ungeheuer Schlaues gemacht. „McGregors Handy. Ich hab's ihm abgenommen." Dann zog er noch ein Bündel Geldscheine aus der Tasche. „Und das hier. Vier Hunnis und Wechselgeld, Mann. Der Bastard war nicht so pleite, wie wir dachten."

Doch Tony sah nicht das Geld an, sondern das Telefon. „Du hast zum Telefonieren McGregors Handy benutzt?"

Verständnislos sah Arturo ihn an.

„Kapierst du denn nicht? Den Anruf kann man zurückverfolgen. Sobald die Polizei feststellt, dass das Handy fehlt, können sie sich die Anrufliste beschaffen."

„Und wer soll es als gestohlen melden, du Klugscheißer? Ein Toter?"

„Wie wäre es beispielsweise mit Rose? Sie muss wissen, dass Ian ein Handy hatte."

Arturo schwieg. Wortlos nahm Tony das Gerät vom Tisch und wischte es ab. Dann ging er zum Schrank und warf es in seine Reisetasche.

„Ich lasse es morgen verschwinden. Inzwischen rührst du es nicht an. Und geh nicht dran, falls es klingelt. Hast du das kapiert?"

Erleichtert, dass sein Bruder sich um die Details kümmerte, nickte Arturo.

„Ich rufe morgen früh Enrique an", fuhr Tony fort. „Fahr jetzt erst mal den Wagen von der Straße, und parke ihn hinter der Werkstatt."

„Du sagst ihm doch nicht, dass ich einen umgebracht habe, oder?"

„Nein, ich erfinde was, warum wir den Wagen verstecken müssen."

„Und was machen wir dann?"

Lustig, dachte Tony, jetzt, wo er ernsthaft in der Klemme steckt, heißt es plötzlich „wir" und nicht mehr „ich".

„Wir verhalten uns ruhig und warten ab, bis sich der Aufruhr legt. Sobald es sicher für uns ist, verschwinden wir."

„Ohne mein Geld fahre ich nirgendwohin."

Tony hätte ihm am liebsten die Flasche entrissen und ihm damit Vernunft in den Schädel geprügelt. „Und wie willst du es bekommen? Hast du etwa vor, auch McGregors Schwester umzubringen?"

„Ich tue, was nötig ist, und kriege mein Geld."

„Das ist nicht ‚dein Geld'!"

„Sie wollte es McGregor geben, stimmt's? Jetzt kann sie es mir geben." Er hob die Flasche wieder an den Mund. „Und das wird sie, wenn sie weiß, was gut für sie ist."

Abbie stand mit weichen Knien da und wartete, bis Tiffany abgefahren war, dann schloss sie die Haustür und lehnte sich dagegen. Die Ereignisse der letzten halben Stunde waren ihr immer wieder beängstigend deutlich durch den Kopf gegangen, und obwohl sich ihr Pulsschlag normalisiert hatte, wurde sie noch von zu vielen widersprüchlichen Gefühlen gebeutelt, um klar denken zu können.

Am See war irgendetwas schief gegangen, aber was? Wer war der Kerl, der sie angegriffen und das Geld verlangt hatte? Offenbar wusste er von der Zahlung, sonst wäre er nicht dort gewesen. Vielleicht hatte Ian seinetwegen vor ein paar Stunden so eindringlich flüsternd angerufen und den Plan geändert. Aber nicht er, sondern dieser Wilde war an seiner Stelle zum Treffpunkt gekommen.

Earl Kramer konnte es ihrer Einschätzung nach nicht gewesen sein. Dass ein Todeskandidat innerhalb der letzten vierundzwanzig Stunden aus dem Gefängnis entwichen sein konnte, erschien ihr sehr unwahrscheinlich.

Aber wenn nicht Kramer, wer hätte sie dann wegen des Geldes töten wollen? Und was noch wichtiger war: Wie sollte sie das herausfinden?

16. KAPITEL

Detective John Ryan vom Morddezernat musste drei Mal um die FitzRandolph Academy herumfahren, ehe er endlich einen Parkplatz fand. Er hätte in der zweiten Reihe parken können, wie es die meisten Polizisten taten, wenn sie rasch irgendwohin mussten. Doch das hier war die Schule seines Sohnes, und es machte keinen guten Eindruck, wenn ein Vertreter von Recht und Gesetz die Regeln brach.

Die Hände in den Hosentaschen vergraben, stand er einen Moment vor dem weitläufigen dreistöckigen Backsteingebäude mit dem bekannten Logo über dem Eingang – dem Profil von Nathaniel FitzRandolph, einem Großgrundbesitzer aus dem achtzehnten Jahrhundert und frühen Wohltäter der Stadt.

Obwohl die Privatschule zweifellos eine der besten Lehranstalten an der Ostküste war, hätte er seinen Sohn nicht unbedingt hierher geschickt. Da er von Natur aus etwas altmodisch war, glaubte er daran, dass eine wohlabgerundete Erziehung nur in einer öffentlichen Schule geboten wurde.

Doch seine Frau – Exfrau inzwischen – hatte darauf bestanden, dass Jordan feste Regeln und Disziplin brauche, etwas, das öffentliche Schulen nicht boten. Jordan fühlte sich hier allerdings nicht wohl, und man begann es zu merken. Das war in diesem Jahr bereits Johns zweiter Besuch bei der Direktorin. Der Anlass des ersten Treffens im Januar waren Jordans nicht erledigte Hausaufgaben gewesen. Und nun hatte der energiegeladene Neunjährige einem Mitschüler offenbar eins auf die Nase gegeben. Clarice war ebenfalls informiert worden und wollte ihn anrufen, sobald sie Zeit hatte. Ausgeschlossen, dass sie wegen eines Schulproblems eine wichtige Konferenz verließ.

Langsam ging John auf den Haupteingang zu. Gleichgültig, was Clarice dachte, Jordan war nicht schwierig. Er trat ein wenig leidenschaftlicher als andere für Dinge ein, die ihm wichtig waren, und das brachte ihm gelegentlich Schwierigkeiten ein. Aber ansonsten war er ein guter Junge.

John wusste, dass die Kinder von geschiedenen Eltern mehr Aufmerksamkeit brauchten als andere. Deshalb versuchte er, so viel Zeit wie möglich mit seinem Sohn zu verbringen. Er fuhr mit ihm zum Angeln, holte ihn an freien Tagen von der Schule ab und trainierte sein Baseballteam, wenn er zwischen zwei Schichten ein paar Stunden freihatte.

Nachdem er mit Clarice über die Trennung einig geworden war, hatte er eine Weile erwogen, das Sorgerecht für Jordan zu beantragen. Zum einen, weil er ihn gern ganz bei sich gehabt hätte, aber auch, weil Clarice fast noch mehr berufliche Termine hatte als er selbst und somit noch weniger Zeit für Jordan. Als neue Vizepräsidentin eines Pharmaunternehmens hatte sie eine Vielzahl von Konferenzen, Seminaren und Verkaufsschulungen zu bewältigen, die sie oft tagelang aus der Stadt führten.

Ihre Abwesenheit war ein ständiger Streitpunkt zwischen ihnen. Er fand, sie solle mehr Zeit mit Jordan verbringen, und sie hatte ihm vorgeworfen, nicht zu verstehen, wie wichtig ihr die Karriere sei. „Mindestens so sehr wie dir die deine“, hatte sie in völliger Verkennung des Problems erwidert.

Vor der Glastür prüfte er kurz sein Äußeres, da er Mrs.

Rhineharts musternden Blick erwartete. Er fuhr sich mit einer Hand durch das schwarze Haar, froh, dass er beim Friseur gewesen war. In letzter Zeit war er so beschäftigt gewesen, dass er die Haare wachsen ließ, bis ihm sein Chef einen tadelnden Blick zuwarf. Er sah an sich hinab. Der blaue Blazer und die graue Hose kamen gerade aus der Reinigung, und das weiße, am Kragen offene Hemd war so frisch, dass es sicher den Maßstäben der strengsten Direktorin genügte.

Beruhigt, dass er seinen neunjährigen Sohn nicht blamierte, drückte er die Tür auf und trat ein. Die Schule würde heute wegen einer Lehrerkonferenz schon um zehn aus sein. John ging durch eine leere, glasüberdachte Eingangshalle, erinnerte sich, wo das Büro der Direktorin lag, und wandte sich nach rechts dem Verwaltungstrakt zu. Erneut fragte er sich, was eine vergleichsweise sanfte Seele wie Jordan veranlasst haben mochte, einen Mitschüler zu schlagen? Nun ja, bald würde er es wissen.

Mrs. Rhinehart saß an ihrem Schreibtisch und sortierte einen Stapel Korrespondenz, als John an die nur angelehnte Tür klopfte. Sie war eine leidlich attraktive Frau, deren säuerliche Miene und steife Haltung ihn kaum zu salopper Freundlichkeit ermutigten.

Sie winkte ihn herein. „Kommen Sie, Mr. Ryan. Bitte setzen Sie sich." Die Direktorin hatte ihm gleich beim ersten Treffen erklärt, dass sie ihn nicht mit Detective anreden werde, da es die Philosophie von FitzRandolph sei, alle Eltern gleich zu behandeln, weshalb man Titel und dergleichen nicht erwähne. Ihm war das nur recht.

„Danke." Fast hätte er gefragt: Was hat er jetzt wieder angestellt?, beherrschte sich jedoch, damit sie das Gespräch eröffnen konnte. Allmählich hatte er begriffen, wie das an Privatschulen so lief.

Mrs. Rhinehart schob die Papiere beiseite, legte die Unterarme auf den Schreibtisch und betrachtete ihren Besucher durch die Brille, und zwar genau über die Linie hinweg, welche die eingeschliffene Lesebrille abgrenzte. „Boxen Sie, Mr. Ryan?“

Da dies offenbar eine ernsthafte Frage war, bemühte John sich um eine dementsprechende Erwiderung. „In meiner Jugend einmal, ja.“ Ihre leichte Missbilligung bemerkend, fügte er hinzu: „Aber ich habe seit mindestens zwanzig Jahren keine Boxhandschuhe mehr angezogen.“

Sein Versuch, einen Anflug von Humor zu zeigen, machte die Sache offenbar noch schlimmer. „Ich habe mich gefragt, woher Jordan seine Technik hat.“ Ihre nächste, mit äußerster Missbilligung vorgetragene Bemerkung überraschte ihn. „Um einen Freund Ihres Sohnes zu zitieren, der Augenzeuge des Vorfalls war: ‚Jordan hat einen rechten Killerhaken.‘“

Unwillkürlich empfand John väterlichen Stolz. Während seiner ersten sechs Lebensjahre war Jordan ungewöhnlich zart gewesen und wurde deshalb innerhalb und außerhalb der Schule grausam gehänselt. Als er es dann eines Tages nicht mehr aushielt, hatte er einem der Jungen, der ihn eine Salzstange schimpfte, eine gelangt. Doch der hatte gnadenlos zurückgeschlagen. Als Jordan weinend und blutig heimkehrte, hatte John ihm im Garten einige Tricks und Bewegungsabläufe gezeigt. Kurz darauf hatte derselbe Junge in Erwartung eines leichten Sieges wieder einen Streit vom Zaun gebrochen, doch diesmal war er es gewesen, der heulend nach Hause lief.

Zu dem Zeitpunkt hatte Clarice entschieden, ihr Sohn entwickele sich zu einem Tyrannen, und es sei an der Zeit, ihn in eine Privatschule zu stecken.

Mrs. Rhineharts Miene verriet John, dass die Angelegenheit nicht zum Lachen war. „Darf ich fragen, was den Vorfall ausgelöst hat?“

„Irgendein alberner Streit über Baseballhelden.“ Ihr Ton besagte eindeutig, dass sie nicht viel von Baseball hielt. „Ich habe das nicht vertieft, Mr. Ryan. Der Anlass für die Prügelei ist unwichtig. Ich muss jedoch hinzufügen, dass der andere Junge den ersten Schlag gemacht hat, weshalb ich Jordan nicht suspendieren werde. Aber er hat seinen Mitschüler verletzt. Dafür muss ich ihn verwarnen. Noch so ein Vorfall, gleichgültig, wer den Streit beginnt, und ich werde Jordan von der Schule verweisen.“

Obwohl John vor zwei Monaten neununddreißig geworden war, fühlte er sich unter diesem strengen Blick wie ein Zehnjähriger. „Wie geht es dem anderen Jungen?“ fragte er.

„Er hat Schmerzen. Aber ich bin froh, sagen zu können, dass sein Nasenbein nicht gebrochen ist.“ Sie machte eine Pause, ließ John jedoch nicht aus den Augen. „Ich weiß, dass Sie und Ihre Frau nun schon einige Jahre geschieden sind. Allerdings frage ich mich, ob es kürzlich Veränderungen in Jordans Leben gegeben hat. Ich möchte nicht neugierig sein“, fügte sie hinzu, „ich versuche nur, einen Grund für die plötzliche Aggressivität des Jungen zu finden.“

John seufzte. Er konnte sich seiner Verantwortung nicht entziehen. Denn er war ebenso schuldig wie Clarice. „Seine Mutter ist beruflich oft unterwegs“, erklärte er. „Und ich arbeite ebenfalls viel.“

„Wo bleibt Jordan, wenn seine Mutter nicht da ist?“

„Bei mir. Oder bei einer Nachbarin seiner Mutter, die einen Jungen in seinem Alter hat.“

Mrs. Rhinehart nickte. „Hat er sich unzufrieden über diese Zustände geäußert?“

„Nicht mir gegenüber.“

„Grund des Problems könnte ein Mangel an elterlicher Zuwendung sein“, fügte sie hinzu und klang jetzt wie eine Psychologin. Anscheinend hatte sie gemerkt, dass John zusammengezuckt war, denn sie hob sofort eine Hand. „Ich werfe weder Ihnen noch Ihrer Frau vor, schlechte Eltern zu sein. Ich betone nur, dass Kinder in Jordans Alter ihre Eltern sehr viel mehr brauchen als Teenager. Der Junge könnte sich einsam fühlen. Vielleicht sehnt er sich auch nach dem Familienleben zurück, das Sie hatten, als Sie noch ein Ehepaar waren. Die Symptome zeigen sich bei Kindern nicht sofort, aber früher oder später kommen sie zum Vorschein. Im Falle Ihres Sohnes glaube ich, dass sie sich bereits zeigen. Er will Aufmerksamkeit, Mr. Ryan. Und wenn er die nicht auf die normale Art bekommt, versucht er es eben auf eine andere.“

„Indem er sich mit Mitschülern prügelt?“

Mrs. Rhinehart zuckte leicht die Achseln. „Das hat Sie zumindest hergebracht, stimmt’s?“

Der Punkt ging an sie. „Ich rede mit ihm. Und ich verspreche Ihnen, dass so ein Vorfall sich nicht wiederholen wird.“

„Gut. Inzwischen könnten Sie und Ihre Frau vielleicht Ihre jeweiligen Terminpläne überdenken. Vielleicht können Sie ein, zwei zusätzliche Stunden pro Tag für Ihren Sohn einschieben.“

Das war fast schon eine Rüge. Sie hatte ihren Standpunkt sehr deutlich gemacht. Es war demnach dringend notwendig, dass sich etwas änderte.

Als genau um zehn die Glocke läutete, kam Jordan als Erster aus seinem Klassenraum. Groß für sein Alter und immer noch sehr schlank, hatte er sich in den letzten beiden Jahren gut entwickelt und verfügte über die Selbstsicherheit, die er so dringend brauchte. Das dichte schwarze Haar war ein wenig wirr, vielleicht von der Rangelei, doch wie durch ein Wunder hatte die marineblaue Uniform weder einen Fleck noch Risse abbekommen. Entweder war die Prügelei frühzeitig beendet worden, oder so eine Prügelei war nicht mehr das, was sie in Johns Jugend gewesen war.

Leicht befangen hob Jordan vorsichtig winkend eine Hand, lief aber nicht wie sonst auf seinen Vater zu, sondern ging langsam, wobei er Johns Miene mit einem zweifelnden Ausdruck in den großen blauen Augen prüfte.

„Hallo, Dad." Er blieb vor John stehen, zog an den Riemen seines Ranzens und sah auf. Gleichgültig, was er angestellt hatte, Jordan hatte nie Angst, seinem Vater in die Augen zu sehen. „Hast du mit Mrs. Rhinehart gesprochen?"

„Ich komme gerade von ihr."

„Bin ich suspendiert?"

„Nein, aber der Vorfall darf sich nicht wiederholen, Kleiner, sonst fliegst du. Und das wollen wir doch nicht, oder?"

„Nein."

Sie schwiegen, bis sie in Johns Auto saßen, einem schwarzen Plymouth, den er dienstlich und privat nutzte.

Sobald Jordan sich angeschnallt hatte, wandte John sich ihm zu. „Also, möchtest du mir erzählen, was passiert ist?"

„Nun ja ..." Jordan drehte sich seinem Vater zu. „Da ist dieser Junge in meiner Klasse, der bildet sich ein, alles über Baseball zu wissen."

John beherrschte sich, nicht zu lächeln. „Ich dachte, der Titel gehörte dir."

„Ich weiß viel mehr als er, Dad."

Das bezweifelte John nicht. Baseball war Jordans Leben. Und wenn es um Fakten ging, war er ein wandelndes Nachschlagewerk. „Womit hat er dich wütend gemacht?"

„Er sagte, Lou Gehrig hält den Rekord für aufeinander folgende Spieleinsätze, dabei weiß doch jeder, dass Cal Ripken jetzt den Rekord hält."

„Und deswegen habt ihr euch geprügelt?"

„Ich wollte nicht, aber er hat zuerst geschlagen. Da habe ich zurückgeschlagen. So wie du es gesagt hast, richtig, Dad?" Er musterte Johns Gesicht mit ernsthaften Augen. „Du hast gesagt, ich dürfte mich verteidigen."

„Ja", bestätigte er und bezweifelte, dass Mrs. Rhinehart dies gutheißen würde. „Das stimmt, aber musstest du so hart zuschlagen?"

„Das habe ich nicht, Dad, ich schwöre. Ich kann nichts dafür, dass er so 'ne Glasnase hat. Außerdem", fügte Jordan mit ärgerlichem Unterton hinzu, „hat er aus einer Mücke einen Elefanten gemacht. Sein Lehrer hat ihm gesagt, er soll den Kopf nach hinten legen, damit das Blut nicht so fließt. Aber Tim hat's nicht getan. Er hat das Blut über seinen ganzen Mund laufen lassen, und das sah viel schlimmer aus, als es war." Er schnaubte angewidert. „Der hat geheult wie ein Mädchen."

John wusste nicht, wie es ihm gelang, dabei ernst zu bleiben. „Wahrscheinlich hatte er starke Schmerzen“, erwiderte er und ließ den Motor an. „Offenbar hast du ihn mit einem soliden rechten Haken getroffen. Ein Wunder, dass du ihm nicht die Nase gebrochen hast.“

Jordan, der nicht einen Funken Bosheit in sich trug, nickte und sah aus dem Seitenfenster. „Ich weiß. Als ich ihn schreien hörte und das ganze Blut aus seiner Nase kam, hat es mir Leid getan.“

John langte hinüber und zerzauste ihm das Haar. „Versprich mir, dass so etwas nicht wieder passiert. Sobald du merkst, dass es auf eine Prügelei hinausläuft, gehst du einfach weg.“

„Aber bin ich dann nicht ein Feigling?“

„Es ist nicht feige, einem Streit aus dem Weg zu gehen. Schon gar nicht, wenn du weißt, dass du jemanden verletzen könntest.“

Jordan drehte den Kopf von einer Seite zur anderen. Es war seine Art zu zeigen, dass er den Vorschlag überdenken würde, auch wenn er ihm nicht gefiel.

In dem Moment meldete sich Johns Handy. „Das wird deine Mom sein“, sagte er und nahm das Gerät aus der Halterung neben der Gangschaltung. „Hallo?“

„John, was ist los?“ fragte Clarice aufgebracht. „Was hat Jordan angestellt? Wo ist er? Ist er verletzt? Mrs. Rhinehart hat nur gesagt, er habe sich geprügelt.“

„Jordan ist okay, Clarice. Er ist hier bei mir im Auto.“ Ehe sie eine neue Salve von Fragen loslassen konnte, fügte er hinzu: „Ich nehme ihn mit zu mir. Komm doch auch vorbei.“

Als John das Gespräch beendete, sah sein Sohn ihn beklommen an. „Ist sie wütend?“

„Mehr besorgt als wütend. Aber stell dich auf eine Abreibung ein. Du weißt ja, was deine Mutter von Prügeleien hält."

Als sie sich zehn Minuten später seinem Stadthaus an der Terhune Road näherten, sah er Clarice bereits an der Haustür stehen. Obwohl sie soeben ihren achtunddreißigsten Geburtstag hinter sich hatte und ständig klagte, ihr jugendliches Aussehen lasse inzwischen zu wünschen übrig, war sie immer noch eine schöne Frau. Sie hatte große, grüne Augen, deren Ausdruck im Sekundenbruchteil von freundlich zu frostig wechseln konnte, blonde Haare, die sie stets ordentlich im Nacken zusammengenommen trug, und eine schlanke Figur, die sie sich mit regelmäßigem Training im Fitnessstudio erhielt.

„Nun, Jordan", begann sie, als Vater und Sohn auf sie zukamen, „was hast du zu sagen?" Der Blick, den sie John zuwarf, ließ keinen Zweifel daran, dass sie eine Möglichkeit suchte, ihm die Schuld an dem heutigen Vorfall zu geben.

„Bitte, Clarice, bieten wir den Nachbarn keine Gratisshow, okay?" John öffnete die Haustür und trat beiseite, um die beiden einzulassen.

Wie üblich herrschte Chaos. Clarice blieb auf der Schwelle stehen und ließ den Blick durch den Wohnraum mit den modernen, bequemen Möbeln wandern. Sie bemerkte die achtlos hingeworfene Zeitung auf dem Couchtisch, den leeren Kaffeebecher daneben und den Stapel Hemden, die John zur Wäscherei bringen wollte, aber keine Zeit gefunden hatte, weil er mitten in der Nacht zu einem Mordfall gerufen worden war.

Glücklicherweise sagte sie nichts, sondern seufzte nur leise resigniert, als hätte sie seinen Lebensstil akzeptiert, seit sie nicht mehr davon behelligt wurde. Sie verschränkte die Arme. „Also, darf ich jetzt erfahren, was passiert ist?"

John wiederholte Mrs. Rhineharts Bericht und betonte, dass Jordan die Prügelei nicht angefangen, sondern sich lediglich verteidigt hatte.

„Und damit ist die Sache für dich erledigt?"

Er wandte sich an seinen Sohn. „Geh schon in die Küche, und fang mit den Hausaufgaben an, Kleiner. Falls du Hunger hast, da ist eine Packung Oreos im Schrank. Und Milch im Kühlschrank. Aber riech erst dran", fügte er hinzu.

John richtete den Blick gerade rechtzeitig wieder auf seine Exfrau, um noch zu bemerken, dass sie die Augen verdrehte. Seine Essgewohnheiten, die sie für abscheulich hielt, waren ein weiterer Streitpunkt gewesen. Er deutete auf das braune Ledersofa. „Wir sollten das auf die zivilisierte Art machen und uns setzen."

Mit klappernden hohen Absätzen ging sie zum Sofa und setzte sich auf die Kante, als hätte sie Bedenken, es sich zu bequem zu machen. Die Beine zusammengepresst und die Hände im Schoß gefaltet, war sie kampfbereit. „Das ist deine Schuld", begann sie und unterbot damit alle bisherigen Temporekorde in der Kategorie: John beschuldigen. „Du hast ihm beigebracht, dass Gewalt ein Mittel zum Überleben ist."

Früher hätte er darauf heftig reagiert, doch er hatte inzwischen gelernt, dass dieses Auge um Auge, Zahn um Zahn nichts brachte. Außerdem war Jordan nebenan und lauschte vermutlich jedem Wort. „Ich habe ihm beigebracht, wie man sich verteidigt", erwiderte er geduldig, obwohl er das schon tausend Mal gesagt hatte. „Und genau das hat er heute getan."

„Er hätte dem Jungen die Nase brechen können."

„Wäre es dir lieber gewesen, Jordan hätte eine gebrochene Nase gehabt?"

„Es wäre mir lieber, er benutzte Argumente statt seiner Fäuste."

„Worte nützen nicht viel, wenn auf dich eingeschlagen wird. Glaub's mir, ich habe es erlebt."

Clarice schwieg eine Weile, als wäge sie seine Erwiderung ab. Als sie wieder sprach, war ihre Stimme so frostig wie ihr Blick. „Ich möchte ihn auf eine Militärschule schicken. Ich wollte das mit dir besprechen ..."

Empört sprang John auf, beherrschte sich aber und setzte sich wieder, da ein Temperamentsausbruch in der Küche zu hören sein würde. „Nur über meine Leiche!" presste er hervor.

„Jordan braucht feste Regeln, John. Er braucht Disziplin und ein Ziel. Er muss lernen, sich an Gebote zu halten und mit anderen auszukommen."

„Er kommt wunderbar mit anderen aus. Was Disziplin und Regeln angeht, damit gibt es kein Problem, wenn er bei mir ist. Alles, was er braucht, ist die Gewissheit, geliebt zu werden."

„Ich liebe ihn, das weißt du."

„Dann zeig es ihm, Clarice. Nimm dir mehr Zeit für ihn. Geh mal mit ihm ins Kino oder zu einem seiner Spiele. Schnapp dir ein paar seiner Freunde, und mach eine Radtour mit ihnen. Das kann doch nicht so schwierig sein."

Clarice' Wangen röteten sich. „Ich tue mein Bestes, John", erwiderte sie steif. „Du weißt genau, dass ich auch einen Beruf habe."

Und ich zahle dir genug Geld, damit du zu Hause blei-

ben könntest, verdammt! Aber das sagte er nicht. Warum den dritten Weltkrieg anzetteln?

„Hör zu“, fuhr sie fort, entschlossen, die Sache hier und jetzt zu regeln. „Ich habe mich bereits nach mehreren Schulen erkundigt. Die Brandywine Militärakademie in Philadelphia wird sehr gelobt. Das Schulgeld ist hoch, aber ich erwarte nicht, dass du alles ...“

„Hör auf damit! Du weißt, dass mir Geld nichts bedeutet. Ich zahle gern den doppelten Unterhalt, wenn du das möchtest, aber eine Militärschule kommt nicht infrage. Der Junge ist neun, um Himmels willen! Das sind die prägenden Jahre. Er braucht seine Eltern und keinen Drillsergeant.“

Clarice presste die schmalen Lippen zusammen. Als Expertin für Ehestreit war sie klug genug zu erkennen, wann eine Schlacht verloren war. Da sie sich jedoch nie einfach geschlagen gab, würde sie sich lediglich kurz zurückziehen, ihre Strategie überdenken und neu angreifen. Im Moment wandte sie nur den Blick ab und rief nach Jordan, um ihn wissen zu lassen, dass sie gehen würden.

John brachte beide zur Tür, einen Arm um die Schultern seines Jungen gelegt. „Sehen wir uns Sonntag beim Spiel?“

Jordan blickte hoffnungsvoll auf. „Ich dachte, du arbeitest dieses Wochenende.“

„Ich hatte vor, mir den Nachmittag freizunehmen, damit ich dich spielen sehen kann.“

Das Lächeln auf Jordans Gesicht war Belohnung genug für John. Vielleicht hatte General Rhinehart ja doch tiefere Einsicht in die Notwendigkeit elterlicher Fürsorge, als er ihr zugetraut hatte.

Clarice war soeben mit ihrem BMW aus seiner Zufahrt

gebraust, als sein Telefon läutete. Es war Officer Wilcox von der Township Police, der Stadtpolizei. Er kam sofort zur Sache.

„Wir haben eine Leiche gefunden."

17. KAPITEL

Seit seiner Eröffnung 1906 wurden am Carnegie See viele Wassersportarten betrieben – Kanufahren, Segeln, Windsurfen, und natürlich fanden die Ruderregatten zwischen den Colleges hier statt. Johns Urgroßvater, ein Princeton-Absolvent, hatte zu den ersten Ruderern der Schule gehört, die das lang ersehnte Bootshaus nach seiner Errichtung 1913 benutzten. Niemals in seiner fünfundsiebzigjährigen Geschichte war der See Schauplatz eines Mordes gewesen.

Leichter Regen hatte eingesetzt und machte den Junimorgen nass und trübe. Das ungünstige Wetter hatte die Bootsfahrer bis auf einen einsamen Ruderer fern gehalten – ein College-Student im zweiten Jahr, der für ein anstehendes Rennen trainierte. Der Student, den John bereits befragt hatte, war soeben mit seinem Sportgerät aus dem Bootshaus gekommen, als er die Leiche am Wald entdeckt hatte.

Der Fundort war mit gelbem Polizeiband abgesperrt. Auf der Straße versuchte ein Uniformierter, Autofahrer weiterzuwinken und Gaffer zurückzuhalten. Zwei Techniker von der Spurensicherung waren bereits bei der Arbeit. Sie gingen in dem abgesperrten Bereich umher und gaben Fundstücke in Beutel, ohne auf den Detective zu achten.

„Was können Sie mir über das Opfer sagen?“ fragte John den Uniformierten, der neben ihm stand. Dave Wilcox war ein alter Hase mit seinen achtzehn Dienstjahren und so gut in seiner Arbeit wie jeder Detective des Dezernats. Deshalb hatte John ihn ermutigt, im nächsten Herbst seine Prüfung zum Detective zu machen.

„Männlicher Weißer namens Ian McGregor“, antwortete Wilcox, ohne auf seine Notizen zu sehen. „Laut eines abgelaufenen Führerscheins aus Toledo, Ohio, war er dreiundvierzig. Todesursache scheinen mehrere Stichverletzungen im Bauchraum zu sein. Neben der Leiche lagen eine aus einem Kleiderbügel gebogene Garrotte und der Schlüssel des Clearwater Motels. Es liegt ein Stück weiter unten an der Straße."

John nickte. Er kannte das Motel. „Wurde die Tatwaffe gefunden?"

„Noch nicht. Aber hier sind überall Reifenspuren und Fußabdrücke." Sie gingen auf einen Bereich des Parkplatzes zu, wo ein Mann der Spurensicherung begonnen hatte, die Reifenspuren mit einer speziellen Fixierung auszusprühen.

Als John sich näherte, blickte der Mann auf. „Sieht nach einem Geländewagen aus, Detective." Er deutete auf die Spuren, die in alle Richtungen führten. „Entweder wollten da ein paar Kids angeben, oder jemand hat versucht, das Opfer zu überfahren."

John studierte die Spuren, die sich in einem Umkreis von zwanzig bis dreißig Fuß befanden. Die letzte Annahme des Technikers ergab für ihn mehr Sinn als die erste. Andererseits, falls jemand versucht hatte, das Opfer zu überfahren, wieso war McGregor dann erstochen im Gehölz gelandet? Und wenn Kids hier gewesen waren, hatten sie vielleicht etwas gesehen. Das Gleiche galt für die Bewohner der Häuser an der Straße. Er schaute zu der Hand voll Häuser hinüber, die Blick auf den See hatten.

„Lassen Sie mich wissen, was Sie feststellen."

„Sicher, Detective."

John ignorierte den lästigen Regen und ging zum Leichenbeschauer, der neben dem Toten kniete. Frank Wang war ein kleiner, fast zerbrechlich wirkender Amerikaner chinesischer Abstammung mit gelblicher Haut, ergrauendem braunem Haar und müden Augen, die zu viel gesehen hatten. Er war John erst letzte Nacht begegnet, als man sie gemeinsam an einen anderen Tatort gerufen hatte.

„Was gibt's, Frank?" fragte John.

In einen gelben Gummiponcho gewickelt, blickte der Leichenbeschauer auf. „Schlafen Sie nie?"

„Dasselbe könnte ich Sie fragen."

Missbilligend schüttelte Frank den Kopf. Als Arzt war er ein strenger Verfechter der Acht-Stunden-Schlaf-Doktrin, beherzigte seinen eigenen Rat jedoch nur selten.

John betrachtete das auf dem feuchten Boden liegende Opfer: scharfe, fast kantige Gesichtszüge, gerade Nase und dunkles Haar, das am Stirnansatz in einer Spitze zulief. Er trug ein marineblaues Poloshirt, das jetzt blutig war, und Jeans. Schwarze Laufschuhe komplettierten den Aufzug. „Dave sagt, das Opfer wurde erstochen."

Der Arzt nickte. „Mehrere Stichwunden im Bauchraum. Massive innere Blutungen. Geschätzte Todeszeit zwischen acht gestern Abend und Mitternacht. Genauer kann ich die Zeit erst nach der Autopsie eingrenzen, weil der Tote dem Regen und sinkenden Temperaturen ausgesetzt war."

„Irgendwelche Hinweise auf den Täter? Männlich? Weiblich?"

„Wahrscheinlich männlich. Die Stiche wurden aufwärts gerichtet und in rascher Folge ausgeführt. Eine Angreiferin hätte das Messer, wie Sie wissen, in einem Faustgriff gehalten wie einen Eispickel und in einer Abwärtsbewegung zugestochen."

John nickte. Er wusste aus Erfahrung, dass Frauen, die mit einem Messer töteten, die Waffe anders hielten als Männer. Sie hatten einfach nicht die Kraft, um wie hier in einer Aufwärtsbewegung immer wieder zuzustechen. „Wie schnell können Sie die Autopsie machen?"

„Ist halb drei früh genug?"

John lächelte. „Sie sind unglaublich, Frank. Wir sehen uns später."

Im Fortgehen blickte er zu der Häuserreihe an der Route 27 hinüber und nahm sich vor, die Bewohner noch heute zu befragen.

Zunächst musste er jedoch herausfinden, ob im Clearwater Motel Frau und Kinder auf Ian McGregor warteten.

Das Clearwater Motel, kaum drei Blocks vom Tatort entfernt, war ein einstöckiges Betongebäude mit einer Werbetafel für freies Kabelfernsehen und Kaffeemaschine im Zimmer.

Der Portier las gerade den Sportteil des *Princeton Packet*, während John die kleine Lobby betrat, in der sich lediglich ein frei stehender Empfangstisch, dazu als Dekoration eine Grünpflanze, ein Automat und ein Farbposter der Universität von Princeton befanden. Als er Schritte hörte, blickte der Mann auf. „Kann ich Ihnen helfen?"

John hielt ihm seinen Ausweis hin. „Ist der Geschäftsführer zu sprechen?"

Der Mann straffte sich sofort, faltete die Zeitung zusammen und gab sich aufmerksam. „Ich bin der Geschäftsführer, Rudy Walsh." Er lächelte, und man sah einen abgeschlagenen Vorderzahn. „Was kann ich für Sie tun, Detective?“

„Sie haben einen Gast mit Namen Ian McGregor?“

Der Mann zögerte. „McGregor?“ wiederholte er.

„Das sagte ich. Ist er eingetragen?“

„Der Name sagt mir erst mal nichts, aber lassen Sie mich nachsehen.“ Er wandte sich dem Computermonitor auf der rechten Seite seines Tresens zu und drückte einige Tasten. „Nein. Wir haben niemanden mit diesem Namen.“

John hielt einen kleinen Plastikbeutel mit dem Hotelschlüssel darin hoch. „Dann sehen Sie bitte nach, wer in Zimmer elf wohnt.“

Sichtlich nervöser werdend, drückte Walsh noch zwei Tasten. „Da haben wir's. Ein Doppelzimmer. Aber es ist auf Ms. Rose Panini eingetragen.“ Während er sprach, drehte er den Monitor herum, damit John die Eintragung sehen konnte.

John las die Anmeldung mit Rose Paninis Namen. „War jemand hier, der sich nach einem der beiden erkundigt hat?“

Walshs Adamsapfel hüpfte auf und ab. „Nein.“

„Und warum glaube ich Ihnen nicht?“

Der Mann, eben noch ganz entspannt, warf einen nervösen Blick zur Tür, obwohl dort niemand war. „Ich weiß nicht. Ich habe Ihnen die Wahrheit gesagt.“

„Schauen Sie, Mr. Walsh“, erwiderte John geduldig, „ich möchte Zeit sparen und Sie hier befragen. Ich kann Sie aber auch aufs Präsidium bestellen. Was ist Ihnen lieber?“

Erneut schluckte Walsh trocken. „Ich möchte keine Probleme ... mit niemandem.“

„Damit meinen Sie jemand anders als die Polizei?“

Er nickte kaum merklich.

Da er die Angst des Mannes erkannte, sprach John in freundlichem Ton weiter. „War jemand hier und hat sich nach Ian McGregor erkundigt?“

„Ja.“

„Hat er sich vorgestellt?“

„Nein. Er sagte nur, er sei ‘n alter Freund von ihm.“

„Beschreiben Sie ihn bitte.“

„Er war groß und kräftig, zweihundertfünfzig Pfund oder mehr. Kahl rasierter Schädel und Tattoos auf beiden Armen.“ Schweißperlen hatten sich auf seiner Oberlippe gebildet. „Er drohte, mich umzubringen, wenn ich ihm nicht die Zimmernummer seines Freundes geben würde.“

„Haben Sie gesehen, dass er in das Zimmer von McGregor gegangen ist?“

Walsh schüttelte den Kopf. „Er befahl mir, hier zu bleiben und keinem was zu sagen. Das habe ich getan.“

„Wann war das?“

„Gestern Nachmittag, gegen halb drei.“

„Haben Sie zufällig gesehen, welchen Wagen er fuhr?“

„Nein. Ich habe Zeitung gelesen, als er hereinkam. Ich sah auf, und da stand er, groß wie ein Haus.“ Er befeuchtete sich die Lippen. „Muss ich ... Sie wissen schon ... das zu Protokoll geben?“

„So weit sind wir noch nicht. Aber wenn wir Ihre Zeugenaussage brauchen, sorgen wir dafür, dass Sie angemessenen Schutz bekommen.“ Aufmunternd lächelte er ihm zu. „Alles klar?“

Walsh bekam wieder etwas Farbe in die Wangen. „Ja. Das wollte ich wissen. Danke.“

John steckte den Beutel mit dem Schlüssel ein. „Ist Ms. Panini in ihrem Zimmer?"

„Ich weiß nicht. Sie war vorhin hier und hat sich eine Cola geholt. Seither habe ich sie nicht mehr gesehen." Erleichterung machte ihn plötzlich gesprächig. „Was ist los, Detective? Was haben die beiden angestellt?"

„Wo ist Zimmer elf?" wollte John wissen und ignorierte die Frage.

„Das letzte am Ende des Gebäudes."

Vor dem Zimmer parkte ein alter, aber gut erhaltener Oldsmobile mit einem Kennzeichen aus Ohio. John klopfte, und Sekunden später wurde die Tür aufgerissen. Eine etwas grell wirkende Frau stand ihm mit zorniger Miene gegenüber. Sie war Mitte bis Ende vierzig, hatte flammendrotes Haar und einen üppigen Busen. Ihre Augen wären unauffällig gewesen, hätte sie nicht türkisfarbenen Lidschatten aufgelegt und sie mit dunklem Eyeliner betont. Sie trug enge Jeans und eine knallrote, in der Taille geknotete Bluse.

„Miss Panini?"

„Das bin ich."

„John Ryan von der Stadtpolizei." Er hielt ihr lange genug die Marke hin, damit sie sich überzeugen konnte, und war überrascht, als sie einen tiefen, leidenden Seufzer ausstieß.

„Okay, wo haben Sie den Kerl aufgelesen? Betrunken in der Gosse? Wenn das der Fall ist und ich ihn auslösen soll, sagen Sie ihm, er kann mich mal. Meinetwegen kann er für den Rest seines Lebens im Gefängnis schmoren."

„Darf ich hereinkommen?" fragte John freundlich.

Rose Paninis Mienenspiel wechselte von zornig nach

besorgt. Sie trat beiseite, damit er eintreten konnte, und schloss rasch die Tür.

„Was ist passiert?“ Ihre Stimme bebte leicht.

John ließ den Blick durch den Raum schweifen, und sein geschulter Blick entdeckte einen Styroporkühler an der Wand, einen leeren, zusammengefalteten Pizzakarton im Papierkorb und eine Diät-Pepsi auf dem Nachttisch. Daneben lagen zwei andere Dinge: eine graue Männerperücke und ein passender Bart. „Sind Sie Ian McGregors Ehefrau?“ fragte er.

„Freundin.“ Ihr ausdrucksvolles Gesicht zeigte jetzt Anzeichen von Angst. „Wo ist Ian? Ist ihm was passiert?“

Trotz des grellen Make-ups und ihres energischen Auftretens hatte die Frau etwas Rührendes. Eine Verletzlichkeit, die in scharfem Kontrast zu ihrem Äußeren stand. „Ich fürchte ja, Ms. Panini.“

Sie schlug die Hände vor den Mund. „Oh mein Gott! Was? Ist er verletzt? Wie schlimm?“

Es war nicht leicht, die Nachricht zu überbringen. Das war es nie. „Seine Leiche wurde vor einer halben Stunde in einem Gehölz am Carnegie See gefunden.“

„Leiche?“ Sie flüsterte das Wort, als hätte sie es noch nie gehört. „Sie meinen ...“

„Tut mir Leid, Ms. Panini ... Rose. Darf ich Sie Rose nennen?“

Sie antwortete nicht, sondern sackte benommen aufs Bett. „Das ist nicht wahr. Das kann nicht stimmen.“ Forschend betrachtete sie Johns Gesicht, als erwarte sie, dass er sich berichtigte.

„Kann ich Ihnen etwas bringen? Wasser vielleicht?“

Sie schüttelte den Kopf. Mit einem kleinen Aufschrei

schlug sie erneut die Hände vors Gesicht und begann leise zu schluchzen. Immer wieder hatte John während seiner dreizehn Dienstjahre diese Verzweiflung erlebt. Und die rohe, unkontrollierte Trauer traf ihn jedes Mal hart. In seiner Anfangszeit hatte er aus diesem Grund sogar erwogen, den Beruf zu wechseln und lieber eine Karriere auf dem Master-Diplom in Kriminalpsychologie aufzubauen, für das er so hart gearbeitet hatte. Doch jedes Mal hatte er es sich anders überlegt. Die kriminalistische Ermittlungsarbeit gehörte zu ihm wie seine DNA.

Als Rose' Schluchzer leiser wurden, zog er ein frisches weißes Taschentuch hervor und reichte es ihr.

„Danke." Sie wischte sich die Augen und schniefte ein paar Mal. „Wie ist er gestorben?"

„Er wurde erstochen."

Einen Moment glaubte er, sie würde wieder anfangen zu weinen, doch sie tat es nicht. In dem Versuch, sich zusammenzunehmen, schüttelte sie traurig und ergeben den Kopf. „Er hat ihn erwischt", sagte sie schlicht.

John merkte auf. „Sie wissen, wer ihn umgebracht hat?"

Rose sah ihn mit rot verweinten Augen an, die Wangen fleckig, der Lippenstift verschmiert. „Arturo Garcia. Ian hatte gerade herausgefunden, dass der hinter ihm her war."

John hatte nie von einem Arturo Garcia gehört, aber das hatte nichts zu bedeuten. „Wissen Sie, wie dieser Arturo Garcia aussieht?"

Sie schüttelte den Kopf. „Ich hatte nie das Vergnügen," erwiderte sie sarkastisch. „Aber Ian sagte, er ist groß und gemein."

Walshs Besucher. „Warum sollte er Ian umbringen wollen?"

„Weil Ian ihn als Gegenleistung für seine Immunität verpfiffen hat. Seine Aussage brachte Arturo für acht Jahre hinter Gitter."

„Was verband die beiden?"

„Ian hat in Toledo für ihn gearbeitet." Sie zögerte, ehe sie hinzufügte: „Er war Kurier."

„Kurier?"

„Er lieferte zwei Jahre lang Drogen aus, bis er verhaftet wurde. Man bot ihm Straffreiheit an, wenn er gegen Arturo aussagte, der die zentrale Verteilerstelle für die Drogen leitete. Arturo hat geschworen, ihn umzubringen, wenn er rauskommt. Ian hatte Todesangst vor ihm. Deshalb hat er sich unter meinem Namen im Motel eingetragen." Sie ging zum Nachttisch und holte die Perücke. „Vermutlich hat er sich auch deshalb dieses dumme Ding gekauft und den Bart dazu."

John nahm die Perücke und drehte sie in der Hand. „Wenn er so große Angst hatte, warum trug er dann keine Verkleidung, als wir ihn gefunden haben?"

„Keine Ahnung."

John erinnerte sich an den abgelaufenen Führerschein und das Fehlen anderer Personalpapiere. „War Ian kürzlich im Gefängnis?"

Rose nickte. „Er hat sechzehn Monate abgesessen für Einbruchdiebstahl." Ihr kurzes Lachen endete in einem Schluchzer. „Wir wollten zusammen ein neues Leben anfangen, Jobs und einen Platz zum Bleiben finden."

„Hier in Princeton?"

„Das war noch nicht beschlossen. Ian kam her, um seine Stiefschwester wieder zu finden. Er hatte sie achtundzwanzig Jahre nicht gesehen."

„Wie heißt seine Schwester?"

„DiAngelo. Abbie DiAngelo. Sie hat ein Restaurant am Palmer Square."

John hatte den Namen schon gehört. Zwar kannte er die Restaurantbesitzerin nicht persönlich, aber sie war Stadtgespräch gewesen, als sie vor einigen Wochen mit einer kulinarischen Auszeichnung aus Frankreich zurückgekommen war. Andere Details, wie ihren Ehestand – sie war geschieden –, wusste er durch Jordan, der in derselben Baseballliga spielte wie Miss DiAngelos Sohn Ben. Die beiden Jungen waren befreundet.

„Sie sagten, die zwei hätten sich achtundzwanzig Jahre nicht gesehen? Wie kommt das?"

„Als Ian dreizehn war, heiratete sein Vater Irene DiAngelo – Abbies Mutter. Zwei Jahre später zerstörte ein Feuer das Haus der McGregors in Palo Alto, in Kalifornien. Ian und seine leibliche Schwester lebten danach bei ihrer Tante. Stiefmutter und Stiefschwester zogen in ihren Heimatstaat zurück – irgendwo im Mittleren Westen, glaube ich. Seitdem hatten sie keinen Kontakt mehr."

„Wie verlief das Wiedersehen mit der Stiefschwester?"

„Nicht gut", gestand Rose. „Jedenfalls zuerst nicht. Wie Ian sagte, war Abbie nicht allzu begeistert, ihn zu sehen."

„Warum nicht?"

„Wahrscheinlich, weil er sich Geld von ihr borgen wollte. Aber schließlich war sie bereit, ihm auszuhelfen."

Sie half einem Stiefbruder, den sie achtundzwanzig Jahre nicht gesehen hatte? Zweifellos würde es sich lohnen, dieser Sache nachzugehen. „Wissen Sie, wo Ians leibliche Schwester lebt?"

„New York. Sie arbeitet in einer Bar in Manhattan. Ian hat sie am Mittwoch besucht."

Ian McGregor war in der kurzen Zeit, die er in der Stadt war, offenbar ziemlich beschäftigt gewesen.

Rose' Augen füllten sich wieder mit Tränen. „Was ist mit ... der Leiche?"

„Sie wird freigegeben, sobald wir die Autopsie gemacht haben. Aber zuerst müssen Sie ihn identifizieren."

Bei der bloßen Vorstellung wurde sie blass. „Wann?"

„Wie wäre es mit zwei Uhr? Ich schicke Ihnen gern jemanden, der Sie abholt und zurückbringt."

„Dann beginnt meine Schicht, aber ich werde versuchen, mir freizunehmen. Mir ist sowieso nicht nach Arbeiten zu Mute." Dann fragte sie verzagt: „Werden Sie auch dort sein, wenn ich ihn identifiziere?"

John nickte. „Wo arbeiten Sie, Rose?"

„Im Golden Diner an der Route 1, als Kellnerin. Ich habe erst vor ein paar Tagen angefangen und habe die Schicht von zwei bis Mitternacht genommen, um etwas mehr zu verdienen."

„Als Sie letzte Nacht heimkamen, war Ian also nicht da."

„Das ist richtig."

„Fanden Sie das nicht ungewöhnlich?"

„Nein. Ian hasste es, eingesperrt zu sein. Davon hatte er im Gefängnis genug. Er ging gerne aus und trank ein paar Bier. Aber er ist nie über Nacht weggeblieben. Als ich heute Morgen wach wurde und sah, dass er immer noch nicht da war, dachte ich, er sei auf Sauftour. Deshalb war ich ein bisschen kurz angebunden vorhin." Sie schniefte ins Taschentuch. „Tut mir Leid."

„Schon gut.“ John legte das Notizbuch auf die Kommode. „Gab es keine Anzeichen eines Kampfes im Zimmer?“

„Nein, obwohl ...“ Sie hielt inne.

„Was?“

„Im Bad.“ Ihr Blick schweifte in die Richtung. „Ich hatte mein Nachthemd zum Trocknen an die Duschstange gehängt. Als ich nach Hause kam, lag es auf dem Boden und der Bügel war weg.“

Das erklärte die Garrotte, die Dave neben der Leiche gefunden hatte. Sie war offenbar aus einem Drahtbügel gebogen worden. Möglich, dass McGregor sie als Waffe benutzen wollte, aber gegen wen?

John deutete auf den Abfalleimer mit dem Pizzakarton. „War das Ihr Abendessen oder seines?“

„Seins. Ich esse im Diner.“

Mit einem Papiertaschentuch zog er den Karton aus dem Abfall und notierte sich Namen und Telefonnummer der Pizzeria. „Ziemlich groß für eine Person“, bemerkte er. „Aß Ian gewöhnlich eine ganze Pizza?“

Rose runzelte die Stirn. „Himmel, nein. Drei Stücke höchstens.“ Ängstlich riss sie die Augen auf. „Oh mein Gott! Sie glauben, es war jemand hier bei ihm? Der Killer?“

„Das werden wir bald wissen.“ Er zog sein Handy heraus und wählte die Nummer von Max Castelano, dem Techniker der Spurensicherung, mit dem er am See gesprochen hatte. „Sind Sie da fertig?“ fragte er, sobald Max sich meldete.

„So gut wie. Warum?“

„Ich brauche Sie und die anderen Techniker hier im Clearwater Motel, Zimmer 11. Fingerabdrücke nehmen.“

„Bin in fünf Minuten da.“

„Danke, Max." Er klappte das Handy zu und bemerkte, dass Rose ihn beobachtete. „Stimmt was nicht?"

„Mein Handy", begann sie und sah ihm in die Augen. „Ian hat mein Handy benutzt. Haben Sie es gefunden?"

John nahm sein Notizbuch wieder zur Hand. „Nein." Er begann zu schreiben. „Wissen Sie die Nummer?"

Rose wusste sie auswendig. Er schrieb sie auf und klappte das Notizbuch zu. „Ich überprüfe das. Und ich schicke Ihnen jemanden, der Sie um zwei abholt."

„Danke."

Die beiden Techniker kamen wenige Minuten später, und John ging ihnen rasch aus dem Weg. Als er wieder im Wagen war, sah er auf seine Uhr. Es war fast Mittag, und er hatte seit dem Burger gestern Nachmittag um drei nichts mehr gegessen. Kein Wunder, dass ihm beim Anblick des Pizzakartons im Abfall das Wasser im Munde zusammengelaufen war. Gewöhnlich begnügte er sich mit Fast Food, das er an seinem Schreibtisch verzehrte. Heute nicht. Heute wollte er sich etwas Besonderes genehmigen. Und da er ein liebenswerter Mensch war, würde er Tina mitnehmen.

18. KAPITEL

Abbie war ein nervliches Wrack. Und sah auch so aus, wie sie nach einem Blick in den Spiegel im Wirtschaftsraum des Campagne feststellte. Kein Wunder. Die ganze Nacht hatte sie sich schlaflos im Bett von einer Seite auf die andere gewälzt, wohl hundert Mal die Ereignisse des vergangenen Abends überdacht und bedauert, dass sie zum See gefahren war.

Gegen Morgen hatte sie, krank vor Sorge, den örtlichen Nachrichtensender eingeschaltet. Doch es hatte keinen Bericht über einen Mann gegeben, der am Carnegie See getötet oder verletzt worden war.

Und keine Nachrichten von Ian.

Claudia hatte bereits zwei Mal angerufen – einmal zu Hause, wo sie eine Mitteilung hinterließ, und einmal im Restaurant. Vermutlich saß sie auf heißen Kohlen, um zu erfahren, wie die Übergabe der achtundvierzigtausend Dollar gelaufen war. Leider war Abbie im Moment nicht in der Verfassung, mit jemandem zu reden, nicht mal mit Brady, der ihre Stimmung gespürt haben musste und sie in Ruhe ließ.

Sie hatte sich beschäftigt, sich auf die vielen Aufgaben im Restaurant konzentriert und ihr Personal beaufsichtigt, um sich abzulenken. Allerdings erwog sie, heute auf die tägliche Runde im Gastraum zu verzichten, damit niemand ihren Zustand bemerkte. Andererseits wurde die persönliche Begrüßung ihrer Gäste im Speisesaal allgemein geschätzt und freudig erwartet. Ihnen das vorzuenthalten wäre nicht fair. Außerdem würde ihr die Ablenkung sicher gut tun.

Als John auf den Parkplatz der Princeton Township Police an der Witherspoon fuhr, knurrte ihm der Magen. Der Gedanke, zur Abwechslung mal ein delikates Mahl zu genießen, machte ihn noch hungriger.

Detective Tina Wrightfield beendete soeben ein Telefonat, als er ihren Bürobereich betrat. Die Brünette mit den intelligenten braunen Augen und dem scharfen Verstand war etwas über vierzig und hatte sechzehn Dienstjahre vorzuweisen. Als Witwe eines im Dienst getöteten State Troopers zog sie drei Töchter allein auf und machte ihren Job verteufelt gut. Außerdem war sie einer der verlässlichsten Partner, die John je gehabt hatte.

Momentan war ihre Dienststelle auf Grund von Pensionierungen und langfristigen Erkrankungen hoffnungslos unterbesetzt, was zur Folge hatte, dass die Aufgaben geteilt werden mussten. Tina hatte man einen grausamen Mord übertragen – ein kleiner Junge war stranguliert worden. Seine Leiche war im Park an der Herontown Road gefunden worden. Es war der dritte Mord dieser Art in diesem Jahr, obwohl die anderen beiden außerhalb der Zuständigkeit von Princeton stattgefunden hatten. Der Fall war schwieriger, als Tina erwartet hatte. Denn der Killer hinterließ keine Anhaltspunkte – außer dass er seine Opfer mit einem Seil strangulierte. Da die drei Jungen vor ihrer Ermordung sexuell missbraucht worden waren, deutete alles auf einen pädophilen Serientäter hin, der es verstand, Spuren zu verwischen. Nicht der Hauch einer DNA war zu finden gewesen – kein Sperma, keine Haare, keine Hautfetzen, keine Fingerabdrücke. Nichts.

Tina hatte nonstop gearbeitet und sah so müde aus, wie

John sich fühlte. Doch sie würde keine Schwäche zeigen. Als einziger weiblicher Detective im Department wollte sie sich nicht durch Klagen den sarkastischen Kommentaren ihrer männlichen Kollegen aussetzen.

„Hallo, Wrightfield", rief John durch den Raum. „Willst du mit mir zum Lunch gehen?"

„Nein, danke", erwiderte sie mit ernster Miene. „Mein Magen brennt noch vom letzten Mal. Wie hieß das Lokal, in das du mich geschleift hast? Als könnte ich das vergessen. ‚Hot Tamale'?"

„He, das war nicht meine Schuld. Grover von der Sitte hatte es empfohlen."

„Das hätte dich stutzig machen sollen."

John machte ein zufriedenes Gesicht. „Ich habe gehört, im Campagne gibt es das beste Essen in ..."

Tina blickte auf. „Sagtest du Campagne? Am Palmer Square?"

„Ja, Ma'am."

Argwöhnisch sah sie ihn an. „Seit wann isst du in einem schicken französischen Restaurant? Hast du nicht mal behauptet, Bœuf Bourguignon sei nur ein anderer Name für Eintopf?"

„Deshalb wollte ich ja, dass du mitkommst. Ich hoffe, du kannst verhindern, dass ich mich total blamiere." Er ging auf die Tür zu. „Da du allerdings nicht interessiert bist, gehe ich wohl besser allein."

„Wer sagt, dass ich nicht interessiert bin?" Sie schnappte sich ihre Tasche und warf in der Eile fast ihren Stuhl um. „Nach dir."

Das Campagne lag zwischen „Ann Taylor" und „Banana

Republic" mit Blick auf die Grünfläche, wo die Anwohner am Wochenende Crocket spielten und so zur Atmosphäre vornehmer Lebensart beitrugen. Der Regen hatte endlich nachgelassen, und die dunklen Wolken ließen immer mehr Himmel sehen. Doch die Luft war nach dem Gewitter gestern Nacht abgekühlt und gar nicht typisch für einen Juninachmittag.

„Wie ist es dir gelungen, in letzter Minute noch eine Reservierung zu bekommen?" fragte Tina, als sie über den Platz gingen. „Hier kommst du schwerer rein als in Fort Knox."

„Charme, mein lieber Watson. Du solltest es gelegentlich mal damit versuchen."

„Mache ich, aber im Moment interessiert mich mehr, warum du mich ins Campagne ausführst, wo doch allgemein bekannt ist, dass dein Geschmack eher zu Wendy's und McDonald's tendiert."

„Jetzt komm aber, Tina. So schlimm bin ich auch wieder nicht. Ich kann immerhin mit Messer und Gabel essen."

„Gerade so. Aber du hast meine Frage nicht beantwortet. Warum dieses Lokal?"

„Jemand von außerhalb, ein Ian McGregor, wurde heute Morgen erstochen am Carnegie See aufgefunden."

Tina holte ihre Puderdose aus der Tasche und prüfte im Spiegel ihr Make-up. „Und?"

„Das Opfer ist Abbie DiAngelos Stiefbruder."

Sie sah John mit großen Augen an. „Von der Besitzerin des Campagne?"

„Richtig." Er blieb vor dem Restaurant stehen und hielt ihr die Tür auf. „Sie hatten sich seit achtundzwanzig Jahren nicht gesehen. McGregor kam gerade aus dem Gefängnis.

Als ich hörte, dass er nach Princeton gekommen ist, um seine Stiefschwester aufzusuchen, wurde ich neugierig."

Nachdem ihre Reservierung von einer hübschen Hostess im engen schwarzen Kleid mit schwarzen Clogs überprüft worden war, führte man sie an einen kleinen Fenstertisch mit Blick auf das zweihundertfünfzigjährige Nassau Inn, von den Einheimischen nur „das Nass" genannt.

„Das Restaurant ist noch schöner, als ich es mir vorgestellt hatte", bemerkte Tina und ließ den Blick durch den Raum wandern. „Elegant und trotzdem warm und farbenfroh. Und der Duft ..." Sie schloss die Augen und atmete tief ein. „Dieser Lunch wird dich ganz schön was kosten, Partner."

„Es ist mir ein Vergnügen."

Tina lächelte, als der Kellner ihnen eine Speisekarte mit dem Aquarell von van Goghs berühmten Iris auf dem Deckblatt reichte. Das Bild passte ideal zu der einzelnen Iris auf jedem Tisch. John schaute sich in der Hoffnung um, die Chefin zu entdecken, doch sie war nirgends zu sehen.

„Du hast vor, Abbie DiAngelo zu befragen?" erkundigte sich Tina. „Hier und jetzt?"

John studierte weiter die Speisekarte. „Ich sehe keinen Grund, es hinauszuschieben. Du etwa?"

„Nein. Nicht, dass ich mich beklage. Aber warum der Lunch? Warum gehst du nicht einfach zu ihr und befragst sie wie alle anderen Zeugen auch?"

„Weil ich sie beobachten möchte, wenn sie nicht auf der Hut ist. Ich will sehen, wie sie sich in ihrer Umgebung verhält."

„Wie willst du das machen, wenn sie hinten ist und kocht?"

„Ich weiß zufällig, dass sie während des Essens immer herauskommt und ihre Gäste begrüßt." Sein Blick blieb auf einem Wort auf der Speisekarte haften. „Was ist ein *fougasse*?"

Tina verdrehte die Augen. „Mein Gott, Ryan, du bist absolut nicht *au courant*. *Fougasse* ist ein provençalisches Fladenbrot mit Oliven oder Kräutern oder beidem. Es schmeckt sehr gut."

Nach wenigen Minuten entschied sich Tina für den gebackenen Barsch mit Fenchel. John bestellte als Liebhaber von Fleisch und Kartoffeln Lammbraten. Ein Glas Wein wäre wunderbar gewesen zum Essen, doch da beide im Dienst waren, mussten sie sich mit einer Flasche Evian begnügen.

Sie hatten soeben die Vorspeise verzehrt, als Abbie DiAngelo aus der Küche kam, von Tisch zu Tisch ging, ein paar Worte mit jedem Gast wechselte und lächelnd Komplimente entgegennahm.

John dachte sofort, dass die Fotos im *Princeton Packet* ihr nicht gerecht wurden. Ihre Augen, die er für braun gehalten hatte, waren von einem erstaunlichen Rauchgrau und strahlten, wenn sie lachte. Ihr Haar war haselnussbraun und sah aus, als wäre sie – oder jemand anders – soeben mit den Fingern hindurchgefahren. Sie war kleiner als erwartet, aber perfekt proportioniert. Zur cognacfarbenen Maßhose trug sie eine farblich abgestimmte Bluse, die sie in die Hose gesteckt hatte.

Jetzt blieb sie am Tisch eines gut gekleideten älteren Herren stehen, der ihr etwas reichte, das John nicht erkennen konnte. Sie bedankte sich und drückte ihm leicht die Schulter, ehe sie einen Tisch weiter ging.

Er starrte sie immer noch an, als Tina ihm unter dem Tisch einen Tritt versetzte. „Hör auf zu hecheln, ja? Ich kriege ja Komplexe."

John wandte den Blick ab, als Abbie ihren Tisch erreichte. Nun erkannte er auch den Gegenstand in ihrer Hand – ein Modelleisenbahnwagen.

„Hallo, ich bin Abbie DiAngelo." Sie lächelte beide an und blickte diskret auf die Reste auf ihren Tellern. „Hat Ihnen der Barsch geschmeckt?" fragte sie Tina.

„Er war unglaublich gut. Ich habe direkt Lust, mich ins Flugzeug zu setzen und nach Frankreich zu fliegen."

„Vorsicht, womöglich wollen Sie gar nicht mehr zurück." Sie wandte sich an John. „Und das Lamm?"

Unter ihrem freundlichen Blick wurde er plötzlich so befangen wie damals, als ihn Jeanette Smokley in der dritten Klasse zum Tanz aufgefordert hatte. Ein weiterer diskreter Stoß unter dem Tisch riss ihn aus seiner Trance. „Ausgezeichnet", gelang es ihm zu erwidern.

„Freut mich, dass es Ihnen zugesagt hat." Für den Fall, dass die beiden ein Ehepaar waren, fragte sie: „Ist das Ihr erster Besuch im Campagne?"

Wie aus einem Mund bejahten John und Tina.

„Dann müssen Sie uns bald wieder besuchen." Mit einem Nicken ging sie zum nächsten Tisch.

„Charmant." Tina nahm einen Schluck Mineralwasser und betrachtete John über den Rand ihres Glases hinweg. „Und du bist widerlich hingerissen."

Peinliche Röte stieg ihm den Hals hinauf. „Bin ich nicht", wehrte er sich.

„Bist du doch." Tina stellte ihr Glas ab. „Erkläre mir eines: Wie, in aller Welt, willst du eine Ermittlung durchführen und dabei objektiv bleiben, wenn eine der Verdächtigen dir bereits den Verstand raubt?“

„Sie ist keine Verdächtige, und sie raubt mir keineswegs den Verstand. Mein Gott, Wrightfield. Du kannst mir ruhig glauben.“

Tina wollte etwas erwidern, doch der Kellner kehrte zurück und brachte die Karte für das Dessert. Auf seine Empfehlung bestellten beide Crème brûlée mit einem Hauch Lavendel und dann Kaffee.

Eine halbe Stunde später, nachdem die Rechnung beglichen war, erhob John sich und gab Tina die Autoschlüssel. „Nimm meinen Wagen und sag Bernstein, er soll mich in einer halben Stunde hier abholen.“

Tina nahm die Schlüssel. „Ich sollte mir eigentlich das Essen ablaufen, aber ich erwarte einen Anruf vom DMV, deshalb nehme ich dein Angebot an.“

Sie beugte sich vor und flüsterte ihm ins Ohr: „Versuch bitte, das Department nicht zu blamieren.“

19. KAPITEL

Nachdem ihre Runde beendet war, kehrte Abbie in die Küche zurück und fühlte sich entspannter als noch vor zwanzig Minuten. Dass sie sich Sorgen um offenbar verschwundene Leute machte, war unklug und nervenaufreibend dazu. Ihr Angreifer und Ian waren fort.

Sie legte soeben mit einem Brenner letzte Hand an die Crème brûlée, das beliebteste Dessert im Lokal, als Brady sie sacht am Arm berührte. „Joel hat mir gerade gesagt, dass ein Detective vom Morddezernat aus Princeton im Speisesaal ist und ein paar Worte mit dir wechseln möchte."

Abbie umklammerte den Griff des Brenners. Es konnte nur einen Grund geben, weshalb sich jemand vom Morddezernat bei ihr meldete. Offenbar war der Mann vom Parkplatz doch nicht einfach verschwunden. Man hatte ihn gefunden – oder vielmehr seine Leiche. Und irgendwie hatte die Polizei die Verbindung zu ihr hergestellt.

„Hat er gesagt, was er will?" fragte sie.

„Nein." Brady blickte sie besorgt an. „Abbie, alles in Ordnung mit dir?"

„Ja." Leicht zittrig begann sie den Brenner auszuschalten, doch Brady nahm ihr das Gerät ab. „Lass mich das machen."

„Danke." Angst krampfte ihr den Magen zusammen. Wie hatte sie nur so dumm sein können zu glauben, derart ernste Zwischenfälle wie der von gestern Nacht blieben ohne Folgen?

„Wie heißt der Detective?" fragte sie und band ihre Schürze auf.

„John Ryan."

John Ryan. Wieso kam ihr der Name bekannt vor? Dann fiel es ihr ein. Er war Jordan Ryans Vater. Sie hatte ihn ein paar Mal flüchtig auf dem Spielfeld gesehen, wenn Ben gegen Jordans Team gespielt hatte, das zweitbeste der Liga. Deshalb war ihr der Mann an Tisch sechs so bekannt vorgekommen. Ohne Jeans und Baseballkappe hatte sie ihn nicht gleich erkannt. Die Frau jedoch war definitiv nicht Clarice Ryan gewesen.

Ihr blieb keine Zeit nachzudenken, und sie warf die Schürze beiseite. „Sag Joel, er soll ihn in mein Büro führen.“ Sobald Brady gegangen war, warf sie im Wirtschaftsraum rasch einen Blick in den Spiegel. Sah sie nicht furchtbar schuldbewusst aus? Ihre Haut war blässlich, und dank einer schlaflosen Nacht hatte sie dunkle Ringe unter den Augen. Sie tätschelte sich ein paar Mal die Wangen, damit sie wieder Farbe bekamen. Die leichte Röte ließ sie ein wenig besser aussehen, aber für wie lange? Nun ja, sie konnte es nicht ändern. Die Schultern straff und das Beste hoffend, ging sie forsch auf ihr Büro zu.

John Ryan wandte ihr den Rücken zu und betrachtete ihren kürzlich erworbenen Preis, der an der Wand hinter ihrem Schreibtisch ausgestellt war. „Detective Ryan?“

Er drehte sich um, ein Lächeln auf dem Gesicht. Sie erwiderte es und bemerkte seine athletische Statur, die wachsamen braunen Augen, das kurze schwarze Haar, das dem seines Sohnes so sehr glich, und das kräftige, kantige Kinn. Etwas an ihm – sie konnte nicht genau sagen, was es war – verriet ihr, dass man ihn trotz seiner lockeren Art und des guten Aussehens keinesfalls unterschätzen durfte.

Da sie merkte, dass ihre Musterung länger als nötig gedauert hatte, überspielte sie ihre plötzliche Befangenheit mit einer Frage, die hoffentlich das Eis brechen würde. „Waren Sie mit dem Lamm nicht zufrieden?"

Als er diesmal lächelte, bildete sich ein tiefes Grübchen in der linken Wange. „Ganz im Gegenteil. Meine Partnerin und ich waren uns einig, dass es das beste Essen seit Jahren war."

Die Frau mit dem freundlichen Lächeln war also seine Partnerin. Waren sie in offizieller Mission hier?

„Gut." Sie schloss die Tür, ging quer durch den Raum auf ihn zu und versuchte, sich gelassen zu geben.

„Ich bin wegen Ihres Stiefbruders hier, Miss DiAngelo."

Ihre Gelassenheit schwand mit einem Schlag. Er wusste also von Ian. Sie betete, dass ihre Stimme nicht verriet, wie sehr sie in Panik war, und fragte: „Was ist mit meinem Stiefbruder?"

„Sie wissen es nicht?"

„Was soll ich wissen?"

„Er wurde letzte Nacht getötet. Erstochen. Seine Leiche wurde vor etwa vier Stunden am Carnegie See gefunden."

Abbie brauchte einen Moment, um zu begreifen. Ian war tot. Sie hätte etwas empfinden sollen – Bedauern über den Verlust eines Lebens, vielleicht ein wenig Traurigkeit, weil sie für kurze Zeit eine Familie gewesen waren –, doch sie spürte nur große Erleichterung.

„Wissen Sie, wer es getan hat?" fragte sie.

„Noch nicht."

Abbie hingegen hatte eine ziemlich genaue Vorstellung des Täters. Sie dachte an den Mann, der mit wutverzerrtem Gesicht ihren Wagen angesprungen und mit dem Messer nach ihr gestoßen hatte. Er hätte sie wegen des Geldes getötet – und er lief noch frei herum und suchte vielleicht nach ihr.

„Deshalb bin ich hier", fügte Detective Ryan hinzu. Er beobachtete sie auf eine entspannte, ganz und gar nicht bedrohliche Art. „Ich möchte so viele Informationen wie möglich über Ian McGregor einholen. Das würde meine Ermittlungen sehr erleichtern."

Ihre Anspannung ließ allmählich nach. „Ich fürchte, da fragen Sie die Falsche, Detective. Ich habe meinen Stiefbruder seit achtundzwanzig Jahren nicht gesehen. Ich weiß so gut wie nichts über ihn." Nach einer Pause fragte sie: „Wie sind Sie auf mich gekommen?"

„Seine Freundin, Rose Panini, ist auch hier. Sie erzählte mir, dass Ian mit der Absicht nach Princeton gekommen sei, Sie wiederzusehen."

Eine Freundin. Warum hatte Ian sie nicht erwähnt? Wie viel hatte er dieser Frau erzählt? Und noch wichtiger: Wie viel hatte sie Detective Ryan erzählt? Abbie lehnte sich mit verschränkten Armen gegen den Schreibtisch und betrachtete ihn. Sie wusste durch andere Mütter aus der Kinderliga, dass er geschieden war. Er galt als toller Dad und war einer der besten Ermittler am Ort.

„Dem entgeht nichts", hatte noch vor kurzem eine allein erziehende Mutter lachend geschwärmt. „Ich wünschte, ich würde ihm auch nicht entgehen."

Abbie verdrängte diese störenden Gedanken. „Was genau hat Miss Panini Ihnen erzählt?"

„Dass Ihr Stiefbruder erst kürzlich aus dem Gefängnis entlassen wurde und rasch Bares brauchte. Er kam in der Hoffnung her, Geld von Ihnen zu borgen."

Sie fragte sich, ob Rose das wirklich erzählt hatte oder

ob er ihr einen Köder hinwarf. Lügen war nicht gerade ihre Stärke. Und zu wissen, dass die achtundvierzigtausend in ihrem Safe darauf warteten, am Montag wieder eingezahlt zu werden, half auch nicht gerade.

Lügen war in diesem Fall jedoch unerlässlich, und so nahm sie es in Angriff. „Sie hat die Wahrheit gesagt. Ian war Montagabend hier. Er sagte, er brauche Geld, um wieder auf die Beine zu kommen, vielleicht würde er auch ein eigenes Geschäft eröffnen."

„Was für eine Art Geschäft?"

Sie wusste nicht genau, wann er ein kleines schwarzes Notizbuch aus der Jacketttasche gezogen hatte, doch plötzlich sah sie, dass er mitschrieb. „Er hat es nicht gesagt, und ich habe ihn nicht gefragt. Es wäre ohnehin gleichgültig gewesen, denn ich konnte ihm nicht helfen. Ich bin allein erziehende Mutter, muss ein Geschäft führen und Hypotheken abtragen. Ich habe nicht so viel Geld, wie er haben wollte."

„Wie viel wollte er denn?"

„Hunderttausend Dollar."

Der Detective stieß einen leisen Pfiff aus. „Das ist eine Menge Geld."

„Er hat vor einigen Wochen ein Fernsehinterview gesehen, das ich gegeben habe, hörte, dass ich ein Restaurant besitze und dachte, ich sei reich, was ganz und gar nicht der Fall ist. Ich nehme an, er wollte sich die Gelegenheit nicht entgehen lassen."

Ruhig sah John sie an. „Wie hat er es aufgenommen, als sie ablehnten?"

Sie zuckte die Achseln. „Er war nicht gerade erfreut, aber er konnte es nicht ändern."

„Und trotzdem blieb er hier“, bemerkte er. „Warum hat er das Ihrer Meinung nach getan?“

Ihr Magen schien einen Salto zu drehen und ihre Hände begannen zu zittern. „Wie bitte?“

„Sie sagten, er kam am Montag zu Ihnen. Ermordet wurde er Donnerstagnacht. Warum war er immer noch hier?“

Allmählich wurden ihr die Hände auch noch feucht. Sie suchte eine logische Antwort, doch ihr fiel keine ein. „Ich weiß es nicht. Vermutlich hat er sich nach anderen Einnahmequellen umgesehen. Soweit ich weiß, war Ian ein gewiefter Betrüger, immer auf der Suche nach dem nächsten Deal. Vielleicht gefiel ihm auch die Stadt, was ich ihm nicht verdenken könnte.“ Zu spät erinnerte sie sich an ihre Lieblingskrimiserie – Columbo. Da redeten die Täter auch immer zu viel und gaben dem scheinbar tölpelhaften Detective Anhaltspunkte, ohne zu merken, dass er sie hereinlegte.

„Haben Sie Ihren Stiefbruder nur am Montag gesehen?“

Schnell überlegte sie, ob es schaden könnte, wenn sie seinen Folgebesuch an nächsten Tag zugab. „Nein. Er kam am Dienstag noch mal vorbei und hoffte, ich hätte meine Meinung geändert.“

„Aber das hatten Sie nicht.“

„Nein.“

Sein ruhiger Blick verwirrte sie ein wenig. Da sie nicht an solche Befragungen gewöhnt war, blickte Abbie durch das offene Fenster in den kleinen Kräutergarten, während John Ryan weitere Eintragungen vornahm. Ein blauer Eichelhäher hockte auf der Vogeltränke und beäugte wachsam die Umgebung. Sie versuchte, die idyllische Szene, die etwas Beruhigendes hatte, auf sich wirken zu lassen, doch sie spürte bereits ein dumpfes Pochen in den Schläfen.

„Um welche Zeit schließen Sie abends das Restaurant, Miss DiAngelo?"

Sie zwang sich, den Detective wieder anzusehen und ruhig zu bleiben. „Gegen elf. Manchmal später, wenn besonders viel los war."

„War gestern Abend besonders viel los?"

„Nein, aber ich bin trotzdem erst nach elf gegangen." Aus Sorge, sie könnte zu defensiv geklungen haben, fragte sie rasch: „Darf ich Ihnen eine Frage stellen, Detective?"

„Sicher."

„Stehe ich unter Verdacht?"

„Ihren Stiefbruder umgebracht zu haben?" Er verzog den Mund zu einem Lächeln. „Kaum. Ian McGregor wurde heftig attackiert und starb an den Folgen mehrerer Stichwunden. So geschickt Sie in der Küche auch sein mögen, bezweifle ich doch, dass Sie mit einem Mann seiner Größe fertig würden und ihm mehrere Stichwunden beibringen könnten."

Sie lachte ein wenig nervös. „Da bin ich aber erleichtert."

Ryan blätterte eine Seite in seinem Notizbuch um. „Was wissen Sie über einen Mann namens Arturo Garcia?"

Abbie schüttelte den Kopf. „Den Namen habe ich noch nie gehört. Wer ist das?"

„Laut Miss Panini führte er einen Drogendealerring in Toledo, Ohio, und Ihr Stiefbruder arbeitete für ihn. Ian wurde während einer Drogenlieferung geschnappt und sagte als Kronzeuge gegen Arturo Garcia aus. Der ging danach für acht Jahre ins Gefängnis und schwor, Ian umzubringen, sobald er entlassen werde. Ihr Stiefbruder hat ihn nicht erwähnt?"

Abbie unterdrückte eine leichte Ungeduld. „Detective Ryan, Sie scheinen dem Irrtum aufzusitzen, dass Ian sich mir anvertraut hätte. Das hat er nicht. Die zwei Unterhaltungen, die wir miteinander führten, waren kurz und knapp. Ich wusste nicht mal, dass er mit einer Freundin hergekommen war oder wo er wohnte."

Warum sagte sie das? Weshalb türmte sie Lüge auf Lüge?

„Im Clearwater Motel, an der Route 27." Der Detective sah wieder auf seine Notizen. „Miss Panini erwähnte ein Feuer, das vor achtundzwanzig Jahren das Haus Ihrer Familie in Palo Alto zerstörte. Das sei der Grund gewesen, weshalb Sie von Ian und seiner Schwester Liz getrennt wurden."

Abbies Pulschlag beschleunigte sich. Diese Information hätte er besser nicht haben sollen. „Das ist richtig."

„Würden Sie mir ein wenig mehr über Ihr Verhältnis zu den McGregors erzählen?"

„Ist das wichtig für den Fall?"

„Könnte sein."

Sie seufzte, um zu zeigen, dass sie ihm sehr entgegenkam, und hoffte, nicht zu übertreiben. „Also gut. Mein Vater, mein leiblicher Vater, starb, als ich fünf war. Ein Jahr später heiratete meine Mutter Patrick McGregor, einen Witwer und Vater zweier Kinder, Ian und Liz. Zwei Jahre später brannte unser Haus nieder."

„Wie kam es zu dem Feuer?"

Um ihre Nervosität nicht zu verraten, widerstand sie dem Drang zu schlucken, obwohl ihre Kehle so trocken zu sein schien wie die Sahara. „Mein Stiefvater hatte in jener Nacht getrunken und schlief mit einer brennenden Zigarette im Bett ein."

„Und die anderen im Haus haben auch schon geschlafen?"

„Ja. Meine Mutter erwachte, weil sie husten musste. Irgendwie gelang es ihr, Ian und mich zu retten. Dann kam die Feuerwehr und holte Liz heraus. Als sie meinen Stiefvater fanden, war er bereits tot."

„Wie konnte das sein? Lag er nicht im Bett neben Ihrer Mutter?"

„Nein." Sie schob beide Hände hinter den Rücken und ergriff die Schreibtischkante, damit er nicht sah, wie sie zitterten. „Da mein Stiefvater die Angewohnheit hatte, im Bett fernzusehen, war sie ins Gästezimmer umgezogen."

„Verstehe." Forschend sah er sie einen Moment an. „Nach dem Feuer sind Sie also mit Ihrer Mutter fortgezogen?"

„Nach Kansas. Mein Großvater erholte sich gerade von einem Schlaganfall, und meine Mutter wollte sich um ihn kümmern. Nach seinem Tod zogen wir hierher."

„Aber Ian und Liz blieben in Kalifornien."

„Ja." Großer Gott, hörte das denn nie auf? „Meine Mutter wollte ihre Stiefkinder bei sich behalten, doch als deren Tante auftauchte und darauf bestand, die Kinder sollten bei ihr leben, weil sie eine Blutsverwandte sei, konnte sie nichts dagegen tun."

„Und es gab keinen weiteren Kontakt?"

„Nein, keinen. Bis zum letzten Montag."

„Es muss eine ziemliche Überraschung gewesen sein, Ian McGregor plötzlich auf Ihrer Schwelle stehen zu sehen."

„Es war ein Schock“, gestand Abbie. „Umso mehr, als ich hörte, dass er im Gefängnis gewesen war.“

„Hat er Ihre Mutter besucht, während er hier war?“

„Nein.“

„Warum nicht?“

„Er hat mich nicht um einen Besuchstermin gebeten, und ich habe ihn nicht ermutigt. Meiner Mutter geht es nicht sehr gut“, fuhr sie fort und hielt es für unbedenklich, ihm etwas mitzuteilen, was er ohnehin leicht herausfinden könnte. „Sie hat Alzheimer. Sein Besuch hätte sie aufregen können. Das wollte ich nicht.“

Erneut sah sie auf ihre Uhr und suchte nach einem Vorwand, die Unterredung zu beenden, zumal sie auf ihre Mutter zu sprechen gekommen waren. „Wenn das alles ist, Detective ... ich muss wirklich an meine Arbeit zurück.“

„Natürlich.“ Er klappte sein Notizbuch zu. „Danke, dass Sie sich die Zeit genommen haben, Miss DiAngelo. Ich lasse Sie wissen, was ich herausfinde.“

Abbie geleitete ihn durch den nun leeren Speisesaal. Doch erst als der Detective außer Sichtweite war, erlaubte sie sich einen Seufzer der Erleichterung.

Oder war das zu voreilig gewesen?

20. KAPITEL

Gedankenverloren sah Abbie dem Detective nach und merkte nicht, dass Brady neben ihr stand, bis er sie ansprach.

„Netter Mann. Wo habe ich den schon gesehen?"

„Auf dem Spielfeld. Er trainiert manchmal das Team seines Sohnes – die Princeton Cardinals."

Brady nickte. „Ja, richtig. Ich wusste nicht, dass er Detective im Morddezernat ist." Er streifte Abbie mit einem Seitenblick. „Was wollte er?"

Es gab keinen Grund, ihm die Wahrheit vorzuenthalten. Ians Tod würde ohnehin bald in den Nachrichten gemeldet. „Ian McGregor ist tot."

Brady zeigte nur gelindes Erstaunen. „Dein Stiefbruder? Was ist passiert?"

„Jemand hat ihn erstochen. Seine Leiche wurde heute Morgen am Carnegie See gefunden."

„Hoffentlich erwartest du nicht, dass ich deswegen untröstlich bin?"

Sie lächelte. „Nein. Du hast deutlich zu verstehen gegeben, was du von ihm hältst."

„Haben sie den Täter?"

„Noch nicht." Abbie wiederholte, was Detective Ryan ihr erzählt hatte, ohne die Erpressung zu erwähnen. Hoffentlich fand niemand etwas darüber heraus.

„Alles okay mit dir?" fragte Brady, als sie verstummte. „Ich meine, du bist doch nicht in Schwierigkeiten oder so?"

„Nein, natürlich nicht."

„Na ja, wie gesagt, ich trauere nicht." Er legte ihr einen Arm um die Schultern. „Der Mann kam mit dem einzigen

Ziel hierher, bei dir zu schnorren. Bedauerlich, dass er sterben musste, aber wenigstens hast du jetzt Ruhe vor ihm."

Brady schien wie stets ihre Gedanken gelesen zu haben, denn genau so empfand sie den Tod ihres Stiefbruders. Sie waren gerade in die Küche zurückgekehrt, als Claudia besorgt zur Tür hereinstürmte, des Wartens offenbar überdrüssig.

Sobald Brady an seine Arbeit zurückgekehrt war, zog Abbie die Freundin in eine ruhige Ecke. „Ich weiß, ich weiß", begann sie und kam Claudias Fragen zuvor. „Ich hätte mich melden sollen."

„Ja, hättest du. Ich war außer mir. Brady sagte mir nur, ein Detective des Morddezernats sei hier, um dich zu befragen."

Abbie brachte sie auf den neuesten Stand der Ereignisse und sah am Mienenspiel der Freundin, wie die Worte auf sie wirkten.

„Allmächtiger!" Claudia konnte es offensichtlich nicht fassen. „Kein Wunder, dass du so angespannt bist. Und ich bin wie ein Rollkommando hier hereingepoltert. Tut mir Leid."

Abbie lächelte. „Das sollte es auch. Du hast Brady Angst gemacht."

„Ihm macht nichts Angst, aber ich werde mich entschuldigen." Sie holte sich eine kleine Flasche Perrier aus dem großen Kühlschrank und schraubte sie auf. „Was glaubst du, wer Ian umgebracht hat? Der Affe, der auf dich losgegangen ist?"

„Wer sonst? Er war da, und er wusste von dem Geld." Sie verstummte kurz und erinnerte sich an den Angriff. „Und er hatte ein Messer."

„Das hättest du Detective Ryan erzählen sollen."

„Und zugeben, dass Ian mich erpresst hat?" Abbie schüttelte den Kopf. „Das werde ich nicht tun. Ich setze meine Mutter keiner Mordanklage aus."

„Dazu müsste John Ryan die Polizei von Palo Alto ja überhaupt erst unterrichten."

„Er ist Polizeibeamter. Ihm würde keine andere Wahl bleiben."

„Und was willst du wegen dieses Irren unternehmen, der auf dich losgegangen ist? Er läuft immer noch frei herum."

„Daran musst du mich nicht erinnern."

„Und was ist mit Earl Kramer? Was, wenn er sich entschließt, seinen Vorwurf zu Protokoll zu geben?" meinte sie, wobei sie das Wort Protokoll mit einer Geste in Gänsefüßchen setzte. „Oder falls er dich nun an Ians Stelle erpresst?"

„Der Gedanke ist mir auch schon gekommen."

„Dann sprich mit Detective Ryan. Sag ihm die Wahrheit. Nach allem, was du mir von ihm erzählt hast, scheint er ein vernünftiger Mann zu sein. Vielleicht würde er dir sogar helfen."

„Dazu müsste er mir erst einmal glauben."

Verschmitzt lächelte Claudia sie an. „Das ist doch wohl kein Problem. Ich wette, dass er deinem Charme bereits erlegen ist." Sie lehnte sich gegen den Kühlschrank und nahm noch einen Schluck Perrier. „Hast du nicht gesagt, er ist geschieden?"

„Was hat das damit zu tun?"

Die Freundin verdrehte die Augen. „Muss ich dir eine Zeichnung machen? Ein gut aussehender, ungebundener

Mann, eine hübsche, ungebundene Frau. Da fliegen Funken, kapiert?“

Sie hatte kapiert. Und sie müsste lügen, wenn sie nicht zugeben würde, zumindest vor sich selbst, dass ihr Detective Ryan mit seinem guten Aussehen und dem unbezweifelbaren Charme gefiel. Aber das brauchte Claudia, die unverbesserliche Kupplerin, nicht zu wissen.

„Da sprühten keine Funken“, entgegnete sie nüchtern. „Und woher weißt du, dass er gut aussieht?“

„Brady hat’s mir gesagt.“ Sie beugte sich vor und musterte Abbie. „Also sieht er gut aus? Ist John Ryan ein Sahnestückchen?“

„Das könnte man wohl so sagen.“

„Sexy?“

„Das weiß ich nicht.“

„Nun komm aber“, neckte Claudia. „So lange ist es doch noch nicht her, oder? Du erkennst doch wohl noch, ob ein Mann sexy ist.“

„Mein Gott, musst du denn jede Begegnung zwischen Mann und Frau auf sexueller Ebene bewerten?“

Die Freundin lachte. „Natürlich, ich bin Künstlerin, falls du dich erinnerst. Ich befasse mich mit Berührungen, Emotionen und Empfindungen.“

„Erwarte von mir bitte keinerlei Inspiration. Ich habe momentan anderes im Sinn als Romanzen. Und selbst wenn, wäre ich nicht so dumm, mich in einen Mann zu vergucken, der mein ärgster Feind werden könnte.“

Abbie saß Ben am Küchentisch gegenüber und sah zu, wie er ihre selbst gebackenen Kekse mit Schokostückchen, seine Lieblingssorte, verputzte. Zwischen den Bissen erzählte er ihr von Bobby Talbot, der ins Büro der Direktorin zitiert worden war, weil er Papierbälle auf die Mädchen in der ersten Reihe geworfen hatte. Ein Ball hatte sein Ziel verfehlt und stattdessen Miss Simmons getroffen.

Das Kinn in die Hände gestützt, lachte sie mit Ben über diesen Vorfall und bedauerte, seiner guten Laune einen Dämpfer verpassen zu müssen. Doch wenn nicht sie ihm von Ian erzählte, würde es jemand anders tun. Oder er würde es aus den Nachrichten erfahren und sich wundern, warum sie ihm etwas so Wichtiges vorenthalten hatte.

Sie wartete und sagte, sobald er seine Milch ausgetrunken hatte: „Ich muss dir auch etwas erzählen, Sportsfreund. Leider ist meine Geschichte nicht halb so lustig wie deine."

Er sah sie ernst an. „Ist Grandma okay?"

Es überraschte sie nicht, dass die erste Sorge seiner Großmutter galt. Ben liebte Irene und versuchte sie zu beschützen, seit er von ihrer Krankheit wusste.

Abbie sprach ruhig und ernsthaft und versuchte aufrichtig zu sein, ohne finster zu wirken. Sie erzählte, dass Ian im Gefängnis gewesen war und warum und wie er sie gefunden hatte. Allerdings erwähnte sie weder die Erpressung noch Detective Ryans Besuch. Ben und Jordan waren Freunde, und sie wollte nicht, dass Ben sich gegenüber dem Sohn des Detectives befangen fühlte. Sie erklärte nur, die Polizei habe sie befragt, weil sie und Ians Schwester in New York die einzig lebenden Verwandten gewesen seien.

Ben hörte aufmerksam zu, bis sie fertig war, und fragte ernst: „Warum hast du mir nie erzählt, dass ich einen Onkel und eine Tante habe?"

„Weil ich beide aus den Augen verloren hatte."

„Aber sie waren deine Familie, oder?"

„Für kurze Zeit.“

Er nickte ein paar Mal, um zu zeigen, dass er verstanden hatte, und wollte wissen: „Bist du traurig, dass dein Bruder tot ist?“

Die Frage überraschte sie, und einen Moment wusste sie nicht, wie sie antworten sollte. Sie war immer ehrlich zu Ben gewesen und jetzt zu lügen, nur um nicht herzlos zu erscheinen, war ihr zu heuchlerisch.

Abbie entschied sich für Diplomatie. „Es ist immer traurig, wenn jemand stirbt. Aber ich kannte ihn kaum. Achtundzwanzig Jahre ohne Kontakt zueinander sind eine lange Zeit. Und denk dran, er war nicht mein richtiger Bruder.“

„Wieso habe ich ihn nicht kennen gelernt? Wollte er mich nicht sehen?“

Noch eine schwierige Frage, der sie nicht ausweichen durfte. „Ich wollte nicht, dass er dich sieht.“

„Weil er im Gefängnis war?“

„Das hatte viel damit zu tun.“ Und weil er schlicht eine Laus war, hätte sie beinahe hinzugefügt.

„Was ist mit Liz? Werde ich sie kennen lernen?“

Abbie wand sich innerlich. Noch eine Frage, mit der sie nicht gerechnet hatte. „Möchtest du?“

Der Junge zögerte. „Ich weiß nicht. Vielleicht. Alle meine Freunde haben Onkel und Tanten und Cousins. Das ist irgendwie nett.“

„Du hast Tante Claudia.“

„Das ist nicht dasselbe. Ich mag Tante Claudia sehr, aber sie ist deine Freundin, nicht meine richtige Tante.“

„Liz ist auch nicht deine richtige Tante. Sie ist deine Stieftante und nur durch Heirat mit dir verwandt.“

Abbie merkte, dass sie leicht gereizt, fast defensiv klang. Das hatte sie nicht beabsichtigt. Ben war ein kleiner Junge, und bei seinem freundlichen, fürsorglichen Wesen waren seine Fragen nur natürlich. „Es ist kompliziert, was?" Lächelnd schob sie ihm eine rote Strähne aus der Stirn.

„Eigentlich nicht." Er nahm sich noch einen Keks und drehte ihn in der Hand. „Du möchtest nicht, dass ich sie kennen lerne."

Abbie presste die Lippen zusammen. Das Gespräch lief nicht so, wie sie erwartet hatte. Es stimmte. Sie hatte nicht vor, Liz in ihr Leben aufzunehmen. Warum auch? Die Frau hatte nie den Versuch unternommen, sie zu finden. Und ihr Verhalten während der zwei Jahre, die sie unter einem Dach leben mussten, war schlichtweg unerfreulich gewesen. Aber war es fair, Ben eine Tante vorzuenthalten?

„Ich weiß nicht, wo sie lebt, aber das könnte ich sicher herausfinden." Ihr graute bereits jetzt davor, doch für Ben würde sie es tun. Hoffentlich wurde er nicht enttäuscht.

Die Antwort schien ihn zufrieden zu stellen. „Weiß Grandma, dass Onkel Ian tot ist?"

Also war er jetzt Onkel Ian. „Noch nicht. Ich wollte es ihr heute sagen." Ehe er eine weitere Frage stellen konnte, langte sie über den Tisch und bedeckte seine Hand mit ihrer. „Ben, ich habe dir das alles erzählt, weil Ians Tod wahrscheinlich bald in der Zeitung steht und vielleicht auch in den Fernsehnachrichten gemeldet wird. Falls du etwas liest oder hörst, das du nicht verstehst, möchte ich, dass du zu mir kommst. Willst du das tun?"

Er nickte wieder, doch seine Neugier war offenbar nicht völlig gestillt. „Gibt es eine Beerdigung so wie bei Joey Barfields Onkel?"

Warum hatte sie diese Befragung nicht vorausgesehen? Wieso hatte sie geglaubt, er würde die Mitteilung unberührt hinnehmen? „Ich weiß nicht, Ben. Ian war mit seiner Freundin hier. Sie wird vermutlich alles Notwendige in die Wege leiten und ihn vielleicht in Ohio beisetzen lassen, wo sie gelebt haben."

„Wann weißt du es?"

„Was denn?"

„Wo die Beerdigung ist?"

Sie hatte nicht erwartet, dass die Unterhaltung mit ihrem neunjährigen Sohn so anstrengend werden würde. „Ich könnte mit Ians Freundin reden und fragen, was sie vorhat."

Tatsächlich stand ein Besuch bei Rose Panini ohnehin als Nächstes auf ihrem Programm. Nicht wegen der Beisetzung, sondern weil sie erfahren wollte, wie viel Miss Panini wusste und ob dies ein Grund zur Sorge war. Außerdem gab es da noch das Original des Briefes ihrer Mutter, das sie irgendwie finden musste.

„Ich schlage vor, du fängst mit deinen Hausaufgaben an. Tiffany wird jede Minute hier sein." Um weitere Fragen zu vermeiden, stand sie auf und erwartete fast, dass Ben sich erkundigte, ob er mit zur Beerdigung gehen könne. Zu ihrer Erleichterung tat er es nicht.

21. KAPITEL

Das Clearwater Motel war ein einstöckiges Gebäude mit hellgrünen Seitenwänden und einer kleinen Rasenfläche vor dem überdachten Eingang. Vom Restaurant bis hierher war es eine zehnminütige Fahrt. Der Carnegie See, wo der Mord passiert war, lag einen kurzen Spaziergang entfernt.

Abbie hatte noch in Bens Gegenwart, während er Hausaufgaben machte und sie beobachtete, Rose Panini angerufen, sich vorgestellt und gefragt, ob sie vorbeikommen könne. Die Frau hatte sie unbedingt kennen lernen wollen und sich anscheinend aufrichtig gefreut.

„Ich muss erst um fünf zur Arbeit“, hatte sie hinzugefügt. „Wir haben reichlich Zeit zum Reden.“

Die Auskunft, dass sie um fünf zur Arbeit müsse, hatte Abbie etwas bedenklich gestimmt. Warum hatte Rose sich der Mühe unterzogen, einen Job zu suchen, obwohl Ian Princeton doch verlassen wollte, sobald er das Geld hatte? Vielleicht wusste sie von seinem Erpressungsplan, war genauso gierig und rücksichtslos wie er und hatte vor, dort weiterzumachen, wo er aufgehört hatte?

Abbie versuchte, nicht weiter darüber nachzudenken. Es gab viele Gründe, warum Rose Panini in Princeton bleiben wollte. Möglicherweise hatte sie Freunde oder Verwandte hier. Vielleicht hatte sie sich auch in die Gegend verliebt. Das passierte vielen Besuchern der Universitätsstadt, weil sie kultiviert und flippig zugleich war.

Die Frau, die die Tür des Motelzimmers öffnete, entsprach nicht Abbies Erwartung. Offensichtlich hatte sie geweint. Und als sie die Besucherin sah, rollten ihr erneut Tränen über die Wangen.

„Tut mir Leid, wenn ich in einem ungünstigen Moment komme", entschuldigte Abbie sich.

Rose schüttelte den Kopf, schlang unerwartet die Arme um Abbie und hüllte sie in eine Wolke „Obsession" ein. Leise Schluchzer schüttelten die Frau für etwa eine halbe Minute, in der Abbie sich vollkommen hilflos fühlte.

Schließlich wich Rose zurück und ließ sie eintreten. „Verzeihen Sie mir, ich bin gerade aus dem Leichenschauhaus gekommen." Sie zog ein Papiertuch aus einem Karton auf der Kommode und putzte sich laut die Nase. „Ian auf dieser kalten Bahre liegen zu sehen hat mich schwer erschüttert. Es hat mir die letzten Zweifel genommen, ob er wirklich tot ist." Sie presste das zusammengeknüllte Papiertuch erst gegen ein Auge, dann gegen das andere.

Dieser Ausbruch tiefer Trauer brachte Abbie ein wenig aus der Fassung. Es war ihr unbegreiflich, dass ein so widerwärtiger Mensch wie Ian geliebt worden war. Entweder hatte er sein wahres Naturell geschickt vor seiner Freundin verborgen, oder sie war sehr tolerant.

„Es tut mir Leid, Miss Panini", sagte sie und meinte es aufrichtig.

„Nennen Sie mich Rose, okay?" Sie schniefte. „Ich bin froh, dass Sie angerufen haben. Ich wollte Sie kennen lernen, wusste aber nicht, wie ich es anstellen sollte." Sie setzte sich auf die Bettkante. Ihr enger schwarzer Rock schob sich hoch und entblößte kräftige Schenkel. Eine weiße Bluse und schwarze Sandalen komplettierten ihren Aufzug, und Abbie vermutete, dass Rose irgendwo kellnerte.

„Ich wusste nicht, dass Ian eine Freundin hatte, bis Detective Ryan es mir sagte." Sie setzte sich in den Sessel beim Fenster, sah sich rasch um und fragte sich, ob der Brief ihrer

Mutter hier irgendwo lag oder ob Ian ihn mit an den See genommen hatte. Hatte die Polizei ihn vielleicht bei der Leiche gefunden? Wie auch immer, ihn zu bekommen würde keine leichte Aufgabe werden.

„Können Sie sich an jemanden wenden, der Sie unterstützt?" fragte sie und richtete ihre Aufmerksamkeit wieder auf Rose. „Einen Freund? Familienangehörige?"

Rose schüttelte den Kopf. „Ich habe nur eine Cousine in Toledo. Und meine Freunde haben genügend eigene Sorgen, um sich auch noch um meine kümmern zu können." Sie zuckte die Achseln. „Ich bin sowieso eher ein Einzelgänger."

Abbie war froh, das zu hören. Einzelgänger beredeten nicht viel mit anderen. „Sie erwähnten, dass Sie zur Arbeit müssten? Heißt das, Sie haben vor, in Princeton zu bleiben?"

Wieder ein Achselzucken. „Ich weiß nicht. Vielleicht. Ich mag die Leute im Golden Diner, wo ich arbeite. Kat, eine der Kellnerinnen dort, hat mir angeboten, bei ihr einzuziehen. Dann teilen wir uns die Miete. Es wird ein bisschen eng, aber alles ist besser als dieses Zimmer, wo ich doch nur an Ian denke." Sie putzte sich noch einmal die Nase, ehe sie das Papiertuch in den Abfall warf. „Ich fühle mich so verdammt schuldig."

„Aber Sie können doch nichts dafür."

„Doch. Ich hätte Ian nicht das Geld für diese Reise geben sollen."

„Warum haben Sie es getan?" Sobald sie die Frage gestellt hatte, kam sie ihr ein wenig zu direkt vor, doch Rose schien es nichts auszumachen.

„Ich konnte ihm nie etwas abschlagen. Und er hat unsere gemeinsame Zukunft mit einem eigenen Geschäft sehr rosig gemalt. Der Plan ist mir zu Kopf gestiegen, doch ich hätte es besser wissen müssen. Ich hätte an all die Unternehmungen denken sollen, mit denen Ian bereits Schiffbruch erlitten hatte."

Abbie mochte diese Frau. „Wo haben Sie Ian kennen gelernt?"

„In Vegas. Ich war Showgirl." Sie musste ihrer Besucherin die Überraschung angesehen haben, denn sie fügte hinzu: „Ich war damals zwanzig, trug Konfektionsgröße 36 und hatte Beine, die nicht enden wollten. Und Ian war ein gut aussehender Mann. Er konnte einen charmant einwickeln."

Das war ebenfalls kaum zu glauben. „Was hatte er in Vegas verloren?"

„Er kannte dort Leute – gefährliche Leute. Ein Jahr nachdem ich bei ihm eingezogen war, mussten wir aus der Stadt flüchten. Irgendwer war immer hinter ihm her."

„Arturo Garcia zum Beispiel?"

Rose machte ein erstauntes Gesicht. „Ian hat Ihnen von Garcia erzählt?"

„Nein. Detective Ryan. Er wollte wissen, ob ich von ihm gehört hätte."

„Hoffentlich findet die Polizei ihn." Sie schauderte. „Ich möchte nicht, dass er hier auftaucht."

„Warum sollte er?"

„Hat Detective Ryan das nicht erzählt?"

„Ich weiß, dass Ian als Kronzeuge gegen Arturo ausgesagt hat, aber was hat das mit Ihnen zu tun?"

„Das ist nicht alles. Ian ist auch mit dreißigtausend Dollar abgehauen, die er gerade für Arturo einkassiert hatte.

Der Mann will sein Geld zurück. Und wenn er vermutet, dass ich es habe, was nicht stimmt, wird er sich an mich halten."

„Nach all der Zeit?"

„Männer wie Arturo mögen keine offenen Rechnungen. Das ist schlecht für ihren Ruf, wenn Sie verstehen, was ich meine."

Abbie erinnerte sich an das wütende Gesicht des Mannes und verstand genau, was Rose angedeutet hatte.

„Das klingt, als sei er gefährlich", erwiderte sie, begierig nach weiteren Informationen.

„Kann man wohl sagen. Deshalb hatte Ian ja solche Angst vor ihm." Sie putzte sich wieder die Nase. „Hat Detective Ryan Ihnen gesagt, dass Arturo am Nachmittag des Mordes vermutlich hier war? In diesem Raum?"

„Nein."

„Er weiß es erst gesichert, wenn er die Auswertung der Fingerabdrücke hat. Aber ich brauche keine Spurensicherung, um zu wissen, dass der brutale Kerl hier war. Ich spüre es." Sie warf einen Blick zur Seite. „Es steht alles da drin."

Abbie folgte ihrem Blick und sah auf dem Tisch beim Fenster große bunte Karten in Paaren und über Kreuz ausgelegt. Sie lächelte. „Sie lesen Tarotkarten?"

„Seit meiner Teenagerzeit. Ich lebte mit meiner Familie Tür an Tür mit einem Medium. Ich habe mehr Zeit in ihrem Haus verbracht als bei uns. Sie hat mir das Kartenlegen und Kartendeuten beigebracht."

„Sind Sie gut darin?"

„Bisher habe ich noch keine falsche Voraussage getroffen." Rose senkte die Stimme. „Ian hielt das für großen

Humbug, aber er hat sich geirrt. Alles, was ich in den Karten gelesen habe, ist eingetreten." Nach einem Augenblick fügte sie hinzu: „Sie kommen auch darin vor."

Abbie glaubte nicht an Übersinnliches, trotzdem fragte sie: „Und was haben Sie gesehen?"

„Sorgen, Ängste und Gefahr. Jemand will etwas Bestimmtes von Ihnen haben." Sie ging zum Tisch und tippte auf eine Karte, auf der ein Mann einer Frau eine Kette um den Hals legt. „Ich kann nicht sagen, was derjenige will, weil man die Karten auf unterschiedliche Weise interpretieren kann. Aber ich sehe Geld. Die Rückzahlung einer Schuld." Sie sah Abbie an. „Vielleicht ist das Geld gemeint, das Sie Ian leihen wollten."

Leihen. Sie hatte leihen gesagt. Demnach wusste sie vielleicht gar nichts von der Erpressung. „Hat er Ihnen das erzählt?"

„Ja. Zuerst wollte ich es gar nicht glauben. Warum sollte eine Stiefschwester, die er achtundzwanzig Jahre nicht gesehen hatte, ihm zwanzigtausend Dollar leihen?"

Diese Summe hatte er ihr also genannt. Das ergab Sinn. Bei hunderttausend wäre Rose, die alles andere als dumm war, sicher argwöhnisch geworden, dass es sich um etwas anderes als ein Darlehen handeln könnte.

„Sie hatten Recht mit Ihrer Annahme", erwiderte Abbie. „Ich wollte Ian kein Geld leihen. Ich konnte nicht. Alle meine Barmittel stecken im Restaurant und in meinem Haus."

„Aber er hat mir erzählt ..." Rose sah ihr Gegenüber ein paar Sekunden an, als müsste sie entscheiden, wer die Unwahrheit sagte: Abbie oder Ian. „Sie haben es wirklich abgelehnt?"

Abbie nickte.

„Warum hat er mir das nicht gesagt? Weshalb ließ er mich in dem Glauben, Sie seien einverstanden gewesen, ihm auszuhelfen?“

„Ich weiß es nicht.“ Es fiel Abbie unerklärlich schwer, diese Frau zu belügen. Vielleicht war es angeraten, die Unterhaltung in andere Bahnen zu lenken. „Werden Sie Ians Leichnam nach Toledo überführen lassen?“

Rose blickte auf ihre Hände. „Nein. Ich werde ihn hier in Princeton beisetzen. Ich habe nicht genügend Geld für die Überführung, und ich kann Liz nicht bitten, die zusätzlichen Kosten zu übernehmen. Sie zahlt bereits die Beerdigung.“

Das war eine Überraschung. „Sie hatten Kontakt zu Liz?“

Rose stand auf, ging zum Tisch und begann, die Karten einzusammeln. „Ich habe sie angerufen, als ich das mit Ian erfuhr. Sie arbeitet schon seit einiger Zeit in einer Bar in New York City.“

„Verstehe.“ Plötzlich kam Abbie ein Gedanke. „Hat Ian mit ihr Kontakt gehabt, während er hier war?“

Zu ihrem Bedauern nickte Rose. „Er ist Anfang der Woche mit dem Bus nach New York gefahren. Es war mein erster Arbeitstag, und er war allein hier. Daher beschloss er, seine Schwester zu besuchen.“

„Und wie ist es gelaufen?“

„Gut, glaube ich, für ein Geschwisterpaar, das sich nur alle Jubeljahre mal gesehen hat. Aber er hat nicht viel darüber erzählt.“

„Wie hat sie reagiert, als Sie ihr Ians Tod mitgeteilt haben?“

„Es schien sie nicht sonderlich zu berühren, oder sie wollte am Telefon keine Gefühle zeigen. Ian hat mir erzählt, sie sei ein kalter Fisch.“ Rose drehte eine Karte um und betrachtete sie einen Moment. „Allerdings überraschte sie mich mit dem Angebot, die Beerdigung zu bezahlen, denn ich hatte mir gerade überlegt, woher ich das Geld nehmen sollte. Sie wird in ein paar Tagen hier sein.“ Sie drehte eine weitere Karte um. „Wussten Sie, dass sie mal mit einem Rockstar verheiratet war?“

Abbie erinnerte sich, davon gelesen zu haben. Irene hatte seinerzeit darauf bestanden, über Jude Tillys Agenten eine Glückwunschkarte zu schicken. Doch genau wie alle anderen Briefe, die sie geschickt hatte, blieb die Karte unbeantwortet. „Ja, das wusste ich.“

„Abbie.“ Rose legte die Karten hin. „Wegen der Beerdigung. Ich weiß nicht, wohin ich gehen und an wen ich mich wenden muss. Könnten Sie vielleicht mitkommen und mir helfen ... Sie wissen schon ... einen Sarg aussuchen.“ Als sie das Wort aussprach, entrang sich ihrer Kehle wieder ein leiser Schluchzer.

Bewegt von der unerwarteten Bitte und Rose’ offenkundiger Trauer, suchte Abbie nach den richtigen Worten. Aber was konnte sie dieser Frau schon sagen, die allein in einer fremden Stadt vor der schrecklichsten Aufgabe überhaupt stand – einen geliebten Menschen zu beerdigen?

„Ich?“ fragte sie nur zurück.

„Liz kann noch nicht kommen, und Sie sind Ians einzige andere Verwandte, deshalb dachte ich ...“ Erneut drückte sie sich ein Papiertuch an die Augen, ohne zu bemerken, dass sie durch das von Tränen aufgelöste Make-up schwarze Augenränder wie ein Waschbär bekam, die sie noch verletzlicher aussehen ließen.

Unwillkürlich nickte Abbie. „Ich begleite Sie gern, Rose. Sagen Sie mir nur, wann."

Rose seufzte erleichtert. „Wäre morgen früh recht?" fragte sie hoffnungsvoll. „Detective Ryan sagte mir, der Leichnam würde dann freigegeben."

Abbie müsste einige Änderungen in ihrem Terminplan vornehmen und Claudia bitten, Ben zum Baseballtraining zu bringen, aber es ließ sich einrichten. „Könnten wir früh los?"

„Je früher, desto besser." Rose schenkte ihr ein zittriges Lächeln.

„Dann hole ich Sie um halb neun ab."

„Danke. Vielen Dank." Nach kurzem Zögern umarmte Rose sie noch einmal, und Abbie erwiderte die Umarmung.

„Hallo, Marion." Abbie stellte ihre Tasche auf den Küchentresen, wo Marion einen Krug Eistee mischte. „Wie geht es Mom heute?"

Marion strahlte. „Sehen Sie selbst." Abbie folgte ihrer Blickrichtung und sah den Grund für deren Freude. Irene saß perfekt frisiert im Wohnzimmer und blätterte in *Good Housekeeping*.

„Sie hat sich nur einmal kurz aufgeregt, weil sie ihre Lesebrille verlegt hat."

„Sie verlegt ihre Brille, seit ich denken kann."

Marion kicherte. „Das habe ich ihr auch gesagt." Sie stellte den Krug auf ein Tablett. „Möchten Sie auch einen Eistee?"

„Sehr gern, danke."

Abbie schlenderte ins Wohnzimmer. „Hallo, Mom."

Irene sah lächelnd und mit klarem Blick auf. „Abbie, Darling, ich habe dich gar nicht gehört."

„Ich wollte dich nicht stören. Du warst so vertieft." Sie setzte sich neben ihre Mutter auf das Sofa und lugte ihr über die Schulter. „Schokokekse?" fragte sie, als sie das eingekreiste Rezept las. „Die sind nicht zufälligerweise für Ben?"

„Du kennst die Antwort."

„Dann back bitte ein paar mehr, ich mag sie nämlich auch."

Irene betrachtete sie einen Moment. „Alles in Ordnung, Liebes? Du wirkst ein bisschen aufgelöst."

Versonnen fuhr Abbie sich mit den Fingern durch das Haar. „Tatsächlich?"

„Und du bist blass. Arbeitest du schon wieder zu hart, ohne ausreichend zu schlafen?"

Abbie lachte. „Aber hast du mir, als ich klein war, nicht immer gesagt, es gibt keinen Erfolg ohne Anstrengung?"

„Habe ich das wirklich?" Irenes schöne Augen blitzten munter auf. „Ich muss ja wie ein Prediger geklungen haben."

„Nein, nur wie eine fürsorgliche Mutter."

„Und du schindest Zeit, junge Dame."

„Ja, tue ich." Abbie faltete die Hände im Schoß. „Ich habe traurige Nachrichten über Ian." Sie zögerte, weil ein falsches Wort ihre Mutter in eine ungute Stimmung versetzen könnte. Aber wie sollte sie umschreiben, dass er tot war? „Ihm ist etwas zugestoßen."

Irenes Miene wurde ernst. „Soll das heißen ... er ist verletzt?"

„Schlimmer, Mom. Er ist tot."

Irene schlug die Hände vor den Mund, und ihre Augen glitzerten feucht. „Oh nein! Wann ist es passiert? Und wie?"

Abbie erzählte es ihr im selben ruhigen Ton wie Ben und war froh, dass ihre Mutter weder panisch noch verwirrt reagierte – nur traurig.

Als sie fertig war, sank Irene gegen die Kissen. „Der arme Junge. Ich habe gebetet, dass er eines Tages auf den rechten Weg zurückfindet. Aber wie hätte das geschehen sollen, da sein Vater ihn bereits aufgegeben hatte." Sie legte die Zeitschrift beiseite. „Weiß man, wer so etwas Schreckliches getan hat?"

„Noch nicht. Aber die Polizei ermittelt." Sie nahm Irenes Hände. „Der zuständige Detective heißt John Ryan. Er kam zu mir ins Restaurant und hat mich befragt."

Irene betrachtete sie leicht besorgt. „Warum? Was hast du mit Ians Ermordung zu tun?"

Mehr als mir lieb ist, dachte Abbie. „Nichts." Sie wich dem Blick der Mutter aus. „Detective Ryan versucht, ein komplettes Profil über Ian zu erstellen. Er sagt, es nützt seiner Ermittlung."

„Aber du kanntest ihn doch kaum. Wenn dieser Detective Ryan Informationen haben möchte, warum spricht er dann nicht mit Ians Freundin? Wie sagtest du, war ihr Name?"

„Rose. Er hat mit ihr gesprochen, Mom. Sie hat ihm sehr geholfen."

Irene sah ihre Tochter forschend an. „Weiß sie, wer Ian getötet haben kann, in einer Stadt, wo er keine Menschenseele kannte?"

„Nein. Sie ist genauso verwundert wie ich."

„Ist sie nett?"

Abbie lächelte. „Sie ist sogar sehr nett. Sie ist anders, als ich dachte, aber sehr nett."

„Und du sagst, sie leitet alles Nötige in die Wege?"

„Sie hat mich um Hilfe gebeten. Und ich habe zugesagt."

„Das war nett von dir, Liebes." Irene schwieg einen Moment und fügte dann hinzu: „Ich möchte zur Beerdigung gehen, Abbie. Ian und ich, wir standen uns nicht nahe. Und ich fand seinen Besuch hier reichlich verdächtig. Trotzdem möchte ich ihm die letzte Ehre erweisen, so wie es sich gehört."

Abbie nickte. Zwar wäre es ihr lieber gewesen, keinen Kontakt zwischen Liz und Irene herzustellen, zumal sie nicht einschätzen konnte, was Ian seiner Schwester erzählt hatte, doch Irenes Bitte überraschte sie nicht.

Ihre Mutter hatte Ian und Liz von Anfang an wie eigene Kinder behandelt, sie vor den Wutausbrüchen des betrunkenen Vaters geschützt und ihre Verfehlungen sogar gedeckt, damit sie keinen Ärger mit ihm bekamen. Abbie wusste nicht, ob Irene sich an den Vorfall mit dem Brief erinnerte, hatte jedoch nicht vor, das Thema zu erwähnen. Geschweige denn Ians Erpressung. Seit Dennis Marjolis ihr nüchtern die juristischen Fakten erklärt hatte, war sie entschlossen, ihre Mutter aus der Sache herauszuhalten. Mit etwas Glück hatte Ian seine Anschuldigungen mit ins Grab genommen, und da sollten sie auch bleiben.

22. KAPITEL

John stand unter dem kräftigen, heißen Wasserstrahl und konnte nicht entscheiden, was ihm mehr zusetzte – seine Vermutung, dass Abbie DiAngelo gelogen hatte, oder die Tatsache, dass sie ihm nicht mehr aus dem Kopf ging.

Der Polizist in ihm wollte das Erste glauben, aber warum machte er sich etwas vor? In den letzten vierundzwanzig Stunden hatte er sich wie ein Vollidiot benommen. Er hatte Abbies Restaurant angewählt und nach dem ersten Klingeln aufgelegt, weil er nicht wusste, was er sagen sollte, falls sie abheben würde. Dann war er am Palmer Square herumgefahren, in der Hoffnung, einen Blick von ihr zu erhaschen. Danach hatte er sich auf die Webseite des Campagne eingeloggt, um zu sehen, was er sonst noch über die rätselhafte Miss DiAngelo erfahren konnte. Er hatte sogar fantasiert, ob ihre Haut so zart war, wie sie aussah, oder ob sie so gut schmeckte, wie sie roch. Teenagerkram, so lächerlich, dass sich ein vernünftiger erwachsener Mann dessen schämen müsste.

Er konnte sich jedoch nicht erinnern, wann ihn eine Frau zum letzten Mal derart beeindruckt hatte.

Nicht, dass es ihm an Erfahrungen mit dem anderen Geschlecht mangelte, im Gegenteil. Dank seiner wohlmeinenden Freunde im Präsidium hatte es in den letzten beiden Jahren eine Reihe von „Blind Dates“ gegeben – einige interessant, einige viel versprechend, andere schlichtweg beängstigend. Warum hielten bloß so viele Frauen Polizisten für verlorene Seelen, die gerettet werden mussten?

Er liebte seinen Job. Fast hätte er sich mit seiner Familie überworfen, als er in den Polizeidienst eingetreten war, anstatt, wie sonst bei den Ryans üblich, zum Militär zu gehen. Wenn also eine Frau ihr Bedauern äußerte, dass ein Mann wie er mit seinem klugen Verstand seine Fähigkeiten bei der Polizei verschwende und er etwas Lohnenderes anstreben solle wie zum Beispiel die Leitung eines Unternehmens, dann hatte er keine Gewissensbisse, eine Beziehung zu beenden, ehe sie richtig begann.

Seine Freunde schimpften ihn bereits den wählerischen John. Aber sie irrten sich. Er war nicht wählerisch. Ihm gefiel nur nicht, wenn eine Frau, und mochte sie noch so klug und schön sein, geringschätzig über das redete, womit er seinen Lebensunterhalt bestritt.

Warum also war er, um Tinas Wort zu benutzen, so verdammt hingerissen von Abbie DiAngelo? Außer dem, was Jordan ihm erzählt hatte, wusste er nichts von ihr. Mal abgesehen davon, dass sie keine gute Lügnerin war. In ihrem Büro hatte er sofort bemerkt, dass sie nicht mehr dieselbe war, die ihn zuvor am Tisch begrüßt hatte. Sie war blasser, ihre Atmung unregelmäßiger, und nach wenigen Minuten Unterhaltung hatte sie einen leichten Schweißfilm auf der Stirn gehabt.

Trotzdem war sie aufregend und von einer unterschwelligen Energie, die er erstaunlich und verführerisch fand. Törichterweise wünschte er bereits, jemand anders untersuche den Mord an Ian McGregor.

Er kippte sich Shampoo in die Handfläche und massierte es heftig in die Haare ein. Währenddessen überlegte er, wo sich Arturo Garcia aufhalten könnte, der im Augenblick sein Hauptverdächtiger war. Und dachte sogleich noch intensiver an Abbie DiAngelo.

Unwirsch schob er sich mit den Händen das feuchte

Haar aus der Stirn. Was, zum Teufel, war eigentlich los? Hatte er zu lange allein geschlafen, dass eine Frau, die er kaum kannte, bereits erotische Gedanken bei ihm auslöste?

Ging es am Ende nur um Sex? Wenn das der Fall war, würde er damit fertig. Aber es waren Gefühle, die ihm Sorge bereiteten. Er könnte sich verlieben. Das große L, wie Tina sich ausdrückte, gefolgt vom großen B wie Bindung.

Vor sich hin brummelnd, trocknete er sich ab, schlang sich das Badetuch um die Hüften und ging barfuß in die Küche, um sich die dringend notwendige Tasse Kaffee zu holen.

Er würde einen Weg finden, Abbie DiAngelo wiederzusehen. Bis dahin durfte er jedoch eine andere wichtige Person im Fall McGregor nicht aus den Augen verlieren – Liz Tilly. Vielleicht war Schwester Nummer zwei freigebiger mit ihrem Wissen als Schwester Nummer eins.

Zu Abbies Überraschung blieb Rose in Pattersons Beerdigungsinstitut stoisch und gefasst. Nachdem sie einen bescheidenen Sarg ausgesucht und alles veranlasst hatte, damit der Bestatter den Leichnam aus dem Leichenschauhaus holen konnte, beglich sie die Rechnung und versprach, einen Anzug zu bringen, in dem man Ian beerdigen könne.

„Hat Ian einen Anzug?“ fragte Abbie, als sie das weiße Stuckgebäude verließen.

„Nein.“ Rose’ Wangen röteten sich. „Ich habe das nur versprochen, weil es mir peinlich war zu sagen, dass er keinen hat. Ich glaube, Ian hat in seinem ganzen Leben noch keinen Anzug besessen.“

„Haben Sie seine Sachen durchgeschaut? Vielleicht ist etwas Passendes dabei?“

Rose schüttelte den Kopf. „Er besaß nur das, was ich ihm vor der Abreise aus Toledo gekauft habe. Jeans, ein paar Shirts und Laufschuhe." Sie holte ihre Brieftasche hervor und zählte ihre Banknoten. „Ich habe genug, ihm eine Hose, Hemd und Schuhe zu kaufen."

„Haben Sie nicht gesagt, Liz will alles bezahlen?"

„Nicht alles. Sie hat mir nur das Geld für den Sarg und die Grabstätte geschickt. Ich habe ihr versichert, mich um den Rest zu kümmern." Besorgt blickte sie auf. „Werden fünfzig Dollar für die Kleidung genügen?"

Abbie drückte ihr den Arm. „Ich kenne das richtige Geschäft. Kommen Sie."

Eine halbe Stunde später kamen sie mit einer marineblauen Hose, einem weißen Hemd und schwarzen Schuhen aus dem Carlton, einem Discountladen an der Route 206. Als Rose an der Kasse ihre Brieftasche ziehen wollte, übernahm Abbie die Rechnung. „Es ist nur ein kleiner Beitrag. Lassen Sie mich das bitte machen."

Die Geste überraschte sie selbst fast mehr als Rose. Und die Vorstellung, dass Ian in Kleidung beigesetzt werden würde, die sie bezahlt hatte, war sogar irgendwie lächerlich. Aber sie hatte es nicht für ihn getan, sondern für seine Freundin.

Vom Geschäft fuhren sie zunächst zum Hillside-Friedhof und wählten eine kleine Grabstätte aus, dann ging es weiter zu Abbies Kirche. Reverend Barfield erklärte sich bereit, eine kleine Grabandacht zu halten.

Während Abbie Rose zum Motel zurückfuhr, war sie beinahe versucht zu fragen, ob sie bei der Durchsicht von Ians Sachen auf einen Brief gestoßen sei, den ihre Mutter vor Jahren geschrieben hatte. Falls ihr Stiefbruder ihn tatsächlich dabeigehabt hatte, müsste er im Motel sein. Denn wäre er bei der Leiche entdeckt worden, hätte Detective Ryan bestimmt etwas gesagt.

Doch sie schwieg, als sie den Wagen vor Apartment 11 anhielt. Den Brief zu erwähnen, um dann zu erklären, warum sie ihn haben wollte, war zu riskant. Sie musste darauf hoffen, dass er nie auftauchte, oder auf eine Gelegenheit warten, Ians Sachen selbst durchzusehen.

Rose, die neben ihr saß, griff nach den beiden Einkaufstaschen auf dem Rücksitz. „Ich kann Ihnen gar nicht genug für alles danken, Abbie. Ohne Sie wäre ich verloren gewesen."

„Freut mich, dass ich helfen konnte." Sie deutete auf die Taschen in Rose' Armen. „Brauchen Sie Hilfe?"

„Nein, geht schon. Und Sie müssen an Ihre Arbeit zurück."

„Dann sehen wir uns Mittwochmorgen auf dem Friedhof."

Rose nickte, blieb aber noch sitzen. Sie öffnete die große Tasche zu ihren Füßen und suchte offenbar etwas darin. „Als ich Ians Sachen durchsah, habe ich das hier gefunden."

Abbie hielt den Atem an.

„Einen Brief." Rose holte ein gefaltetes, durch Alter vergilbtes Blatt Papier hervor. „Ihre Mutter hat ihn vor langer Zeit geschrieben", sagte sie beiläufig, als habe der Brief keine Bedeutung. „Ich weiß nicht genau, worum es dabei geht und warum Ian ihn besaß." Sie richtete sich auf und übergab ihn Abbie. „Aber ich denke, Sie sollten ihn haben."

Sprachlos nahm Abbie ihn entgegen und war erleichtert. Aber ihr war auch beklommen bei dem Gedanken, das einzige Beweisstück in Händen zu halten, das ihre Mutter mit einem kaltblütigen Mord in Verbindung bringen konnte. „Danke", sagte sie im Flüsterton.

Sie erwog, Rose eine halbwegs plausible Erklärung zu geben. Aber Ians Freundin war nicht dumm und hatte soeben etwas sehr Nettes getan, ohne Fragen zu stellen. Sie mit einer falschen Geschichte abzuspeisen wäre beleidigend und unfair.

„Rose ..."

„Sie müssen mir nichts erklären", erwiderte sie. „Es geht mich nichts an."

„Nur eines." Abbie ließ den Brief in ihre Tasche fallen und hob den Blick. „Ich habe ihn nicht umgebracht. Das müssen Sie mir glauben."

Rose lächelte. Es war ein sanftes, vertrauensvolles Lächeln. „Das tue ich."

Dann öffnete sie die Tür, kämpfte ein wenig mit ihren Tüten und stieg aus.

Wie Abbie vermutet hatte, nahm die Presse rasch die Spur dieser für sie verlockenden Story auf und blieb dabei. Als die *Mercer County News* am Samstagmorgen an den Zeitungsständen lagen, beherrschte die Nachricht von Ian McGregors Tod und seine Verbindung zu Abbie DiAngelo die Schlagzeilen in einer Weise, die sie zusammenzucken ließ: Berühmte hiesige Küchenchefin steht in Verbindung zum Mordopfer.

In dem Artikel wurde Ians krimineller Lebenslauf erläutert, seine kürzliche Haftentlassung und das geplante Wiedersehen mit seiner Schwester, die er seit achtundzwanzig Jahren nicht gesehen hatte. Genau das, was sie brauchte, in einer Gemeinde, in der Respektabilität und gute Herkunft alles bedeuteten.

Zum Glück hatte Brady bereits mit dem Personal gesprochen. Als Abbie ins Lokal kam, gaben alle ihr Bestes, so zu tun, als sei es ein Tag wie jeder andere.

Nicht so im Speisesaal, wo die Atmosphäre angespannt und die Blicke unverhohlen neugierig waren. Abbie gab sich so natürlich, wie es unter den Umständen möglich war, machte ihre Runde und begrüßte lächelnd neue Gäste und Stammkunden, dankbar, dass die Schlagzeilen sie nicht vertrieben hatten.

Nur bei Professor Gilroy war es anders. Als Abbie an seinen Tisch kam, stand er auf und sah so traurig aus, als hätte er einen persönlichen Verlust erlitten.

„Abbie", begann er und nahm ihre Hände. „Das mit Ihrem Bruder tut mir sehr Leid."

„Danke, Professor." Sie entzog ihm sacht die Hände. „Aber wie Sie zweifellos gehört haben, kannte ich ihn kaum." Auch wenn ihre Worte grausam klangen, konnte sie es nicht ändern. Sie mochte keine Schau abziehen und die Trauernde spielen.

„Ja, das habe ich gehört." Professor Gilroy setzte sich. „Aber der Schock, einen Verwandten nach so langer Zeit wiederzusehen und ihn dann durch einen brutalen Mord zu verlieren, muss groß gewesen sein. Wie geht es Ben?" fügte er hinzu. „Weiß er es?"

„Ja, ich habe es ihm gesagt. Und es geht ihm gut, wirklich." Eine leichte Ungeduld schlich sich in ihren Ton. „Ian McGregor war ein Fremder für ihn."

Gilroy machte eine bedauernde Miene. „Ich habe Sie gekränkt, das tut mir Leid."

Na, großartig, Abbie, du hast soeben deinen besten Kunden verprellt.

„Nein, Professor, mir tut es Leid. Meine Nerven sind heute ein wenig angespannt. Es waren schwierige vierundzwanzig Stunden. Verzeihen Sie bitte."

„Kein Grund, sich zu entschuldigen. Ich verstehe das sehr gut." Er lächelte wieder. „Und vielleicht gestatten Sie mir, meine Hilfe anzubieten."

Sie zog ein wenig die Stirn kraus, da sie nicht verstand, was er damit sagen wollte.

„Ich begleite nächsten Samstag eine Jungengruppe der FitzRandolph Academy und vier Lehrer nach Northlandz. Ich dachte, Ben hätte vielleicht Lust, mitzukommen."

Der Name kam ihr vage bekannt vor. „Northlandz?"

„Die Eisenbahnausstellung nördlich von Flemington", erinnerte er sie. „Wir treffen uns Samstagmorgen um zehn auf dem Parkplatz der FitzRandolph Academy und kehren um drei zurück. Für Essen ist gesorgt."

Jetzt erinnerte sie sich. Vor nicht allzu langer Zeit hatte Professor Gilroy detailliert die Modelleisenbahnausstellung beschrieben, mit ihren geschnitzten Canyons, Tausenden handgeschnitzter Häuser, Zugbrücken und mehr als hundert Zügen, die durch Dörfer, Tunnel und über Bergpässe tuckerten.

„Danke, Professor. Sehr freundlich von Ihnen, dass Sie Ben einladen. Leider hat er samstags Baseballtraining. Und Sie wissen, dass ihn nichts davon abhalten könnte." Sie verschwieg, dass ihr Sohn die Geschenke des Professors zwar „cool" fand, aber nicht mehr so begeistert von Modelleisenbahnen war, dass er die Einladung angenommen hätte.

Gilroy war sichtlich enttäuscht. „Vielleicht ein andermal“, erwiderte er knapp.

Ohne sich oder Ben darauf zu verpflichten, verabschiedete sie sich und ging zum nächsten Tisch.

23. KAPITEL

John saß an seinem Schreibtisch, seinen Lunch vor sich – eine Tasse Kaffee und ein Käsesandwich aus dem Automaten in der Lobby. Beim Essen las er die verschiedenen Laborberichte, die ihm gerade gebracht worden waren.

Die Reifenabdrücke vom Tatort waren mit den Profilen verschiedener Hersteller verglichen worden. Die Untersuchung hatte ergeben, dass die Reifen vom Tatort von Goodyear waren, üblicherweise auf Geländewagen gefahren wurden und aus der Produktion der letzten Jahre stammten.

Officer Wilcox hatte Recht mit den Schuhabdrücken. Die vom Parkplatz gehörten nicht dem Opfer. Sie waren viel größer. Und da Schuh- und Reifenabdrücke in dieselbe Richtung liefen, konnte man sicher davon ausgehen, dass jemand anderer als Ian McGregor eine Konfrontation mit einem Geländewagen gehabt hatte.

John biss in sein Käsesandwich, kaute langsam und erwog mehrere Möglichkeiten. Hatte der Fahrer den Killer überrascht und versucht, ihn aufzuhalten? Oder hatte der Killer den Wagen bemerkt und versucht, einen möglichen Zeugen zu beseitigen? Wie auch immer, der Fahrer des Geländewagens hätte sich melden und den Vorfall anzeigen müssen. Warum, zum Kuckuck, tat er es nicht?

Er wischte die Krümel von dem Papier und widmete sich einem anderen Bericht. Mehrere Fingerabdrücke aus McGregors Motelzimmer gehörten Arturo Garcia, einem verurteilten Kriminellen, der acht Jahre wegen Drogenhandels in Toledo, Ohio, eingesessen hatte. Sein Wohnort war mit El Paso, Texas, angegeben.

Auf Befragen hatte der Reinigungsmann vom Clearwater Motel sich erinnert, dass er am Nachmittag des Mordes einen verbeulten grünen Pick-up mit texanischem Kennzeichen auf dem Parkplatz gesehen hatte. Diese Aussage zusammen mit der Bestätigung des Geschäftsführers des Motels, dass ein Mann, auf den die Beschreibung Arturo Garcias zutraf, nach Ian McGregor gefragt hatte, ließ für John keinen Zweifel, dass der grüne Pick-up Arturo Garcia gehörte.

Versonnen lehnte er sich in seinem Sessel zurück. Offenbar hatte Arturo nach zehn langen Jahren den Verräter erwischt, den er zu töten gedroht hatte. Ob er seine Drohung wahr gemacht hatte, blieb zu beweisen. Die Indizien deuteten allerdings auf ihn. Trotzdem blieben noch einige ungeklärte Fragen. Zum Beispiel, warum beide Männer in strömendem Regen zum Carnegie See gegangen waren. Weshalb hatte er McGregor nicht im Motel umgebracht und so das Risiko möglicher Zeugen vermieden? Und vor allem: Warum hatten beide Männer stundenlang im Hotel herumgehangen, getrunken und Pizza gegessen, als wären sie die besten Freunde? Der Teenager vom Lieferdienst hatte Ian als den Mann identifiziert, der ihm die Tür geöffnet und gezahlt hatte. Doch Arturo musste auch dort gewesen sein, versteckt wahrscheinlich.

Auf Johns Bitte hin hatte Detective Otis Bloom vom Toledo Police Department ihm Fotos von Arturo, sein Vorstrafenregister sowie Adresse und Telefonnummer in El Paso geschickt.

Ein Anruf bestätigte, was John vermutet hatte. Arturo war nicht da. Nach Auskunft einer Frau, die sich als seine Mutter ausgab, war er nach Westen gefahren, um Freunde zu besuchen. Nein, hatte sie ein wenig spitz hinzugefügt, sie wisse nicht, wo er wohne oder wie man ihn erreichen könne. Ihr Sohn sei vierzig und habe schon lange aufgehört, ihr zu sagen, wohin er gehe.

Gleich nach dem Telefonat ließ John Arturo Garcia und dessen Wagen zur Fahndung ausschreiben und sorgte dafür, dass seine hässliche Visage auf der Titelseite jeder Zeitung der Gegend prangte und in allen Fernsehnachrichten erschien.

Bei der Besprechung heute Morgen um sieben hatte Captain Farwell, der die Polizei von Princeton mit eiserner Faust leitete, die These aufgestellt, dass Garcia mit seinem Wagen vermutlich schon meilenweit weg sei. John hielt es jedoch für möglich, dass er sich noch in der Gegend befand.

Er legte die Laborberichte beiseite, nahm den Autopsieordner und las die Daten des Toten, zusammen mit der Auflistung alter Verletzungen. Dazu gehörten ein geheilter Schulterbruch, eine gebrochene Nase, vermutlich von einer Schlägerei, ein chirurgischer Eingriff am linken Knie und vier einigermaßen tiefe Stichwunden am linken Unterarm, die laut Dr. Wang von einer Gabel stammten. Es gab auch eine neue Wunde – einen Kratzer am Hals, der offenbar von einer scharfen Klinge verursacht worden war und tief genug war, um zu bluten.

Die Todeszeit war auf einen Zeitraum zwischen neun und elf Uhr abends eingegrenzt worden. Todesursache waren massive innere Blutungen, ausgelöst durch vielfache Stichverletzungen. Der Mörder war Linkshänder. Ein Detail, das Abbie DiAngelo als Verdächtige ausschloss, wie John erfreut feststellte, obwohl sie nie wirklich verdächtig gewesen war. Die Lady war Rechtshänderin.

Er überflog soeben die Auflistung der Kleidung, als Tina eintrat. Ihre feinen Gesichtszüge verrieten Müdigkeit und Enttäuschung. In den letzten zehn Tagen schien sie um zehn Jahre gealtert zu sein. Sie kam gleich an seinen Schreibtisch, ließ sich auf einen Stuhl fallen und nahm seine Kaffeetasse.

„Du hast doch nichts dagegen, oder? Den brauche ich nämlich dringend."

„Schwerer Morgen?"

„Frustrierend. Ich dachte, ich hätte einen Hinweis auf den Pädophilen, aber es stellte sich als falscher Alarm heraus."

„Immer noch keine Spur?"

Sie schüttelte den Kopf und trank noch einen Schluck Kaffee. „Der Bastard weiß genau, was er tut."

„Hast du alle auf deiner Liste befragt?"

Müde nickte sie. „Wieder und wieder. Vom verwitweten Onkel, der einmal im Jahr zu Besuch kommt, bis zum Gärtner, der Eric Sommers kennt, seit er ein Baby war. Alle sind unverdächtig."

„Der Mann bleibt kein Unbekannter, Tina. Früher oder später macht er einen Fehler. Und dann sind wir zur Stelle und haben ihn."

Ein scharfer Blick aus dunklen Augen traf ihn. „Hoffentlich passiert das, ehe ein weiterer Junge ums Leben kommt."

„Unser Geschäft ist eben hart."

„Wem sagst du das. Und wenn unser Magen die groben Brocken nicht mehr verdaut, sollten wir gehen und jemanden ranlassen, der den Job richtig macht."

Ihm gefielen ihre Selbstzweifel nicht. „Du machst deinen Job richtig, Tina", erwiderte er aufrichtig. „Lass dir nichts anderes einreden. Dein Fall ist schwieriger als andere, und der Täter ist glatter als eine Schlange." Er schloss die McGregor-Akte. „Kann ich dir helfen?"

Sie stellte die Tasse auf den Schreibtisch. „Ja. Warum sammelt ihr Burschen nicht für 'ne Kaffeemaschine? Das Zeug schmeckt grässlich."

Um Viertel nach zwei am selben Nachmittag brachte der diensthabende Sergeant vom Empfang John eine Ausgabe der *Mercer County News*. „Haben Sie darauf gewartet?" fragte er und gab ihm die Zeitung.

„Ja. Danke, Luke." John nickte, als er Arturo Garcias Fahndungsfoto auf der Titelseite sah. Der begleitende Text führte detailliert sein Leben und seine Vergehen auf und stellte Vermutungen über seinen Verbleib und den seines beschriebenen Wagens an. Princeton war eine kleine Stadt mit friedlichen Bürgern. Die Nachricht, dass ein gefährlicher Krimineller durch ihre Straßen streifte, würde die Menschen wachsam machen und ihre Bereitschaft erhöhen, der Polizei zu helfen.

John sah auf seine Uhr. Abbie DiAngelo würde etwa jetzt ihr Lokal schließen. Wenn er sich beeilte, erwischte er sie noch. Schließlich hatte er ihr versprochen, sie über den Fortgang der Ermittlungen zu informieren. Und er war ein Mann, der sein Wort hielt.

Er fand einen Parkplatz vor dem Restaurant und steckte gerade Münzen in die Parkuhr, als ein gut aussehender junger Mann in Jeans und Allen Iverson-Schuhen herauskam, einen Matchbeutel über der Schulter.

Zu Johns Überraschung lächelte der Mann ihn an. „Hallo, Sie sind Detective Ryan, nicht wahr?"

„Stimmt.“ John betätigte den Hebel an der Parkuhr. „Und Sie sind?“

Der Mann streckte ihm die Hand hin. „Brady Hill. Ich bin Abbies Souschef. Ich war gestern hier, als Sie vorbeikamen.“

John mochte ihn sofort. Er war direkt, freundlich und nicht im Mindesten eingeschüchtert, wie es leider oft bei Leuten vorkam, wenn sie es mit einem Detective der Mordkommission zu tun hatten. Er schob sich die Zeitung unter den Arm. „Ich hatte gehofft, Abbie noch anzutreffen.“

„Da haben Sie Glück. Sie ist noch in der Küche.“ Ein fröhliches Blitzen in den Augen, drückte er die Tür des Restaurants mit dem Ellbogen auf. „War schön, Sie wiederzusehen, Detective.“

John fragte sich, ob Abbie das ebenso sah oder ob sein Besuch sie eher wieder in die Defensive drängen würde.

Es gab nur einen Weg, das herauszufinden. Er verabschiedete sich von Brady und betrat das Campagne.

„Hallo.“

Erschrocken fuhr Abbie herum und spürte Röte ihren Hals hinaufkriechen, als sie John Ryan in der Schwingtür zur Küche stehen sah.

Er deutete auf den Speiseraum. „Ich bin gerade Ihrem Souschef begegnet.“

Sie langte nach einem Spender am Rande des Spülbeckens, pumpte sich ein wenig Lotion in die Handfläche und rieb sich die Hände ein. „Und vermutlich hat er Ihnen gesagt, Sie sollten einfach reingehen.“

„Stört Sie das?“

Was sollte sie darauf antworten? *Ja, es stört mich, weil*

ich unvorsichtig werden und Ihnen etwas erzählen könnte, was ich nicht erzählen sollte? Stattdessen lächelte sie. „Nein, natürlich nicht."

Sie ging in den Wirtschaftsraum und nahm ihre Schürze ab. Als sie zurückkehrte, lehnte John Ryan an der Arbeitsplatte und nahm mit seinem wachsamen Blick jedes Detail im Raum auf. Er wirkte entspannt. Aber warum auch nicht? Sie war diejenige, die unter dem Mikroskop lag.

Abbie lehnte sich ihm gegenüber gegen die Kochinsel und versuchte ebenso entspannt zu wirken. „Was kann ich für Sie tun, Detective?"

Er zog die gefaltete Zeitung unter dem Arm hervor und gab sie ihr. „Haben Sie das schon gesehen?"

Sie nahm die Zeitung und hatte größte Mühe, Gleichmut zu mimen, als ihr das hässliche Gesicht des Angreifers vom See entgegenstarrte. „Arturo Garcia", sagte sie leise, „der Mann, von dem Sie mir erzählt haben."

„Er wird immer mehr zum Hauptverdächtigen."

Aufmerksam hörte sie zu, als er sie über die Laborberichte in Kenntnis setzte, über Arturos frühere Verbindung zu Ian in Toledo und seinen Schwur, ihn umzubringen, sobald er wieder auf freiem Fuß sei.

„Nicht herausfinden konnte ich bisher", fuhr er fort, „warum die beiden mehrere Stunden im Motel geblieben sind und Bier getrunken und Pizza gegessen haben, ehe sie dann im strömenden Regen zum Carnegie See gegangen sind." Er machte eine Pause. „Es sei denn, sie wollten sich dort mit jemandem treffen."

Abbie kam sich vor, als hätte ihr ein Muli in den Magen getreten. „Mit einer dritten Person?"

„Sie wissen schon, einem Kumpel oder sogar einem Komplizen."

„Soll das heißen, Arturo und Ian hätten sich versöhnt und ein gemeinsames Ding geplant?"

„Das wäre eine Möglichkeit, finden Sie nicht?"

Sie zuckte die Achseln und hoffte, desinteressiert genug zu wirken. „Haben Sie eine Ahnung, wer dieser Dritte sein könnte?"

Abbie fragte sich, ob sein leichtes Zögern kalkuliert oder völlig harmlos war. „Noch nicht. Ich hatte gehofft, dass die Bewohner an dieser Straße etwas gehört oder gesehen haben könnten. Aber dem war nicht so."

Dem Himmel sei Dank. Vielleicht hielt ihr Glück letztlich doch an. Nicht sicher, ob sie ihre Rolle länger durchhalten konnte, nahm sie die leeren Gemüsekisten vom Boden auf, um sie in den hinteren Raum zu tragen, während John vortrat.

„Lassen Sie mich helfen", sagte er und nahm ihr die Ladung ab.

Als sein Arm dabei unabsichtlich ihre Brust berührte, verschlug es ihr einen Moment den Atem. Einen Augenblick vergaß sie sogar, dass John Ryan der Feind war, und nahm ihn plötzlich als Mann zur Kenntnis, der ihre Sinne in einer Weise ansprach, wie sie es seit langem nicht erlebt hatte.

„Wohin soll ich das tragen?" fragte er, offenbar ohne bemerkt zu haben, was gerade eben geschehen war.

„Hm ..." Sie brauchte ein, zwei Sekunden, um sich zu sammeln. „In den Wirtschaftsraum. Dort drüben", fügte sie hinzu und wies in die Richtung. Sie räusperte sich. „An die Wand bitte."

Kurz darauf kehrte er in die Küche zurück, nahm ein kleines Salatblatt vom Jackett und legte es auf die Arbeitsplatte. „Kann ich sonst noch etwas für Sie tun?"

Sie lachte, da ihre Anspannung wieder wich. „Suchen Sie einen Nebenjob, Detective?"

„Nein, nur nach einem Vorwand, noch ein bisschen mehr Zeit mit Ihnen zu verbringen."

Auf sein unverhohlenes Flirten war sie nicht vorbereitet, und ihr wurde ein wenig warm. „Warum?"

„Weil Sie und ich gestern auf dem falschen Fuß miteinander begonnen haben. In meinem Eifer, die Ermittlungen voranzutreiben, habe ich Sie bedrängt. Ich möchte das wieder gutmachen und Ihnen zeigen, dass ich gar kein so übler Kerl bin."

Sie wusste genau, worauf er hinauswollte. Auch wenn sie in der hohen Kunst des Flirtens ein wenig aus der Übung war, erkannte sie einen Annäherungsversuch. Die Verlockung, darauf einzugehen, war jedoch nur von kurzer Dauer. Sie konnte sich nicht auf seinen Charme einlassen. Vielleicht täuschte sie sich ja in ihm, und er versuchte lediglich, sie hereinzulegen.

„Ich habe Sie nie für einen üblen Kerl gehalten", erwiderte sie vorsichtig.

„Würden Sie mir dann einen Gefallen tun und zu einem späten Lunch mit mir gehen?"

Damit hatte sie nicht gerechnet. „Jetzt?"

„Ich hatte gehofft, Sie wären der impulsive Typ. Erzählen Sie mir nicht, ich habe mich geirrt."

Abbie seufzte. Es war nicht leicht, ihm etwas abzuschlagen. Doch er durchschaute die Menschen zu gut, und genau aus dem Grund musste sie Distanz halten. „Tut mir Leid,

Detective, ich habe noch einiges zu erledigen, ehe mein Sohn aus der Schule kommt."

„Vielleicht morgen?"

Er war nicht nur charmant, sondern auch beharrlich.

„Ich fürchte, nein. Sehen Sie, ich ..."

„Haben Sie Angst vor mir, Miss DiAngelo?" fragte er lächelnd.

Das war ein bisschen zu nah an der Wahrheit, aber sie leugnete recht überzeugend. „Wie kommen Sie denn darauf?"

Er verschränkte die Arme, beugte sich vor und sah ihr tief in die Augen. „Sie haben die Frage nicht beantwortet."

Seine Nähe ließ ihren Widerstand erlahmen. Sicherheitshalber wich sie daher ein wenig zurück. „Nein, Detective, ich habe keine Angst vor Ihnen. Ich habe keinen Grund dazu." Mutig hielt sie seinem amüsierten Blick stand. „Ich bin leider nur zu beschäftigt für ... Geselligkeiten." Fast hätte sie gesagt für ein Rendezvous, bremste sich aber rechtzeitig. „Ich ziehe einen Sohn groß, führe ein Geschäft und habe eine Mutter, die meine Fürsorge braucht. Glauben Sie mir, manchmal reichen vierundzwanzig Stunden nicht aus, allen gerecht zu werden."

Er verneigte sich würdevoll. „Wenn das so ist, muss ich Sie mal an einem Tag erwischen, wenn Sie nicht so beschäftigt sind."

Damit drehte er sich um, ging davon und ließ sie verblüfft stehen.

24. KAPITEL

Tony klatschte die Zeitung auf Arturos Schoß. „Sieh dir das an!“

Sein Bruder wandte den Blick vom Fernseher, ohne die Zeitung anzuschauen. „Was ist los mit dir?“

Aufgebracht schlug Tony mit der Rückhandseite auf die Zeitung. „Das da ist los mit mir! Wegen deiner Dummheit erscheint dein Gesicht in allen Zeitungen und in allen Fernsehnachrichten.“

Gelangweilt warf Arturo einen Blick auf den Fernseher. „Ich habe nichts gesehen.“

„Wenn du mal was anderes gucken würdest als diese hirnrissigen Cartoons, hättest du es gesehen.“

Arturo nahm die Zeitung auf und las. „Scheiße!“ sagte er, als er fertig war. „Wie ist das möglich?“

„Na, was glaubst du wohl?“ schnauzte Tony. „Du hast den Wagen vor McGregors Motelzimmer geparkt, wo ihn alle sehen konnten. Und als wäre das noch nicht genug, hast du ein halbes Dutzend Fingerabdrücke hinterlassen. Warum hast du den Bullen nicht noch ein Geständnis hinterlegt mit der Adresse, wo sie dich finden können?“

Sein Bruder sah ihn verständnislos an. Tony verdrehte die Augen. Sarkasmus war an Arturo verschwendet. „Bist du jetzt zufrieden?“ fuhr er fort. „Du bist in drei Staaten zur Fahndung ausgeschrieben. Es ist nur eine Frage der Zeit, vielleicht von Stunden, wann sie dich finden.“

Arturo blickte auf die Zeitung mit der grellen Schlagzeile, die zur Jagd auf den Fahrer eines grünen Pick-up mit texanischem Kennzeichen aufrief. Außerdem gab es ein Foto von ihm mit Beschreibung: Ex-Sträfling, vierzig Jahre alt, bewaffnet und gefährlich.

„Okay, also die kennen mich." Arturo zuckte die Achseln. „Das bedeutet gar nix, Mann. Die wissen nicht, wo ich bin."

„Leute in der Nachbarschaft haben unseren Wagen gesehen."

„Du hast gesagt, Enrique war einverstanden, ihn zu verstecken."

„Ich weiß nicht, ob wir ihm trauen können."

„Warum denn auf einmal nicht?"

„Weil du getötet hast. Enrique will damit garantiert nichts zu tun haben."

In einer Aufwallung von Zorn zerknüllte Arturo die Zeitung und warf sie zu Boden.

„Welch reife Leistung", bemerkte Tony.

„Halt die Klappe, ja? Ich versuche nachzudenken."

Tony sah ihn kalt an. „Da gibt es nichts nachzudenken. Du musst dich stellen."

Arturo lief rot an. „Bist du total verrückt geworden?"

„McGregor hat versucht, dich umzubringen, das heißt, du hast in Notwehr gehandelt. Ein guter Anwalt wird das beweisen und dich rausboxen."

Arturo schnaubte. „Kennst du einen guten Anwalt, Tone? Einen, der umsonst arbeitet?"

Diesmal erwiderte Tony nichts. Der Punkt ging an Arturo. Abgesehen von den paar hundert Dollar, die sie mitgebracht hatten, besaßen sie nichts. Tony ging zum Fenster, das zur Second Street zeigte, und fragte sich, wie lange es dauern würde, bis die Bullen seinen Bruder fänden. Nachdem er die Zeitung gesehen hatte, war sein erster Impuls gewesen, mit dem nächsten Bus nach Texas zu fahren. Zur Hölle mit Arturo. Sollte er allein sehen, wie er da rauskam. Schließlich war er gewarnt. Doch an der Tür zu ihrem Apartment, das vorübergehend ihr Zuhause war, hatte er seine Meinung geändert.

Wie könnte er seinen Bruder in einem Augenblick verlassen, da er ihn am meisten brauchte?

Wie immer, wenn die zwei besten Teams der Liga aufeinander trafen, waren die Ränge am Carl Ripken Spielfeld voll. Nicht nur mit Eltern, sondern auch mit Großeltern und Nachbarn, die den Falcons oder Cardinals zujubeln wollten.

Die Spieler auf dem Feld wärmten sich auf, die Wangen gerötet vor Aufregung und Eifer, endlich anfangen zu können.

Sonntag war Abbies freier Tag. Vierundzwanzig glückliche Stunden, die sie ausschließlich für ihren Sohn reservierte. Es machte ihr nichts aus, dass sie die meiste Zeit davon auf dem Sportplatz verbrachte. Zuschauen, wie Ben seinen Spaß hatte, war ihr größtes Vergnügen.

Heute war es ihre Aufgabe gewesen, für die Belohnungen nach dem Spiel zu sorgen. Da es um Platz eins ging, war etwas Besonderes fällig gewesen. Anstatt der sonst üblichen Eiscreme hatte sie sich für selbst gebackene Schoko-Karamell-Kuchen entschieden, die mit Ball und Schläger dekoriert waren.

„Kannst du genügend für beide Teams machen?“ hatte Ben gefragt und sich den Schokoguss von den Fingern geschleckt. „Ich habe viele Freunde bei den Cardinals.“

Um ihn nicht zu enttäuschen, hatte sie den Jungen mit

der Mutter eines anderen Spielers zum Sportplatz fahren lassen und rasch eine zweite Fuhre Kuchen gebacken.

Die Ränge waren bereits voll, als sie kam. Deshalb stellte sie sich an den Zaun, gleich hinter Jimmy Hernandez, Bens besten Freund und ersten Baseman der Falcons.

Am Ende des fünften Innings, es stand 4 : 4, hörte sie eine Männerstimme neben sich. „Machen Sie dem Schiedsrichter schon das Leben schwer?"

Leicht verlegen, weil ihre kritische Bemerkung über die letzte Schiedsrichterentscheidung offenbar gehört worden war, drehte sie sich zur Seite und sah John Ryan neben sich stehen. Zur saloppen Khakihose trug er ein T-Shirt mit Polizeilogo und eine Baseballkappe der New York Yankees, die schon bessere Zeiten gesehen hatte. Die Augen waren hinter der dunklen Pilotenbrille nicht zu erkennen, doch das freundliche Lächeln wirkte echt. Falls sie ihn gestern gekränkt haben sollte, da sie seine Einladung abgelehnt hatte, so zeigte er es nicht.

„Hallo, Detective Ryan." Das klang selbst für ihre Ohren steif, und sie ermahnte sich, lockerer zu werden, ehe er sich zu fragen begann, warum sie stets in die Defensive ging. „Spielen Sie heute nicht den Trainer?"

„Ich habe gerade erst freibekommen." Er hielt inne, um die Flugkurve eines Balles zu verfolgen, den der Spieler im Mittelfeld leicht fangen konnte. „Jordan redet schon die ganze Woche von diesem Spiel."

„Ben auch. Ich konnte ihn nicht dazu bringen, etwas zu essen."

Sie verfolgten, wie Ben, der an der zweiten Base spielte, einen schnellen Ball fing, den der Pitcher verfehlt hatte. Das Publikum jubelte und übertönte Abbies Begeisterungsrufe.

John beugte sich zu ihr hinüber. „Ich fürchte, mein Team ist in Schwierigkeiten."

„Abwarten." Obwohl sie sich in seiner Gegenwart unsicher fühlte, musste sie ihn immer wieder ansehen, weil er heute ganz anders war als bei der Befragung am Freitag. Es war unschwer zu erkennen, warum alle allein erziehenden Mütter, die sie kannte, eine Schwäche für John Ryan hegten. Er hatte etwas Dominantes, aber auch zugleich Vertrauenerweckendes – eine ruhige Kraft, die den Wunsch in einem weckte, ihn in Krisenzeiten auf seiner Seite zu haben.

„Wie lange spielt Jordan schon?" fragte sie.

„Seit er laufen kann. Er hat mir immer zugesehen, als ich noch für die Mannschaft der Stadtpolizei gespielt habe. Mit drei Jahren kannte er die Namen aller Spieler und die Position, auf der sie spielten. Er hatte seinen ersten Homerun mit sechs. Letztes Jahr wurde er erfolgreichster Spieler. Im Herbst und Winter spielt er noch Fußball und Basketball." Er lächelte sie an. „Bedauern Sie, gefragt zu haben?"

Sie erwiderte das Lächeln. „Keineswegs."

Er war ein Mann, der stolz war auf seinen Sohn, und das gefiel ihr. Jack hatte nie viel Interesse an Bens Erfolgen gezeigt und kaum reagiert, als sie ihm seinerzeit erzählte, er habe dessen erste Schritte versäumt. „Da werden noch eine Menge nachkommen", war sein einziger Kommentar gewesen.

Die plötzliche Stille auf dem Spielfeld ließ sie wieder aufmerksam werden. Sie waren im letzten Inning, und der letzte Schläger der Cardinals nahm seine Position ein. Sich der Last seiner Verantwortung bewusst, schwang der junge Spieler den Schläger einige Male hin und her, als wolle er die Luft zerteilen. Endlich bereit, bohrte er die Füße in den sandigen Boden und nickte dem Werfer aus Bens Team zu.

Das harte Krachen des Baseballschlägers ließ die Menge aufspringen. Der Ball stieg auf wie eine Rakete. Während zweihundert Leute den Cardinals zujubelten, landete der Ball ein gutes Stück jenseits des Zaunes. Grinsend lief der Spieler los, rannte um alle Male herum und wurde fast von seinen Teamkameraden erdrückt, die aus der Grube am Spielfeldrand kamen, um ihm zu seinem Homerun zu gratulieren.

Die Siegesserie der Falcons war soeben gebrochen worden, aber nicht ihr Teamgeist. Obwohl einen Moment vom unerwarteten Homerun geschockt, erholten sie sich schnell und zeigten fairen Sportsgeist, der Abbie stolz machte. Alle Spieler liefen zu ihren Rivalen und gratulierten. Abbie sah, dass Ben von Junge zu Junge ging und in ihre Richtung deutete. Innerhalb von Minuten war sie von glücklichen Gesichtern umringt, während sie die kleinen Kuchen austeilte.

„Tolles Spiel, Jordan", sagte sie zu Johns Sohn, als sie ihm seine Belohnung gab.

„Danke." Er strahlte seinen Vater an. „Wir machen jetzt den ersten Platz, stimmt's, Ben?"

Ben leckte den Guss vom Kuchen, und seine Augen blitzten in freundlicher Bosheit. „Ja, aber für wie lange?"

Bald plauderten sie munter über die Auswahl für die Allstars, die in einigen Wochen stattfinden sollte. Jordan war ein hübscher Junge, einen Kopf größer als Ben und athletisch wie sein Vater. Das kecke Lächeln und die dunklen Haare stammten ebenfalls vom Vater. Nur das klare Grün der Augen war Erbe der Mutter. Abbie hatte Clarice Ryan ein oder zwei Mal gesehen. Sie war stets perfekt gekleidet und wirkte sehr distanziert, als sei das Spielfeld der Kinderliga der letzte Ort auf Erden, wo sie sein wollte.

„Wisst ihr was?“ begann John Ryan zu Abbies Überraschung, „da ihr Jungs nichts zu Mittag gegessen habt, führe ich alle zur Pizza aus.“

Jordan blinzelte gegen die Sonne. „Das ganze Team, Dad?“

„Nein, du Naseweis, nur uns vier.“ Er sah Abbie an. „Falls Bens Mom nichts dagegen hat.“

Begeistert wandte sich Ben mit flehentlichem Blick zu Abbie um. „Bitte, Mom, gehen wir mit?“

Sie suchte bereits nach einer passenden Ausrede, um die Einladung abzulehnen. Eine beiläufige Unterhaltung am Spielfeldrand ging in Ordnung, aber alles, was darüber hinausging, könnte Ärger bedeuten. „Ich weiß nicht, ob wir die Zeit haben.“

„Klar, haben wir. Das Restaurant ist sonntags zu“, sagte Ben zu John, als sei damit alles erklärt.

„Ich dachte mehr an deine Hausaufgaben, Ben. Du hast sie noch nicht fertig.“

„Die kann ich heute Abend machen. Bitte, Mom, lass uns Pizza essen gehen. Ich bin am Verhungern.“ Als reiche die Betonung des Wortes nicht aus, drückte er die Hände auf den Magen, schnitt eine Grimasse und spielte den verhungernden Jungen.

Abbie lachte. „Also gut, meinetwegen. Ich weiß, wann ich mich geschlagen geben muss. Gehen wir.“

John nickte. „Gut. Wollen Sie mit uns fahren?"

„Ich habe meinen Wagen dabei. Die Jungs können bei mir einsteigen. Sagen Sie mir nur, wohin es gehen soll."

„Contes Pizzeria, neben dem Polizeirevier. Wissen Sie, wo das ist?"

„Klar", sagte Ben freudig. „Da gehen wir auch immer hin."

John sah, wie Abbie davonging, und war einen Moment wie gebannt von dem sanften Schwung ihrer Hüften. Doch als sie neben ihrem Wagen stehen blieb und die Jungs einsteigen ließ, wurde er aus seiner sinnlichen Betrachtung gerissen.

Abbie DiAngelo fuhr einen Geländewagen. Genau die Sorte Auto, die nach Auskunft des kriminaltechnischen Labors am Tatort gewesen war. Sein Blick wanderte zu den Reifen. Und obwohl er die Marke von seinem Platz aus nicht erkennen konnte, hätte er ein Monatsgehalt verwettet, dass es sich um Goodyear handelte.

Na wenn schon, dachte er auf dem Weg zu seinem eigenen Wagen. In den letzten fünf Jahren hatte sich die Anzahl der Geländewagen in den Vereinigten Staaten fast verdreifacht. Princeton bildete da keine Ausnahme. Und dass Abbie einen solchen fuhr, bedeutete nicht, dass sie etwas mit dem Mord zu tun hatte, zumal sie das Restaurant laut eigener Aussage erst nach elf verlassen hatte.

Da er jedoch vierundzwanzig Stunden am Tag Polizist war, dachte er noch über Abbies Auto nach, als er fünf Minuten später Contes Pizzeria betrat. Doch sobald er sie und die Jungs aus einer der hinteren Nischen winken sah, schob er die Gedanken beiseite.

Da sie beide eine Vorliebe für Anchovis hatten, teilten sie sich eine entsprechende Pizza, während die Jungs, die bei dem bloßen Wort schon die Mienen verzogen, sich für eine einfache Pizza entschieden.

Wie erwartet, drehte sich das Gespräch um Profi-Baseball, die Lieblingsmannschaften und deren Spieler.

„He", sagte Ben zu Jordan und schlürfte mit dem Strohhalm den letzten Rest Cola auf, „willst du meine Sammlung Baseballkarten sehen?"

Jordans Augen leuchteten auf. „Wann?"

„Wie wär's mit sofort?" Er wandte sich an Abbie, die von der nächsten Frage so überrascht wurde, dass sie ihren Schreck darüber kaum verbergen konnte. „Sie können mit zu uns kommen, nicht wahr, Mom?"

So gern John den gemeinsamen Nachmittag auch verlängert hätte, fühlte er sich doch verpflichtet, Abbie zu Hilfe zu kommen. „Ich vermute, deine Mom hat für heute andere Pläne, Ben."

Doch der Junge gab nicht nach. „Nein, hat sie nicht. Oder, Mom?" Er ließ sie nicht zu Wort kommen. „Sonntage sind Faulenzertage. Wir hängen nur im Haus herum, schwimmen oder spielen. Du schwimmst doch gern, Jordan?"

„Er hat seine Badehose nicht dabei", wandte John rasch ein. „Vielleicht ein andermal."

Doch Jordan ließ sich, genau wie Ben, durch nichts aufhalten. „Du könntest von zu Hause eine holen, Dad. Und ich könnte mit Miss DiAngelo schon zu Ben fahren."

Diesmal fiel John kein Einwand mehr ein und Abbie offenbar auch nicht.

„Ach, warum nicht?“ sagte sie lachend. „Die Schlacht können wir wohl nicht gewinnen.“

25. KAPITEL

John stand in Abbies Küche und sah ihr zu, wie sie frische Zitronen in eine Saftpresse gab. Sonnenlicht fiel durch die Terrassentüren herein und verlieh ihrem Haar feurige Glanzlichter. Die Jungen planschten draußen im Pool und übten, nach dem Geschrei und dem nassen Betonrand zu urteilen, mit Begeisterung „Arschbomben".

Das Haus, ein weitläufiges, renoviertes Farmhaus, hatte John mindestens so verblüfft wie dessen Besitzerin. An einem leichten Hang gelegen, bot es einen eindrucksvollen Ausblick auf die hügelige Umgebung. Innen herrschten Holzbalken und polierte Böden vor, was dem Haus einen einzigartigen Landhauscharme verlieh. Mittelpunkt war die gemütlich unter einem offenen Loft eingebaute Küche, die John an Abbies Restaurant erinnerte. Auch hier gab es überall bunte Farbtupfer. Die Fliesen der Kochinsel, mit dem schmiedeeisernen Gestell darüber, an dem häufig benutztes Kupfergeschirr hing, waren blau. An den Wänden prangten gebündelter Knoblauch, roter Pfeffer und verschiedene Wildblumen. Und auf der Arbeitsplatte lag in einer großen blauen Schüssel ein Sortiment an grünen, roten und gelben Paprika. Der Steinkamin an einer Wand wurde von zwei tiefen Sesseln in einem Rostton flankiert. Dazwischen stand ein Mosaiktisch, auf dem die Jungen ihre Baseballkarten gelassen hatten.

Abbie sah seiner Meinung nach in ihrer Freizeitkleidung noch attraktiver aus als in der eleganteren Aufmachung neulich im Restaurant. Zu weißen Baumwollshorts, die atemberaubende Beine sehen ließen, trug sie ein ziemlich gewagtes hellblaues T-Shirt und weiße Sandalen. Er versuchte zu vergessen, wie die versehentliche Berührung ihrer Brust gestern in der Küche des Campagne sein Blut in Wallung gebracht hatte, doch es war nicht leicht.

Zögernd wandte er den Blick von ihr ab und sah sich um. „Sie haben ein tolles Haus."

„Danke. Es sah nicht immer so aus."

„Ich weiß. Die meisten Kollegen im Revier sind mit diesem Anwesen sehr vertraut. Mrs. Ramsey rief uns regelmäßig an, damit wir ihre Katze retteten oder ihr bei einem umgestürzten Baum halfen."

Abbie lachte. „Hat sie das wirklich getan?"

„Uns hat es nicht weiter gestört. Wir haben sogar darum gerangelt, wer hinfahren durfte. Es erwartete uns stets ein guter Lunch und ein Teller Kekse, die wir mit aufs Revier nehmen durften. Ganz zu schweigen von ihren beispiellosen Spenden für die Sportliga der Polizei oder zahllose wohltätige Einrichtungen."

„Catherine ist eine sehr großzügige Frau."

„Es hat mich überrascht, als ich vom Verkauf ihres Hauses hörte. Sie hing sehr daran."

Abbie wählte eine weitere Zitrone aus, begutachtete sie und schnitt sie in zwei Teile. „Sie behielt das Anwesen, solange es ging, doch irgendwann wurde es ihr zu viel. Sie hatte natürlich Hilfe. Aber Sie wissen, wie sie ist. Immer wollte sie alles allein machen."

„Ich hätte vermutet, dass ein Bauunternehmer die Gelegenheit nutzt, um hier eine Reihe von Luxusherbergen hinzusetzen."

„Das war auch geplant, glauben Sie mir." Sie langte über den Tresen nach einem Glaskrug, und John nahm wieder einen Hauch ihres Parfums wahr – ein leichter, femininer

Duft, den er schon im Restaurant gerochen hatte. „Die Bauunternehmer hofierten sie seit Jahren und boten ihr irre Summen für das Land. Aber Catherine ist eine wohlhabende Frau, wie Sie wissen. Sie macht sich nichts aus Geld. Sie suchte jemanden, der die Schönheit des Anwesens bewahrte. Als sie hörte, dass ich mich nach einem Grundstück für ein Haus umsah, kam sie auf mich zu. Zunächst amüsierte es mich, weil ich annahm, ihren Preis nie zahlen zu können. Dann überraschte sie mich mit einem unglaublich günstigen Angebot. Als Gegenleistung verlangte sie meine schriftliche Zusage, dass ich nie einen Acre an Bauunternehmer verkaufe."

John blickte zu der hohen Balkendecke hinauf, die früher nicht da gewesen war. Er hatte immer eine Vorliebe für Holz gehabt. „Hat sie gesehen, wie Sie das Haus umgebaut haben?"

„Catherine ist häufig unser Gast. Sie liebt jeden Winkel. Manchmal neckt sie mich damit, dass sie ihr Haus gern zurückhätte."

„Ist so ein Anwesen nicht schwer zu erhalten?"

Amüsiert sah Abbie ihn an. „Sie wollen wissen, ob ich Rasen mähe, den Pool reinige, die Glühbirnen wechsle oder all die anderen Männerarbeiten am Haus erledige?"

Er lachte. „So ähnlich."

„Der junge Mann, der bei meiner Mutter den Rasen mäht, hilft mir auch hier im Garten. Große Reparaturen werden von Handwerkern erledigt, und den Rest mache ich mit Bens Hilfe."

„Sie scheinen sehr unabhängig zu sein."

„Das klingt, als wären Sie überrascht."

„Ein wenig, aber nicht so, wie Sie denken. Ich habe

mich nur gefragt, warum jemand mit Ihrem Aussehen und Ihrem klugen Verstand nicht wieder geheiratet hat."

„Vermutlich, weil ich nicht den Richtigen gefunden habe."

„Suchen Sie ihn denn?" Die Frage war heraus, ehe er es verhindern konnte.

Abbie erholte sich schnell von ihrer Verblüffung über die offene Frage und sah ihn neckend an. „Schwebt Ihnen jemand vor?"

„Kann man nie wissen."

„Und warum haben Sie nicht wieder geheiratet?"

„Zu beschäftigt, zu wählerisch." Lächelnd zitierte er sie. „Ich habe nicht die Richtige gefunden."

Aber vielleicht doch, vielleicht stand sie direkt vor ihm. Und plötzlich hatte das Wort Beziehung keinen so bedrohlichen Klang mehr. Er sah, wie sie mit raschen, präzisen Bewegungen den Saft in die Glaskanne füllte und einige Löffel Zucker, eine Hand voll Eiswürfel und Wasser hinzugab.

„Ich wusste gar nicht, dass man noch so ursprünglich Limonade herstellt."

„In diesem Haus gibt es nur das Echte oder gar nichts." Sie stellte den Krug auf ein Tablett. „Ein Motto meiner Mutter, nach dem ich immer noch lebe."

John erinnerte sich, gelesen zu haben, wie ihre Mutter sie geprägt und ihre Entscheidungen unterstützt hatte. „Sie stehen ihr wohl sehr nahe."

„Ja, das stimmt." Sie deutete auf den Schrank. „Würden Sie mir vier Gläser vom oberen Regal geben? Die hohen mit den blauen Muscheln."

Er holte die Gläser herunter und stellte sie auf den Tresen. „Sehen Sie sie oft?"

„Wen?“

„Ihre Mutter.“

„Ja“, erwiderte sie ein wenig kurz angebunden und reichte ihm das Tablett. „Sie können das hinaustragen. Ich hole noch ein wenig Eis.“

Überrascht von der brüsken Reaktion, wollte er etwas erwidern, unterließ es jedoch. Irgendetwas hatte sie verärgert. Vielleicht mochte sie es nicht, wenn man ihr Privatleben ausforschte. Wahrscheinlich war ihr auch die Erkrankung der Mutter unangenehm. Obwohl die Krankheit nun schon seit einiger Zeit bekannt war, fanden es nicht alle Leute einfach, darüber zu sprechen.

Doch sosehr er ihre plötzliche Veränderung auch zu rechtfertigen versuchte, blieb doch der nagende Verdacht, dass dies irgendwie mit dem Mord an ihrem Stiefbruder zu tun hatte. Er wusste nicht, wie, aber er wurde diesen Gedanken nicht los, seit er sie vorhin in den Geländewagen hatte steigen sehen.

Abbie war nicht sicher, wann die Unterhaltung von höflichem Geplauder auf Persönliches gekommen war und wer den Themenwechsel eingeleitet hatte. Zunächst war sie auf der Hut gewesen, da sie sich der Gefahr, diesen Mann im Haus zu haben, sehr bewusst war. Doch sie war bald sorgloser geworden. John Ryan war ein angenehmer Gesprächspartner von erfrischender Offenheit, jedenfalls außerhalb seines Dienstes.

Er wollte etwas über ihren Exmann hören, obwohl sie nicht gern über ihn sprach. Nachdem sie die Fragen über ihre Mutter jedoch abgeblockt hatte, fiel es ihr leichter, über ihre gescheiterte Ehe zu sprechen.

„Jack war immer ein Getriebener", erklärte sie und war froh, inzwischen ohne Zorn über ihn reden zu können. „Leider floss seine Energie größtenteils in seine Anwaltskanzlei. Als ich mich beklagte, dass er mir und Ben nicht genügend Zeit widme, erklärte er, dass er nur deshalb so hart arbeite, damit ich mir alle Wünsche erfüllen könne."

„Dann haben Sie sich wegen seines Jobs getrennt?"

„Nein, nicht wegen seines, sondern wegen meines Jobs. Jack wollte nicht, dass ich berufstätig bin. Er meinte, das mache vor seinen Kollegen einen schlechten Eindruck. Deren Frauen verbrachten ihre Zeit mit Tennis, Golfspielen und der Förderung von Wohltätigkeitsveranstaltungen. Das Problem war, dass ich unbedingt arbeiten wollte. Ich war stolz auf meine Tätigkeit. Und da mein Partyservice es mir erlaubte, zu Hause bei Ben zu sein, sah ich nichts Schädliches daran, etwas zu tun, das mir Spaß machte. Aber Jack sah das anders."

„Wie lange sind Sie schon geschieden?"

„Vier Jahre."

„Seine Idee oder Ihre?"

Sie lächelte. „Sind Sie immer so neugierig, oder ist das nur eine Berufskrankheit?"

Er warf den Kopf zurück und lachte. „Touché. Tut mir Leid."

„Ich wollte Sie nur necken." Sie sah die beiden Jungen in einem Wettrennen durch den Pool kraulen. „Wir erkannten ungefähr zur selben Zeit, dass wir gar keine Ehe mehr führten. Der Unterschied war, dass ich eine Scheidung wollte und er nicht. Scheidung bedeutete für ihn Versagen, und er hasst Versagen, in allen Bereichen. Da ich nicht nachgeben wollte, versuchte er mich umzustimmen, indem er das alleinige Sorgerecht für Ben beantragte. Die Entscheidung des Gerichtes zu meinen Gunsten war eine weitere Ohrfeige für ihn. Vor dem Gerichtsgebäude drohte er sogar, den Jungen zu entführen. Ich musste ein Kontaktverbot gegen ihn erwirken."

„Sieht er seinen Sohn überhaupt nicht?"

„Doch, aber nicht sehr häufig, obwohl ich das Kontaktverbot längst habe aufheben lassen." Sie nahm ihr Glas und schwenkte die Eiswürfel herum. „Jack zog mit seiner Anwaltskanzlei nach Edison und hat angeblich keine Zeit für Besuche, obwohl er nicht mal eine Stunde entfernt ist. Er hält den Kontakt per Telefon und E-Mail."

John blickte zum Pool, wo Ben und Jordan eine Wasserschlacht veranstalteten. „Das muss schwer sein für Ihren Sohn."

„Zuerst war es das. Jack war nicht gerade der beste Vater der Welt, aber der Junge sah zu ihm auf. Als Jack ging, stürzte Bens kleine Welt ein."

„Wie sind Sie damit umgegangen?"

Sie hatte ihr Privatleben immer penibel geschützt. Und nun öffnete sie sich einem Mann, der praktisch ein Fremder für sie war, ohne sich dabei unwohl zu fühlen.

„Ich habe ihn beschäftigt. Als ich dann beschloss, das Restaurant zu eröffnen, habe ich ihn in alle Entscheidungen einbezogen. Es hat ihm sehr gefallen, dass ich seinen Rat eingeholt habe. Er fühlte sich wichtig. Ich weiß, dass ich ihm den Vater nicht ersetzen kann, aber wir stehen uns sehr nah. Und wenn er ernsthaft einen Mann an seiner Seite braucht, hat er Brady."

„Ihren Souschef?"

Sie nickte und trank ihre Limonade aus. „Er tut Ben gut."

Aus Sorge, sie könnten nun wieder auf ihre Mutter zu sprechen kommen, lenkte Abbie die Unterhaltung geschickt auf Johns Familie. Sie merkte, dass er einen ausgeprägten Sinn für Humor hatte, besonders als er von seinem Besuch bei der Direktorin von FitzRandolph erzählte, dem zweiten in diesem Jahr. Todernst wurde er jedoch, als er die Absicht seiner Exfrau erwähnte, Jordan in eine Militärschule zu geben. Ein Vorhaben, dem er entschieden widersprochen habe.

„Ich wünschte, ich könnte Jordan immer bei mir haben", fügte er hinzu. „Und ich weiß, dass der Junge es auch möchte."

„Warum reden Sie dann nicht mit Ihrer Exfrau darüber? Sagen Sie ihr, was Sie möchten."

„Wenn ich nicht gerade im Polizeidienst wäre, hätte ich das längst gemacht. Aber bei meinen unregelmäßigen Arbeitszeiten ..." Er schüttelte den Kopf.

Er tat ihr Leid. John wollte offensichtlich ein Vollzeitvater sein und konnte nicht. Oder glaubte zumindest, es nicht zu können. „Als ich das Campagne eröffnet habe, dachte ich genauso", erwiderte sie, um ihm mit ihrer Erfahrung zu helfen. „Ich hätte meinen Traum beinahe aufgegeben, denn ich sagte mir, die Arbeitszeit sei zu lang, der Stress zu groß und der Profit gleich null – zumindest am Anfang."

„Aber Sie haben es geschafft."

„Es war nicht leicht, aber ja, ich hab's geschafft. Mit Hilfe meiner Freunde. Claudia springt ein und spielt gelegentlich den Babysitter, und Tiffany, die Studentin, bleibt bei Ben, wenn ich nicht zu Hause bin. Lange Zeit hat auch meine Mutter geholfen. Aber ..." Sie verstummte, als sie merkte, dass sie diesmal selbst das Thema aufgebracht hatte.

John fragte mitfühlend: „Wie weit ist die Krankheit Ihrer Mutter fortgeschritten?“

Abbie zuckte fatalistisch die Achseln. „Noch nicht zu sehr. An einigen Tagen geht es besser als an anderen. Es ist schwer vorauszusagen.“

„Sie lebt allein?“

„Nicht mehr. Ich habe eine wunderbare Frau eingestellt, die bei ihr bleibt. Sie kommen gut miteinander aus.“ Sie lächelte. „So lange, bis sie etwas finden, in dem sie nicht einer Meinung sind. Dann aber Vorsicht.“

Sie merkte, dass John sie mit seltsamem Blick betrachtete, und fragte leicht nervös lachend: „Was ist?“

„Sie sind eine bemerkenswerte Frau, Abbie DiAngelo.“

Abbie spürte, dass sie errötete. Sie hatte noch nie gut Komplimente annehmen können, schon gar nicht, wenn sie von einem so attraktiven und faszinierenden Mann gemacht wurden wie John Ryan. Sie suchte noch nach einer witzigen Erwiderung, als die Jungen aus dem Pool sprangen und laut verkündeten, sie seien wieder hungrig.

26. KAPITEL

„Das war heute ein toller Tag, was, Dad?"

John war soeben in Clarice' Zufahrt eingebogen. Bei Jordans Frage schob er die Gangschaltung in den Leerlauf und wandte sich seinem Sohn zu. „Ja, das war es. Du hattest wohl viel Spaß mit Ben."

„Ja ... aber ich möchte auch mehr Zeit mit dir verbringen, Dad. Ich wünschte ..." Er verstummte, doch John wusste, was er hatte sagen wollen. Sie wünschten sich beide, häufiger zusammen sein zu können.

„Und ich möchte Zeit mit dir verbringen." Damit der Junge wieder lächelte, zerzauste John ihm die Haare. „Ich sag' dir was. Nächsten Sonntag spielen die Phillies im Vet. Ich sollte versuchen, Karten zu bekommen."

Jordans Miene hellte sich auf. „Das wäre cool, Dad. Glaubst du, es klappt noch? Ist schon ein bisschen spät dafür."

„He, immerhin bin ich Polizist." Er stemmte in einer grässlichen John-Wayne-Parodie eine Hand auf die Hüfte, was Jordan jedes Mal zum Lachen brachte. „Und wenn ich die verdammten Karten nicht kaufen kann, ziehe ich meinen Revolver und schieße mir den Weg frei."

Jordan lachte. „Du bist lustig, Dad."

„Und du beeilst dich besser. Deine Mom sagte, du musst noch Hausaufgaben erledigen."

„Okay." Er umarmte seinen Vater kurz. „Bist du Dienstag beim Spiel? Wo es doch um den ersten Platz geht."

„Das will ich auf keinen Fall versäumen."

John betrachtete Clarice' Haustür noch lange, nachdem Jordan dahinter verschwunden war. Er dachte an die Unterhaltung mit Abbie. Wie sie es geschafft hatte, häusliche und berufliche Pflichten miteinander zu vereinbaren, imponierte ihm. Hatte er zu wenig an Jordan gedacht und automatisch unterstellt, sich bei seinem anspruchsvollen Beruf nicht ausreichend um ihn kümmern zu können? Er legte den Gang ein, fuhr den Plymouth rückwärts aus der Zufahrt und schlug die Richtung zum Haus seines Vaters in Lawrenceville ein.

Vor zwei Jahren, als er schon einmal erwogen hatte, das Sorgerecht für Jordan zu beantragen, hatte Spencer, sein Vater, ihn sehr unterstützt und sogar vorgeschlagen, er solle Percy, seinen Butler, anheuern, damit er sich ebenfalls um Jordan kümmere. Der Schotte führte seit dem Tod von Johns Mutter vor zweiundzwanzig Jahren den Haushalt der Ryans. Würdevoll und effizient versah Percy gleich mehrere Aufgaben zugleich. Er war Koch, Chauffeur, Haushälter und Vertrauter. Außerdem liebte er Jordan von Herzen.

Das Angebot war damals verlockend gewesen, doch John hatte seinem Vater nicht den Butler nehmen wollen. Die beiden Männer waren wie Brüder und so auf die Eigenheiten des jeweils anderen eingestellt, dass man sich die beiden nicht getrennt vorstellen konnte.

Vielleicht gab es aber doch ein Arrangement, mit dem allen, einschließlich seiner Exfrau, gedient war. Doch bevor er mit Clarice sprechen würde, wollte er die Idee seinem Vater unterbreiten.

Percy, ein kleiner, runder Mann ohne ein einziges Haar auf dem rosigen Schädel, öffnete die Tür und begrüßte John mit der üblichen Freundlichkeit.

„Guten Abend, John.“ Vor langer Zeit hatte er versucht,

ihn Master John zu nennen, wie es bei seinem vorherigen Arbeitgeber üblich gewesen war. Doch dem hatte John rasch ein Ende gesetzt, indem er drohte, ihn zur Strafe Percival zu nennen. Das Wort Master war ihm danach nie mehr über die Lippen gekommen. „Wie geht es Ihnen heute Abend?"

„Ehrlich gesagt, Percy, bin ich bester Stimmung."

Der Butler lächelte. „Das freut mich zu hören und Ihren Vater sicher auch. Er ist in seinem Arbeitszimmer."

Spencer Ryan, ein mehrfach ausgezeichneter Vier-Sterne-General der Armee, ruhte in seinem Lieblings La-Z-Boy. Obwohl John ihn nicht sehen konnte, roch er den vertrauten Pfeifentabak mit einem Hauch Schokoladenaroma, was ihm verriet, dass Spencer Ryan sich seinen beiden Lieblingsbeschäftigungen hingab: Rauchen und dabei den History Channel ansehen. Heute entfaltete sich der letzte Vorstoß der Deutschen in Belgien im Zweiten Weltkrieg in epischer Breite auf dem Fernsehschirm.

„Hallo, Dad."

Spencer schaltete das Gerät aus und drehte sich mit dem Sessel um. Im Gegensatz zu Percy hatte Johns Vater volles, silbriges Haar und eine Statur, die einen Dreißigjährigen neidisch machen konnte.

„John! Hätte ich wissen müssen, dass du kommst?"

John lachte und setzte sich. „Das bezweifle ich. Ich habe mich erst vor wenigen Minuten dazu entschlossen."

„Gut. Ich wollte mir gerade Sorgen machen." Er zog kurz an seiner Pfeife. „Wie ist es Jordan heute ergangen?"

„Die Cardinals haben gewonnen. Sie spielen jetzt um den ersten Platz."

„Ausgezeichnet. Ich bedaure, dass ich das Spiel versäumt habe. Ein alter Freund aus der Armee kam vorbei, und ich habe nicht auf die Zeit geachtet."

„Du kannst beim nächsten Spiel dabei sein." John wartete, bis sein Vater wieder einen Zug an der Pfeife gemacht hatte, und fuhr fort: „Dad, ich habe beschlossen, Clarice um das Sorgerecht für Jordan zu bitten – für immer."

Die Ankündigung verblüffte seinen Vater offensichtlich. „Ich dachte, die Idee hättest du aufgegeben."

„Ich habe es mir anders überlegt." John erzählte ihm von dem Vorfall in der Schule und Clarice' Entscheidung, den Jungen in eine Militärschule zu geben. Als er Jordans „Killerhaken" erwähnte, glaubte er, ein Lächeln um den Mund seines Vaters spielen zu sehen.

„Ich finde es gut, dass du in dieser Sache fest bleibst, mein Sohn", sagte er, als John fertig war. „Die Militärschule ist kein Ort für einen Neunjährigen. Aber wenn Clarice fest entschlossen ist, wird sie dir einen höllischen Kampf liefern."

„Vielleicht. Aber ich habe das Gefühl, dass die Mutterrolle sie mehr fordert, als sie gedacht hat, obwohl sie Jordan natürlich liebt. Aber sie hat nun mal viele zusätzliche Pflichten zu erledigen."

„Bedeutet das, du bist bereit, Percy anzuheuern?"

„Ja. Aber nur unter der Voraussetzung, dass ich ihn dir nicht völlig wegnehme." Er erklärte ihm seinen Plan und erkannte am Grinsen seines Vaters, dass er seine volle Unterstützung hatte.

„Die Frage ist", fügte John hinzu, „ob Percy einverstanden ist."

Spencer stand auf. „Ich weiß nicht. Aber warum fragen wir ihn nicht?"

Captain Matthew Farwell war nicht besonders groß – etwa einsfünfundsechzig, bei hundertfünfzig Pfund –, aber in seinen sieben Jahren als Leiter des Princeton Township Police Department war das nie ein Nachteil gewesen. Durchsetzungsfähigkeit und klares Urteilsvermögen hatten ihm den Respekt der Männer und Frauen im Department eingebracht – außer Tinas. Sie hatte das Gefühl, und John widersprach ihr da absolut nicht, dass Farwell eher Politiker war als Polizist und sie bei der ersten sich bietenden Gelegenheit im Stich lassen und eine politische Karriere anstreben würde. Außerdem war er ein hoffnungsloser überzeugter Chauvinist, und sie verabscheute es, sich ständig vor ihm beweisen zu müssen.

Die immer noch unaufgeklärte Vergewaltigung und Ermordung des achtjährigen Eric Sommers war ein riesiger Stachel im Fleisch des Captain. Die Eltern hatten Angst um ihre Kinder, und der Bürgermeister fürchtete um seinen Job und übte Druck auf den Polizeichef aus, der ihn wiederum an Farwell weitergab.

Gestern hatte eine nervöse Lehrerin an der Eastbrook Grundschule ein hinter dem Spielplatz geparktes Auto gemeldet. Sie war besorgt genug gewesen, sich das Nummernschild aufzuschreiben, ehe der Wagen wegfuhr. Auch wenn kein Kind von der Schule entführt worden war, hatte sich die Anspannung in der Stadt in den letzten vierundzwanzig Stunden deutlich erhöht.

Kein Wunder also, dass die Atmosphäre im Büro des Captain an diesem Montagmorgen geladen war. Da John und Tina technisch gesehen immer noch Partner waren, hatte Farwell sie zusammen zu sich zitiert.

„Sie können mich beide über Ihre jeweiligen Fälle informieren“, sagte er hinter seinem unaufgeräumten Schreibtisch. „Sie zuerst, Wrightfield, was haben Sie?“

„Es könnte einen kleinen Durchbruch in dem Fall geben“, erklärte sie und war ein wenig hoffnungsvoller als in den letzten Tagen. „Der Wagen, der gestern vor der Eastbrook Grundschule entdeckt wurde, war von einer Barbara Michaels als gestohlen gemeldet worden. Mrs. Michaels wohnt am Hund Drive und besitzt einen grauen Ford Taurus mit dem Kennzeichen New Jersey MSCV 5438.“

Farwells Miene hellte sich auf. „Gestohlen? Das ist derselbe Modus operandi wie bei der Entführung von Eric Sommers.“

„Das stimmt.“

„Wo ist der Taurus jetzt?“

„Er wurde heute Morgen an der Rosedale Road gefunden – mit neuen Nummernschildern. Deshalb war er so schwer zu entdecken. Ich habe ihn in unsere Garage abschleppen lassen. Die Labortechniker sehen ihn sich an.“

Farwell schien in sich zusammenzufallen wie ein löchriger Ballon. „Das soll ein Durchbruch sein, Wrightfield? Glauben Sie, unser Killer hat eine Visitenkarte hinterlassen?“ Er machte eine abwertende Geste. „Vergessen Sie's. Das passiert nicht. Der Mann ist zu clever.“

„Vielleicht doch nicht, Captain.“ John konnte es nicht ausstehen, wenn Farwell seine Position benutzte, um in diesem Ton zu reden, besonders einem so gewissenhaften und methodischen Officer wie Tina gegenüber. „Warum lassen Sie Tina nicht ausreden?“

Farwell sah seinen einzigen weiblichen Detective fragend an. „Tut mir Leid, Wrightfield. Fahren Sie fort.“

Tina, die ein dickeres Fell hatte, als John vermutete,

warf ihm einen ihrer Blicke zu, die besagten: Danke, aber ich trage meine Kämpfe selbst aus. Dann fuhr sie fort: „Barbara Michaels leidet unter Schlaflosigkeit. Sie war wach, als ihr Wagen gestohlen wurde. Sie hörte den Motor anspringen, lief hinaus und erhaschte einen Blick auf den Täter."

„Haben Sie mit ihr gesprochen?"

„Noch nicht. Ich habe die Information gerade erst von der Abteilung für Autodiebstahl erhalten", erklärte sie mit leicht frostigem Unterton, der Farwell nicht entging. „Ich war auf dem Weg dorthin, als Sie mich hereinriefen."

„Nun gut ..." Farwell räusperte sich und trommelte mit den Fingern auf die Schreibtischplatte, ein Zeichen, dass er nervös war. „In dem Fall machen Sie weiter, Wrightfield. Und bringen Sie mir gute Nachrichten."

Sobald sie die Tür geschlossen hatte, sah er John an. „Vielleicht sollten Sie sie begleiten."

Zum Glück hatte Tina den letzten Satz nicht gehört, denn sonst wäre sie explodiert. „Wozu? Zeugen befragen kann keiner besser als sie."

Farwell dachte einen Moment darüber nach und nickte. „Also gut." Er lehnte sich in seinem Sessel zurück und verschränkte die Hände über dem flachen Bauch. „Wie weit sind Sie im McGregor-Mord?"

John brachte ihn auf den neuesten Stand, ließ Abbie unerwähnt und teilte ihm mit, dass er in wenigen Stunden nach New York aufbrechen würde, um mit Liz Tilly zu reden.

27. KAPITEL

Liz Tilly lebte an der McDougal Street, in der Nachbarschaft von Kaffeehäusern, Jazzclubs und Restaurants unterschiedlicher Nationen. John konnte sich die Exfrau von Jude Tilly hier gut vorstellen. In verschiedenen Zeitungsartikeln, die er im Internet über sie gelesen hatte, wurde sie als Freigeist beschrieben, der oft in Avantgarde-Stücken gesehen wurde, die immer noch in und um Greenwich Village gespielt wurden.

Liz war in den frühen Achtzigern nach New York gezogen, jedoch erst nach ihrer Heirat mit dem Rockstar und bösen Jungen des Metiers in die Promiszene von Manhattan eingetaucht. Das berühmte Paar hatte zu den am meisten fotografierten Leuten von New York gehört. In ihrem luxuriösen Penthouse gaben sie Feste für ihre Freunde, besuchten Filmpremieren und flogen rund um die Welt. Das Luxusleben war jedoch nicht problemlos gewesen. Jude war hoffnungslos den Drogen verfallen, und seine Sucht belastete nicht nur die Ehe, sondern auch seine Karriere.

Die Scheidung des Rockstars vor zehn Jahren hatte fast so viel Aufmerksamkeit erregt wie die Heirat seinerzeit. Doch als Judes Karriere nach der Auflösung seiner Band den Bach hinunterging, ließ das öffentliche Interesse rasch nach. Unfähig, diese Rückschläge zu verkraften, suchte er wieder Trost in Alkohol und Drogen, doch es gelang ihm lediglich, sich mit einer Überdosis umzubringen.

In einem Interview des *Rolling Stone* vor einigen Jahren hatte Liz zugegeben, die Scheidung habe sie fast zerstört. Ohne die wöchentlichen Therapiesitzungen wäre ihr Leben vermutlich tragisch geendet.

Erst vor drei Jahren fand ein eifriger Reporter eines Fanmagazins, der für die Reihe „Was tun sie heute?“ schrieb, heraus, dass Liz in New York hinter einer Bar stand.

Ihr Foto, obwohl schon einige Jahre alt, zeigte eine deutliche Ähnlichkeit mit Ian McGregor. Beide hatten dunkle Augen, dasselbe kantige Gesicht – bei Liz allerdings abgemildert – und die ausgeprägte Spitze am Haaransatz der Stirn.

Als John sie gestern angerufen hatte, war sie nicht erstaunt gewesen und gleich bereit, mit ihm zu reden. Mit einer angenehmen, ziemlich erotischen Stimme hatte sie ihm ihre Anschrift genannt und sich für Montagabend um sieben dort mit ihm verabredet.

Gemäß seiner üblichen Vorgehensweise war er jedoch zuerst in die Bar gegangen, in der sie arbeitete, und hatte sie von einem Tisch in der Lounge aus unbefangen beobachtet, genau wie Abbie im Campagne vor einiger Zeit. Liz bewegte sich mit der Leichtigkeit und Professionalität hinter der Bar, die jahrelange Übung mit sich brachten. Lächelnd schenkte sie ein und wehrte einen gelegentlichen Annäherungsversuch geschickt ab.

Genau um sechs zog sie ihre Lade aus der Kasse, warf ihren Gästen ein Gute-Nacht-Lächeln zu und ging hinaus. John beglich seine Rechnung und verschwand ebenfalls.

Er brauchte länger als erwartet, um von dem Pagen seinen Wagen zu bekommen, und noch länger, sich durch den albtraumhaften Verkehr Südmanhattans zu quälen.

Dies war sein erster Besuch in der City von New York seit den tragischen Ereignissen vom 11. September 2001. Damals war er als Teil eines Spezialteams am Ground Zero gewesen, aber auch als Berater für die Hinterbliebenen der vielen Opfer beim Einsturz der Twin Towers.

Das Gebiet hatte sich in den letzten zwei Jahren sehr verändert. Schutt und Chaos waren entfernt, und die Läden florierten wieder. Doch die Erinnerung war noch frisch. Man konnte nicht den Broadway hinunterfahren, ohne daran zu denken.

Er hatte es schon fast aufgegeben, einen Parkplatz zu finden, als ein Lieferwagen vom Straßenrand abfuhr, zwei Blocks von Liz' Wohnung entfernt. Augenblicke später läutete er an ihrer Tür.

Liz trug noch die Dienstkleidung aus der Bar, hatte jedoch die schwarze Weste und die Schuhe schon ausgezogen und die ersten beiden Knöpfe ihrer weißen Bluse geöffnet.

Ein leichtes Lächeln huschte um ihren Mund. „Haben Sie sich von der Bar bis hierher verfahren, Detective?"

Er lachte. „Sie haben mich entdeckt?"

„Es ist Ihnen vielleicht neu, aber Männer ihres Aussehens bleiben nicht unbemerkt – nicht mal in New York." Sie öffnete die Tür ein Stück weiter. „Aber ich bringe Sie in Verlegenheit. Kommen Sie doch herein."

Er folgte ihr in einen Wohnraum mit hübschem, modernem Mobiliar und einem weißen Stutzflügel mitten im Raum, der vermutlich ihrem verstorbenen Mann gehört hatte. Etliche Fotos standen darauf. Obwohl Hardrock nie Johns Lieblingsmusik gewesen war, erkannte er auf den meisten Jude Tilly von der Band „The Boys From Hell Fame".

„Möchten Sie etwas trinken?" fragte Liz. „Noch eine Cola oder etwas Stärkeres?"

„Ein Bier wäre nicht schlecht, falls Sie eins haben."

„Ich habe sogar zwei." Sie ging in die Miniküche. „Glas oder Flasche?"

„Flasche, bitte."

Sie kehrte mit zwei Flaschen Heineken in der einen Hand und einer Schüssel Erdnüsse in der anderen zurück. Die Schale stellte sie auf den Beistelltisch, reichte ihm eine Flasche Bier und trank selbst einen kräftigen Schluck.

„Während der Arbeit dürfen wir keinen Alkohol trinken. Unglaublich, nicht wahr? Wir dürfen Cola haben, bis wir platzen, aber kein lausiges Bier." Sie schüttelte den Kopf. „Ist das nicht die dümmste Regel, von der man je gehört hat?"

Da er selbst nicht wild auf Regeln war, stimmte er zu. „Wie lange arbeiten Sie schon in der Manhattan Bar?"

„Zu lange." Sie nahm noch einen Schluck. „Es sind bald zehn Jahre", fuhr sie fort und starrte ins Leere. „Ich müsste gar nicht arbeiten, wenn ich Judes Lebensversicherung angelegt hätte, anstatt sie für Therapiesitzungen auszugeben." Sie zuckte die Achseln. „Aber ich war sowieso nie der Müßiggängertyp. Früher oder später hätte ich mir einen Job gesucht."

„Dieser scheint richtig für Sie zu sein."

„Vermutlich. Er ist nicht schwer, und der Job hinter der Bar war alles, was ich seinerzeit bekommen konnte. Roadie für eine Rockband zu sein qualifiziert einen nicht gerade für eine Führungsposition in einem Unternehmen."

Sie nahm eine Hand voll Erdnüsse und warf sich eine Nuss in den Mund. „Also, was möchten Sie wissen, Mr. Princeton Township Detective?"

„Zu Beginn das Naheliegende. Haben Sie eine Ahnung, wer Ihren Bruder umbringen wollte?"

„Nun ja, mal sehen. Zunächst mal Nick Valenti aus der sechsten Klasse. Er hasste Ian, weil der ihm die Freundin ausgespannt hatte. Und die Lady von nebenan, die behauptete, Ian habe mit seinem Geländerad ihre Katze überfahren." Sie setzte die Flasche an den Mund und sah John neckend an. „Aber vermutlich wollten Sie etwas hören, das mehr in der Gegenwart liegt, richtig?"

„Wenn es Ihnen nichts ausmacht?"

„Das ist auch nicht schwierig. Mein Bruder, müssen Sie wissen, hatte das Talent, sich Feinde zu machen. Er hat Menschen belogen, bestohlen und hintergangen. Die meisten hätten nach der ersten Strafe ihre Lektion gelernt. Ian nicht. Wenn er glaubte, mit einem Coup durchzukommen, stürzte er sich blindlings darauf und kümmerte sich erst später um die Folgen."

„Können Sie mir Namen nennen?" Er zog sein Notizbuch hervor. „Außer Arturo Garcia."

„Aha, Sie haben vom großen, bösen Arturo gehört."

„Rose hat mir von ihm erzählt. Angeblich hatte Ian Angst vor ihm."

„Das ist noch untertrieben." Sie schüttelte den Kopf. „Warum Ian den hereingelegt hat, ist mir schleierhaft. Ich hätte lieber meine Zeit abgesessen, als einen Mann wie Arturo zu verpfeifen. Aber wie schon gesagt, mein Bruder glaubte immer, schlauer zu sein als alle anderen."

Liz Tilly wich keiner Frage aus und schien auch nicht übermäßig zu trauern. „Hat er andere Feinde erwähnt außer Arturo?"

„Nein. Außer man zählt Abbie DiAngelo dazu." Sie hielt die Bierflasche am Hals und schwang sie leicht hin und her. „Sie hat Ihnen erzählt, dass Ian sie erpresst hat, nicht wahr?"

Darauf war er nicht gefasst gewesen. Das hatte Abbie ihm also verheimlicht. Er hätte es ahnen können, wenn er nicht so hingerissen von ihr gewesen wäre.

„Nein“, erwiderte er gelassen. „Hat sie nicht.“

„Könnte es sein, dass sie befürchtet hat, Sie würden sie des Mordes an meinem Bruder verdächtigen?“

Er sah keinen Grund, ihr zu sagen, dass Abbie nie als Verdächtige infrage gekommen war. „Warum hat Ian Miss DiAngelo erpresst? Ich dachte, sie hätten sich achtundzwanzig Jahre nicht gesehen?“

„Ja, das stimmt.“

„Was hatte er dann gegen sie in der Hand?“

„Nicht gegen sie, gegen ihre Mutter.“

Noch eine Überraschung. „Irene DiAngelo?“

„Ich vermute, Sie wissen von dem Feuer, das unser Haus in Palo Alto zerstörte, bei dem mein Vater umkam?“

„Abbie hat es erwähnt.“

Sie hielt die Bierflasche in Augenhöhe und schien sie zu betrachten, während sie sprach. „Kurz nach seiner Entlassung aus dem Gefängnis vor zwei Wochen erfuhr Ian, dass das Feuer kein Unfall war.“

„Was dann?“ Aber John kannte die Antwort bereits.

„Brandstiftung.“ Sie sah ihn kurz an, um seine Reaktion zu prüfen, doch er ließ sich nichts anmerken. „Irene hatte beschlossen, dass sie nicht länger mit meinem Vater verheiratet sein wollte. Also heuerte sie einen professionellen Killer an und bezahlte ihn, das Haus anzuzünden.“

John brauchte einen Moment, um dies zu verdauen. Er musterte Liz und versuchte zu ergründen, ob sie log. Offenkundig schätzte sie die DiAngelos nicht sehr. Aber würde sie eine so ernste Anschuldigung vorbringen, nur um Abbie und ihrer Mutter Schwierigkeiten zu bereiten? Welche Vorteile hätte sie dadurch?

Er lehnte sich in seinem Sessel zurück. „Warum erzählen Sie mir nicht alles, was Sie wissen?"

Sie kaute noch einige Erdnüsse. „Sicher, aber bedenken Sie, das ist alles nur Hörensagen. Bis vor einigen Tagen glaubte ich, der Tod meines Vaters sei ein Unfall gewesen."

„Ich werde es mir merken."

Sie stand auf, ging mit der Flasche in der Hand zum Fenster und blickte auf die Straße hinab. Sogar im vierten Stock war die Kakophonie aus Autohupen und Polizeisirenen noch ohrenbetäubend laut zu hören. Da lobte John sich die Ruhe seines Viertels in Princeton.

„Während Ian im Gefängnis war", begann Liz, den Rücken zu ihm gewandt, „sah ein Mann, der in der Todeszelle in einem anderen Gefängnis in Ohio sitzt, Abbie DiAngelo im Fernsehen. Offenbar hatte sie gerade einen Preis bekommen, der wichtig genug war, dass ein großer Sender einen Beitrag über sie ausstrahlte. Der Gefangene erinnerte sich, dass Irene McGregor, Ians Stiefmutter, früher Irene DiAngelo hieß. Sie war die Frau, die ihn für eine Brandstiftung angeheuert hatte."

„Wie heißt der Gefangene?"

„Earl Kramer. Er und Ian lernten sich vor vielen Jahren bei einem gemeinsamen Coup kennen. Durch die Buschtrommeln im Gefängnis erfuhr Earl, dass Ian bald entlassen würde, und ließ ihm ausrichten, er wolle ihn sehen. Als Ian ihn besuchte, gestand Earl ihm, dass Irene McGregor ihn vor achtundzwanzig Jahren beauftragt hatte, ihren

Mann umzubringen und es wie einen Unfall aussehen zu lassen."

John musste seine gesamte Professionalität aufbieten, um ungerührt zu wirken. „Das ist schwer zu glauben."

Liz drehte sich um. „Ich war auch überrascht. Irene kam mir nie wie der kaltblütige Killertyp vor. Aber andererseits war sie eine misshandelte Frau. Nicht körperlich – mein Vater schlug keine Frau. Er zog es vor, sie auf emotionaler Ebene zu bekämpfen. Manchmal wirkte sie so erschlagen, so verzweifelt, dass sie mir Leid tat. Wahrscheinlich hat sie diesen Brief in ihrer Hoffnungslosigkeit geschrieben."

John merkte auf. „Welchen Brief?"

„Irene stand ihrem Vater sehr nahe und schrieb ihm lange Briefe. Ian fing einen ab und benutzte ihn als Druckmittel, damit Irene unserem Vater nicht sagte, dass er Pot geraucht hatte."

„Was stand in dem Brief?"

„Viel Gejammer und das Geständnis, dass sie daran gedacht habe, ihren Mann umzubringen."

„Haben Sie den Brief gesehen?"

„Nein. Aber ich weiß von Ian, dass er Abbie eine Kopie gezeigt hat."

John nahm das schweigend hin. Ian war also keineswegs nach Princeton gekommen, um die verlorene Schwester wieder zu finden und sie um ein Darlehen anzugehen. Er war gekommen, um sie zu erpressen. Hatte er Erfolg gehabt? Johns Instinkte standen im Widerstreit zu seinen wachsenden Gefühlen für Abbie. Einerseits konnte er sich nicht vorstellen, dass sie einer Erpressung nachgab. Andererseits war ihm klar, wie sehr sie ihre Mutter liebte und deshalb um jeden Preis versuchen würde, sie zu schützen.

„Was hatte Kramer für einen Grund, die Tat fast drei Jahrzehnte später zu gestehen?“ fragte er.

„Ian sagte, der Mann sei eine Art religiöser Fanatiker geworden. Das werden offenbar viele Gefangene, wenn sie einmal im Todestrakt sitzen.“

„Er hätte es der Polizei gestehen können, anstatt Ihrem Bruder.“

„Kramer dachte, Ian könne die Information gut nutzen. Die Worte meines Bruders, Detective“, fügte sie hinzu und hob die Hände, „nicht meine.“

„Was genau will Earl angeblich getan haben?“

„Das Haus meines Vaters abgefackelt haben. Wiederum Ians Worte. Mein Bruder drückte sich nie besonders feinfühlig aus.“

„Welche Beweise hatte er?“

„Er dachte wohl, sein Geständnis würde genügen. Er nannte Ian auch die genaue Lage des Hauses, die Aufteilung der Schlafzimmer und eine Beschreibung des großen Raumes, in dem mein Vater damals schlief.“

„Das beweist nur, dass er den Grundriss kannte. Den könnte Ihr Bruder ihm gegeben haben.“

Sie wirkte erstaunt. „Unterstellen Sie, mein Bruder hat die ganze Geschichte aus dem einzigen Grund erfunden, um Abbie zu erpressen?“

„Wäre das nicht denkbar bei Ians Vorleben?“

Liz schien darüber nachzudenken. „Ich würde Ihnen zustimmen, bis auf eine Sache.“

„Die wäre?“

Sie ließ sich Zeit mit der Antwort, als genieße sie den

Moment. „Abbie war bereit, meinem Bruder für sein Schweigen hunderttausend Dollar zu zahlen.“

28. KAPITEL

Tiffany war erst ein paar Minuten fort, als Abbie auf dem Kies in der Einfahrt Schritte knirschen hörte. Leise ging sie zur Eingangstür und sah vorsichtig durch das lange, schmale Fenster daneben, um notfalls den Panikknopf ihrer Alarmanlage zu drücken, falls ihr nicht gefiel, was sie sah. Die Bewegungsmelder waren aktiviert, tauchten die Einfahrt in grelles Licht und bestätigten ihren Verdacht. Da draußen war jemand, der sich offenbar nicht verstecken wollte, da er sein Auto gut sichtbar abgestellt hatte.

Bei genauerem Hinsehen erkannte sie John Ryans schwarzen Plymouth und seufzte erleichtert auf. Aber was wollte er hier um diese Zeit? Und warum war er nicht gleich zur Haustür gekommen und hatte geklingelt, anstatt herumzuschleichen wie ein Dieb?

Sie öffnete die Tür. „Haben Sie etwas gegen Türklingeln, Detective?"

Ihre Frage erstaunte ihn offenbar, als sei es das Normalste der Welt, wenn er mitten in der Nacht über ihr Grundstück lief. „Ich dachte, Sie seien vielleicht draußen am Pool."

Abbie sah die Taschenlampe in seiner Hand. „Um halb zwölf nachts?"

„Ich muss mit Ihnen reden."

Er ist verändert, dachte sie leicht beklommen. Nicht mehr so freundlich wie gestern. Und natürlich glaubte sie ihm nicht, dass er sie mitten in der Nacht am Pool vermutet hatte.

Eine schreckliche Ahnung ließ sie zusammenzucken. Er wusste Bescheid.

„Darf ich hereinkommen?“ fragte er und beendete ihre Grübeleien.

Abbie wollte ablehnen. Denn es war spät, und sie war erschöpft und nicht darauf vorbereitet, seine Fragen zu beantworten. Doch die Entschiedenheit, mit der er sich vor ihr aufbaute, sagte ihr, dass er sich nicht vom Fleck rühren würde, bis er mit ihr geredet hatte.

Nervös lächelnd ließ sie ihn ein und ging voran in die Küche. Eigentlich sollte sie ihm einen Platz anbieten, da sein Besuch einen offiziellen Charakter hatte, doch sie lehnte sich gegen die Arbeitsplatte und wartete.

John zog sein Jackett aus, als plane er, eine Weile zu bleiben, und hängte es über eine Stuhllehne. Ihr Blick blieb am Lederhalfter über seiner Schulter und der Waffe darin hängen. Irgendwie schien die Waffe der Situation angemessen.

Als John sprach, schwang in seinem Ton eine milde Enttäuschung mit. „Warum haben Sie mir nicht gesagt, dass Sie erpresst wurden?“

Ihr Herz schlug plötzlich schneller. Sie erwog, es abzustreiten und schockiert zu schweigen. In den letzten Tagen war sie eine so gute Schauspielerin geworden, dass er es ihr vermutlich abkaufen würde. Offenbar hatte ihm jemand einen Tipp gegeben. Na und? Dann stand Aussage gegen Aussage.

Aber sie konnte ihn nicht mehr belügen. Zögernd erwiderte sie seinen ruhigen Blick. „Wie haben Sie es herausgefunden?“

„Dann stimmt es also?“

Langsam nickte sie, um ein wenig Zeit zum Nachdenken zu haben.

„Wäre es Ihnen angenehmer, wenn wir uns setzen?“ Zu

ihrer Überraschung deutete er auf die zwei Sessel neben dem Kamin.

Da er im Moment offenbar das Sagen hatte, folgte sie ihm in die gemütliche Ecke. Angespannt setzte sie sich auf den Rand der Sitzfläche und faltete die Hände im Schoß.

„Fahren Sie fort“, forderte er sie ruhig auf.

Seine Ruhe nahm ihr ein wenig die Nervosität. Sie redete etwa zehn Minuten, und ihre Stimme klang mit jeder Minute sicherer. Endlich die Wahrheit sagen zu können, war ungeheuer erleichternd. Sie erzählte alles: vom Tod ihres leiblichen Vaters, als sie fünf war, vom Brand im Haus der McGregors, von Ians Erpressung und ihrem gescheiterten Versuch, ihm das Geld am Carnegie See zu übergeben, bis zum Verbrennen des Briefes ihrer Mutter.

John unterbrach sie nicht. Selbst dann nicht, als sie erwähnte, dass sie die PPK mit zum See genommen hatte. Sie erwartete einen strengen Tadel, da es ein ernstes Vergehen war und gefährlich dazu, heimlich eine Waffe zu tragen. Stattdessen fragte er: „Können Sie den Mann beschreiben, der Sie angegriffen hat?“

Abbie zögerte nicht lange, denn das Gesicht des Mannes hatte sich ihr für immer eingeprägt. „Es war Arturo Garcia.“

John nickte. „Das habe ich mir gedacht.“

„Haben Sie herausgefunden, was er mit Ian zusammen am See wollte?“

„Nach allem, was wir bisher wissen, denke ich, Arturo hat Ian ausfindig gemacht und versucht, sich sein Geld zu holen. Ian hatte zwei Möglichkeiten: Arturo von den achtundvierzigtausend Dollar zu erzählen und sie ihm anzubieten oder umgebracht zu werden.“

„Aber warum hat Arturo Ian dann vor der Geldübergabe umgebracht?"

„Ich vermute, Ihr Stiefbruder wollte ihm das Geld nicht wirklich geben. Er lockte ihn zum See, weil er dort eine bessere Chance sah, Arturo zu töten, falls ..."

„Ihn zu töten?"

„Wir fanden neben der Leiche eine Garotte, die aus einem Kleiderbügel gebogen war. Wie es aussieht, hat Ian versucht, Arturo damit umzubringen."

„Und stattdessen wurde er selbst umgebracht." Abbie sank gegen das Kissen zurück und war überrascht, als John sich vorbeugte und ihre kalten Hände nahm, um sie zu wärmen.

Ihre Blicke begegneten sich. „Warum haben Sie es mir nicht eher gesagt, Abbie?"

Während er liebevoll und fürsorglich ihr Gesicht betrachtete und dabei ihre Hände hielt, fühlte sie sich ihm innerlich sehr nah. „Ich hatte Angst, Sie würden die Polizei von Palo Alto informieren und meine Mutter anzeigen."

„Sie haben wirklich gedacht, ich würde einem Kriminellen – zwei Kriminellen – mehr glauben als Ihnen?"

„Ich habe nicht mehr vernünftig denken können."

„Verzeihlich unter den Umständen."

Hoffnungsvoll lächelte sie ihn an. „Soll das heißen, Sie glauben mir, dass meine Mutter unschuldig ist?"

„Das kann ich erst sagen, wenn ich Earl Kramers Geschichte überprüft habe. Aber bei so dürftigen Beweisen würde ich Ihre Mutter niemals anschwärzen, Abbie. So eine Sorte Polizist bin ich nicht."

Das hatte Claudia ihr bereits zu sagen versucht, aber sie hatte nicht darauf hören wollen. „Was ist mit dem Brief, den ich verbrannt habe? Wäre das nicht ein schlagender Beweis gewesen?"

„Falls Ihre Mutter kein Verbrechen begangen hat, ist der Brief ohne Bedeutung."

Falls. Es erschien ihr unerlässlich für ihren Seelenfrieden, die wahren Geschehnisse jener Nacht vor achtundzwanzig Jahren herauszufinden.

Abbie blickte auf ihre Hände in den seinen, und ihr fiel ein, dass er ihr etwas vorenthielt. „John?"

„Ja?"

„Warum sind Sie eben mit der Taschenlampe um das Haus gegangen?"

„Ich habe Ihren Geländewagen gesucht."

„Meinen Wagen?"

„Laut Laborbericht stammten die Reifenspuren auf dem Parkplatz beim See von Goodyear-Reifen, die meist auf Geländewagen gefahren werden. Als ich sah, dass Sie einen solchen fahren, musste ich die Reifen überprüfen." Er deutete auf die Taschenlampe auf dem Tisch. „Ich wollte gerade durch das Fenster in die Garage sehen, als Sie aus der Tür kamen."

„Dann bin ich doch verdächtig?"

„Nicht des Mordes. Aber Sie haben Informationen vorenthalten."

Sie entzog ihm sacht ihre Hände, aber nicht aus Verärgerung. Warum auch? Er hatte sich soeben erboten, ihr zu helfen. „Wie haben Sie herausgefunden, dass Ian mich erpresst hat?"

„Das ist nicht wichtig."

„Für mich schon. Ich habe ein Recht, es zu erfahren", fügte sie hinzu.

Er schien einen Moment darüber nachzudenken. „Liz Tilly hat es mir gesagt."

Liz. Dann war ihre Sorge also berechtigt gewesen. Und Liz war immer noch dasselbe Luder wie früher.

John stand auf. „Ich denke, ich habe Sie lange genug aufgehalten. Ich sollte Ihnen jetzt Ruhe gönnen. Wir reden morgen noch einmal über alles."

An der Tür blieben beide stehen. Sie bemerkte, wie sein Blick über ihre Lippen wanderte, einen Moment dort verweilte und dann zu den Augen zurückkehrte. Die Wirkung war fast wie eine Berührung.

John brach den Bann, indem er fragte: „Sehen wir uns bei der Beerdigung?"

„Ja." Mehr bekam sie nicht heraus.

Sie wartete, bis die roten Rücklichter des Plymouth verschwunden waren, ehe sie ins Haus zurückging und die Tür schloss. Angespannt lauschte sie der Stille. Jetzt, da John fort war, wirkte das Haus überraschend leer.

In dieser Nacht schlief sie zum ersten Mal seit einer Woche durch.

29. KAPITEL

Das für die Jahreszeit ungewöhnlich schlechte Wetter, welches das Delaware Tal in den letzten Tagen heimgesucht hatte, wurde von blauem Himmel und strahlendem Sonnenschein verdrängt, der durch die Bäume brannte und den Teich vor Wilbert Pharmaceuticals in spiegelndes Glas zu verwandeln schien.

Das Gebäude, in dem Clarice Ryan arbeitete, lag im Princeton Forrestal Center, einem üppigen, siebzehn Acres großen Park, der zur Universität gehörte. Hier befanden sich Forschungseinrichtungen und Firmenbüros international tätiger Gesellschaften.

Wilbert war der neueste Zuzug, nachdem die Zentrale vor zwei Jahren von Bordentown nach Princeton verlegt worden war. Das dreistöckige Gebäude aus Glas und Stein mit seinem Atrium und der firmeneigenen Kunstgalerie war bereits ein Wahrzeichen, von dem man in Princeton mit Stolz sprach.

Clarice war erstaunt, dass John mitten in der Woche um ein Gespräch bat, und noch mehr, als er sich nicht abwimmeln ließ.

Obwohl er wusste, dass Clarice vor sechs Monaten zur Vizepräsidentin ernannt worden war, überraschte ihn die Größe und Eleganz ihres neuen Büros, als ihre Sekretärin ihn hineinführte. Mit einem raschen Blick nahm er die Fensterfront zum Teich, den antiken Schreibtisch in der Mitte und den orientalischen Teppich darunter wahr.

An einer Wand hing sogar ein Bild des Malers van Gogh, das bestimmt nicht echt sein konnte. Trotzdem, wie er Clarice kannte, wäre es vielleicht doch möglich.

„Aber hallo“, schwärmte er, als sie hinter ihrem Schreibtisch aufstand. „Keine üble Bude. Kein Wunder, dass die Kosten für Medikamente in die Höhe schnellen.“

Was als Scherz und Eisbrecher gedacht war, trug ihm nur einen strafenden Blick ein. „Was musst du mir unbedingt sagen, das nicht am Telefon zu bereden wäre?“ fragte sie.

Mit anderen Worten, die Lady hatte es eilig und er sollte sich kurz fassen. Ihm war es nur recht. „Darf ich mich setzen?“

Sie deutete auf einen grünen Brokatsessel. „Also gut. Aber ich muss dich warnen. Ich befinde mich gerade zwischen zwei Konferenzen.“

„Es dauert nicht lange.“ John legte ein Bein über das andere. „Ich möchte, dass du noch einmal über unsere Abmachung bezüglich Jordan nachdenkst.“

Verblüfft setzte sie sich. „Unsere Abmachung überdenken? Was soll das heißen?“

„Das heißt, dass ich gern das Sorgerecht für Jordan hätte. Das volle Sorgerecht.“

Sie lehnte sich zurück. Der Schock war ihr anzusehen, obwohl sie sich bemühte, es nicht zu zeigen. „Hast du den Verstand verloren?“

„Keineswegs. Es ist eine sehr vernünftige Entscheidung, und je mehr ich darüber nachdenke, desto plausibler erscheint sie mir.“

„Dir vielleicht, aber mir nicht.“

„Ich gebe zu, ich habe unregelmäßige Arbeitszeiten. Aber seit du Vizepräsidentin bist, hast du noch weniger Zeit für Jordan als ich. Du reist mehr denn je, manchmal ins

Ausland und für mehrere Tage. Währenddessen wird Jordan von einem Haushalt in den anderen geschoben, und das tut ihm nicht gut. Die Vernachlässigung beeinträchtigt inzwischen seine Noten und sein Verhalten."

„Wirfst du mir etwa vor, mein Kind zu vernachlässigen?"

Er schüttelte den Kopf und ärgerte sich, dass er so kritisch klang. Das hatte ihm noch nie etwas gebracht. „Ich hab' mich unglücklich ausgedrückt, tut mir Leid. Tatsache ist – und das ist Mrs. Rhineharts Interpretation –, dass Jordan sich wohl vernachlässigt fühlt, und er wehrt sich dagegen, indem er uns zwingt, ihm Aufmerksamkeit zu schenken."

„Jordan ist kein hinterhältiges Kind. Er tut so etwas nicht."

„Vielleicht nicht bewusst." Er ließ ihr einen Moment, darüber nachzudenken, ehe er fortfuhr: „Der Junge ist erst neun, Clarice. Du betonst immer, er brauche Disziplin und Regeln. Ich sage, er braucht Kontinuität und Vertrautheit. Und vor allem ein Zuhause, in das er jeden Nachmittag heimkehrt, zur selben Person, die für ihn da ist, Kekse backt, ihm das Essen kocht und bei den Hausaufgaben hilft."

Clarice lachte spöttisch. „Und das willst du machen? Kekse backen und Essen kochen?"

„Nicht ich. Percy."

Sie verschränkte die Arme. „Percy." Sie sprach den Namen mit einer gewissen Vorsicht aus. Vielleicht, weil dieser Mann zu den wenigen Menschen gehörte, die Clarice respektierte.

„Warum nicht? Jordan und Percy verstehen sich blendend. Und außerdem ist Percy, da stimmst du mir sicher zu, einer der zuverlässigsten Menschen, die wir kennen."

Ein leichtes Lächeln umspielte ihren Mund. „Ich kann mir kaum vorstellen, dass die beiden ständig zusammen sein möchten. Jordan kann eine ziemliche Herausforderung sein."

„Percy wird mit ihm fertig. Das hat er schon bewiesen."

„Und er wäre bereit, deinen Vater zu verlassen, um einen Neunjährigen zu versorgen?"

„Er würde meinen Vater nicht ganz verlassen. Wir haben ein Arrangement getroffen, das allen gerecht wird. Einige Stunden pro Woche, wenn Jordan in der Schule ist, geht Percy zu meinem Vater, um zu erledigen, was anliegt, und ..."

„Nein."

John stellte das übergeschlagene Bein auf den Boden. „Wie bitte?"

„Die Antwort ist Nein. Ich werde das Sorgerecht für Jordan nicht aufgeben."

„Warum nicht? Du kannst ihn sehen, wann du willst."

„Ich bin seine Mutter, John. Ich sollte ihn nicht sehen, wenn ich möchte, sondern der Junge sollte bei mir leben. Der Richter hat das offenbar auch so gesehen, sonst hätte er mir das Sorgerecht nicht zugesprochen."

„Das war, ehe du Vizepräsidentin dieser Firma wurdest. Heute würde er das vielleicht anders entscheiden, da ..."

„Hör auf, mir meine Position vorzuwerfen!" erwiderte sie hitzig. „Ja, mein Beruf zwingt mich gelegentlich zu reisen. Na und? Viele Eltern haben Verpflichtungen, einschließlich beruflicher Reisen. Deshalb geben sie ihre Kinder jedoch nicht weg."

„Du könntest beruflich ein paar Jahre kürzer treten.“ Der Vorschlag war nicht gerade klug, aber sie begann ihn zu ärgern.

„Und von deiner Unterstützung leben?“ Ihr verächtlich verzogener Mund sagte John, was sie davon hielt. „Nein danke.“

„Du musst es nicht als Unterstützung betrachten. Ich habe noch keinen Penny aus dem Treuhandfonds meines Großvaters angerührt. Ein Wort, und ich überschreibe dir und Jordan das ganze Ding.“

„Ich will dein verdammtes Geld nicht!“ Allmählich verlor sie die Fassung, und das war kein gutes Zeichen. „Ich will arbeiten!“

„Auch gut. Dann arbeite. Steig die Karriereleiter weiter hinauf. Gib mir einfach nur Jordan.“

Sie sprang auf. „Ich kann deine Arroganz nicht fassen, John! Du marschierst hier herein, stellst Forderungen, wirfst mir vor, mein Kind zu vernachlässigen, und behauptest, er wäre bei einem ... Butler besser aufgehoben als bei mir.“

„Percy wird ihm die Aufmerksamkeit schenken, die er braucht, wenn ich nicht da bin.“

„Dein Vater hat dir das eingeredet, nicht wahr?“ fragte sie mit leicht bösartigem Unterton. „Er hat mich nie leiden können.“

„Mein Vater hat nichts damit zu tun.“

Sie starrte ihn finster an, die Arme vor der Brust verschränkt.

„Clarice“, begann er, beugte sich vor und sprach ruhig auf sie ein. „Glaubst du wirklich, es wäre gut für Jordan, wenn er auf eine Militärschule ginge?“

„Ja. Der Junge braucht ...“

„Disziplin und Regeln. Das hast du mir schon gesagt. Beides kann ich ihm bieten, zusammen mit all den Dingen, die ein Junge von seinem Vater braucht."

„Jordan gehört zu mir", beharrte sie.

„Wenn du ihn nach Brandywine gibst, wäre er doch auch nicht bei dir. Er wäre fünfzig Meilen entfernt, und diese Schule gestattet Heimfahrten nur an Wochenenden und in den Ferien. Das willst du akzeptieren, aber nicht, dass er bei seinem Vater bleibt?"

Seine Trumpfkarte hatte er sich für zuletzt aufgespart. „Die Sommerferien beginnen bald. Wie willst du dich in den drei Monaten um Jordan kümmern und gleichzeitig deinen beruflichen Verpflichtungen nachkommen?"

Darüber hatte sie offensichtlich noch nicht nachgedacht. Sie senkte den Blick und spielte mit einem Kuli auf dem Schreibtisch. Er wartete, bis sie wieder aufschaute.

„Hast du das mit Jordan besprochen?"

„Nein, ich wollte erst mit dir reden."

„Was, wenn er gar nicht will?"

„Da habe ich keine Befürchtung."

„Woher weißt du das? Hat er dir gesagt, dass er bei dir bleiben möchte?"

„Nein. Er würde nie etwas tun, das dich verletzen könnte."

„Du glaubst, ihn viel besser zu kennen als ich, nicht wahr?" Ihr Ton war eine eigenartige Mischung aus Verbitterung und Resignation.

Er fand keine angemessene Erwiderung und schwieg. Das Notwendige war ohnehin gesagt. Der nächste Schritt würde nicht angenehm werden, und er hoffte, dass sie ihn nicht dazu zwingen würde.

Das Summen der Sprechanlage auf dem Schreibtisch unterbrach ihr Schweigen. Clarice beugte sich vor. „Ja, Sonia?“

Die Dame vom Empfang sprach mit leiser Stimme und britischem Akzent und klang stets so unauffällig, dass sie mit dem Hintergrund zu verschmelzen schien. „Mr. Campbell und seine Partner sind angekommen.“

„Sehr gut. Bieten Sie ihnen etwas zu trinken an, ich komme gleich.“

Sie ließ den Knopf los und sah John einige Sekunden an. „Ich stimme nur probeweise deinem Vorschlag zu. Wenn Jordan nach einigen Wochen bei dir nicht glücklich ist, schickst du ihn zurück.“

„Und wenn er bei mir bleiben will?“

Clarice nahm einige Papiere und klopfte sie auf die Tischplatte, bis sie einen glatten Stapel ergaben. „Ich möchte mich noch nicht festlegen. Sehen wir erst, wie sich das Ganze in den nächsten Wochen entwickelt.“

„Also gut.“

„Wann hattest du vor, ihn zu dir zu holen?“

„Anfang der Sommerferien. Ich sehe keinen Anlass, seine übliche Routine jetzt zu verändern.“

Clarice nickte, als auch er aufstand. „Nur eines noch“, sagte sie, als sie gemeinsam zur Tür gingen. „Ich möchte Jordan über diese neue Vereinbarung unterrichten.“

„Einverstanden.“

30. KAPITEL

Abbie stand kurz davor, die Teilnahme an Ians Beisetzung abzusagen. Da sie jetzt wusste, wie bereitwillig Liz gegen sie ausgesagt hatte, war die Aussicht auf ein Wiedersehen mit ihrer Stiefschwester so angenehm wie Zahnschmerzen. Außerdem fand sie es wenig angemessen, einem Mann – einem Erpresser – Respekt zu zollen, der versucht hatte, ihre Familie zu zerstören.

Brady mit seinem gesunden Menschenverstand hatte sie jedoch wieder auf den richtigen Weg gebracht. „Tu es für Rose", hatte er gedrängt. „Sie ist ein guter Mensch."

Brady hatte Recht. Rose hatte mit Ians hinterhältigem Plan nichts zu schaffen. Ihre einzige Schuld bestand darin, jemanden geliebt zu haben, der es wahrscheinlich nicht wert war. Mit diesen Gedanken schob sie ihre Vorbehalte beiseite, zog ihr schwarzes Lieblingskleid an – eine ärmellose Kreation von Donna Karan, die sie zur großen Restauranteinweihung vor drei Jahren gekauft hatte – und fuhr los, um ihre Mutter abzuholen.

Auf der Fahrt zur Beisetzung warf sie Irene immer mal wieder einen Seitenblick zu, um nach Anzeichen von Stress zu suchen. Doch sie saß ruhig da, blickte aus dem Seitenfenster und wechselte gelegentlich ein Wort mit Marion auf dem Rücksitz. Es war nicht abzusehen, wie Liz auf Irene reagieren würde, die sie vermutlich für eine Mörderin hielt. Würde sie eine Szene machen, auf sie losgehen und lauthals Anschuldigungen von sich geben? Abbie wusste nicht, was sie erwartete, deshalb hatte sie versucht, ihrer Mutter die Teilnahme an der Beisetzung auszureden. Doch sie hatte sich nicht umstimmen lassen.

Als sie eintrafen, stand Rose, ganz in Schwarz gekleidet, bereits traurig und verloren neben dem Sarg. Abbie ging zu ihr und machte sie mit Irene und Marion bekannt.

John Ryan beobachtete einige Schritte entfernt das Geschehen, nickte Abbie zu, blieb jedoch an seinem Platz. Sie hatte gehört, dass Kriminalbeamte routinemäßig an den Beisetzungen von Mordopfern teilnahmen, in der Hoffnung, dass sich der Täter zeigte. Doch sie war skeptisch. Welcher Mörder wäre dumm genug, sich hier blicken zu lassen?

Auf der anderen Seite des Sarges stand Liz, allein und ohne Blickkontakt zu irgendeinem Menschen. Abbie hätte sie ebenso wenig erkannt, wie sie Ian wiedererkannt hatte. Das lange, mausbraune Haar war jetzt blondiert und zu einem Pagenkopf geschnitten. Eine Seite hatte sie hinter das Ohr geschoben, die andere fiel ihr ins Gesicht und bedeckte einen Teil der Wange. Liz war kräftiger, als Abbie sie in Erinnerung hatte, üppiger und nicht ohne einen gewissen Sexappeal.

Sie zeigte keinerlei Gefühlsregung, als der Prediger von Vergebung und ewigem Frieden redete. Auf unerklärliche Weise hatte Abbie Mitleid mit Liz. Bei all den Träumen, die sie als Teenager gehabt hatte, und nach dem kurzen aufregenden Eheleben mit Jude Tilly stand sie nun ganz allein hier.

Irene neben ihr ergriff ihren Arm. „Ist das Liz?“ fragte sie flüsternd.

„Ja“, erwiderte Abbie leise.

„Sie ist sehr hübsch.“

„Ja, ist sie.“

„Sollten wir nicht mir ihr reden? Nach der Andacht?“

Großer Gott, nur das nicht. Das war das Letzte, was Abbie wollte. „Sie will nicht mit uns sprechen, Mom."

„Das weißt du nicht."

Abbie schwieg, doch Irene beharrte: „Ich halte es nicht für richtig, zur Beisetzung ihres Bruders zu kommen und sie zu ignorieren. Schließlich waren wir mal eine Familie."

Es hatte wenig Sinn zu widersprechen. Wenn Irene sich etwas in den Kopf setzte, trat sie neuerdings dafür ein, bis sie ihren Willen bekam. „Weißt du was", erwiderte Abbie diplomatisch, „nach der Andacht gehst du mit Marion zum Wagen, und ich begrüße Liz und schaue, ob sie ein paar Minuten mit uns reden möchte. Falls ja, bringe ich sie mit. Wie wäre das?"

Offenbar zufrieden, nickte Irene knapp und wandte ihre Aufmerksamkeit wieder dem Prediger zu.

Der Gottesdienst ging kurz und sachlich vonstatten, abgesehen von Rose' leisem Schluchzen. Als Liz auf den Prediger zuging, um ihm zu danken, schickte Abbie Marion und ihre Mutter zum Wagen, sagte Rose und John, sie würden sich später sehen, und ging um das offene Grab herum. Liz drehte sich um, da sie gehen wollte, doch Abbie trat auf sie zu.

„Hallo, Liz", sagte sie ruhig, „ich bin Abbie."

Ein feindseliger Blick aus dunklen Augen traf sie. „Ich weiß, wer du bist." Ihre Stimme war tief und rau. „Und offen gestanden bin ich erstaunt, dich hier zu sehen. Es sei denn, du willst dich vergewissern, dass Ian wirklich tot ist."

„Ich bin hier, weil Rose mich gebeten hat zu kommen."

Liz schob das Kinn ein wenig vor und erinnerte Abbie

dadurch unwillkürlich an den rebellischen Teenager von einst. „Hast du ihn umgebracht, Abbie?“

„Du weißt, dass ich es nicht war.“

„Ich weiß, dass du ihn gehasst und dir seinen Tod gewünscht hast.“

„Ich wollte, dass er aus meinem Leben verschwindet“, entgegnete Abbie nachdrücklich und zwang sich zur Ruhe. Eine offene Konfrontation war nicht in ihrem Sinn. „Du weißt genau, dass meine Mutter nie zu der Tat fähig gewesen wäre, die Ian ihr vorwarf. Er und sein abartiger Freund haben die Geschichte erfunden, um mir Geld abzupressen.“

„Ist das deine Version?“

„Das ist die Wahrheit.“

Liz' Blick wurde ein wenig milder. „Also, falls du besorgt bist, dass ich eine Szene mache oder etwas zu Irene sage, vergiss es, okay? Ich werde nichts dergleichen tun. Ihr Zustand ist mir bekannt. Ich bin wütend, ja, aber ich bin kein Monster.“

„Woher weißt du vom Zustand meiner Mutter?“

„Ian hat es mir gesagt.“

„Und woher wusste er es?“ Doch die Antwort darauf war klar. Er hatte herumgeschnüffelt.

Liz zuckte die Achseln. „Ich habe keine Ahnung, woher er das wusste. Ist das wichtig? Es stimmt doch, oder? Irene hat Alzheimer.“

„Ja, das stimmt.“

„Tut mir Leid.“

Liz' Ton war fast sanft, so dass Abbie sich fragte, ob sie wirklich so hart war, wie sie sich gab. Menschen, die allein lebten, umgaben sich oft mit einem dicken Schutzpanzer, um besser mit den Wechselfällen des Lebens fertig zu werden. Und wenn man an das ständige Auf und Ab in Liz' Leben dachte, war es kaum verwunderlich, dass sie ihre Gefühle für sich behielt.

Ermutigt fragte Abbie: „Wohnst du bei Rose im Clearwater?"

„Ja, hab' ich, aber ich bin schon ausgezogen."

Rasch dachte Abbie nach. Konnte es schaden, wenn sie Liz und Irene kurz zu sich nach Hause einlud? Sie würde ein paar Sandwiches machen und so tun, als wären sie alle noch eine große glückliche Familie. Das dürfte doch nicht allzu schwer sein.

„Ich weiß, es ist unrealistisch zu glauben, dass wir nach all der Zeit Freunde werden. Aber können wir nicht wenigstens zivilisiert miteinander umgehen? Wir haben mal zur selben Familie gehört", fügte sie, ihre Mutter zitiernd, hinzu.

Liz stieß ein sprödes Lachen aus. „Du bist immer noch die Träumerin von früher, Abbie."

Eine Windböe fegte über die Rasenfläche und hob Liz' Haare an. Als Abbie die hässliche Narbe auf der rechten Gesichtsseite entdeckte, konnte sie ihre Betroffenheit nicht verbergen. Liz bemerkte es und strich das Haar wieder über die Wange.

„Tut mir Leid", entschuldigte Abbie sich. „Ich wollte nicht unhöflich sein."

„Schon okay. Da starrt jeder hin."

„Ist das noch von dem Feuer damals?"

„Wovon sonst?"

„Ich dachte, du hättest dich operieren lassen."

„Habe ich. Aber diese Wunde war am größten und konnte nicht zur selben Zeit operiert werden wie die anderen. Als es dann so weit war, hatte ich einfach keine Lust mehr."

„Das tut mir sehr Leid, Liz. Du hast ein Recht, zornig, ja sogar verbittert zu sein, aber nicht gegen meine Mutter. Sie hat das nicht verschuldet."

Liz schien verwirrt, als sei sie auf Abbies Mitgefühl nicht vorbereitet gewesen und könne nicht damit umgehen. „Ich muss los." Sie wandte sich zum Gehen.

„Warte, Liz. Ich dachte ... ich meine ... Ich habe mich gefragt ..." Sie blickte zu ihrem Acura und sah, dass ihre Mutter sie beobachtete. „Ich dachte, wir könnten zu einem kleinen Lunch zu mir nach Hause gehen."

„Danke, aber ich muss wirklich zurück. Ich arbeite heute Abend."

Abbie wollte jedoch nicht so schnell aufgeben und baute sich entschieden vor ihr auf. „Willst du gar nichts über mich erfahren?"

„Ian hat mir alles erzählt, was ich wissen muss. Du bist eine berühmte, erfolgreiche Küchenchefin mit eigenem Restaurant. Außerdem besitzt du ein schönes Haus und hast einen Sohn."

„Er heißt Ben, ist neun und liebt Baseball."

„Dann musst du glücklich sein."

Erleichtert, dass Liz keine Feindseligkeit mehr zeigte, versuchte sie, mehr über ihre Stiefschwester zu erfahren. „Du und Jude, ihr wolltet keine Kinder?"

Liz warf einen Blick auf ihre graue Limousine, die als einzige außer dem Acura noch zurückgeblieben war. Einen Moment glaubte Abbie, ihre Stiefschwester würde einfach um sie herumgehen und verschwinden. Doch sie tat es nicht. „Zunächst wollten wir nicht und genossen das freie, unterhaltsame Leben. Als wir es schließlich an der Zeit fanden, eine Familie zu gründen, stellte ich fest, dass ich keine Kinder bekommen konnte."

„Tut mir Leid", erwiderte Abbie mitfühlend. „Das wusste ich nicht."

„Niemand wusste davon. Jude und ich kamen überein, es für uns zu behalten. Es war zu schmerzlich, darüber zu reden."

Abbie fühlte aufrichtig mit ihr, als sie hörte, dass Liz' Stimme leicht zitterte. Auch wenn sie wenig mit ihrer Stiefschwester gemein hatte, war sie doch überzeugt, dass sie eine gute Mutter gewesen wäre. Sie wusste selbst nicht, warum sie fragte: „Möchtest du Ben kennen lernen?"

„Und schon willst du wieder Kumpel sein. Ich habe dir schon gesagt, das funktioniert nicht."

„Woher willst du das wissen, wenn du es nicht versuchst?"

„Lass mich in Ruhe, Abbie." Liz blickte zum Auto, zögerte jedoch, als erwäge sie das Angebot. Schließlich ging sie mit einem Kopfschütteln zu ihrem Wagen.

Als Abbie nach der Beerdigung ins Campagne zurückkehrte, stand Brady vor dem Restaurant, das noch nicht zum Lunch geöffnet war.

„Ken Walker war wieder hier", teilte er ihr mit und warf einen zornigen Blick über das Karree.

„Er war im Restaurant?"

„Nein, er ist draußen geblieben. Zuerst ist er auf dem Gehsteig auf und ab gegangen, dann hat er sich auf die Bank dort drüben gesetzt." Er deutete auf die Rasenfläche.

„Hat er etwas gesagt? Hat er Probleme gemacht?"

Brady klang ungeduldig. „Diesmal nicht, aber du weißt doch genau, dass der Mann psychisch labil ist. Keiner kann sagen, was der als Nächstes macht."

Abbie ließ den Blick umherschweifen, doch Ken war nirgends zu sehen. „Ich spreche mit Lainie. Vielleicht kann sie ihn zur Vernunft bringen."

Von Kens Frau bekam sie jedoch beunruhigende Auskünfte.

„Ken ist letzte Woche ausgezogen", erklärte Lainie. „Ich habe ihm gesagt, er darf erst zurückkommen, wenn er aufhört, seinen Mitmenschen das Leben schwer zu machen."

„Spielt er wieder?"

„Nein, aber seine negative Einstellung fing an, mich zu deprimieren. Und Robbie geht es richtig schlecht. Er liebt seinen Dad, aber er versteht nicht, warum er sich so seltsam benimmt."

„Und was genau tut Ken?"

„Er macht alle Welt für seine Probleme verantwortlich und gammelt im Haus herum, anstatt sich einen Job zu suchen. Vielleicht erkennt er jetzt, was er zu verlieren hat, wenn er sich nicht ändert." Nach einer Pause fügte sie hinzu: „Tut mir Leid, wenn er seinen Frust an Ihnen auslässt, Abbie. Sie waren mehr als fair zu ihm, wenn man bedenkt, was er getan hat."

Abbie hängte auf, doch sie würde nicht die Polizei anrufen, wie Brady vorgeschlagen hatte. Ken machte eine schwere Zeit durch, und seine Probleme noch zu verschlimmern, indem man die Behörden einschaltete, half ihm nicht. Sie musste einfach vorsichtig sein und aufpassen, dass sich ein Vorfall wie der vor einigen Tagen nicht wiederholte.

31. KAPITEL

Als John am Donnerstagmorgen auf dem Revier erschien, entdeckte er zwei von Federal Express gelieferte Umschläge auf seinem Schreibtisch. Der eine stammte von seinem neuen Freund Detective Otis Bloom aus Toledo und enthielt eine Kopie von Earl Kramers Gerichtsakten. Der andere enthielt eine Auflistung von Rose' Telefonaten.

Zunächst nahm er die Gerichtsakten und las. Kramers Prozess wegen der Ermordung eines Polizisten hatte ganze fünf Tage gedauert und war ein glatter Erfolg für die Staatsanwaltschaft gewesen. Obwohl sich der Angeklagte für nicht schuldig erklärte und behauptete, er sei das Opfer einer ausgetüftelten Polizeiintrige, hatten zwei Augenzeugen gesehen, wie er Officer Daniel Moyarty kaltblütig erschoss, als der verletzt am Boden lag.

Der Vorfall hatte sich ereignet, als Kramers Nachbarn wegen einer häuslichen Streiterei nebenan die Polizei riefen. Bei ihrem Eintreffen hatten Moyarty und sein Partner Kevin Luthcomb Kramers Freundin übel zugerichtet und bewusstlos vorgefunden. Durch die Sirenen alarmiert, war Kramer über die Feuerleiter getürmt und in seinem Wagen geflüchtet.

Nach fünfzehnminütiger Verfolgungsjagd durch die Straßen von Toledo hatte Kramer seinen Wagen schließlich zu Schrott gefahren und versucht wegzulaufen, als Moyarty und Luthcomb gerade aus ihrem Einsatzwagen stiegen. Kramer hatte auf beide geschossen und Luthcomb in die Brust und Moyarty in die Schulter getroffen. Laut Augenzeugen hatte Kramer sich dann neben Moyarty gestellt und ihm wie bei einer Exekution in den Kopf geschossen, ehe er im Einsatzwagen floh.

Einen Tag später wurde er in einem Bordell versteckt gefunden. Luthcomb überlebte die Schusswunde, Moyarty war jedoch auf der Stelle tot gewesen. Er hinterließ eine Frau und ein sechs Monate altes Baby.

Wie erwartet hatte Kramer ein Vorstrafenregister so lang wie der Delaware. Sein Anwalt hatte jedoch verhindert, dass dies im Prozess zur Sprache kam. Ein Geschworenengericht aus sieben Männern und fünf Frauen hatte ihn in allen fünf Anklagepunkten für schuldig befunden: tätlicher Angriff und Körperverletzung, Entfernen vom Tatort, Mord, Mordversuch und Raub.

Nach zwei abgelehnten Revisionsanträgen waren Kramers Aussichten, der Todesstrafe zu entgehen, gleich null.

John las die sechzehnseitige Akte zwei Mal und suchte nach etwas, das er gegen Kramer benutzen konnte und das seinem Anwalt und der Anklage vielleicht entgangen war.

Er fand nichts.

Enttäuscht nahm er das Vorstrafenregister wieder zur Hand. Die Vergehen des Mannes in den letzten fünfundzwanzig Jahren reichten von schlechtem Betragen bis zu ernsteren Vergehen wie der Belästigung seiner siebenjährigen Stieftochter, als er dreiundzwanzig gewesen war, und dem schweren tätlichen Angriff auf einen chinesischen Einwanderer. Wegen beider Vergehen hatte er eingesessen, ehe er Officer Moyarty ermordete.

Nachdem eine vage Idee in seinem Kopf Gestalt annahm, sah John die Liste von Rose' Telefonanrufen durch. Seit sie und Ian in Princeton waren, hatten sie sechs Anrufe mit dem Gebietscode 609 getätigt – vier gingen an ein

Schnellrestaurant und zwei ins Campagne. Außerdem gab es noch ein Ferngespräch mit Toledo. Nach Datum und Zeit zu urteilen, musste dies Ians Telefonat aus Abbies Restaurant mit Earl Kramers Frau gewesen sein.

Nur ein Anruf hatte nach Ians Ermordung stattgefunden. Und der konnte nur von der Person gewesen sein, die Rose' Handy gestohlen hatte. Mit etwas Glück waren diese Person und Ians Mörder identisch.

Den Blick auf die Nummer gerichtet, wählte John.

„Enriques Garage."

John schaltete schnell. „Ich muss meinen Wagen zu Ihnen bringen. Wo genau ist Ihre Werkstatt?"

„In Trenton, Ecke Center und Bridge Street. Sie können es nicht verfehlen." Der Mann hatte einen leicht spanischen Akzent. „Was ist mit Ihrem ..."

Doch John hatte bereits aufgelegt.

Der Mann am anderen Ende der Leitung hatte Recht gehabt. Enriques Garage war in der Tat nicht zu verfehlen. Nicht bei der bunten Aufmachung und den Flaggen von Amerika und Puerto Rico über dem Eingang.

Als John näher kam, entdeckte er einen Mann, der mit seinem Oberkörper unter der Motorhaube eines verbeulten Chevy Impala steckte. „Verzeihen Sie. Sind Sie Enrique?"

Der Mann richtete sich auf und betrachtete ihn aus klugen braunen Augen. „Ja, ich bin Enrique. Was kann ich für Sie tun?"

John holte seinen Ausweis heraus und hielt ihn Enrique einige Sekunden hin, ehe er ihn wieder einsteckte. „Als Erstes könnten Sie mir schon mal sagen, wo ich Arturo Garcia finde."

Der Mann blieb ungerührt. „Ich kenne keinen Arturo Garcia“, sagte er und schüttelte den Kopf.

„Sind Sie sicher? Er hat vor vier Tagen Ihre Werkstatt angerufen.“

Enrique zuckte die Achseln. „Hier rufen eine Menge Leute an, Detective. Die nennen nicht immer ihren Namen.“

John holte Arturos Fahndungsfoto heraus und hielt es Enrique hin. „Vielleicht frischt das Ihr Gedächtnis auf.“

Der Mann beugte sich leicht vor, als wolle er das Foto genauer betrachten. „Tut mir Leid.“ Er schüttelte wieder den Kopf. „Den habe ich noch nie gesehen.“

„Er fährt einen grünen Pick-up mit Kennzeichen aus Texas.“

„Von der Sorte gibt es eine Menge in dieser Gegend, aber die gehören alle Leuten von hier. Ein Texas-Kennzeichen hat keiner.“

John sah sich um. „Sie arbeiten allein?“

„Ja, Sir, allerdings“, bestätigte er stolz. „Reparaturen, Abschleppen und Buchführung.“ Er deutete auf ein Schild, auf dem für gebrauchte Reifen ab 9,99 Dollar geworben wurde. „Ich mache sogar meine Werbung selbst.“

John hatte keinen Grund, dem Mann nicht zu trauen, denn er wirkte aufrichtig und war offenbar ein harter Arbeiter. Da er von Natur aus skeptisch war, ließ er die Sache jedoch nicht auf sich beruhen, sondern gab dem Mechaniker seine Karte. „Rufen Sie mich an, wenn Ihnen doch etwas einfällt. Oder falls Sie Garcia in der Gegend sehen.“

Enrique nahm die Karte entgegen. „Was hat er angestellt, Detective?“

„Er wird im Zusammenhang mit einem Mord gesucht.

Das Opfer ist ein Mann, den Garcia aus Toledo kannte – Ian McGregor. Sie haben vielleicht davon gelesen."

Enrique schien ein wenig aus der Ruhe zu geraten. Leicht öffnete er den Mund, und sein Gesicht nahm eine gräuliche Färbung an. Vielleicht war er nur besorgt, dass ein Mörder in seiner Gegend herumlief, aber es könnte auch mehr dahinter stecken. John beschloss, dass es besser wäre, Enrique diskret im Auge zu behalten.

Als er sich zum Gehen wandte, stieß er mit einem jungen Mann zusammen, der eine frappante Ähnlichkeit mit Ricky Martin hatte, dem Popidol, auf das alle Mädchen in Jordans Klasse ganz wild waren. Er nickte ihm kurz zu und ging.

Tony wartete, bis der Mann außer Sichtweite war, ehe er die Luft ausatmete, die er ungewollt angehalten hatte. Er hatte genug mitgehört, um zu wissen, dass der Mann ein Detective der Polizei war und Arturo suchte. Seine Ahnung hatte sich also bewahrheitet. Die Bullen hatten Arturos Spur über das dumme Telefonat aufgenommen, das er mit McGregors Handy gemacht hatte.

Mit zittrigen Fingern fuhr Tony sich durch das Haar. Allmächtiger! Die Situation wurde mit jeder Minute brenzliger. Das Schlimme war nur, dass er als Einziger genügend Verstand besaß, sich deshalb Sorgen zu machen. Seit Arturo ihren Wagen in der Garage einer Latina versteckte, die er vor einigen Nächten kennen gelernt hatte, ging es bei ihm nur noch um Abbie DiAngelo und wie er an ihr Geld kommen könnte.

Enrique nahm einen öligen Lappen von der Werkbank und kam auf ihn zu. „Ist das wahr?" fragte er nervös und wischte sich die Finger ab. „Dein Bruder hat einen Mann umgebracht?“

Es zuzugeben hieße, Arturos Todesurteil zu unterzeichnen. Tony schüttelte heftig den Kopf. „Das ist doch Schwachsinn, Enrique. Arturo hat niemanden umgebracht.“

„Der Detective behauptet was anderes. Er hat mir sogar Arturos Bild gezeigt. Und er hat mir euren Wagen beschrieben.“ Er warf den Lappen wieder auf die Werkbank. „Du hast mir erzählt, dein Bruder sei vor den State Troopern abgehauen, weil seine Fahrerlaubnis abgelaufen war. Aber wenn da mehr ist ...“

„Ist es nicht, Enrique. Ich schwöre.“ Schweiß lief Tony den Rücken hinab und durchweichte sein Hemd. „Der Polizist irrt sich. Oder er sucht bloß einen Sündenbock. So was passiert andauernd. Man nennt das ethnische Profilerstellung. Du weißt, wie die *gringos* sind.“

Enrique schien über die Jahre seinen Teil an Diskriminierung abbekommen zu haben, denn er überdachte die Bemerkung und wirkte unentschlossen. Tony betete, dass er sie nicht zum Ausziehen aufforderte. Wohin sollten sie denn gehen?

„Also“, begann Enrique nach einer Weile, „es macht mir nichts, euch Brüdern zu helfen. Gott weiß, ich habe seinerzeit auch Hilfe gebraucht. Aber haltet euch an die Gesetze. Ich will keinen Ärger.“

„Wirst du nicht bekommen. Ich gebe dir mein Wort. Ich bitte dich nur, dass du uns noch ein paar Tage hier wohnen lässt.“

„Und dann geht ihr, okay?“

„Versprochen.“

Das hispanische Viertel an der Südseite Trentons war eine kleine, eng verwobene Gemeinde mit größtenteils hart arbeitenden, gesetzestreuen Bürgern, die kleine Geschäfte besaßen, wie Johns guter Freund Manuel Cabrero.

John hatte Manuel vor vier Jahren kennen gelernt, nachdem in Princeton ein Schnapsladen überfallen und der Besitzer erschossen worden war. Einen der Räuber hatte man als Manuels damals sechzehnjährigen Sohn Freddy identifiziert.

Trotz heftigen Leugnens wurde Freddy, der schon früher mit dem Gesetz in Konflikt geraten war, festgenommen. John mochte den Jungen. Er kam aus guter Familie und versuchte, sein Leben wieder in ordentliche Bahnen zu lenken. Da John nicht überzeugt gewesen war, dass sie den Richtigen hatten, setzte er damals die Ermittlungen fort. Eine Woche später nahmen sie den wahren Täter fest. Manuel und seine Frau waren ihm so dankbar, dass sie eine ständige Einladung in ihr Haus oder ihre Bäckerei in der Lalor Street aussprachen.

Als John die Bäckerei betrat, stand Manuel gerade hinter dem Tresen und gab einem Kunden das Wechselgeld heraus. Er war ein stämmiger, gut gebauter Mann mit lockigem schwarzem Haar und strahlend weißen Zähnen. Als er John sah, grüßte er auf Spanisch und rief seiner Frau zu: „*Pilar, ven a ver quien està aquí.*“ Komm und schau, wer da ist.

Er kam um den Tresen herum und schüttelte John heftig die Hand. „Wie geht es Ihnen, mein Freund? Wir haben uns lange nicht gesehen.“

„Ich kann mich nicht beklagen, Manuel. Und wie geht es Ihnen?“

„Das Leben läuft gut. Freddy besucht das College und hilft uns halbtags. Er möchte zum FBI“, fügte er stolz hinzu.

„Ich bin sicher, es wird ihm gelingen.“

Ehe Manuel antworten konnte, kam Pilar aus dem Hinterzimmer gelaufen, so schnell die kurzen Beine sie trugen, und umarmte John herzlich. „Was für eine schöne Überraschung. Manuel, hol John einen Stuhl. Sind Sie hungrig?“ Sie sprach schnell und mit deutlich spanischem Akzent. „Ich könnte Ihnen ein Sandwich machen. Ich habe noch von dem Cassava-Brot, das Sie so gern mögen. Oder eine schöne Schale Muschelsuppe? Vielleicht ist Ihnen eine Pastete lieber?“ Mit neckischem Blick, als kenne sie seine Schwächen, fügte sie hinzu: „Wie wäre es mit einer dicken Scheibe Piña-Colada-Kuchen?“

Lachend hob John die Hände. „Ich brauche gar nichts, Pilar. Ehrlich nicht.“ Er nahm ihre Handgelenke und hielt sie fest. „Und bemuttern Sie mich nicht wie eine Glucke. Mir geht es gut.“

„Ihnen geht es gar nicht gut. Sie sind zu dünn.“ Pilar wedelte ihm mit dem Zeigefinger vor dem Gesicht herum. „Ich werde Ihnen etwas Gutes zum Mitnehmen einpacken. Und ein Nein lasse ich nicht gelten.“

Es wäre ihm nicht im Traum eingefallen, sie zu beleidigen, indem er ihr Essen ablehnte. Er liebte ihre Kochkünste. „Danke, Pilar.“ Er holte Arturos Bild aus der Tasche. „Weshalb ich eigentlich hier bin – ich brauche Informationen.“ Er gab Manuel das Fahndungsfoto. „Haben Sie diesen Mann in der Gegend schon mal gesehen?“

Eingehend betrachteten Manuel und Pilar das Foto. „Nein“, sagten sie wie aus einem Mund. Manuel blickte auf. „Wer ist das?“

John erzählte es ihnen und beschrieb den gesuchten Wagen. Pilar presste eine Hand an die Brust. „Mord. *Madre mia.*“ Mit besorgtem Blick fragte sie: „Und Sie glauben wirklich, er versteckt sich in unserem Viertel?“

„Es wäre möglich. Was wissen Sie über den Besitzer von Enriques Garage an der Center Street?“

Pilar winkte ab, doch Manuel kannte den Mann offenbar. „Das müsste Enrique Soledad sein. Ein guter Mann, er arbeitet hart. Vor einigen Jahren war er mal in Schwierigkeiten, aber seither hat er sich gefangen.“

„Würde er einem Flüchtigen Unterschlupf gewähren?“

„Niemals.“ Manuel schüttelte heftig den Kopf. „Nicht Enrique.“ Er gab das Foto zurück. „Möchten Sie, dass ich Augen und Ohren offen halte, *amigo*?“

„Dafür wäre ich Ihnen sehr verbunden.“

Eine halbe Stunde später saß John wieder in seinem Plymouth, auf dessen Rücksitz sich eine Tasche randvoll mit einem Sortiment an Broten, Suppen und Pasteten befand, die ihm mindestens eine Woche ausreichten.

Der wirkliche Lohn seines Besuches würde sich hoffentlich später einstellen. Nach zwanzig Jahren in ihrem Stadtteil hatten Manuel und Pilar viele enge Beziehungen und erfuhren fast alles in einem Umkreis von zehn Meilen. Falls Arturo sich in ihrem Viertel oder in der Nähe aufhielt, würden die Cabreras es herausfinden.

32. KAPITEL

John wartete, bis er die Außenbezirke von Trenton hinter sich gelassen hatte, ehe er Tina über Handy anrief. Als Vater eines Jungen war er ebenso wie alle anderen Eltern im Gebiet von Princeton daran interessiert, dass der gefährliche Pädophile gefasst wurde.

„Wie war es bei Barbara Michaels?“ fragte er, sobald sie sich meldete.

Ihr Murren sprach Bände. „Nicht so gut, wie ich gehofft hatte. Sie hat ihn bloß von hinten gesehen und ist sich nur sicher, dass es ein Mann mit einem großen, hellen Hut war. Hellbraun oder grau. Es könnte einer dieser Strohhüte mit breiter Krempe gewesen sein, die man am Strand trägt. Aber sie war sich nicht sicher.“

„Ist das nicht dieselbe Beschreibung, wie die Lehrerin von Eastbrook sie gegeben hat?“

„Ziemlich genau. Miss Foley sagte, der Hut sei eindeutig ein Fedora gewesen. Deshalb habe ich den Morgen über die Kaufhäuser abgeklappert und mich erkundigt, wie viele Fedoras in der letzten Woche verkauft wurden. Keine. Die meisten Häuser führen diese Hüte nicht mehr!“

„Sieh es mal so“, versuchte er sie aufzumuntern. „Jetzt weißt du wenigstens, dass unser Mann Wert auf sein Äußeres legt.“

Trotz des Scherzes war ihm natürlich klar, dass es sich um eine ernste Angelegenheit handelte. Ernst genug, dass er sich vor zwei Wochen mit Clarice und Jordan zusammengesetzt hatte, um neue Verhaltensregeln zu besprechen. Er und Clarice waren in vielen Dingen unterschiedlicher Auffassung. Jordans Sicherheit ging ihnen jedoch über alles.

Seine Bemerkung brachte Tina zum Kichern. „Wert auf sein Äußeres. In einer Stadt wie Princeton engt das den Kreis auf ein paar Tausend Männer ein."

„Du pickst dir schon den Richtigen heraus", erwiderte er zuversichtlich. „Das gelingt dir immer."

Er beendete das Gespräch und wählte, einem Impuls folgend, die Nummer des Campagne.

„Sind Ihnen Kaffeepausen gestattet?"

Bei Johns scherzhafter Frage blickte Abbie auf die Uhr, sah, dass es zehn nach zwei war, und hielt das Telefon an das andere Ohr. „Haben Sie sich geschworen, mich zu zermürben?"

„Funktioniert es denn?"

Und wie, aber das würde sie ihm nicht verraten. „Man sagt mir nach, gelegentlich Pausen zu machen. Mein Leben besteht nicht nur aus Schufterei, wissen Sie."

„Das freut mich zu hören." Sein tiefes Lachen sandte ihr einen kleinen Schauer über den Rücken. „Dürfen Sie denn jetzt ein bisschen spielen gehen?"

„Was schwebt Ihnen vor?"

„Nichts Weltbewegendes. Kaffee bei Winberie, gleich hier im Viertel."

„Ich denke, das lässt sich einrichten. Geben Sie mir zwei Minuten."

Sie hängte auf, drehte sich um und sah, dass Brady sie mit neugierig blitzenden Augen betrachtete. „Gehst du weg?"

„Zu Winberie. Kaffeepause."

„Mit wem triffst du dich?"

„Um Himmels willen!" Sie warf ihre Schürze auf einen

Stuhl. „Kann man hier nicht ein bisschen Privatleben haben?“

J.B. Winberie im Herzen des Palmer Square war ein typisches irisches Pub, wo es dicke Burger, eine große Auswahl an Biersorten und laut Brady das beste Guinness der Stadt gab. Abbie lächelte der Kellnerin zu, die sie kannte, und ließ den Blick auf der Suche nach John durch den voll besetzten Raum schweifen. Er saß in einer der hinteren Nischen und sah gut aus in dem hellbraunen Jackett mit dem braunen, am Kragen offenen Hemd. Als sie sich näherte, erhob er sich.

„Was ist?“ fragte sie. „Warum sehen Sie mich so an? Habe ich etwa Schokomousse im Gesicht?“

„Nein.“ Er ließ sie nicht aus den Augen, als sie sich setzten. „Sie sind perfekt schön.“

Sie lachte leicht verlegen. „Freut mich, das zu hören, auch wenn es nicht stimmt.“ Eine Kellnerin blieb an ihrem Tisch stehen, und sie bestellten Kaffee. Sobald die Kellnerin verschwunden war, sagte Abbie mit gedämpfter Stimme: „Sie wissen etwas Neues, nicht wahr? Ich merke es.“ Sie lernte allmählich, ihn zu deuten, sofern er es zuließ.

Er nickte. „Dank einer unerwarteten Quelle machen wir Fortschritte. Rose’ verschwundenes Handy. Ian hatte es mitgenommen. Da wir es am Tatort nicht fanden, gehen wir davon aus, dass der Täter es hat.“

„Tatsächlich?“

„Irgendwer hat es jedenfalls und beging eine große Dummheit.“

„Er hat damit angerufen.“

„Bingo. Wir haben den Anruf zu einer Werkstatt im Süden von Trenton verfolgt, die einem Enrique Soledad gehört. Leider behauptet Enrique, nie von Arturo Garcia gehört zu haben."

„Glauben Sie ihm?"

„Sagen wir mal, Enrique war nicht völlig entspannt, als ich bei ihm auftauchte."

„Demnach denken Sie, er kennt Arturo?"

„Er weiß vielleicht, wo er sich aufhält, und hat Angst, es zu sagen. Das kann ich ihm nicht mal verübeln."

Sie hörte zu, während er ihr von Arturos langer Vorstrafenliste erzählte, dessen schwerwiegendste Tat ihn für acht Jahre ins Gefängnis gebracht hatte. Sein Zornesausbruch im Gericht, als er Ian mit Obszönitäten belegt und geschworen hatte, ihn auszuweiden wie einen Fisch, machte ihr klar, wie knapp sie an jenem Abend am See mit dem Leben davongekommen war. Hätte Arturo sie erwischt, hätte er sie ohne Zögern umgebracht.

Ihr Kaffee wurde serviert, und Abbie gab Milch in ihren. „Wie wollen Sie Garcia finden, wenn er sich versteckt?"

„Nach Aussage von Detective Bloom ist er ein ruheloser Geist. Das sind die meisten Exknackis. Ich möchte wetten, dass er sich nicht immer verstecken wird. Ein Mann wie er muss rausgehen, sich bewegen, ein paar Biere trinken. Ein Freund von mir in Trenton hält die Augen offen."

Die Gewissheit, dass Arturo intensiv gesucht wurde, beruhigte sie nicht. Sosehr sie sich auch wünschte, dass er geschnappt wurde und hinter Gitter kam, hätte sie lieber gehört, dass er aus dem Staat geflohen und Tausende Meilen entfernt war.

„Ich weiß, dass Sie Angst vor Arturo haben. Und ich behaupte nicht, das sei unbegründet. Aber bedenken Sie, dass Garcia zwar nicht besonders helle, aber auch kein kompletter Idiot ist. Ich glaube kaum, dass er sich Ihnen noch einmal nähert, solange im ganzen Staat nach ihm gefahndet wird."

„Er wirkte sehr entschlossen, mir das Geld abzunehmen."

„Ich weiß. Deshalb sollten Sie auch vorsichtig sein. Geben Sie Acht, was um Sie herum geschieht, aber machen Sie sich nicht verrückt."

Sie nickte. „Brady hat mir schon gesagt, dass er vorläufig immer bleibt, bis ich das Lokal schließe. Er hat das sowieso immer gewollt, und jetzt bekommt er seine Chance."

Sie wurde plötzlich auf die Bar aufmerksam, an deren Ende ein Mann saß und sie im Spiegel, der hinter dem Tresen hing, beobachtete. Als sich ihre Blicke begegneten, erkannte sie Ken Walker. Sie war fast sicher, dass er bei ihrer Ankunft noch nicht dort gesessen hatte. Vermutlich war seine Anwesenheit hier nur ein harmloser, ärgerlicher Zufall. Wenn er so viel Freizeit hatte, wie seine Frau sagte, musste er sich ja langweilen und durstig werden.

Während sie noch überlegte, was sie tun sollte, blickte sich John zur Bar um. „Jemand, den Sie kennen?" fragte er und drehte sich wieder ihr zu.

„Nein. Ich meine, ja." Sie wandte den Blick von Ken und nahm ihre Tasse auf. „Ein ehemaliger Angestellter."

„Er macht Sie nervös. Warum? Hat er Sie belästigt?"

Sie lächelte. „Schlägt da Ihre psychologische Ausbildung durch, oder bin ich so leicht zu durchschauen?"

„Vielleicht ein bisschen von beidem." Er wandte sich wieder ab, und diesmal beobachtete er den Mann ein paar

Sekunden länger. Schnell richtete Walker den Blick auf sein Bier.

John sah wieder Abbie an. „Was ist das für eine Geschichte mit ihm?“

„Brady hat ihn erwischt, als er mir Geld gestohlen hat. Daraufhin habe ich Ken entlassen. Vor ein paar Tagen kam er ins Restaurant, sagte, er habe aufgehört zu spielen und wolle seinen alten Job wiederhaben.“

„Der Mann hat Nerven.“

„Allerdings. Die Situation eskalierte, so dass Brady ihn schließlich vor die Tür setzen musste. Während ich gestern bei der Beerdigung war, kam Ken zurück. Er hat keine Szene gemacht, aber er ging draußen vor dem Restaurant auf und ab und ärgerte Brady.“

„Sie könnten eine Unterlassungsklage gegen ihn beantragen.“

„Das möchte ich nicht. Ken steht momentan ein bisschen neben sich. Das vergeht wieder. Sehen Sie?“ Sie blickte zur Bar. Ken war verschwunden. „Er hat sich gelangweilt und ist gegangen.“

John hielt die Sache nicht für erledigt und Abbie auch nicht, doch sie ließ das Thema auf sich beruhen.

Stattdessen hörte sie interessiert zu, als John ihr erzählte, dass er die Besuchserlaubnis für Earl Kramer im Stateville Gefängnis bekommen hatte. John wollte Sonntag früh nach Ohio fliegen. Die Ankündigung erfüllte Abbie mit einer Mischung aus Erleichterung und Nervosität. Was, wenn Kramer hart blieb oder die Wahrheit nicht so aussah, wie sie es erhoffte?

Sie verdrängte ihre Bedenken und hob lächelnd die Tasse. „Auf eine erfolgreiche Reise.“

John beugte sich vor und hob ebenfalls die Tasse. „Und auf einen Neubeginn."

„Neubeginn?"

„Zwischen Ihnen und mir."

Abbie lachte. „Mein Gott, Sie sind aber hartnäckig."

„Sie haben doch nicht gedacht, dass ich Sie so leicht vom Haken lasse, oder?"

Im Gegenteil. Sie hatte in letzter Zeit oft daran denken müssen, wie mitfühlend er sie in jener Nacht in ihrem Haus angesehen hatte, wie angenehm es gewesen war, als er ihre Hände hielt, und wie sehr sie sich gewünscht hatte, dass er sie küsste.

„Um ehrlich zu sein", erwiderte sie und konnte der Versuchung einer kleinen Neckerei nicht widerstehen, „habe ich mir keine sonderlichen Gedanken darüber gemacht. Bei allem, was passiert ist ..."

„Lügnerin."

Abbie gab sich schockiert. „Wie bitte?"

„Sie sind eine lausige Lügnerin, Abbie DiAngelo. Sie sind genauso gern mit mir zusammen wie ich mit Ihnen. Der Unterschied ist, dass ich es zugebe und Sie nicht."

„Sieh an, sieh an", sagte eine weibliche Stimme und hinderte Abbie an einer Erwiderung. „Dürfen von unseren Steuergeldern bezahlte Polizeikräfte während der Dienststunden in öffentlichen Bars herumlungern?"

John wurde ernst und straffte sich. „Mary Kay." Er ignorierte ihre Bemerkung und fügte hinzu: „Kennst du Abbie DiAngelo?"

Die Frau schenkte Abbie ein aufgesetztes Lächeln. „Ich glaube, ich hatte noch nicht das Vergnügen."

Abbie nahm die ausgestreckte Hand. Die Frau war

schlank und trug zur eleganten weißen Hose ein schwarzes Jackett. Sie hatte hohe Wangenknochen, und ihr Blick aus klugen braunen Augen schätzte sie unverhohlen ab.

„Mary Kay Roder ist Reporterin bei den *Mercer County News.*" Mit steinerner Miene nahm John eine Zehndollarnote aus der Tasche, legte sie auf den Tisch und erhob sich. „Du entschuldigst uns sicher. Wir wollten gerade gehen."

Ihr Blick verweilte auf Abbie. „Hoffentlich nicht meinetwegen."

„Das wäre zu viel der Ehre, Mary Kay."

Befremdet stand Abbie auf und ließ sich von John am Arm zur Tür führen. Sie musste fast laufen, um mit ihm Schritt halten zu können.

„Meine Güte", sagte sie, als sie den Gehsteig erreichten. „Was war das denn?" Sie sah zum Pub zurück. „Wenn Blicke töten könnten, läge ich jetzt sechs Fuß unter der Erde." Sie sah John an. „Und Sie ebenfalls."

„Mary Kay ist die reine Pest und in jeder Hinsicht eine Hyäne."

Abbie lächelte. „Mit anderen Worten, sie ist scharf auf Sie."

„Was immer sie ist, ich will nichts damit zu tun haben. Das habe ich ihr deutlich gesagt, und seither hat sie mich auf dem Kieker."

„Ist sie gefährlich?"

„Sie bildet es sich zumindest ein."

Gemeinsam gingen sie zum Restaurant. Der kurze Fußmarsch schien John zu beruhigen. Vor der Tür des Campagne sagte er: „Ich möchte unsere Unterhaltung gern dort wieder aufnehmen, wo wir unterbrochen wurden, aber ich weiß, Sie müssen heim." Er küsste sie unerwartet auf die Wange. „Gutschein?"

Wenn sie Ben nicht versprochen hätte, mit ihm einkaufen zu gehen, hätte sie den Gutschein auf der Stelle eingelöst. Stattdessen stieß sie einen Seufzer des Bedauerns aus. „Ich habe einen Hochzeitsempfang am Samstag, und bis dahin werde ich schrecklich beschäftigt sein ... aber würden Sie mich anrufen, wenn Sie aus Toledo zurück sind?"

Ein Lächeln erhellte sein Gesicht. „Das tue ich sehr gerne."

„Was ist los mit dir?" fragte Arturo, während er eintrat. „Du siehst aus, als müsstest du kotzen."

Tony, der im Vorraum gesessen und auf Arturo gewartet hatte, blickte auf. „Ich bin mit dem Detective zusammengestoßen, der den Mord an McGregor untersucht."

Arturo sah ihn ausdruckslos an. „Wo?"

„In Enriques Garage. Er hat ihn befragt, zeigte ihm dein Foto und beschrieb unseren Wagen."

Jetzt merkte Arturo auf. „Wie ist er auf Enrique gekommen?"

Tony sah ihn eisig an. „Würde es dich wirklich umbringen, wenn du gelegentlich dein Hirn benutzt? Was glaubst du wohl, wie er auf ihn gekommen ist? Durch das Telefonat, das du über McGregors Handy geführt hast. Die Bullen haben einfach die Spur verfolgt."

„Ich hoffe, Enrique hat sein verdammtes Maul gehalten."

„Hat er. Aber er hat Angst. Er will keinen Ärger mit der Polizei."

„Scheiße." Arturo kratzte sich den kahlen Schädel.

„Er will, dass wir hier ausziehen. Ich habe ihn überredet, uns noch ein paar Tage wohnen zu lassen, aber dann müssen wir abhauen."

„Ich gehe nirgendwohin, bis ich das Geld von diesem Luder habe."

Tony seufzte frustriert. „Wann kriegst du das endlich in deinen dicken Schädel? Die Schwester von McGregor wird dir keine achtundvierzigtausend Dollar geben, nur weil du sie darum bittest."

„Nee, wenn ich bitte, nich'."

Tony stand auf. „Was, zum Teufel, soll das heißen?"

„Ich habe sie überprüft, wo sie lebt, wo sie arbeitet. Wusstest du, dass sie ein Kind hat? Einen Jungen."

„Und?"

„Wer ist jetzt schwer von Begriff, hm?" Er lachte, offenbar sehr stolz auf sich. „Der Junge könnte ganz praktisch sein, Tone."

Obwohl Arturo einen Kopf größer war als sein Bruder und hundert Pfund schwerer, packte Tony ihn am Kragen und schob ihn gegen die Wand. „Das Einzige, was du tun wirst, ist, dich verstecken. Ich versuche alles, um dich aus diesem Schlamassel herauszuholen. Aber ich warne dich. Versaust du wieder alles, wirst du es bereuen!" Er versetzte ihm noch einen Schubs. „Hast du das kapiert?"

Die beiden starrten sich lange an, dann schob Arturo seinen Bruder beiseite. „Was, zum Geier, ist los mit dir, Mann?"

„Ich habe es satt. Nach dem Mord an McGregor habe ich dich nur deshalb nicht im Stich gelassen, weil ich dachte, du hättest in Notwehr gehandelt. Das glaube ich immer noch. Aber ich will nichts mehr von Abbie DiAngelos Geld hören! Ich erwarte, dass du dich in den nächsten Tagen ruhig und unauffällig verhältst." Er fing Arturos finsteren Blick auf, wich ihm jedoch nicht aus. „Das ist mein Ernst."

Abbie saß auf einem Hocker und beobachtete, wie ihre Freundin einen Marmorblock bearbeitete, der zu einer Skulptur mit dem Thema Mutter und Kind werden sollte.

„Wie lief die Beerdigung?" fragte Claudia.

„Besser als erwartet. Liz war da. Sie ist immer noch dieselbe wie früher, unnahbar und sarkastisch. Sie hat sich Mühe gegeben, herzlos zu erscheinen, aber ich glaube nicht, dass sie es ist."

„Warum hat sie John Ryan dann erzählt, dass Ian dich erpresst hat?"

„Wenn dein Bruder dich überzeugt hätte, dass deine Stiefmutter deinen Vater umgebracht hat, wärst du dann nicht auch geneigt, deine Stieffamilie anzuschwärzen?"

„Glaubt sie das denn wirklich?"

„Ich denke, sie weiß nicht recht, was sie glauben soll."

„Hat Irene mit ihr gesprochen?"

„Liz gab ihr keine Gelegenheit dazu. Unnötig zu sagen, dass meine Mutter enttäuscht war. Sie wollte ihr von den Briefen erzählen, die sie beiden Kindern geschrieben hatte, als wir nach Kalifornien gezogen sind. Ich weiß jetzt, dass Ians Tante die Briefe nie an sie weitergeleitet hat."

Claudia rückte ihre Schutzbrille zurecht und schlug weiter Marmorstücke ab. „Warum machst du dir Gedanken wegen Liz? Soll sie doch glauben, was sie will. Wenn sie keinen Kontakt zu dir und deiner Mutter möchte, ist das vielleicht besser für euch."

„Ben denkt da anders."

Claudia verharrte in der Bewegung. „Er spricht immer noch von ihr?"

„Er will eine richtige Tante haben." Sie lächelte. „Manchmal denke ich, er verschwört sich hinter meinem Rücken mit meiner Mutter."

„Was sollst du denn seiner Ansicht nach tun?"

„Ist dir das Sprichwort geläufig, wenn der Prophet nicht zum Berg kommt ..."

„Muss der Berg zum Propheten kommen." Claudia strich mit einer Hand über die raue Oberfläche. „Du hast vor, sie zu besuchen, stimmt's?"

„Ja. Aber ich werde sie erst anrufen und ihr die Gelegenheit geben, mich zur Hölle zu schicken." Abbie lehnte sich gegen den breiten Rücken der immer noch titellosen Skulptur einer entspannt daliegenden Frau und verfolgte weiter die Arbeit ihrer Freundin. „Aber das wird sie nicht tun."

„Woher willst du das wissen?"

„Sie ist ganz allein."

„Vielleicht möchte sie das so haben?"

„Niemand nimmt sich vor, ein einsames Leben zu führen."

„Und du steuerst auf einen Reinfall zu, Abigail." Wenn Claudia ihr einen Rat erteilte, griff sie gelegentlich auf ihren vollen Namen zurück.

„Vielleicht. Aber dann kann ich Ben wenigstens sagen, dass ich es versucht habe." Sie sah auf ihre Uhr. „Eigentlich sollte ich sie gleich anrufen. Laut Rose müsste Liz jetzt zu Hause sein und sich für die Arbeit fertig machen."

Sie holte ihr Handy aus der Tasche und die Telefonnummer, die sie von Rose bekommen hatte.

„Liz“, sagte sie, als ihre Stiefschwester antwortete. „Ich bin’s, Abbie.“

Der Tonfall ihrer Stiefschwester war nur eine Nuance freundlicher als am Mittwoch. „Ich habe deine Stimme erkannt.“

„Ich will dich nicht aufhalten. Ich weiß, du machst dich bereit, zur Arbeit zu gehen. Aber mir ist da ein Gedanke gekommen ...“

„Soll mir recht sein, solange ich nichts damit zu tun habe.“

Abbie ließ sich nicht abschrecken. „Eigentlich hat es mit dir zu tun. Ich wollte Sonntag mit Ben nach New York. Wir waren seit Ewigkeiten nicht mehr dort und ...“

„Erzähl mir nicht, du würdest gern vorbeikommen, damit der Junge mich kennen lernt. Wir sollen also irgendwohin zum Brunch gehen, über alte Zeiten reden, ein paar Fotos austauschen und es uns nett und gemütlich machen wie eine normale Familie.“

Abbie hätte auf den Sarkasmus verzichten können, ließ sich jedoch nicht beirren. „So ähnlich.“

„Ich arbeite am Sonntag.“

„Den ganzen Tag?“

Ein leichtes Zögern. „Nein.“

„Also, wann musst du arbeiten?“

„Um zwei.“

„Das ist ideal. Dann komme ich früh mit Ben zu dir, und wir gehen irgendwohin zum Frühstücken. Hinterher könnte ich mit ihm in den Zoo im Central Park gehen, das wird ihm gefallen. Wie klingt das?“ Sie wappnete sich vor einer Abfuhr, blieb jedoch jovial im Ton. „Das ist doch nicht zu viel verlangt, oder?“

„Warum tust du das?“

„Weil Ben traurig ist, dass er keine Onkel und Tanten hat wie andere Jungen. Er möchte dich kennen lernen, Liz. Ich konnte es ihm einfach nicht abschlagen. Ich weiß, wir haben uns nie nahe gestanden und werden es vermutlich auch nie. Aber würdest du es für Ben tun? Bitte.“

Ein langes Schweigen folgte am anderen Ende der Leitung, das sie nicht zu stören wagte. Als sie ein resigniertes Seufzen hörte, musste Abbie lächeln. Die erste Runde ging an sie.

„Also schön“, sagte Liz, „Sonntagmorgen. Zehn Uhr. Kommt nicht früher, weil ich nicht zu genießen bin, wenn ich nicht acht Stunden geschlafen habe. Und erwartet nicht, dass ich eine Plaudertasche bin. Das ist nicht mein Stil. Sag Ben das.“

„Mach' ich. Danke, Liz.“

Ihre Antwort bestand in einem Brummen.

„Ich brauche deine Adresse.“

Abbie schrieb sie auf, schaltete das Telefon aus und fühlte sich ein wenig wie die Katze, die den Kanarienvogel verspeist hat.

33. KAPITEL

Kurz nach zehn an einem herrlich sonnigen Junimorgen kamen Abbie und Ben in New York City an. Da es noch früh war, herrschte kaum Verkehr, und Abbie fand leicht einen Parkplatz einen halben Block von Liz' Apartmenthaus entfernt. Ben konnte seine Aufregung kaum verbergen, während sie im Fahrstuhl in die vierte Etage hinauffuhren. Als sie ihm erzählt hatte, Liz habe sie zu einem Besuch eingeladen, hatte er nur mit Genugtuung bemerkt: „Ich hab's dir ja gesagt."

Liz öffnete die Tür, bekleidet mit schwarzer Hose und weißer Bluse, und schenkte ihnen ein lauwarmes Lächeln, das, wie Abbie annahm, eher Ben als ihr galt. Sie ignorierte den kühlen Empfang, zuversichtlich, dass ihre Stiefschwester sich für den bezaubernden Jungen erwärmen würde.

Zu Abbies Freude tat sie es und lachte sogar über einige seiner Geschichten von seinen Freunden und der Schuldirektorin – die mit dem Flaum auf der Oberlippe.

Auf dem Weg zu einem karibischen Restaurant, das Liz bevorzugte, erzählte Ben ihr von den Ereignissen des letzten Jahres. Bei riesigen Ananas-Kokosnuss-Pfannkuchen, die er zu Hause niemals gegessen hätte, hier aber geradezu verschlang, berichtete er vom Kampf seiner Mannschaft um den ersten Platz und wie sehr er sich auf die Sommerferien freute.

Seinen Fragen nach ihrem Privatleben wich Liz geschickt aus, doch als er sich nach ihrem berühmten verstorbenen Mann erkundigte und sie hoffnungsvoll ansah, konnte sie nicht umhin, ein paar Worte über seinen Ruhm und seinen Absturz zu verlieren.

„Warum hast du keine Kinder?“ fragte Ben unverblümt.

Schlicht erwiderte Liz: „Wir können nicht alle so viel Glück haben wie deine Mutter.“

Als sie sich nach anderthalb Stunden verabschiedeten, lud Abbie Liz nach Princeton ein und fügte hinzu, Irene würde sie gerne wiedersehen. Doch ihre Stiefschwester wollte sich nicht auf einen Termin festlegen lassen, auch nicht als Ben drängte. Abbie beharrte nicht. Liz hatte heute großes Entgegenkommen gezeigt. Der Rest musste sich Schritt für Schritt mit der Zeit ergeben.

„Denkst du, Tante Liz mag mich?“ fragte Ben, als sie die Sixth Avenue hinunterfuhren.

Abbie lächelte ihn an. „Ich glaube, sie ist verrückt nach dir, Sportsfreund. Wie sollte es auch anders sein?“

Da Detective Otis ein gutes Wort für John eingelegt hatte, war der Aufseher im Stateville Gefängnis bereit, Informationen über seinen Gefangenen herauszugeben, der alles andere als ein Musterknabe war.

„Earl Kramer ist nicht gerade einer unserer Lieblinge hier“, erklärte Timothy Paulson, als er John einen feuchten, deprimierenden Korridor entlangführte. „Jedenfalls nicht bei der Gefängnisverwaltung. Er zettelt Unruhen an, besticht Wachen, was uns dann zwingt, sie zu feuern, und veranstaltet Hungerstreiks, die mehr Aufmerksamkeit auf unsere Einrichtung lenken, als uns lieb ist.“

„Erinnern Sie sich an den Besuch von Ian McGregor im letzten Monat?“

Der Aufseher seufzte. „Aber gewiss. Für die Akten: Ich war von Anfang an dagegen, aber Kramers Ehefrau verbürgte sich für McGregor. Er sei ein alter Freund und gehöre praktisch zur Familie. Sie verlangte so lautstark und wortreich sein Besuchsrecht, dass ich dachte, sie allein würde einen Aufstand anzetteln. Ich traf also eine Ermessensentscheidung und gestattete McGregor, seinen Freund zu besuchen. Nach Auskunft der Wachen haben sie nur miteinander geredet. Nach allem, was ich jetzt weiß, wünschte ich mir, ich wäre meinen Vorsätzen treu geblieben." Er seufzte wieder. „An einem Ort wie diesem Entscheidungen zu treffen ist nicht immer so einfach, wie man meint."

„Ich nehme an, dass die Unterhaltung der beiden nicht aufgezeichnet wurde?"

Bedauernd schüttelte Paulson den Kopf. „Früher wurden Unterhaltungen zwischen Insassen und Besuchern aufgezeichnet. Doch nach dem Aufstand von 92 gab es eine Liste von Forderungen, unter anderem das Recht der Insassen auf Privatsphäre am Besuchstag. Sie hielten zwei unserer Wachen als Geiseln, und uns blieb keine Wahl, als an den Verhandlungstisch zu gehen und ihnen ein paar Zugeständnisse zu machen. Die Forderung nach Privatsphäre war eines davon."

John fasste sich an die Brusttasche, in die er zuvor einen kleinen Rekorder gesteckt hatte. Paulson bemerkte die Bewegung, als sie in einen zweiten Korridor bogen. „Wie ich schon sagte, haben Sie natürlich meine Erlaubnis, Ihre Unterhaltung mit Kramer aufzuzeichnen. Ob er da zustimmt, ist eine andere Sache."

John lächelte vor sich hin. Kramer würde kein Problem mit dem Rekorder haben. Oder mit einer seiner Fragen, das konnte er fast garantieren.

Verurteilte Männer sehen alle irgendwie gleich aus, dachte

John. Oberflächlich betrachtet war da diese Aufsässigkeit, die Keckheit, während sie mit klirrenden Ketten in den Raum schlurften. Doch für den aufmerksamen Beobachter waren Angst und manchmal Hoffnung erkennbar, denn ein neuer Besucher konnte nur gute Nachrichten bedeuten. Gelegentlich sah man auch etwas anderes – einen tief sitzenden Zorn. Ihrer Ansicht nach hatte das System sie im Stich gelassen. Es war nicht ihre Schuld, dass sie ihr Leben ruiniert hatten, sondern die des trunksüchtigen Vaters, der die Familie verließ, oder der Mutter, die jede Nacht einen anderen heimbrachte, oder es waren die Schläge, die sie als Kinder bezogen hatten. Manchmal waren diese Gründe traurigerweise sogar wahr, doch ab und zu auch erfunden, je nachdem, was besser funktionierte. Hier Wahrheit von Fantasie zu unterscheiden war eine Aufgabe, die John gerne anderen überließ.

Earl Kramer war nicht anders. Er war nicht nur ein Schauspieler, sondern auch ein rücksichtsloser Killer. Die Bibel, die er mit in die Glaskabine brachte, änderte allerdings nichts an Johns Einschätzung.

Sie nahmen die Hörer auf, die auf beiden Seiten der Trennscheibe an den Wänden hingen.

„Hallo, Kramer."

Argwöhnische Augen betrachteten ihn. „Wer, zum Teufel, sind Sie?"

„Hat man Ihnen das nicht gesagt?"

„Die erzählten, ein Bulle will mich sprechen. Aber ich kenne Sie nicht."

„Dann ist heute Ihr Glückstag." John schenkte ihm ein unterkühltes Lächeln und wurde mit einem hoffnungsvollen Aufblitzen der schwarzen Knopfaugen belohnt.

„Ist das so?"

„Jede Wette. Aber zunächst möchte ich Ihnen mein Beileid aussprechen."

Kramer verengte die Augen. „Wer ist gestorben?"

„Ihr Freund. Sie wissen schon, Ian McGregor."

Earl Kramer sah ihn verständnislos an. „Ich weiß nicht, wovon Sie sprechen."

„Der Typ, der vor ein paar Wochen mit einem Plan zu Ihnen kam, der Ihnen beiden Geld einbringen würde – hundert Riesen, um genau zu sein. Sie mussten lediglich eine Tat gestehen, die Sie nicht begangen haben."

Kramer lachte. „Warum sollte ich denn so was Blödes tun?"

„Weil Ihnen die Idee gefiel, fünfzig Riesen zu kassieren, ohne einen Finger zu rühren. Und weil Sie wussten, dass Ihr Geständnis eine neue Untersuchung nach sich ziehen würde, die Ihre Exekution auf unbestimmte Zeit verschieben würde." John schenkte ihm ein flüchtiges Lächeln. „Na, wie war das bis jetzt?"

Kramers Miene veränderte sich nicht. Immer noch wirkte er sehr selbstsicher, doch das würde sich gleich ändern.

„Sie sind dümmer, als die Polizei erlaubt", sagte Kramer.

„Das glaube ich kaum. Wir haben Beweise, dass McGregor Sie am 4. Juni aus Princeton, New Jersey, anrief und aufforderte, seine Schwester anzurufen, was Sie noch am selben Tag taten." Er machte eine Pause, um Kramers Reaktion zu beobachten. „Kommt Ihre Erinnerung allmählich zurück?"

Earl reagierte schnell. „Ach so", erwiderte er und tippte sich an die Stirn, als sei sein Erinnerungsvermögen auf wundersame Weise zurückgekehrt. „*Den* McGregor meinen Sie. Warum haben Sie das nicht gleich gesagt? Ja klar, ich kenne Ian. Ein alter Kumpel.“ Er senkte den Blick auf die vor ihm liegende Bibel. „Wie bedauerlich, dass er verschieden ist. Ich werde für seine Seele beten.“

Was für ein Haufen Scheiße, dachte John, sagte jedoch: „Warum hat er Sie aufgesucht?“

„Weil ich ihn darum gebeten habe. Ich hatte gehört, dass er rauskommt, und wollte mit ihm sprechen.“

„Über was?“

„Darüber, dass ich das Haus seines Vaters angezündet habe. Ich wollte ihn um Vergebung bitten. Aber von hundert Riesen weiß ich nichts.“ Er legte eine Hand auf die Brust. „Das geschah aus reiner Herzensgüte.“

„Sie lügen.“

Kramer stieß ein verhaltenes Lachen aus, das John innerlich zum Kochen brachte. „Ihr Bullen seid doch alle gleich. Nur weil ihr ein Abzeichen und eine Knarre habt, glaubt ihr, Leute herumschubsen zu dürfen, damit sie Sachen zugeben, die gar nicht stimmen.“ Er verzog verächtlich den Mund. „Wissen Sie was? Mich werden Sie nich' rumschubsen. Erzählen Sie Ihre halbgare Geschichte, wem Sie wollen, aber gehen Sie mir aus den Augen.“

John beugte sich vor. Es war wichtig, dass er beherrscht blieb, so gern er Kramer auch eine gelangt hätte. „Dann werde ich es Ihnen nett und einfach erklären“, fuhr er ruhig fort. „Ehe ich herkam, habe ich meine Hausaufgaben gemacht. Es ist so etwas wie eine Leidenschaft von mir, alles über Verbrecher Ihres Schlages herauszufinden. Was ich entdeckt habe, wird Ihnen nicht gefallen.“

Immer noch keine Reaktion. Entweder war der Mann

dumm oder ein verdammt guter Pokerspieler. „Sie haben schon ein paar hässliche Dinge in Ihrem Leben getrieben. Aber eine Sache ist besonders widerlich. Sie wissen, wovon ich spreche, nicht wahr?“

Kramer ging nicht auf die Frage ein, sondern beobachtete John nur, beide Hände auf der Bibel gefaltet.

„Ich rede davon, dass Sie Ihre kleine Stieftochter belästigt haben. Wie alt war sie? Fünf? Sechs?“

Diesmal zuckte Kramer leicht zusammen. „Sieben, und ich habe dafür bezahlt. Also warum bringen Sie die Scheiße wieder auf?“

„Weil sie in Ihrem letzten Verfahren nicht zur Sprache gekommen ist.“

„Die Anklage hat es versucht, aber mein Anwalt hat das verhindert, ehe es ins Protokoll kam. Man nennt das Antrag zum Beweisausschluss.“ Er reckte die Brust und lächelte John verschlagen an. „Wie Sie sehen, kenne ich mich auch ein bisschen im Gesetz aus.“

„Welch ein Glück für Sie, nicht wahr? Sonst wäre die Information vielleicht durchgesickert, direkt in dieses Gefängnis.“

Zum ersten Mal blitzte so etwas wie Furcht in Kramers Augen auf. Er hatte die Botschaft verstanden.

„Was denken Sie, wie Ihre Mitgefangenen reagieren, wenn sie erfahren, was Sie der Kleinen Hässliches angetan haben? Vermutlich würde denen das gar nicht gefallen, stimmt's? Die meisten dieser Kerle mögen hartgesottene Kriminelle sein, aber an eine Regel halten sich alle – man vergreift sich nicht an Kindern. Wenn die erfahren, dass sich ein Kinderschänder in ihrem Gefängnis befindet, regen die sich oft so auf, dass sie das Gesetz in die eigenen Hände nehmen und ihn bestrafen, wie sie es für richtig halten. Ich erinnere mich an einen Fall, in dem ein ganzer Zellenblock einen Mann fast zu Tode geprügelt hat. Wie ich hörte, biss ihm dann einer seine edlen Teile ab." Traurig schüttelte John den Kopf. „Der arme Bastard konnte nie mehr richtig laufen."

Kramers Gesicht war so grau geworden wie die schmuddeligen Wände ringsum. „Sie dürfen diese Information nicht weitergeben. Sie würden sich strafbar machen."

Offenbar hatte Kramer wirklich Zeit gehabt, sich juristisch zu bilden. „Das glaube ich kaum. Als ich das letzte Mal nachgesehen habe, galt in diesem Land noch Redefreiheit. Ich muss nur einige Worte in die richtigen Ohren flüstern, und Sie könnten morgen schon tot sein. Oder sich zumindest wünschen, Sie wären es."

Kramer starrte ihn lange unter schweren Lidern hinweg an. Offenbar schätzte er seine Chancen ein, und das Resultat gefiel ihm nicht. John bedrängte ihn nicht, sondern erwiderte nur ruhig seinen Blick.

„Was wollen Sie?" fragte Kramer schließlich.

John nahm seinen Rekorder aus der Brusttasche und stellte ihn auf den Tisch.

„Erzählen Sie mir, was wirklich zwischen Ihnen und McGregor los war?"

34. KAPITEL

Abbie konnte ihre Freude kaum beherrschen, als John sie Montagmorgen anrief und von seinem erfolgreichen Besuch im Stateville Gefängnis berichtete. Earl Kramers Geständnis war unterschrieben und bezeugt worden, ehe John Ohio wieder verlassen hatte.

„Ich kann nicht glauben, dass Sie ihm ein Geständnis entlockt haben“, sagte sie aufgeregt. „Wenn Sie jetzt vor mir stünden, würde ich Ihnen einen dicken Kuss auf Ihr attraktives Gesicht geben.“

Er lachte. „Behalten Sie das im Gedächtnis. Sie bekommen Ihre Chance.“

„Wirklich?“

„Wie wäre es mit einem kleinen Dinner? So gegen neun?“

„Klingt wunderbar. Und neun schaffe ich. Montags ist nicht viel los.“

„Ich weiß, Brady hat's mir gesagt.“

Sie sah kurz ihren Souschef an, der genau zu wissen schien, mit wem sie sprach. „Hat er das? So, so.“

„Nur weil ich ihm mit körperlicher Gewalt gedroht habe, wenn er nicht kooperiert.“

„Klar, treten Sie nur für ihn ein.“

„Wollen Sie mich gar nicht fragen, wohin ich Sie ausführe?“

Eigentlich hatte sie sich mehr gefragt, wie sie es bis neun heute Abend aushalten sollte. „Wohin führen Sie mich denn aus?“

„Ins Church Street Bistro.“

„Eines meiner Lieblingslokale.“

„Gut. Soll ich Sie im Campagne abholen? Um halb neun?"

„Ich werde fertig sein."

Sie hängte auf und wandte sich an Brady. „Du hast also mit John über mich gesprochen?"

„Nur ein bisschen."

„Was hast du ihm gesagt?"

„Lediglich ein paar Kleinigkeiten, um ihm zu helfen, das richtige Restaurant auszuwählen. Was du gerne isst, welche Restaurants du bevorzugst und wann die beste Zeit ist, dich einzuladen."

„Die beste Zeit, mich einzuladen?"

„Du weißt schon, dass es morgens bei dir günstig ist, weil du da ausgeruht und entspannt bist und dich auf den Tag freust. Abends ist nicht so gut. Da bist du müde und erledigt."

Sie lachte. „Mit anderen Worten, du hast alle meine Geheimnisse ausgeplaudert."

„Nicht alle. Ein paar habe ich verschwiegen, damit er sie selbst lüftet."

Ein Lieferant rollte einen Karren mit französischem Baguette herein und reichte Brady eine Klemmkladde. Brady überflog den Lieferschein, ehe er ihn abzeichnete. „Also", fuhr er fort, nachdem der Lieferant gegangen war. „Wohin führt er dich aus?"

„Ins Church Street Bistro, in Lambertville."

Brady nickte. „Gute Wahl. Das Essen ist einfach, aber ausgezeichnet. Die Bedienung ist freundlich und unaufdringlich." Er zwinkerte. „Und die romantische Atmosphäre ist unschlagbar."

Sie schnappte sich ein Küchentuch vom Tresen und

schlug ihm damit aufs Hinterteil. „Du bist unverbesserlich."

Er lachte sie an. „Sag' ich doch."

Während der Lunchzeit war Abbie zu beschäftigt, um an ihr bevorstehendes Rendezvous mit John Ryan zu denken. Doch seit sie mit Brady um halb drei das Campagne verlassen hatte, war alles anders. Sie fühlte sich wie ein Teenager vor der ersten Verabredung, ließ Dinge fallen, starrte verträumt ins Leere und hörte nur halb auf das, was Ben erzählte.

Um halb fünf ging sie in die obere Etage und unterzog ihren Kleiderschrank der schlimmsten Misshandlung seit Jahren, als sie auf der Suche nach einem passenden Outfit für den Abend ihre Sachen durchwühlte. Nachdem sie ein halbes Dutzend unterschiedliche Kombinationen probiert hatte, entschied sie sich für einen leichten Rock in einem gedämpften Blau, ein schlichtes weißes Shirt und hochhackige Pantoletten in der Farbe des Rockes. Wahrscheinlich war das zu elegant, aber es war spät, und sie hatte keine Zeit mehr zum Anprobieren.

Nachdem sie Ben einen Abschiedskuss gegeben und Tiffany versprochen hatte, rechtzeitig wieder da zu sein, ging sie.

John kam eine Viertelstunde zu früh am Campagne an und wartete vor der Hintertür des Restaurants, aus Sorge, sich durch seinen Eifer zu blamieren. Zu früh zu einer Verabredung zu kommen war bisher nicht sein Problem gewesen. Im Gegenteil, meist kam er zu spät.

Als er schließlich eintrat, war sein erster Gedanke, dass

Abbie zum Anbeißen aussah. Unter ihrer weißen Schürze kam ein duftiger bläulicher Stoff zum Vorschein, der sich bei jedem Schritt fließend um ihre Knöchel schwang. Sie wirkte heute größer, und als er auf ihre Füße sah, wusste er auch, warum. Sie trug hochhackige Schuhe. Trotzdem bewegte sie sich mit einer Geschmeidigkeit durch die Küche, als trüge sie Laufschuhe.

„Sie sehen wunderbar aus", sagte er schließlich, als sie auf ihn zukam.

Abbie blickte an sich hinab auf die fleckige Schürze. „Finden Sie wirklich?"

„Hör auf, den Mann zu necken, und setzt euch in Bewegung", tadelte Brady und nahm einem Kellner einen Auftragszettel ab. „Ihr steht im Weg."

„Schon gut, schon gut." Sie band soeben die Schürze ab, als Marsha, die hübsche Hostess des Campagne, mit geröteten Wangen und vor Aufregung leuchtenden Augen hereinkam.

„Ihr werdet nie erraten, wer da ist!"

„Ich weiß es nicht, und es ist mir auch egal." Abbie warf ihre Schürze beiseite und nahm eine kleine Unterarmtasche vom Stuhl. „Ich bin weg."

„Archibald Gunther."

Plötzlich war es still. Alle, Abbie und Brady eingeschlossen, schienen wie in Trance erstarrt zu sein.

Abbie erholte sich als Erste. „Bist du sicher?" Sie eilte bereits zu den Doppeltüren und spähte in den Speiseraum.

„Er nannte seinen Namen und sagte, er habe nicht reserviert."

„Ich sehe ihn nicht."

„Ich habe ihn an Tisch zwei gesetzt."

John beugte sich zu Brady herüber und flüsterte: „Wer ist Archibald Gunther?"

„Bloß der berühmteste Restaurantkritiker des Landes", flüsterte Brady zurück. „Früher schrieb er für die *New York Times*. Inzwischen arbeitet er freiberuflich und hat eine wöchentliche Kolumne, die in über hundert Zeitungen erscheint. Er reist ständig durchs Land und bewertet nur Restaurants, die er seiner Beachtung für würdig hält, nie solche, die von begeisterten Lesern empfohlen werden." Brady betonte seine Worte mit einem verächtlichen Schnauben. „Der ist total von sich überzeugt. Wenn ihm ein Lokal nicht gefällt, ist seine Kritik vernichtend und unglaublich rüde. Manche Leute behaupten, er wolle vor allem Restaurants ruinieren, statt die Öffentlichkeit über herausragende Speiselokale zu informieren."

„Und warum möchte sich irgendwer von diesem Windbeutel bewerten lassen?"

„Wenn ihm ein Restaurant gefällt, was gelegentlich passiert, macht er einen genauso schnell zum Star, wie er einen andernfalls in der Versenkung verschwinden lassen kann. Für viele, Abbie eingeschlossen, ist es das Risiko trotzdem wert."

„Ich glaube, dass ich ihn nicht mag."

Brady lachte. „Und ich weiß genau, dass ich ihn nicht mag. Aber zugleich muss ich mich sehr beherrschen, nicht vor Freude einen Luftsprung zu machen, dass der große Archibald Gunther heute Abend hier ist und essen wird, was ich für ihn koche. Ich bin begeistert und gleichzeitig fast wahnsinnig vor Angst. Ist das nicht verrückt?"

John warf einen Blick zu Abbie und bemerkte, dass sie ebenfalls diese Mischung aus Angst und Begeisterung empfand. Ihre Wangen waren gerötet, und sie packte einen Kellner, der soeben aus dem Speisesaal kam, am Arm.

„Jim, Sie haben Tisch zwei, richtig?"

Der Kellner nickte. „Marsha hat mir gerade gesagt, wer gekommen ist. Meine Güte, Abbie, ich kann es nicht glauben. Archibald Gunther." Er sprach den Namen so ehrfürchtig aus, dass John fast lachen musste. Sein Verstand riet ihm allerdings, es zu unterlassen.

„Lass ihn nicht warten", mahnte Abbie und winkte ihn hinaus. „Sei natürlich, okay? Sprich ihn mit Namen an, da er ihn Marsha genannt hat, aber übertreib nicht. Behandele ihn so wie alle anderen auch."

„Aber er ist nicht wie alle anderen. Er ist ..."

„Archibald Gunther, ja, ich weiß. Trotzdem behandeln wir ihn wie einen Normalsterblichen und nicht wie einen Gott. Und nun los."

Nach einigen Sekunden wandte sie sich an John, der seinen romantischen Abend dank Archibald Gunther bereits abzuschreiben begann.

„John ..."

Er kam ihr galant zu Hilfe. „Ich weiß, Sie müssen bleiben. Das verstehe ich."

„Es macht Ihnen nichts aus?"

„Das habe ich nicht gesagt. Eigentlich bin ich nur so weit davon entfernt ...", er zeigte das winzige Stück mit Daumen und Zeigefinger, „da hinauszugehen und dem berühmten Archibald Gunther eins auf die Nase zu geben."

Abbie verzog die Mundwinkel zu einem Lächeln. „Der wiegt an die dreihundert Pfund."

John erwiderte lächelnd: „Als könnte mich das abhalten."

Sie lachte und entspannte die Schultern. „Ich mache es wieder gut. Versprochen."

„Ich werde Sie daran erinnern."

Jim kam in die Küche zurück und sah mitgenommen aus.

„Was ist los?" fragte Abbie. „Er ist doch nicht wieder gegangen, nachdem er die Speisekarte gelesen hat, oder?"

„Nein, aber ..." Er blickte auf den Zettel in seiner Hand. „Ich glaube, das wird Ihnen nicht gefallen. Er hat Basilikum-Knoblauchsuppe bestellt, Linsensalat mit Entenbrust, die Kalbshachse in Cidre und als Dessert geröstete Feigen mit Crème fraîche."

„Hoffentlich hat er seine eigene Bahre mitgebracht", raunte John vor sich hin. Als er Abbies panisches Gesicht sah, merkte er jedoch, dass die Sache nicht zum Lachen war. „Probleme?" fragte er.

„Nein, eigentlich nicht, außer dass die bestellten Gerichte umfangreich und zeitraubend in der Zubereitung sind. Und ich habe Sean heute früher gehen lassen."

„Wer ist Sean?"

„Einer unserer Küchenhelfer."

„Dann rufen Sie ihn zurück?"

„Geht nicht. Er ist inzwischen auf halbem Weg nach Baltimore. Bis er wieder hier wäre, ist das Dinner vorbei."

John dachte rasch nach. „Offenbar brauchen Sie noch ein paar Hände. Also geben Sie mir eine Schürze, und sagen Sie mir, was ich tun soll."

Verständnislos sah Abbie ihn an. „Wie bitte?"

„Sie haben mich verstanden. Ich biete Ihnen meine Dienste an."

„Aber Sie können doch gar nicht kochen."

„Nein, aber ich kann schälen und hacken und wahrscheinlich sogar schlagen." Er zog bereits sein Jackett aus, froh, dass er seine 38er am Bein unter der Hose verborgen hatte. Die ohnehin nervöse Mannschaft hätte den Anblick einer Waffe im Moment vielleicht nicht so gut ertragen.

Nachdenklich zupfte Abbie an einem Fingernagel. „Ich weiß nicht recht. Bis ich Ihnen alles erklärt habe ..."

„Nimm das Angebot an", riet Brady und zog bereits eine Kiste mit sortiertem Gemüse aus dem Kühlschrank. „Archibald wartet."

Abbie zögerte nur eine Sekunde. „Also gut." Sie deutete auf die Kiste, die Brady auf den Tresen gestellt hatte. „Kartoffeln und Zwiebeln müssen geschält und gewürfelt werden. Die grünen Bohnen bitte in zwei Zentimeter große Stücke schneiden. Und die Bohnen dort", sie deutete darauf, „müssen aus der Hülse geschält und gewaschen werden. Sagen Sie mir, wenn Sie fertig sind, dann gebe ich Ihnen etwas anderes zu tun."

In den nächsten anderthalb Stunden brummte die Küche wie ein Bienenkorb, während Abbie und Brady mit einer Geschwindigkeit und Effizienz brutzelten, rührten und seihten, dass es John schwindelte. Er erledigte seine Aufgaben und hoffte auf ein Lächeln oder einen anerkennenden Klaps auf die Schulter, war jedoch nicht enttäuscht, als beides ausblieb. Sobald er nicht mehr gebraucht wurde, trat er beiseite und beobachtete Abbie, die ihre Mannschaft meisterlich führte, ermutigte, lobte und gelegentlich sogar lachte, um die Spannung zu mildern.

Als Jim hereinkam, richteten sich alle Blicke auf ihn. Doch jedes Mal schüttelte er nur den Kopf. Archibald hatte keinen Kommentar abgegeben. Während das Dessert auf einem besonderen Teller aus Limoges-Porzellan aus Abbies so genannter „Schatztruhe“ hinausgetragen wurde, ließ sie sich auf einen Stuhl fallen.

„Was jetzt?“ fragte John und reichte ihr ein Glas Wasser, das sie dankbar annahm.

„Wir warten ein, zwei oder drei Wochen, bis er sich entschieden hat, ob er eine Beurteilung schreiben will oder nicht.“

„Soll das heißen, Sie haben sich all die Mühe gemacht, ohne zu wissen, ob er überhaupt eine Beurteilung schreibt?“ fragte John entsetzt.

„Das Risiko geht man eben ein. Und natürlich besteht immer die Möglichkeit, dass ihm alles nicht geschmeckt hat und er einen Verriss präsentiert, der das Restaurant ruiniert.“

„Können Sie nicht hingehen und ihn fragen, ob es ihm geschmeckt hat?“

Entgeistert sah sie ihn an. „Mein Gott, John, das wäre der Todeskuss.“

„Aber Sie werden es merken, wenn Sie Ihre Runde machen, oder nicht?“

„Ich mache keine Runde mehr. Das sähe jetzt nur so aus, als würde ich ihn beeindrucken wollen, und das wäre zu dumm.“ Sie trank einen Schluck Wasser. „Ich gehe nur hinaus, wenn er darum bittet, mich zu sehen.“

Es wurde bald klar, dass er nicht darum bat. Die gesamte Küchenmannschaft versammelte sich an der Doppeltür, als Archibald mit Hilfe seines Stockes aufstand und Jim kurz zunickte, der ihm die Tür aufhielt.

Als er fort war, klappte Abbie fast zusammen. „Es hat ihm nicht zugesagt.“ Sie wirkte völlig erledigt. „Er hat alles verabscheut.“

„Das bezweifle ich.“ Jim kam wieder in die Küche. „Er hat nicht einen Krümel vom Essen übrig gelassen. Und Sie wissen, wie er sich aufführt, wenn ihm etwas nicht schmeckt. Er nimmt einen Bissen, vielleicht zwei und lässt den Rest zurückgehen.“

„Er hat nichts gesagt?“

„Kein Wort. Aber er hat mir ein hübsches Trinkgeld gegeben. Nicht riesig, aber ganz ansehnlich.“ Er zeigte ihr die Kreditkartenquittung. „Das muss ein gutes Zeichen sein, stimmt’s?“

„Es beweist nur, dass ihm der Service gefiel, nicht unbedingt das Essen.“ Resigniert seufzend blickte sie zur Wanduhr. „Es ist spät, Leute. Geht heim.“

„Nicht, ehe wir geputzt haben“, erwiderte Brady.

„Das übernehme ich.“ Sie blickte John an und rang sich ein Lächeln ab. „Vielleicht geht mir mein verständnisvoller Bekannter dabei zur Hand. Was sagen Sie, Detective Ryan?“

John verneigte sich leicht. „Stets zu Diensten, Chef DiAngelo.“

Nach wenigen Augenblicken waren die vier Angestellten verschwunden, und Abbie und John sahen sich einem Berg schmutziger Töpfe und Pfannen gegenüber. Abbie holte Kaffee aus der Maschine, mit dem sie sich schon den Abend über wach gehalten hatte, und schenkte John eine Tasse ein.

„Sie haben die Sache sehr sportlich genommen.“

John trank einen Schluck und beobachtete sie dabei. „Und Sie waren Ehrfurcht gebietend. Sie haben Ihre Truppe geführt wie eine Choreographin talentierte Tänzer. Alles war perfekt synchronisiert und wunderbar anzusehen. Es überrascht mich nicht, dass Sie solchen Erfolg haben."

Abbie spürte, dass sie leicht errötete. „Danke. Und übrigens, das mit der Hilfe beim Aufräumen war ein Scherz."

„Für mich nicht." Zu ihrer Überraschung ging er zum Spülbecken, die Hemdärmel immer noch bis zu den Ellbogen aufgerollt, und drehte den Wasserhahn auf. „Kommen Sie schon", sagte er über die Schulter hinweg, da sie bloß sprachlos dastand. „Sie erwarten doch nicht etwa, dass ich die ganzen Töpfe allein schrubbe, oder?"

Lachend nahm sie sich einen zweiten Schwamm von der Arbeitsplatte und gesellte sich zu ihm an das Doppelbecken. Sie arbeiteten schnell und plauderten über die unerwartete Wendung des Abends, während im Hintergrund eine CD von Andrea Bocelli mit seinen bekanntesten Liedern lief.

Während die ersten Klänge von *Conte Partiro* ertönten, ließ John den Schwamm fallen, trocknete sich die Hände ab und wandte sich Abbie zu. „Mögen Sie Tango, Miss DiAngelo?"

Als sie ihn ansah, war ihre Müdigkeit mit einem Schlag wie weggewischt. „Ist das eine Aufforderung zum Tanz, Detective Ryan?"

Er breitete die Arme aus. „Ganz entschieden ja."

Wortlos glitt sie in seine Arme, schmiegte sich an ihn und spürte seine Körperwärme durch den dünnen Stoff ihres Shirts. Archibald Gunther war ihr augenblicklich höchst gleichgültig. Ihretwegen konnte er sich auf einem anderen Planeten austoben. John hielt sie so fest, dass sie seinen Herzschlag spürte. Oder war es ihr eigener?

Die Augen geschlossen, ließ sie sich von der Musik dahintragen und merkte, dass John ihre Hand losließ und ihr beide Arme um die Taille legte. Instinktiv legte sie ihm die Arme um den Hals und blickte auf. Die Umarmung machte sie schon leicht benommen, doch dieser neckend sinnliche Blick ließ sie innerlich geradezu schmelzen.

„Sie tun es schon wieder“, sagte sie mit nicht ganz fester Stimme.

„Was?“

Mich ansehen, ohne mich zu küssen. „Mich mustern.“

„Mir ist nur gerade etwas aufgefallen.“ Er strich ihr eine Haarsträhne aus dem Gesicht. „Wussten Sie, dass Ihre Augen tatsächlich die Farbe wechseln, wenn Sie nervös sind?“

„Weshalb sollte ich denn nervös sein?“

„Sagen Sie es mir.“

Sein Blick blieb auf ihren Lippen haften. Wenn er mich nicht auf der Stelle küsst, fange ich an zu schreien, dachte Abbie. Oder ich ergreife die Initiative, und dann wollen mir mal sehen, wie Mr. Cool damit fertig wird ...

Weiter kam sie nicht. Mit der Hand in ihrem Nacken, zog er ihren Kopf heran, und sie kam ihm, die Lippen leicht geöffnet, entgegen. Abbie genoss den Druck des harten athletischen Körpers und die Wärme der Lippen. Sie hörte, wie er ihren Namen flüsterte, und spürte seine Hände fast gierig ihren Rücken hinauf- und hinabfahren, als er sie an sich presste.

Abbie konnte nicht sagen, wie lang der Kuss dauerte. Sie schien in einer anderen Welt zu sein, in der nur zählte, was sie gerade empfand.

„Komm mit zu mir nach Hause, Abbie“, flüsterte er nah an ihren Lippen.

Mit jeder Faser ihres Herzens wollte sie zustimmen und

hätte es fast getan, doch dann seufzte sie tief. „Ich kann nicht. Meine Babysitterin muss heim."

So erregt er auch gewesen sein mochte, er hatte sich sofort wieder in der Gewalt. „Na schön." Einen Finger unter ihrem Kinn, zwang er sie, ihn anzusehen. „Aber wir sind noch nicht fertig miteinander, weißt du?"

Sie hielt seinem Blick stand. „Das will ich doch schwer hoffen."

35. KAPITEL

„Abbie, ich fühle mich richtig schuldig", sagte Rose. „Du bist eine berühmte, viel beschäftigte Restaurantbesitzerin, und ich lasse dich mein Bett tragen."

„Ich helfe gern." Keuchend stellte Abbie ihr Ende des Bettes am Fuß der Treppe ab und atmete ein paar Mal durch. Da Rose bei Kat einzog, brauchte sie ein Schlafzimmer, Bettzeug und ein paar Accessoires. Sie waren zu einem Billigladen an der Route 1 gefahren, wo Rose preiswert ein Schlafzimmer, eine Lampe und einen Spiegel gekauft hatte. Abbie hatte dann noch ein paar Dinge beigesteuert, die sie nicht mehr brauchte: Gardinen, einen Bettüberwurf und einen Läufer, um die alten Fliesen zu verdecken.

Und da der Billigladen nicht lieferte, hatte sie auch noch ihren Acura zum Transport angeboten.

Obwohl Rose immer noch um Ian trauerte, hatte sie sich erstaunlich gut gefasst. Vielleicht, weil sie im Diner sehr beschäftigt war und Schichten übernahm, die sonst niemand wollte, aber wohl auch, weil sie keine Tränen mehr hatte. Es war albern, aber irgendwie fühlte Abbie sich verantwortlich für Rose. Denn sie saß durch Ians Tod buchstäblich auf dem Trockenen, und wenn sie nicht einen Job gefunden hätte, der ihr offenbar gefiel, hätte Abbie ihr einen angeboten. Sie mochte diese Frau, und sie freute sich, dass Rose von ihrem neuen Zuhause so begeistert war.

Das kleine Doppelapartment lag in einer schattigen Straße in Lawrenceville und bestand aus zwei kleinen Schlafräumen, einem Wohnraum, einem Bad und einer Küche, bei deren Anblick Rose vor Begeisterung aufgeschrieen hatte. Ihre Mitbewohnerin war keine große Köchin, aber

Rose hatte eine Vorliebe für gutes Essen. Noch eine Gemeinsamkeit mit Abbie.

Offenbar wieder zu Kräften gekommen, warf Rose Abbie einen Blick zu. „Fertig?“

Abbie blickte die restlichen ein Dutzend Stufen hinauf und fragte sich, warum sie das Bett nicht auseinander genommen und die Teile einzeln hinaufgetragen hatten. Dann schalt sie sich im Stillen einen Schwächling und ergriff das Gestell. „Fertig.“

Sobald das Bett an seinem Platz stand, blickte Rose sich um. „Ich bedauere, dass ich nicht mehr mitgebracht habe. Aber Ian wollte so schnell aus Toledo weg, dass ich alles verkauft habe, sogar einen fast neuen Fernseher.“

„Ich kenne ein paar Fachgeschäfte, die gute gebrauchte Geräte verkaufen“, sagte Abbie und wischte sich den Staub vom T-Shirt. „Sag nur Bescheid, und ich fahre dich hin.“

Dankbar blickte Rose sie an. „Ich bin froh, dass wir Freundinnen geworden sind. Ehrlich gesagt kommst du mir allerdings eher wie eine Schwester vor.“

Abbie lächelte. Rose’ Offenheit war erfrischend. „Ja, mir geht es mit dir genauso.“

Sie gingen zum Wagen zurück. Doch als Abbie hineingreifen wollte, um den Spiegel herauszuholen, verharrte Rose.

„Was ist los?“ Abbie folgte ihrer Blickrichtung und entdeckte auf der anderen Straßenseite einen braunen Wagen. Hinter dem Steuer saß ein Mann mit Sonnenbrille und Cowboyhut. Der Fahrer war offenbar so groß, dass er einen Buckel machen musste.

„Jemand, den du kennst?“ fragte Abbie.

Rose schien wie gelähmt. „Eigentlich nicht, aber …“ Sie wandte sich ihr mit bleichem Gesicht zu. „Ich glaube, das ist Arturo Garcia.“

Abbie blickte genauer hin. Groß genug war der Mann, um ihr Angreifer vom Parkplatz sein zu können, doch mit dem Hut und der Sonnenbrille konnte sie ihn nicht eindeutig erkennen.

„Das kann nicht sein“, erwiderte sie. „Er wäre wohl nicht so dumm, bei Tageslicht hier aufzukreuzen, wo die gesamte Polizei des Staates nach ihm sucht. Und außerdem hat der da keinen Spitzbart.“

Rose ließ den Wagen nicht aus den Augen. „Den könnte er abrasiert haben.“

„Rose, du wirst paranoid.“

„Ich sage dir, er ist es. Die Karten haben es heute Morgen auch gesagt. Ruf die Polizei.“

„Du bist ihm nie begegnet. Du weißt nur, was Ian …“

„Ruf die Polizei!“

Sie hatte die Worte laut genug gesprochen, dass der Mann im Wagen sie hören konnte. Plötzlich warf er die Zeitung beiseite, ließ den Motor aufheulen und fuhr mit quietschenden Reifen davon.

Abbie suchte nach ihrem Handy. Es war jedoch zu spät. Der Mann, den Rose für Arturo Garcia hielt, war fort.

John kam zehn Minuten später und nahm eine Beschreibung des Wagens auf.

„Ich konnte die Nummernschilder nicht sehen“, sagte Abbie und wünschte, schneller geschaltet zu haben. „Aber das Kennzeichen war aus New Jersey und hatte dasselbe *Shore to please*-Logo, wie ich es am Acura habe.“

John notierte das, ehe er die Information an das Revier weitergab.

„Ein paar Einsatzwagen sind schon unterwegs", meinte er nach dem Telefonat. „Falls der Mann wirklich Arturo war und er auf dem Rückweg nach Trenton ist, kriegen die ihn."

„Und wenn er nicht nach Trenton fährt?" fragte Rose.

„Dass er sich hier gezeigt hat, beweist, dass er langsam unvorsichtig wird. Dann kriegen wir ihn erst recht."

„Aber warum geht er ein Risiko ein?" Rose' Angst hatte sich nicht gelegt. „Und warum verfolgt er mich? Ich besitze doch nichts."

„Aber ich", erwiderte Abbie ruhig.

Rose sah sie neugierig an. „Du? Warum sagst du das?"

Abbie hatte nicht vorgehabt, ihr von Ians Erpressung zu erzählen, doch da Arturo sich vor der neuen Wohnung herumtrieb, glaubte sie, ihr eine Erklärung zu schulden. Immerhin stand Rose ihretwegen unter Beobachtung. Abbie sah John an, der verstand, was sie vorhatte, und nickte.

Rose hörte aufmerksam zu. Doch anstatt sich aufzuregen, weil Abbie ihr die Wahrheit vorenthalten hatte, umarmte sie die neue Freundin fest. „Du armes Ding hast alles mit dir abgemacht. Du hättest es mir sagen sollen." Sie ließ Abbie los. „Ich wusste, dass Ian etwas vorhatte, als ich den Brief fand, aber ich hatte keine Ahnung, was." Ihre Wangen wurden blass vor Zorn. „Tut mir Leid, dass er dir zugesetzt hat, Abbie. Und es tut mir Leid, dass ich diesen elenden Hurensohn geliebt habe." Ein trauriges Lächeln umspielte ihren Mund. „Über Geschmack lässt sich wohl tatsächlich nicht streiten."

Abbie legte Rose einen Arm um die Schultern. „Wir haben uns alle schon mal geirrt. Geh nicht zu sehr mit dir ins Gericht, okay?“

Doch Rose hatte ihr Jammern bereits vergessen. „Abbie, glaubst du wirklich, Arturo will dein Geld?“

„Das ergibt als Einziges Sinn. An dem Abend am See hat er sich wie ein Wahnsinniger aufgeführt. Er hat mich immer wieder angeschrieen, ich solle ihm das Geld geben. Ich bin sicher, er hätte mich umgebracht, um die achtundvierzigtausend zu bekommen.“

„Abbie hat Recht.“ John blickte die ruhige Seitenstraße entlang. „Nach Ians Ermordung ist er nur wegen des Geldes geblieben.“

„Aber was wollte er damit erreichen, dass er uns hierher gefolgt ist?“

„Vielleicht wollte er feststellen, wo ich lebe.“ Bei dem Gedanken, dass dieses Tier hinter ihren Büschen auf sie lauerte, brach Abbie der Schweiß aus.

Rose machte eine besorgte Miene. „Wenn Abbie in Gefahr ist, sollte sie dann nicht irgendwie unter Polizeischutz gestellt werden?“

John zog sein Handy heraus. „Absolut.“

„Kommt nicht infrage“, wandte Abbie ein. „Ich lasse nicht zu, dass ein Polizist im Haus mein Leben durcheinander bringt und meinen Sohn unnötig ängstigt.“

Aber John wählte bereits. „Ben wird nicht mal mitbekommen, dass ihr bewacht werdet.“

Weitere Einwände waren zwecklos. John sprach bereits mit einem gewissen Officer Wilcox und gab die nötigen Anweisungen.

Obwohl Abbie Johns Angebot zunächst abgelehnt hatte,

gab es ihr doch ein beruhigendes Gefühl zu wissen, dass sie und Ben rund um die Uhr unter Bewachung standen. Auch wenn sie es nicht zugeben mochte, hatte sie Arturo Garcias Auftauchen vor Rose' Wohnung gehörig erschreckt. Wenn er verrückt genug war, sein Versteck zu verlassen, um ihr zu folgen, war er vielleicht zu allem fähig.

Die Lunchzeit im Campagne war vorüber, und sie putzte gerade mit ihrer Mannschaft, als Sean ihr das Telefon reichte. „Es ist Ihr Babysitter."

„Miss DiAngelo", begann Tiffany, als Abbie das Telefon nahm. „Haben wir uns missverstanden? Sollte ich heute später kommen?"

Abbie sah auf ihre Uhr. Es war genau halb drei. „Nein, wie kommen Sie darauf?"

„Weil Sie Ben von der Schule abgeholt haben, ohne mir etwas zu sagen."

Einen Moment reagierte Abbie nicht. Was redete Tiffany denn da? Sie hatte den Jungen nicht ...

Ihr Puls beschleunigte sich. „Tiffany, Ben ist nicht bei mir."

„Aber ... Sie haben ihn doch abgeholt!" Der Anflug von Panik in der jungen Stimme verstärkte Abbies Angst. „Ich habe Bens Freund Jimmy Hernandez angerufen, und der hat es mir gesagt. Er hat gesehen, wie Ben in Ihren Wagen eingestiegen ist."

„Aber das ist unmöglich! Ich habe das Restaurant nicht verlassen."

In der Küche war es plötzlich still. Mit zwei langen Schritten stand Brady neben ihr. „Was ist los?"

„Ben ist nicht nach Hause gekommen", stammelte sie.

„Dafür muss es eine harmlose Erklärung geben."

Tiffany sprach weiter und wurde immer aufgeregter. „Ich verstehe das nicht. Jimmy sagte, Ihr Wagen habe am Straßenrand geparkt. Er hat ihn gesehen. Sie haben gehupt, und Ben ist hingelaufen."

„Hast du mich nicht verstanden!" entgegnete Abbie fast hysterisch. „Ich war nicht dort! Ich nicht. Und es war nicht mein Auto."

Brady berührte sie am Arm. „Abbie, beruhige dich. Lass mich mit Tiffany reden."

„Ich will mich nicht beruhigen. Ich will wissen, wo mein Sohn ist!"

Brady nahm ihr das Telefon aus der Hand, behielt sie jedoch nah bei sich, einen Arm um ihre Schultern gelegt. Angst drückte ihr wie eine schwere Last auf die Brust. Sie merkte, dass ihr jemand ein Glas Wasser in die Hand schob, doch sie lehnte es ab und schloss die Augen, als könnte sie so die schrecklichen Bilder ihrer Fantasie loswerden. In den letzten sechs Monaten hatte es drei Fälle von Kindesmissbrauch in New Jersey gegeben. Alle Kinder waren vergewaltigt und dann erdrosselt worden. Eines der Opfer, Eric Sommers, kam aus Princeton. Sein Leichnam war vor einem Monat im Herrontown Park gefunden worden.

Sie war am Rande einer Ohnmacht, kämpfte jedoch dagegen an. Denn sie musste stark bleiben für Ben.

Abbie atmete einige Male tief durch, bis sie wieder in der Lage war, vernünftig zu denken. Ben war nicht im Bus gewesen, aber Brady hatte Recht; es gab vielleicht eine harmlose Erklärung. Wahrscheinlich hatte eine Mutter ihr Kind von der Schule abgeholt und Ben mitgenommen, und Jimmy hatte sich in der Automarke geirrt. Oder Ben war mit zu einem anderen Freund gegangen und hatte vergessen anzurufen.

„Bleiben Sie, wo Sie sind“, sagte Brady zu Tiffany. „Falls Ben anruft, sagen Sie uns sofort Bescheid.“

Er hängte auf, nahm Abbie beim Arm und führte sie zu einem Stuhl. Doch sie wollte sich nicht setzen. „Jimmy Hernandez ist sicher, dass er deinen Wagen am Straßenrand erkannt hat“, meinte er besorgt. „Er hat das Abzeichen der Kinderliga auf dem Seitenfenster gesehen.“

In der Küche war es totenstill. Jeder ließ seine Arbeit für einen Moment ruhen und sah Abbie an. Sean stand immer noch vor ihr, das Glas Wasser in der Hand.

„Jimmy irrt sich“, protestierte sie. „Seit ich von Rose zurück bin, steht mein Wagen hier auf dem Parkplatz.“

Um es zu beweisen, ging sie aus der Küche, gefolgt von Brady.

Vor dem Restaurant blieb sie wie angewurzelt stehen. Der Acura war verschwunden.

36. KAPITEL

„Oh mein Gott!“ Mit hämmerndem Herzen lehnte Abbie sich gegen die Wand und schloss die Augen. Neue Bilder schossen ihr durch den Kopf. Ein Fremder hatte ihren Wagen genommen und zwischen den anderen vor der Schule geparkt. Ben hatte ihn erkannt und war arglos darauf zugelaufen.

Abbie schlang die Arme um sich und beugte sich leicht vor. „Oh mein Got! Oh mein Gott!“

Sie merkte kaum, dass Brady sie wieder hineinführte. „Ich rufe John an“, sagte er. „Welche Nummer hat er?“

Sie deutete auf den Wirtschaftsraum. „Seine Karte steckt in meiner Tasche.“

Während Brady Johns Nummer wählte, fand Abbie ihr Adressbuch. Ihre wachsende Panik unterdrückend, rief sie alle Mütter an, die sie kannte, und wurde mit jeder Minute unruhiger. Niemand hatte Ben gesehen oder ihn von der Schule mit heimgenommen. Die meisten Mütter versicherten ihr, dass sie Ben nicht mitgenommen hätten, ohne sicher zu sein, dass sie darüber informiert wäre. Obwohl es niemand erwähnte, war die Entführung von Eric Sommers und sein gewaltsamer Tod noch allen in Erinnerung. Einer Mutter anzudeuten, ihrem Kind könnte Ähnliches zugestoßen sein, war undenkbar.

Jimmy Hernandez, der mit Ben das Klassenzimmer verlassen hatte, wiederholte nur, was er bereits Tiffany gesagt hatte. Ihr Acura habe am Straßenrand ein Stück vor den anderen Autos geparkt. Wer auch immer am Steuer saß, habe gehupt, und Ben habe sich rasch von ihm verabschiedet und sei zum Auto gelaufen.

Abbie wollte gerade die Schulverwaltung anrufen, als John erschien. Er eilte zu ihr, nahm ihre Hände und zwang sie, ihn anzusehen.

„Abbie, hör mir zu. In den meisten Fällen tauchen verschwundene Kinder wieder auf. Du weißt, wie Jungen sind."

Er sprach leise und beruhigend auf sie ein, und einen Moment lang konnte sie sich einbilden, alles sei gut. Sie nickte und wollte ihm glauben. Andererseits wusste sie, dass Ben zu vernünftig war, um ohne Erlaubnis irgendwohin zu gehen. Er hätte ihr wenigstens telefonisch mitgeteilt, wo er war.

„Ein forensisches Team ist unterwegs", fuhr John fort. „Sie werden jeden Zentimeter des Parkplatzes absuchen." Sie nickte steif. „Ich brauche Namen und Adressen von Bens Mitschülern und von seinem Lehrer."

„Ich habe schon mit all seinen Freunden gesprochen", erwiderte sie benommen. „Sie konnten mir nichts Neues sagen."

„Es schadet nichts, sie noch einmal zu befragen. Gib mir die Adressen, Abbie."

Sie gab ihm ihr Adressbuch und zeigte auf den ersten Namen der Liste.

„Außerdem brauche ich ein neueres Bild von Ben. Und du musst mir das Kennzeichen deines Acura nennen."

Brady hatte dies wohl vorausgesehen, denn er suchte bereits in ihrer Handtasche.

Tränen liefen ihr über die Wangen, als er Bens letztes Schulfoto hervorholte – das, auf dem er unbedingt seine Baseballkluft hatte tragen wollen. Grinsend blickte er in die Kamera, und an seinem Hinterkopf stand ein störrischer kleiner Wirbel hoch, obwohl er ihn am Morgen mit Gel glatt gekämmt hatte.

Abbie fuhr mit dem Daumen über das lächelnde Gesicht und rang um Fassung. Wie viele Mütter hatten wohl bereits das Gleiche erlebt und einem Polizisten ein Foto überlassen, um ihr Kind heil und gesund zurückzubekommen?

Mit zitternder Hand reichte sie John das Foto. „Das wurde zu Anfang des Schuljahres gemacht."

John nahm es. „Was hatte er heute an, als er das Haus verließ?"

Abbie dachte einen Moment an die allmorgendliche Hektik. Frühstück auf den Tisch bringen, die Jagd nach dem besonderen T-Shirt, das Ben unbedingt anziehen wollte, der rasche Blick in seinen Ranzen, ob er die Hausarbeiten dabeihatte, und der hastige Kuss auf die Wange.

„Blue Jeans", erwiderte sie mit fremd klingender Stimme. „Ein marineblaues Poloshirt mit weißen Streifen und schwarze Turnschuhe."

„Hatte er eine Schultasche?"

„Einen Harry-Potter-Tornister in Blau und Schwarz. Bens Name steht auf der Seite." Es war ein Morgen wie jeder andere gewesen, außer dass ihr Sohn den Bus verpasst hatte und sie ihn zur Schule hatte fahren müssen. Blinzelnd unterdrückte sie ihre Tränen. „Wo wirst du mit der Suche anfangen?"

„Zuerst will ich mit Lehrern und Mitschülern sprechen. Einer von ihnen hat vielleicht einen Blick auf den Fahrer werfen können."

Das war aussichtslos, denn sie hatte schon gefragt. Aber sie sagte nichts dazu. John war ein ausgezeichneter Ermittler, und wenn es einen Weg gab, die Kinder dazu zu bringen, sich an etwas Wichtiges zu erinnern, würde er ihn finden.

„Abbie." Er hatte sein Notizbuch noch nicht eingesteckt. „Ich muss dich nach deinem Exmann fragen. Du hast erwähnt, er habe mal gedroht, dir Ben wegzunehmen."

Erneut schloss sie die Augen. Jack. An ihn hatte sie überhaupt nicht gedacht. „Das ist lange her. Er würde so etwas jetzt nicht mehr tun. Mit seiner Karriere läuft es gut, und er hat wieder eine neue Beziehung. Ben wäre nur ein Hindernis für ihn."

„Ich muss trotzdem mit ihm sprechen."

Sie gab ihm die Telefonnummer und sah, wie er sie notierte.

„Fällt dir sonst jemand ein, der Ben mitgenommen haben könnte? Jemand, der sich irgendwie an dir rächen will? Dich quälen will?"

Abbie schüttelte den Kopf. Sie hatte keine Feinde, zumindest glaubte sie das. Mit dieser Möglichkeit hatte sie sich jedenfalls noch nie befasst.

Brady trat mit gerunzelter Stirn zu ihnen. „Sie meinen ... jemand, der einen Groll gegen sie hegt?"

John wandte sich ihm zu. „Ja, so einer wäre dazu fähig. Kennen Sie so jemanden?"

Brady sah Abbie viel sagend an. „Da fällt mir Ken Walker ein."

John wandte sich ihr zu. „Der ehemalige Angestellte, den du bei Winberie gesehen hast?"

Brady riss die Augen auf. „Er ist dir zu Winberie gefolgt? Das hast du mir nicht gesagt."

„Weil es nicht wichtig war", entgegnete sie ungeduldig.

„Es ist ja nichts passiert. Und Ken würde Ben nie kidnappen.“ Bradys Hinweis hatte John jedoch argwöhnisch genug gemacht, dass er sie genauer zu Ken befragte.

„Ich werde ihn überprüfen“, sagte er schließlich. „Inzwischen ist es wohl am besten, du bleibst noch eine Weile hier, falls Ben anruft.“ Er warf Brady einen Blick zu. „Ich möchte nicht, dass sie allein ist.“

Brady nickte kurz. „Ich bleibe bei ihr.“

Abbie hatte Ken bereits wieder vergessen und packte John am Arm. „Finde ihn“, flüsterte sie. „Finde meinen Sohn.“

„Das werde ich.“

Finde meinen Sohn, wiederholte sie immer wieder im Geiste wie ein Mantra.

„Ich rufe dich an, sobald ich etwas weiß.“ John steckte sein Notizbuch ein.

Nachdem er fort war, rief Abbie die Kanzlei ihres Exmannes an, erfuhr jedoch, dass er an einer Konferenz der *American Land Title Association* teilnahm und erst am Donnerstag zurückkehren würde.

„Ich werde ihm gerne sagen, dass Sie angerufen haben“, erklärte seine Sekretärin.

„Es handelt sich um einen Notfall, Jen. Richten Sie ihm bitte aus, er möchte mich umgehend anrufen.“

Abbie legte auf und schlang fröstelnd die Arme um sich.

John wartete, bis er außer Hörweite war, ehe er die Einsatzleiterin im Revier anrief.

„Helen? John Ryan. Ich brauche eine Suchmeldung für einen Jungen aus Princeton. Ben DiAngelo. Jemand in einem roten Acura Geländewagen, Kennzeichen MER 2316, holte ihn gegen zwei am Nachmittag vor der Schule, der Princeton Elementary, ab.“

Er sah auf Bens Foto. „Er ist neun Jahre alt, etwa ein Meter dreißig groß und wiegt rund 75 Pfund. Blaue Augen, rotes Haar, Sommersprossen auf der Nase. Zuletzt gesehen in Blue Jeans, blauem Poloshirt mit weißen Streifen und schwarzen Turnschuhen. Er trägt einen blau-schwarzen Harry-Potter-Ranzen.“

„Notiert. Soll ich auch die State Trooper informieren?“

Er zögerte, da er immer noch hoffte, der Junge tauche bei einem Freund auf, stimmte jedoch sicherheitshalber zu.

„Ja, bitte, und weisen Sie noch mal darauf hin, dass sie weiter nach dem grünen Pick-up mit dem texanischen Kennzeichen und Arturo Garcia suchen sollen.“ Im Moment hatte er keinen Grund anzunehmen, dass Garcia sich Ben geschnappt hatte, aber er wollte nichts auslassen.

Er beendete das Gespräch und stieg bedrückt in seinen Wagen. Obwohl er es verschwiegen hatte, war sein erster Verdacht, nachdem Brady ihn informiert hatte, gewesen, Tinas Pädophiler habe wieder zugeschlagen. Es war nicht ausgeschlossen. Wäre das der Fall, standen die Chancen, Ben lebend zu finden, ausgesprochen schlecht.

Während der Fahrt blickte er immer wieder auf Bens Foto am Armaturenbrett und erinnerte sich an sein Lachen und den Spaß, den er mit Jordan im Pool gehabt hatte, als sie ihre Tauchkünste maßen. Die Vorstellung, dass sich dieser glückliche Junge in den Händen eines Wahnsinnigen befinden könnte, erfüllte ihn mit Zorn und Hilflosigkeit.

Da er die finsteren Gedanken nicht loswurde, rief er Clarice bei der Arbeit an.

„Ja, John?“ Wie immer klang sie abgehetzt und gestresst.

Er war selbst ungeduldig und verwendete keine Mühe auf Höflichkeiten. „Wo ist Jordan?“ fragte er abrupt.

Sein scharfer Ton schien sie hellhörig zu machen. „Bei einem Freund. Warum?“

„Bei welchem?“

„Philip Goertz. John, um Himmels willen, was ist los mit dir?“

„Tu mir einen Gefallen“, erwiderte er und ignorierte ihre Frage. „Ruf bei den Goertzes an, vergewissere dich, dass Jordan dort ist, und sag ihm, er soll im Haus bleiben, bis du ihn abholst.“

„Was ist denn passiert?“

„Tu es, Clarice, sofort.“ Als ihm sein scharfer Ton bewusst wurde, fügte er milder hinzu: „Bitte. Ich bleibe in der Leitung.“

Er hörte einen leisen Aufschlag, als sie den Hörer ablegte. Dann raschelte etwas, da sie wohl nach ihrem Handy suchte. Schlüssel klirrten, dann erklang ihre Stimme, die jetzt angespannt wirkte.

„Hallo, Nancy. Hier ist Clarice. Ich wollte mich nur vergewissern, dass Jordan bei dir ist.“ Sie lachte. „Wirklich? Nein, das ist nicht nötig. Ich hatte nur vergessen, ihn zu erinnern, dass er heute mit zu dir gehen sollte, und wollte hören, ob er dort ist.“ Noch ein Lachen. „Ich weiß. Danke, Nancy. Wir sehen uns um sechs.“

Sie kam wieder an den Apparat. „Alles in Ordnung. Die Jungs sind unten und spielen mit Philips Geburtstagsgeschenk, Playstation 2.“

„Du hast ihr nicht gesagt, sie soll die beiden im Haus behalten.“

„Das war nicht nötig. Sie erzählte, die beiden hätten bereits ein Straßenhockeyspiel mit Freunden abgesagt. Die gehen nirgendwohin.“ Sie war zu klug, um sich bei seinen Fragen nicht ihre Gedanken zu machen. „Ist wieder ein Junge verschwunden, John? Geht es darum?“

Er hörte ihre Anspannung und wollte um seines Sohnes willen keinen Streit. „Ja, aber sag Jordan nichts. Der Vermisste ist ein Freund von ihm. Ich möchte es ihm selbst mitteilen. Ist es okay, wenn ich nach dem Dinner vorbeikomme?“

„Natürlich. Du kannst mit uns essen, wenn du möchtest. Ich nehme unterwegs ein Hühnchen mit.“

Einen Augenblick zögerte er. Es wäre gut, eine Stunde mit Jordan zu verbringen und ihn auf die Nachricht vorzubereiten. „Ich komme. Danke, Clarice.“

„John?“

„Ja?“

„Machst du dir wirklich Sorgen um Jordan? Ich meine ... müssen wir besondere Vorsichtsmaßnahmen ergreifen?“

„Es könnte nicht schaden, ihn einige Tage genauer im Auge zu behalten, bis ich weiß, was mit dem verschwundenen Jungen passiert ist. Wenn das ein Problem für dich ist, kann ich ...“

„Nein, kein Problem“, entgegnete sie rasch. „Ich treffe die notwendigen Vorkehrungen.“

„Dann sehen wir uns heute Abend. Etwa gegen halb sieben?“

„Ja, in Ordnung.“

Er beendete das Gespräch und bog auf den Parkplatz der Princeton Elementary ein.

Brady hatte Claudia informiert, die eine halbe Stunde später im Restaurant war. „Ich weiß nicht, was ich sagen soll." Sie umarmte Abbie fest. „Vertraue John. Er wird Ben finden." Sie stellte einen Wasserkessel auf den Herd und machte die Flamme an. „Hast du von Jack gehört?"

Abbie nickte. „Er will Hawaii mit der nächsten Maschine verlassen."

Claudia machte Tee, ihr Allheilmittel gegen alles von Rückenschmerzen bis zu Panikattacken. Schweigend tranken sie und zuckten bei jedem Klingeln des Telefons zusammen. Brady machte freiwillig Telefondienst und nahm die Reservierungen in letzter Minute für das Restaurant entgegen oder die Anrufe besorgter Mütter, die sich nach Ben erkundigten.

Nach einer Weile fragte er Abbie: „Wie hast du dir das heute Abend gedacht? Wir sind voll ausgebucht. Aber wenn du möchtest, kann ich allen Gästen wegen eines unvorhergesehenen Notfalls absagen. Sie werden es verstehen."

Ja, das Restaurant. Sie saß hier in ihrer vertrauten Küche und hatte nicht mehr darauf geachtet, was um sie herum geschah. Abbie zwang sich, an ihre Arbeit zu denken. „Nein, wir öffnen. Falls du alles ohne meine Hilfe machen kannst."

„Natürlich."

Später im Bad spritzte sie sich kaltes Wasser ins Gesicht und betrachtete sich im Spiegel. Sie sah aus, als hätte sie tagelang nicht geschlafen. Ihr Haar war zerzaust, das Gesicht aschfahl, die Lippen blutleer, und die Augen hatten einen wilden, gehetzten Ausdruck. Eine Weile stand sie nur da und hielt sich am Rand des Waschbeckens fest.

Ben wird vermisst. Ben wird vermisst!

Das Mantra hatte sich verändert. Verzweiflung drohte

sie zu übermannen. Sie fürchtete, jeden Moment zusammenzubrechen, aber wem nützte das?

Als sie in die Küche zurückkehrte und aus dem Fenster sah, entdeckte sie zwei Männer mit Handschuhen und Plastikbeuteln, die über den Parkplatz gingen, die Blicke zu Boden gerichtet. Sie wäre gern hinausgegangen, um sich zu erkundigen, ob sie etwas Nützliches gefunden hatten, doch das wäre sinnlos. Sie würde nur im Weg stehen und keine Auskunft erhalten. So blieb sie am Fenster und sah ihnen zu, bis sie in ihrem Polizeivan verschwanden.

Um fünf kehrte ihr Personal zurück. Flüsternd erkundigten sich alle bei Brady, ob es Neuigkeiten gab. Da er den Kopf schüttelte, ging jeder an seinen Arbeitsplatz.

Als John kam, marschierte Abbie gerade unruhig zwischen Küche und Wirtschaftsraum hin und her. Fast hätte sie ihn angeschrieen: Hast du ihn gefunden?

Doch sie sah ihn nur eindringlich an und betete um gute Nachrichten, um eine kleine Spur, einen Hinweis, wer Ben mitgenommen hatte, etwas, an dem sie sich festhalten könnte und das die Suche nach dem Jungen einfacher machte.

Johns ernste Miene machte ihre Hoffnung zunichte. „Lehrer und Schüler bestätigen nur, was Jimmy Hernandez bereits gesagt hat. Derjenige, der am Steuer deines Wagens gesessen hat – und alle glaubten, du seist es gewesen –, betätigte die Hupe. Ben hörte es, sah den Wagen und lief los."

„Und er ist eingestiegen?" fragte Abbie entsetzt. „Nachdem er gemerkt hat, dass ich es nicht bin?"

„Wie es scheint, hatte er nicht viel Zeit, anders zu reagieren. Laut Jimmy fuhr der Acura schnell davon."

„Und niemand hat den Fahrer gesehen?"

„Nicht durch die getönten Scheiben."

Sie hatte eine plötzliche Vision von Arturo Garcias Gesicht, als er sie angeschrieen hatte. Ein Mann von solcher Wut und Entschlossenheit gab nicht leicht auf. Und er würde erfinderisch sein, um die Informationen zu bekommen, die er haben wollte: wo ihr Restaurant lag, wo sie wohnte und wo Bens Schule war.

„Könnte Arturo dahinter stecken, John?"

„Ich bezweifle, dass er den Mut hätte ..."

„Aber wenn er es doch war?" Abbies Stimme klang schrill. „Ben könnte inzwischen sonst wo sein. Mein Sohn kann meilenweit entfernt bei einem Wahnsinnigen sein."

„Er wäre nicht weit gekommen, Abbie. Wir hatten schon nach einer halben Stunde die Fahndung laufen."

„Du wirst ihn nie finden!" schrie sie. „Warum gibst du es nicht zu? Es ist offenkundig. Warum sprichst du es nicht aus?"

„Weil ich schon lange aufgehört habe, mich auf das Offenkundige zu verlassen. Wir tun alles, was in unserer Macht steht, um Ben zu finden. Einsatzwagen aus den angrenzenden Gemeinden haben sich der Suche angeschlossen. Sie haben eine Beschreibung deines Wagens und dein Kennzeichen."

Abbie spürte, dass ihre Schultern unter der Last der Verzweiflung herunterfielen. „Das ist alles meine Schuld." Endlich hatte sie ausgesprochen, was ihr auf der Seele lag. „Wäre ich zur Polizei gegangen, als Ian mich zu erpressen versuchte, wäre Ben jetzt noch zu Hause."

„Du hast nur deine Mutter beschützt", erinnerte Claudia sie. „Du konntest nicht wissen, dass es so weit kommen würde."

Die Bemerkung tröstete sie nicht. Sie rang die Hände. „Was ist mit dem forensischen Team, das den Parkplatz abgesucht hat?"

„Sie haben nicht viel gefunden, und es ist fraglich, ob der Kidnapper Spuren hinterlassen hat. Aber sie untersuchen jeden gefundenen Schnipsel und halten mich auf dem Laufenden."

John packte sie an den Schultern. „Wir finden ihn, Abbie. Gleichgültig, wer ihn mitgenommen hat, wir finden ihn."

Sie wollte ihm so gerne glauben, aber was wäre, wenn es bereits zu spät war? So wie für Eric Sommers. Sie schalt sich für diese Gedanken. Auf keinen Fall durfte sie den Mut verlieren.

„Warum lässt du dich nicht von Claudia heimfahren", riet John leise.

„Ich kann nicht. Ich muss hier sein, falls Ben ..."

„Brady bleibt hier, falls er anruft. Du musst nach Hause, Abbie."

Gehorsam nickte sie und ließ sich von Claudia, die ihre Hand genommen hatte, hinausführen.

37. KAPITEL

Es ist fast wie in alten Zeiten, dachte John, als sie um den Esszimmertisch saßen – Clarice hatte nie in der Küche essen mögen – und Jordan das Reden übernahm. Er war begeistert von Johns Besuch und ahnte nicht, dass der mit der Nachricht vom Verschwinden eines Freundes verbunden war.

Das Boston-Market-Hühnchen mit allen Beilagen war sehr gut gewesen und auf jeden Fall besser als die Burritos, die John sich auf dem Heimweg mitgenommen hätte. Da Clarice drängte, nahm er sich eine zweite Portion und wartete, bis sie alle ihren Kirschkuchen gegessen hatten, ehe er sich erhob.

„Wir sollten in den Wohnraum gehen", sagte er zu Jordan. „Ich muss etwas mit dir besprechen."

Der Junge war bereits halb aufgestanden und hielt jetzt inne. „Habe ich was angestellt?"

John lachte. „Das will ich doch nicht hoffen, denn eine zweite Standpauke von Mrs. Rhinehart könnte ich nicht ertragen. Die Frau macht mir Angst."

Jordan grinste. „Tut sie nicht. Du hast vor gar nichts Angst, Dad."

„Denkst du."

Eine Hand auf Jordans Schulter, gingen sie in den aufgeräumten Wohnraum mit der blauen Polstergarnitur und dem Backsteinkamin. Jordan setzte sich auf einen gepolsterten Fußschemel, während John einen Sessel nahm.

Es war nicht leicht, ihm die Nachricht zu überbringen, deshalb redete er nicht darum herum. „Ben wird vermisst."

Clarice, die ihnen gefolgt war, stieß einen leisen Seufzer aus. „Redest du von Ben DiAngelo?“

John nickte.

Jordans Miene verriet eine Mischung aus Besorgnis und Verwirrung. „Was meinst du mit vermisst?“

„Er ist entführt worden.“

Der Junge sprang auf. „Ausgeschlossen! Das ist nicht wahr!“

„Ich fürchte doch, mein Kleiner. Es wird im ganzen Staat nach ihm gesucht.“

„Aber warum? Wer hat ihn mitgenommen?“

Clarice kam herüber, drückte ihren Sohn sanft zurück auf den Fußschemel, setzte sich neben ihn und schlang ihm schützend einen Arm um die Taille. „Mein Gott, John, wie konnte so etwas geschehen?“

Es war einfacher, zuerst Jordans Frage zu beantworten. „Laut den Aussagen der Lehrer und Schüler hat jemand in Miss DiAngelos Wagen vor der Schule auf Ben gewartet. Als der Junge den Wagen erkannte, lief er hin und dachte, seine Mutter sei am Steuer. Er stieg ein und wurde seither nicht mehr gesehen.“

„Aber du suchst ihn doch, Dad, oder nicht? Du wirst ihn finden.“

„Wir tun alles, was wir können.“

„Will jemand Lösegeld haben?“ fragte Clarice.

„Bisher ist keine Forderung gestellt worden, aber ich vermute, es kommt eine.“ Er ließ unerwähnt, dass Lösegeld keine Rolle spielte, falls der Mörder von Eric Sommers sich Ben geschnappt hatte.

Plötzlich löste Jordan sich von seiner Mutter, rannte die Treppe hinauf in sein Zimmer, öffnete offenbar eine

Schublade und rannte wieder herunter. „Das habe ich für ein neues Skateboard gespart." Er reichte John zwei Zehn- und eine Fünfdollarnote. „Aber ich würde das Geld lieber Miss DiAngelo geben." Er bekämpfte blinzelnd seine Tränen. „Sag ihr, dass ich ihr mit dem Lösegeld helfen will."

John hatte Mühe, seine Rührung nicht zu zeigen. Er nahm das Geld, faltete die Banknoten sorgfältig zusammen und steckte sie in seine Brieftasche. „Das ist sehr nett von dir, mein Sohn. Ich weiß, Miss DiAngelo wird dir dankbar sein."

Er umarmte Jordan fest und fragte sich, was Abbie darum geben würde, ihren Sohn im Arm halten zu können. „Aber du musst jetzt etwas für deine Mom und mich tun."

„Sicher."

Er erkannte an Clarice' leichtem Nicken, dass sie wusste, was er sagen wollte, und sie waren einer Meinung. „Ich möchte, dass du eine Weile besonders vorsichtig bist. Rede nicht mit Fremden, und geh zu niemandem ans Auto, auch wenn du denkst, es sei mein Wagen oder der von Mom. Falls wir es sind, steigen wir aus, damit du uns eindeutig erkennen kannst."

„Glaubst du, dass ich auch gekidnappt werden soll?"

„Nein. Denn deine Mom und ich werden alles Nötige tun, damit das nicht passiert. Aber du musst auch deinen Teil beitragen, okay?"

„Okay."

Überzeugt, dass Jordan sein Versprechen halten würde, stand John auf, um zu gehen. Dabei fiel sein Blick auf einen Gegenstand auf dem Beistelltisch. „Was ist das?" Er deutete darauf.

Jordan nahm den Modelleisenbahnwagen auf. „Das ist ein Kühlwagen der Santa Fee Railroad."

„Woher hast du den?"

„Der Professor hat ihn mir geschenkt."

„Professor?"

„Professor Gilroy. Du erinnerst dich doch, Dad. Er hat meine Klasse letzten Samstag auf einem Ausflug nach Northlandz begleitet zu der Modellbahnausstellung."

„Ja, ich erinnere mich." John nahm ihm den kleinen Wagen ab und betrachtete ihn genau. Wo hatte er so etwas schon einmal gesehen? Nicht dieses Modell, aber ein ähnliches. Dann erinnerte er sich. Bei Abbie. Einer ihrer Gäste hatte ihr so ein Modell gegeben, an dem Tag, als er mit Tina im Campagne gewesen war.

„Er macht sie selbst aus kleinen Holzstückchen", erklärte Jordan begeistert, und für einen Moment war der verschwundene Freund vergessen. „In seinem Haus hat er schon ganz viele Züge. Einer ist im Garten ausgestellt. Er hat gesagt, ich darf ihn mir irgendwann ansehen, wenn ich will, nach der Schule."

„Wirklich?" John drehte den Miniaturwagen in der Hand und erinnerte sich an den gut gekleideten Mann, der allein gesessen hatte. „Erzähl mir von dem Professor."

Der Junge zuckte die Achseln. „Was soll ich dir erzählen?"

Clarice schien jedoch genau zu wissen, was John hören wollte. „Ich bin ihm begegnet, als ich Jordan zum Schulparkplatz gefahren habe. Er schien sehr nett zu sein. Früher war er Professor für englische Literatur. Ich glaube, er hat im Wesley College unterrichtet. Vor ein paar Jahren ist er in Pension gegangen und baut seither Modelleisenbahnen."

„Welche Verbindung hat er zu Jordans Schule?"

Obwohl offensichtlich verunsichert, tat Clarice ihr Bestes, gelassen zu klingen. „Ich bin mir nicht sicher. Aber ich glaube, er hat Kontakt zur FitzRandolph aufgenommen, von Northlandz erzählt und sich angeboten, die Kinder auf dem Ausflug dahin zu begleiten. Er scheint bei den Lehrern, mit denen ich an dem Morgen gesprochen habe, bekannt und angesehen zu sein."

„Beschreib ihn mir."

„Er ist etwa fünfundfünfzig oder sechzig, schlank mit kurzem grauem Haar und einem dünnen Oberlippenbart. Er spricht mit britischem Akzent."

John brauchte keine weiteren Informationen. Clarice hatte eindeutig den Mann in Abbies Restaurant beschrieben. Na und, dachte er und war sich bewusst, wie sein argwöhnischer Verstand arbeitete. Warum sollte ein respektierter ehemaliger Professor nicht ein Hobby haben, das er mit kleinen Jungen teilen wollte? Die FitzRandolph Academy schien damit kein Problem zu haben, warum dann er selbst?

Weil du Polizist bist. Leute verdächtigen ist dein Beruf.

„Warum wolltest du Professor Gilroys Beschreibung haben, Dad?" Jordan beobachtete ihn genau. „Hat er was Schlimmes getan?"

„Nein." John legte ihm eine Hand in den Nacken. „Ich dachte, ich würde ihn kennen, das ist alles. Aber ich kenne ihn nicht."

Jordan und Clarice brachten ihn an die Tür. Beide sahen ihn ängstlich an, wenn auch aus unterschiedlichen Gründen.

Jordan sprach als Erster. „Du sagst es mir, wenn du Ben findest, ja, Dad?"

„Worauf du wetten kannst." Er küsste seinen Sohn auf die Wange. „Geh jetzt und mach deine Hausaufgaben fertig. Ich möchte noch einen Moment mit deiner Mutter reden."

John wartete, bis Jordan verschwunden war, ehe er sich an Clarice wandte. „Ich will nicht, dass der Junge noch einmal in die Nähe von Professor Gilroy kommt. Und zwar so lange nicht, bis ich den Mann gründlich überprüft habe."

„Mein Gott, John." Sie warf einen raschen Blick auf die Küchentür, um sicherzugehen, dass Jordan nicht mithörte. „Du glaubst doch nicht wirklich, dass er Ben entführt haben könnten. Er wirkte so ... harmlos."

„So wirken sie meistens", erwiderte er grimmig.

„Soll ich die anderen Mütter alarmieren?"

John schüttelte den Kopf. „Dazu besteht kein Grund, ehe ich mehr über den Mann weiß. Allein die Nachricht von Bens Verschwinden wird die Eltern veranlassen, ein paar zusätzliche Vorkehrungen zu treffen. Tu das bitte auch, Clarice."

38. KAPITEL

Wie immer um diese späte Stunde war Joses Tapas & Bar erfüllt von Rauch, schwitzenden Körpern und plärrenden Salsaklängen aus einer Jukebox. Tony saß allein am Ende der Bar, eingeklemmt zwischen einem bulligen Bauarbeiter und einer schwatzhaften Blondine. Er hatte gehofft, Arturo in dem Apartment im Auge behalten zu können, doch der hatte am Nachmittag die kleine Wohnung verlassen und ihm gesagt, er solle sich keine Sorgen machen. Er versprach, sich unauffällig zu verhalten. Außerdem seien die Leute, mit denen er sich treffe, vertrauenswürdig. Mit „Leute" meinte Arturo natürlich Frauen. Und deren Vertrauenswürdigkeit war eher zweifelhaft.

Arturo hatte Abbie DiAngelo nicht mehr erwähnt, und dafür war Tony dankbar. Vielleicht hatte es genützt, dass er ihm mal den Kopf zurechtgerückt hatte.

Als die Sitcom im Fernsehen, die er nebenbei verfolgte, durch eine Sondermeldung unterbrochen wurde, blickte Tony zum Bildschirm auf und erstarrte mitten in der Bewegung, das Bier zum Mund zu führen.

In der oberen rechten Ecke des Bildschirms erschien das Foto eines Jungen. Darunter stand der Name: Ben DiAngelo. Tony stellte seine Flasche Dos Equis ab, als der Nachrichtensprecher zu reden begann.

„Der neunjährige Ben DiAngelo aus Princeton, New Jersey, wurde heute Nachmittag vor seiner Schule entführt. Er wurde zuletzt gesehen, als er in einen roten Acura Geländewagen stieg, der später von der Mutter des Jungen, Abbie DiAngelo, als gestohlen gemeldet wurde. Die Vermutung, es könnte sich um denselben

Täter wie bei der Entführung und Tötung des kleinen Eric Sommers aus Princeton handeln, wollte die Polizei nicht bestätigen. Die Stadtpolizei hat für heute Abend sieben Uhr eine Pressekonferenz anberaumt. Bleiben Sie dran, um sich weiter zu informieren. Und jetzt zum Sport ..."

Tony war, als hätte er plötzlich ein schweres Bleigewicht im Magen. Nicht einmal das Bier, das er dringend gebraucht hatte, konnte er noch schlucken. Er starrte auf den Nachrichtensprecher, während ihm Arturos Worte durch den Kopf gingen:

Wusstest du, dass sie einen Sohn hat?

Dieser Bastard hatte den Jungen entführt! Am helllichten Tag. War er verrückt geworden? Oder hatte er blanke Todessehnsucht?

Tony holte einige Dollarnoten aus der Tasche und legte sie auf den Tresen. Er musste hier raus und Arturo finden. Er würde ihn zwingen, den Jungen zurückzubringen, oder sie landeten beide hinter Gittern.

Nachdem sie Tiffany fortgeschickt und Abbie gezwungen hatte, sich in einen Sessel beim Kamin zu setzen, machte Claudia sich in der Küche zu schaffen, holte Lebensmittel aus dem Kühlschrank und Töpfe aus dem Schrank. Sie kochte Suppe, ein weiteres ihrer Allheilmittel, obwohl Abbie nicht hungrig war, wie sie sagte.

„Es gibt mir etwas zu tun", erwiderte Claudia.

Abbie widersprach nicht. Sie brauchte ihre Energie, um sich zusammenzunehmen, auch wenn es ihr sehr schwer fiel, da alles in diesem Haus sie an Ben erinnerte. Ihr Blick fiel auf den Couchtisch, auf dem die Baseballkarten lagen, von denen Ben und Jordan so geschwärmt hatten. Sie schob den Stapel auseinander und entdeckte Bens Lieblingskarte, die von Scott Rolen mit seiner Unterschrift darunter. Sie erinnerte sich an Bens Begeisterung im letzten Jahr, als Brady ihn mit zu einem Spiel der Phillies genommen hatte. Durch Vermittlung eines Freundes hatte er den Jungen mit seinem Idol Scott Rolen bekannt gemacht. Wochenlang hatte Ben von nichts anderem gesprochen.

Sie nahm die Karte auf und dachte daran, dass ihr Sohn sie noch heute in der Hand gehabt hatte, als alles noch so wunderbar normal gewesen war.

Das Klingeln des Telefons riss sie aus ihren Betrachtungen. Sie lief zum Apparat und entriss Claudia förmlich den Hörer. „Hallo?"

„Abbie, hier ist John."

„Hast du ihn gefunden?" stieß sie hervor.

„Noch nicht." Verkehrslärm drang durch den Hörer, gefolgt von einem Knacken, dann war die Stimme wieder da. „Ich muss dich ein paar Dinge über Professor Gilroy fragen."

Abbie war verblüfft. „Über Oliver?"

„Ihr nennt euch beim Vornamen?"

„Er ist ein Stammgast."

„Wie oft kommt er?"

„In den letzten zwei Jahren jeden Tag."

„Kennt er Ben?"

„Er ist ihm schon begegnet, ja."

„Wann?"

Die eindringliche Befragung beunruhigte sie. „Was ist los, John?"

„Beantworte bitte die Frage, Abbie."
„Sie haben sich vor einigen Monaten kennen gelernt."
„Bei welcher Gelegenheit?"
Abbie atmete durch. „Als Oliver hörte, dass ich einen Sohn habe, brachte er ihm kleine Modelleisenbahnen mit, die er selbst baut. Ben hatte dann mal einen halben Tag schulfrei, und ich habe ich ihn mit ins Restaurant genommen, damit er sich persönlich bei Oliver bedanken konnte."
„Hat er je darum gebeten, Ben mitnehmen zu dürfen? Allein?"
Allmählich bekam sie es mit der Angst zu tun. Auch wenn sie John noch nicht lange kannte, war ihr klar, dass er nicht ohne triftigen Grund diese Fragen stellte. „Nein ... allerdings ..."
„Was?"
„Als mir Oliver letzte Woche nach Ians Tod sein Beileid aussprach, erzählte er mir, dass er eine Jungengruppe der FitzRandolph Academy zur Eisenbahnausstellung nach Northlandz begleite. FitzRandolph", wiederholte sie „das ist doch Jordans Schule, nicht wahr?"
„Ja, das ist richtig. Und weiter?"
„Oliver wollte Ben mitnehmen, aber er hatte Baseballtraining an dem Tag und konnte nicht."
„Wie hat Gilroy es aufgenommen?"
Abbie bemerkte, dass sich Claudia in den zweiten Sessel gesetzt hatte und aufmerksam lauschte. „Ganz normal, denke ich. Nein, das stimmt nicht. Er war enttäuscht. Er klang fast ... beleidigt."
„Hat er etwas Konkretes gesagt, das dir diesen Eindruck vermittelte?"

„Nein, ich hatte nur so ein Gefühl. Ich bin weggegangen, als Oliver sagte, er würde das verstehen und Ben ein andermal etwas Gutes tun." Sie sah Claudia an. „Was ist los, John? Hast du etwas über Professor Gilroy herausgefunden, das ich wissen sollte?"

„Ich weiß nur, was du und meine Exfrau mir gesagt haben. Jordan hat an diesem Ausflug nach Northlandz teilgenommen. Auf der Rückfahrt hat der Professor ihm einen kleinen Eisenbahnwagen geschenkt und ihn zu sich eingeladen, damit er sich seine Ausstellung ansieht. Vielleicht bin ich paranoid, aber diese Einladung ist mir irgendwie nicht geheuer. Besonders, seit ich mich erinnerte, dass dieser Gilroy der Mann ist, den ich letzte Woche bei dir im Campagne gesehen habe, als er dir den Eisenbahnwagen für Ben gegeben hat."

Die Stimme verschwand für ein, zwei Sekunden, dann war sie wieder da. „Was weißt du über ihn, Abbie?"

Sie war fast dankbar für die Frage, die sie einen Moment von ihren Ängsten ablenkte. „Nicht viel, nur das, was er mir erzählt hat. Er kam vor fünfzehn Jahren in die Staaten und unterrichtete bis zu seiner Pensionierung vor vier Jahren am Wesley College englische Literatur. Dann machte er aus seiner Leidenschaft, Modelleisenbahnen zu bauen, ein Vollzeithobby."

„Was treibt er, wenn er keine Eisenbahnen baut?"

„Ich weiß nicht. Ich rede nur mit ihm, wenn ich meine Runde im Restaurant mache."

„Ist er nicht verheiratet?"

„Verwitwet. Er hat eine Tochter und einen Enkel, die er jedes Jahr an Weihnachten in London besucht."

„Sonst noch was?"

Sie schüttelte den Kopf. „Mehr weiß ich beim besten Willen nicht, leider. Am Wesley College kann man dir vielleicht mehr sagen."

John dankte ihr, versprach, sie auf dem Laufenden zu halten, und verabschiedete sich.

Claudia wartete, bis Abbie den Hörer aufgelegt hatte, ehe sie fragte: „Habe ich das richtig verstanden? John denkt, Professor Gilroy hat Ben entführt?"

„So direkt hat er das nicht gesagt, aber ..." Sie schüttelte den Kopf. „Da muss er sich irren. Ich kann mir Oliver nicht als Kidnapper vorstellen und noch weniger als Vergewaltiger oder Mörder."

„Ich weiß nicht recht. Mir hat der Mann nie sonderlich gefallen. Seit unserer ersten Begegnung im Restaurant hatte ich immer den Eindruck, dass er ein bisschen zu glatt ist." Claudia schnaubte leicht verächtlich. „Diese Angewohnheit, jeden Tag genau zur selben Zeit im Campagne aufzutauchen, am selben Tisch zu sitzen und denselben Wein zu trinken, ist mir unheimlich. Und warum kommt er ausgerechnet in dein Restaurant, Abbie? Das ist nicht abwertend gemeint. Natürlich ist das Campagne eines der besten, aber findest du nicht auch, dass jeder normale Mensch mal ein bisschen Abwechslung braucht?"

„Ich will dir da gar nicht widersprechen ..."

Die Türglocke unterbrach ihr Gespräch. Abbie sprang auf und eilte hinaus.

Brady stand mit aschfahlem Gesicht auf der Schwelle und reichte ihr ein Stück Papier. „Ich denke, das siehst du dir besser mal an."

Abbie bezwang das Zittern ihrer Hände, während sie

die Botschaft las, die ihr Eis durch die Adern zu jagen schien.

Wie willst du deinen Jungen haben, Luder? Tot oder lebendig?

39. KAPITEL

Wie erwartet, übertrug Captain Farwell den Fall des vermissten Ben DiAngelo Tina, doch auf ihre Bitte hin ließ er John bei den Ermittlungen assistieren, da er ein Freund der Familie war und bereits Vorarbeit geleistet hatte. Außerdem konnte sie jede Unterstützung brauchen.

Farwell sah besorgt aus, während er an seinem Schreibtisch stand und sich über den Stand der Ermittlungen unterrichten ließ. Seit Bens Verschwinden publik gemacht worden war, stand sein Telefon fast nicht mehr still.

„Und von diesem Ken Walker konnten Sie nichts Nützliches erfahren?“ fragte er John.

„Angeblich war er zur Zeit der Entführung zu Hause, kann es aber nicht beweisen. Seine Frau hat ihn vor die Tür gesetzt, und jetzt wohnt er in einem kleinen Zimmer im Stadtteil Hopewell.“

„Ihr erster Eindruck?“

John seufzte. „Der Mann ist aufbrausend und hegt einen Groll gegen Abbie DiAngelo, aber ... ehrlich gesagt, kommt er mir nicht wie jemand vor, der sich an einem Kind vergreift, um sich an einer ehemaligen Arbeitgeberin zu rächen.“

„Behalten Sie ihn jedenfalls im Auge.“ Nachdenklich fügte er hinzu: „Was ist mit dem Parkplatz? Hat sich die forensische Abteilung schon bei Ihnen gemeldet?“

„Gerade eben. Sie haben das Übliche gefunden – Zigarettenkippen, Kaugummipapier, den Verschluss einer Colaflasche. Sie suchen jedes Stück nach Fingerabdrücken ab, aber ich bezweifle, dass sie etwas finden.“

„Was ist mit den anderen Ladenbesitzern am Palmer

Square? Einige Läden grenzen an den Parkplatz, nicht wahr?"

„Ich habe alle befragt. Niemand hat etwas gesehen."

„Erstaunlich. Da wird mitten am Tag zur besten Geschäftszeit im Herzen von Princeton ein Wagen gestohlen, und niemand bemerkt etwas." Farwell ging auf und ab. „Dem Bürgermeister wird das nicht gefallen. Er hält sich zugute, dass Princeton eine der sichersten Städte im Staate ist. Nach zwei Morden und dem Verschwinden eines weiteren Jungen innerhalb eines Monats steht dem Mann allerdings der Schaum vor dem Mund. Seine Wiederwahl hängt davon ab, wie schnell wir den Täter finden."

Er baute sich vor John und Tina auf. „Was mich auf die Presse bringt. Wie Sie wissen, tönt sie in diesem Fall besonders laut. Hoffentlich können Sie die Reporter auf der Pressekonferenz beschwichtigen."

John und Tina tauschten einen Blick. „Ich dachte, Sie halten die Pressekonferenz ab", meinte Tina.

„Ich kann nicht. Ich habe um Viertel nach sieben ein Treffen mit dem Bürgermeister. Die Presse müssen Sie beide übernehmen."

Ohne ihnen die Chance auf eine Erwiderung zu lassen, gab er John einen freundlichen Klaps auf die Schulter und ging dann zur Tür. „Viel Glück mit den Hyänen. Ihnen beiden", fügte er hinzu und sah Tina an. „Sehen Sie zu, dass die kein Blut wittern."

„Diese Ratte", sagte Tina leise, sobald er fort war. „Er hätte die Pressekonferenz abhalten können. Ich weiß zufällig, dass sein Treffen mit dem Bürgermeister erst um halb acht ist. Aber er will bei den Journalisten nicht in einem schlechten Licht dastehen. Dafür dürfen wir den Kopf hinhalten."

Vor dem Polizeirevier hatte sich bereits eine große Menge versammelt, als John und Tina herauskamen. Reporter strömten aus den Vans der Nachrichtensender und schubsten sich gegenseitig, um einen Platz in der ersten Reihe zu ergattern. Alle zeigten das aufgeregte, gierige Mienenspiel von Leuten, die soeben zu ihrer Verblüffung feststellen mussten, dass in ihrer harmlosen Gemeinde die Hölle los ist. Da gingen die guten Manieren schon mal zum Teufel. Hier kämpfte jeder für sich. Es war fast wie im Krieg.

„Detective Ryan!" Als könnte sie es nicht erwarten, ihm seine Abfuhr von neulich im Winberie heimzuzahlen, baute sich Mary Kay Roder vor ihm auf. Mit blitzenden Augen gab sie sofort ihre Vermutungen zum Besten und versuchte ihm journalistisch an die Kehle zu gehen. „Gibt es eine Verbindung zwischen dem Verschwinden von Ben DiAngelo und dem Tod von Eric Sommers?"

„Für diese Schlussfolgerung ist es noch zu früh", entgegnete John ruhig. „Obwohl wir die Möglichkeit in Betracht ziehen, hat für uns und die Öffentlichkeit Vorrang, Ben DiAngelos Verschwinden aufzuklären und für seine Rückkehr zu sorgen."

Der Mann neben Mary Kay hob die Hand. „Haben Sie schon einen Verdächtigen?"

John überließ Tina die Antwort. „Wir arbeiten an einigen Möglichkeiten", erklärte sie vage. „Darüber können wir allerdings noch nicht reden."

Nach diesen Worten brach ärgerlicher Protest aus, da die Reporter mehr Informationen verlangten. Tina ignorierte dies und begann, Bens Foto auszuteilen. „Bitte sagen Sie Ihren Lesern, dass sie wachsam bleiben und alle Beobachtungen unverzüglich der Polizei melden sollen."

John wollte noch eine Frage von einem Mann in Schwarz aus dem Hintergrund annehmen, doch Mary Kay war noch nicht fertig mit ihm. „Wie zuversichtlich sind Sie, dass Sie Ben DiAngelo lebend finden?“

Er hoffte, Abbie hörte nicht zu. „Wir hatten Glück, dass wir schon eine halbe Stunde nach der Entführung unterrichtet wurden. So lief die Fahndung bereits, ehe der Täter die Gegend verlassen konnte – falls das seine Absicht war.“

„Aber die Entführung liegt jetzt fast sieben Stunden zurück, und der Junge wurde noch nicht entdeckt.“

Ehe er antworten konnte, feuerte Bill Gasier vom *Princeton Journal* eine Frage ab. „Sie sind von der Mordkommission, nicht wahr, Detective Ryan? Würden Sie uns erklären, warum Sie Detective Wrightfield in diesem Fall unterstützen, obwohl das Department doch derzeit unterbesetzt ist?“

„Detective Ryan wurde auf meine Bitte hinzugezogen“, erklärte Tina.

„Aber stimmt es nicht“, rief Mary Kay so laut, dass es alle hören mussten, „dass Sie hauptsächlich mit diesem Fall betraut wurden, weil Sie ein Freund von Abbie DiAngelo sind, ein sehr enger Freund?“ fügte sie grinsend hinzu.

Darauf war sie also aus: ein bisschen Privatklatsch, um der Reportage Würze zu geben. „Meine Beziehung zu Miss DiAngelo hat mit diesem Fall nichts zu tun“, erklärte John gelassen. „Ein Kind ist verschwunden. Dieser Tragödie sollte Ihr Interesse gelten, Mary Kay, und nicht irgendeinem Gerücht über mein Privatleben, das Sie, nebenbei bemerkt, nicht das Mindeste angeht.“

Sie lächelte süßlich, völlig unberührt von seiner Zurechtweisung oder dem Kichern ihrer Kollegen, die sie ebenso gut kannten wie John.

Sein Handy klingelte, als Miss Neunmalklug ihm gerade noch eine Frage stellen wollte. John beendete das Interview, bedankte sich bei den Reportern und trat beiseite, um den Anruf entgegenzunehmen. Es war Abbie. Sie hatte eine Nachricht von Bens Kidnapper erhalten.

Auf dem Weg zu Abbie rief John seinen Vater an. „Spielst du immer noch Golf mit dem Vorstand, der für die Einstellungen am Wesley College zuständig ist?“ fragte er Spencer, sobald der sich gemeldet hatte.

„Jeden Dienstagmorgen um zehn.“ Er kicherte. „Und Lyman kriegt jedes Mal eins übergebraten. Warum fragst du?“

„Du musst mir einen Gefallen tun, Dad.“

„Schieß los.“

„Bis vor vier Jahren unterrichtete ein Professor Oliver Gilroy am Wesley College englische Literatur. Er kam Ende der achtziger Jahre aus England her, ist Witwer und hat eine Tochter und einen Enkel in England, die er jedes Jahr besucht. Ich möchte alles wissen, was du sonst noch über ihn erfahren kannst.“

„Hat dieser Professor etwas mit der Pressekonferenz zu tun, die ich gerade gesehen habe? Und mit dem Verschwinden des Jungen?“

„Könnte sein.“

„Dann rufe ich Lyman sofort an.“

„Danke, Dad“, sagte John und hielt vor Abbies Haus an, „ich bin dir sehr verbunden.“

Abbie musste Ausschau nach ihm gehalten haben, denn

sie öffnete bereits die Tür, ehe er aus dem Wagen stieg. Die Belastung forderte ihren Tribut, wie an ihrem hübschen Gesicht abzulesen war. Dunkle Schatten lagen unter ihren Augen, und die Mundwinkel waren herabgezogen, was sie müde und niedergeschlagen wirken ließ.

Einen Moment umarmte er sie und strich ihr übers Haar. Vor vierundzwanzig Stunden hatte er sie schon einmal so gehalten. Ihr Herz hatte so schnell geschlagen wie jetzt, aber aus anderen Gründen. Schließlich ließ er sie los. „Zeig mir die Nachricht."

Wortlos übergab sie ihm den Zettel, und er las ihn auf dem Weg in die Küche. Eine junge Frau mit rotem Kraushaar und randloser Brille, die Abbie als ihre Freundin Claudia Marjolis vorstellte, gab ihm die Hand.

„Wie hast du das bekommen?" fragte er Abbie und hielt die Nachricht hoch.

„Brady hat sie mir gebracht. Sie kam über das Fax im Restaurant. Offenbar lag sie schon eine Weile dort. Aber da so viel passiert ist, hat niemand das Faxgerät beachtet." Sie deutete auf einen Namen am oberen Rand des Blattes. „Offenbar kam es aus einem Internetcafé."

John las die entsetzliche Mitteilung noch einmal. „Und es kam kein Anruf hinterher? Auch keine E-Mail?"

„Nichts." Sie deutete mit dem Kopf zu dem Laptop auf dem Beistelltisch. „Seit ich zu Hause bin, habe ich ihn eingeschaltet. Wenn ich eine Nachricht bekomme, ertönt ein Piepton."

Mit zittriger Hand fuhr sie sich durchs Haar. „In jener Nacht am See hat Arturo Garcia mich mehrere Male Luder genannt."

John nickte. „Die rüde Ausdrucksweise könnte aber

auch ein Ablenkungsmanöver sein, um die Aufmerksamkeit bewusst auf jemand anders zu lenken."

„Was wird unternommen, um Ben zu finden?" fragte Claudia.

John blickte sie an und mochte die Frau mit den großen blauen Augen sofort. Sie würde einen beruhigenden Einfluss auf Abbie ausüben, die nervlich extrem angespannt wirkte. „Außer dass wir eine Fahndung herausgegeben haben und alle Fernsehstationen informiert wurden, habe ich Fachleute herbeordert, die Abbies Telefon anzapfen werden. Sie werden das Verfahren erklären, sobald sie hier sind." Er sah noch einmal auf das Blatt Papier in seiner Hand. „Inzwischen sehe ich mir dieses Internetcafé an. Ich kenne es. Es liegt in New Brunswick. Soweit ich weiß, ist es vierundzwanzig Stunden am Tag geöffnet."

Abbie legte ihm eine Hand auf den Arm. „John, sag mir ehrlich, warum der Entführer diese zornige Botschaft geschrieben hat. Weshalb verlangt er kein Lösegeld?"

„Ich weiß es nicht. Vielleicht will er mit dir spielen und dich erst mal nervös machen, damit du seine Forderung ernst nimmst, wenn er sie schließlich stellt."

„Ich nehme ihn sehr ernst. Er kann alles haben, was ich besitze: mein Haus, mein Restaurant, meinen Wagen, alles. Ich will nur meinen Sohn zurück."

John umarmte sie und hielt sie fest, bis sie aufhörte zu zittern und ruhiger atmete. Er wollte ihr so gerne helfen, damit alles wieder gut wurde. Doch zum ersten Mal in all den Jahren als Polizist und trotz vieler aufgeklärter Fälle war er im Zweifel, ob er ihr helfen konnte.

Das Läuten der Türglocke unterbrach seine beklemmenden Gedanken. Claudia öffnete, und einen Moment später ertönte ein ärgerlicher Ausruf, gefolgt von Claudias zorniger Stimme.

„Ich dachte, Abbie hätte Ihnen deutlich gesagt, dass Sie sich fern halten sollen. Was ist sonst noch nötig, damit ...“

Mit raschen Schritten kam John zu ihr an die Tür. Auf der Veranda stand Ken Walker, den er erst vor Stunden befragt hatte. „Was wollen Sie hier?“ fuhr er ihn an.

Abbie schob John beiseite. „Sie haben sich eine schlechte Zeit ausgesucht, um mich zu belästigen, Ken.“ Ihre dünne Stimme klang ärgerlich, doch der Mann schüttelte nachdrücklich den Kopf.

„Ich bin nicht hier, um Sie zu belästigen, Miss DiAngelo, ich schwöre es. Und ich bin Ihnen auch nicht böse, dass Sie mir die Polizei geschickt haben. Ich an Ihrer Stelle ...“

„Das reicht. Verschwinden Sie.“ John packte ihn am Arm. „Ehe ich Sie ins Gefängnis werfe.“

„Sie verstehen nicht. Miss DiAngelo, bitte, hören Sie mir zu. Ich weiß, wer Ihren Jungen hat.“

Abbie ließ ihm kaum Zeit, den Satz zu beenden. Sie schob John beiseite und zog Ken am Hemdärmel ins Haus. „Wer, Ken? Wer hat meinen Sohn mitgenommen? Was wissen Sie? Was haben Sie gesehen?“

„Abbie, lass mich das machen“, wandte John ein.

„Nein! Lass ihn reden!“ Sie ließ Ken nicht aus den Augen. Falls er log und dies nur ein weiterer Trick war, um es ihr heimzuzahlen, würde sie es merken, und dann gnade ihm Gott. „Wer hat meinen Sohn mitgenommen?“ wiederholte sie.

„Arturo Garcia.“ Er sah John an. „Nachdem Sie weg waren, musste ich an die frische Luft. Ich bin spazieren gegangen und war dann auf ein Bier im Winberie. Da habe ich das Gesicht von dem Kerl im Fernsehen gesehen und mich an ihn erinnert.“

„Wie meinen Sie das, Sie haben sich erinnert?“

„Ich habe ihn gestern gesehen.“ Er wandte den Blick ab und sprach leiser. „Ich bin zur Schule gegangen, um meinen Jungen zu sehen. Robby wurde gestern zehn, und ich wollte nicht, dass er glaubt, ich hätte ihn vergessen.“ Er blickte wieder auf und sah Abbie an. „Ich denke, Sie wissen, dass Lainie mich rausgeworfen hat.“ Als sie nickte, fuhr er fort: „Ich bin hingegangen, weil ich Robby mein Geschenk geben wollte. Als ich draußen auf ihn wartete, hielt etwa drei oder vier Wagenlängen vor mir eine braune Limousine am Straßenrand. Der Fahrer ist mir überhaupt nur deshalb aufgefallen, weil er näher an der Schule hätte parken können. Aber das hat er nicht getan. Und er schien sich, während er wartete, irgendwie nicht wohl zu fühlen, als gehörte er nicht dahin. Ich habe mir nichts weiter dabei gedacht, bis ich das Gesicht im Fernsehen wiedersah."

Der Mann vor Rose' Apartment hatte ebenfalls eine braune Limousine gefahren. „Konnten Sie ihn tatsächlich gut sehen?"

„Gut genug, um zu sagen, dass es der Mann aus dem Fernsehen war."

„Was hat er gemacht, als Bens Mitschüler herauskamen?"

„Ich weiß nicht. Robbys Klasse kam als erste. Ich musste mich beeilen, ihm sein Geschenk zu geben, ehe sein Bus abfuhr. Dann bin ich wieder los."

„Und der Mann ist noch geblieben?"

„Ich glaube, ja. Wie gesagt, ich habe mir nichts dabei gedacht, deshalb habe ich nach dem ersten Blick nicht weiter auf den Mann geachtet."

„Hat er mit jemandem geredet?"

„Nicht, dass ich wüsste."

Abbie lehnte sich gegen die Konsole. Trotz ihrer Differenzen mit Ken und seines Auftritts neulich im Campagne glaubte sie nicht, dass er eine so verrückte Geschichte erfinden würde, schon gar nicht in Gegenwart eines Detectives. Er sagte die Wahrheit. Arturo war gestern Nachmittag vor Bens Schule gewesen. Vermutlich, um sich mit den Gegebenheiten vertraut zu machen. Vielleicht hatte er Ben schon gestern entführen wollen, es aber aus irgendeinem Grund auf heute verschoben. Doch all das änderte nichts. Auch wenn sie jetzt wussten, wer Ben gekidnappt hatte, so blieb Arturo doch unauffindbar.

„Sie müssten mit mir aufs Revier fahren und sich noch mal Garcias Fahndungsfoto ansehen." John hatte bereits die Wagenschlüssel in der Hand. „Ginge das sofort?"

„Ja, sicher. Mache ich gern." Ken fuhr sich mit einer Hand übers Gesicht, zögerte und sagte zu Abbie: „Das mit Ben tut mir wirklich Leid, Miss DiAngelo. Ich hoffe, Sie finden ihn bald."

„Danke. Und danke, dass Sie gekommen sind. Ich weiß, das war nicht leicht für Sie."

„Sie hätten dasselbe für mich getan."

Claudia hielt Abbies Hand, als sie zusahen, wie John mit Ken davonfuhr. Es gab noch viele offene Fragen, doch nur eine war wirklich wichtig: Wo steckte Ben?

Als John Garcias Fahndungsfoto auf den Schreibtisch legte, brauchte Ken nur eine Sekunde, um ihn als den Mann zu identifizieren, den er am Vortag vor der Princeton Elementary gesehen hatte. Laut Kens Beschreibung hatte Garcia sich seinen Spitzbart abrasiert, trotzdem erkannte er ihn zweifelsfrei.

Tina nahm die Aussage auf, tippte sie und gab sie Ken, der sie unterschrieb. Sie war soeben gegangen, um sich einen Haftbefehl für Arturo zu holen, als Johns Telefon klingelte. Es war Manuel.

John war zwar nicht abergläubisch, trotzdem kreuzte er zwei Finger, dass Manuel gute Nachrichten für ihn hatte. Er konnte etwas Glück gebrauchen. „Was gibt's, mein Freund?"

„Ich habe eine Kundin, Henrietta, die sich gern mit ihren Eroberungen brüstet; nicht bei mir, sondern gegenüber Coletta."

„Das ist Ihre Nichte, oder?"

„*Sí.* Sie hilft uns im Laden, wenn Freddy in der Schule ist. Seit der vierten Klasse ist sie mit Henrietta befreundet. Die kam heute und erzählte Coletta von dem Mann, den sie vor ein paar Tagen kennen gelernt hatte. Gewöhnlich belausche ich solche Gespräche nicht, aber als ich Henrietta den Mann beschreiben hörte, wurde ich aufmerksam."

„Was haben Sie gehört?"

„Ich glaube, ihr neuer Freund ist der Mann, den Sie suchen, John. Sie nannte ihn nicht Arturo. Sie sagte, er heiße Mike, aber wie sie ihn beschrieb – kräftig, mit Glatze und Tattoos von Meerjungfrauen und Drachen auf den Armen –, wusste ich, dass es derselbe Mann sein musste."

John zog sich einen gelben Notizblock heran. „Wo finde ich Henrietta?"

Manuel kicherte. „Sie ist Bartänzerin und arbeitet nachts, deshalb ist sie tagsüber zu Hause und schläft sich aus. Wie ich gehört habe, verbringt ihr neuer Freund auch eine Menge Zeit dort."

„Haben Sie die Adresse?"

„Ja ... Olden Avenue 113."

„Danke, Manuel." John riss das Blatt ab, auf dem er die Adresse notiert hatte. „Ich schulde Ihnen etwas."

Er hatte gerade aufgelegt, als Tina wieder hereinkam. „Der Richter war nicht da, aber sein Sekretär sagte, er komme innerhalb der nächsten Stunde zurück. Ich ..."

„Keine Zeit für einen Haftbefehl." John erzählte ihr von Manuels Anruf und gab ihr Henriettas Adresse. „Wir müssen uns beeilen." Er schnappte sich sein Jackett von der Sessellehne und zog es über. „Wir fordern von unterwegs Unterstützung an. Denn ich glaube kaum, dass unser Freund freiwillig mitkommt."

Leise näherten sie sich mit gezogenen Waffen der Tür – John, Tina und drei Uniformierte. Sie klopften zwei Mal und riefen: „Polizei! Öffnen Sie!" Als sich nichts regte, traten sie die Tür ein.

Das Mädchen saß auf dem Sofa und zog rasch einen Bademantel um sich. Der Mann, nackt bis auf ein schwarzes T-Shirt, hatte ein Messer in der Hand und war in Angriffsstellung.

John sah ihn drohend an. „Denken Sie nicht mal dran, Romeo, oder Sie sind tot."

Arturo sah die fünf auf ihn gerichteten Waffen. Er schien nicht gerade Intelligenz zu versprühen, aber ein völliger Dummkopf war er auch nicht. Rasch schätzte er die Situation ein, legte das Messer weg und hob die Hände. Er hatte die Prozedur oft genug mitgemacht. „Ist es okay, wenn ich mir die Hose anziehe?" fragte er sarkastisch und grinste Tina anzüglich an. „Vorausgesetzt, unser Ramboküken hier hat noch nicht genug gesehen."

Tina zuckte desinteressiert die Achseln. „Da gibt's nicht viel zu sehen, Kurzer." Als Arturos Grinsen schwand, wandte sie sich an einen der Beamten. „Werfen Sie ihm die Hose zu, Joey, aber durchsuchen Sie sie erst. Und geben Sie das Messer in einen Beweisbeutel."

Das Mädchen, eine Brünette mit Puppengesicht, kauerte in der Sofaecke und verfolgte ängstlich das Geschehen. „Was ist los?" fragte sie mit dünner Stimme. „Warum mussten Sie meine Tür aufbrechen? Wie soll ich das meinem Vermieter erklären?"

„Wir erklären das", erwiderte Tina. „Sind Sie Henrietta?"

Das Mädchen nickte.

„Sie müssen mit uns kommen."

„Warum? Ich habe nichts getan."

„Das ist reine Routine. Es dauert nicht lange."

Auf der Fahrt zum Revier beschwerte sich Arturo lautstark, verlangte, einen Anwalt zu sprechen, und drohte ihnen, sie wegen unbegründeter Festnahme zu verklagen. Er brüllte immer noch Obszönitäten, als sie ihn in den Verhörraum schoben.

„Lassen wir ihn eine Weile schmoren", sagte John zu Tina. „Ich muss Abbie anrufen. Hoffentlich kann sie ihn bei der Gegenüberstellung als den Mann identifizieren, der sie am See angegriffen hat. Sobald wir ihm den Mord anhängen können, wird er wegen der anderen Sache mit uns kooperieren."

Abbie kam eine Viertelstunde später mit geröteten Wangen. „Hat er geredet? Hat er gesagt, wo Ben ist?"

„Noch nicht. Ich möchte sicher sein, dass er der Mann ist, der dich angegriffen hat. Dann haben wir einen Hebel, mit dem wir ansetzen können."

Obwohl er keinen Spitzbart mehr trug, identifizierte sie ihn in Sekundenschnelle. „Das ist er", sagte sie und wich leicht zurück, als Arturo Johns Aufforderung folgte und zwei Schritte vortrat.

„Bist du sicher, Abbie?"

Sie nickte. „Ja, ja, er ist es. Ich war mir noch nie einer Sache so sicher."

Johns Vorschlag, Claudia solle sie wieder nach Hause fahren, quittierte Abbie mit sprödem Lachen. „Ich fahre nirgendwohin, John, bis Arturo sagt, wo Ben ist."

„Das könnte eine Weile dauern."
Ihr Entschluss stand fest. „Ich bleibe."

Nach der Gegenüberstellung wurde Arturo in den Verhörraum zurückgebracht. Tina setzte sich schräg auf die Schreibtischkante und hielt ihm ein Telefon hin. „Sie können es auf zwei Arten haben", sagte sie süßlich. „Auf die harte oder auf die sanfte."

„Wie wär's, wenn ich es dir von hinten mache, Rambo-küken? Wär' das nix für dich?" Er kicherte anzüglich. „Ich möchte wetten, dass du darauf stehst."

John beobachtete Tina, die, wie er wusste, kurz davor stand zu explodieren. Doch ihre Haltung blieb gelassen. „Sie können die Klappe halten und Ihren Anwalt anrufen, oder Sie können in der Zelle toben und hoffen, dass ich nicht eine meiner Erinnerungslücken bekomme und Sie da drin vergesse."

Garcia schnaubte. „So hart bist du nich'. Und was is' mit dir, Schlappschwanz? Haste nich' den Mumm, mich zu verhören, und schickst 'ne Braut vor. Was bist du für 'n Kerl?"

Tina riss das Telefon zurück. „Das reicht." Sie nickte dem Uniformierten an der Tür zu. „Schließen Sie ihn weg."

„Warte!" Arturo richtete sich auf. Wütend starrte er Tina an, wusste aber, wann er geschlagen war. „Ich mach's auf deine Art."

Wortlos hielt sie ihm das Telefon hin und gab dem Officer ein Zeichen, ihm die Handschellen abzunehmen. „Machen Sie es kurz."

Sichtlich gebändigt gab Garcia eine Nummer ein. John bemerkte zufrieden, dass er dazu die linke Hand benutzte.

Die Schlinge um den Hals des Mannes hatte sich soeben ein wenig fester zugezogen.

„He, Tone", sagte Arturo, den Blick auf Tina gerichtet. „Man hat mich festgenommen, Mann. Mord." Er fluchte auf Spanisch. „Halt die Klappe, Tone, und hör zu, okay? Ich brauch 'nen Anwalt. Sofort, okay. Ich will nich' eine Scheißnacht hier verbringen."

Er lauschte einige Sekunden und sah dann Tina an. „Wo, zum Teufel, bin ich?"

John antwortete: „Princeton Township P.D. an der Witherspoon." Er sagte es laut genug, damit „Tone" am anderen Ende es mitbekam.

„Kapiert, Bruder?" Als Arturo die Antwort gehört hatte, beendete er das Gespräch, und der Officer legte ihm wieder Handschellen an. „Ich sage nix, bis mein Anwalt hier is'. Kapiert?"

„Wer ist Tone?" fragte John.

Arturo dachte einen Moment nach und kam wohl zu dem Schluss, dass es nicht schaden würde, die Frage zu beantworten. „Mein Bruder Tony."

„Ihr Bruder ist mit Ihnen aus El Paso angereist?"

Arturo kniff ein wenig die Augen zusammen. „Woher wissen Sie, dass ich aus El Paso bin?"

„Oh, wir wissen eine Menge über Sie. Zum Beispiel, dass Sie am Carnegie See eine Frau angefallen haben, nachdem Sie Ian McGregor erstochen hatten."

„Ich kenne keinen Ian McGregor."

„Was ist mit Ben DiAngelo? Kommt Ihnen der Name bekannt vor?"

Er runzelte die Stirn, als sei er tief in Gedanken. „Ist das der Junge, der entführt wurde?"

„Genau der."

„Warum fragen Sie mich das?"

„Weil man Sie gestern gesehen hat, als Sie vor seiner Schule parkten. Warum waren Sie da, Garcia?"

„Ich hab' mir die Lehrerinnen angeguckt. Da sind heiße Bräute dabei, Mann."

„Ich an Ihrer Stelle wäre nicht so ein Klugscheißer." Tina beugte sich leicht vor und zuckte zurück, als ihr sein Atem entgegenschlug. „Wir kriegen Sie dran wegen Mord, Angriff mit einer tödlichen Waffe und Kidnapping. Ich bin kein Richter, aber aus der hohlen Hand würde ich mal sagen, das reicht für hundert Jahre Bau. Sie kennen sich aus, Garcia. Was würden Sie sagen? Bin ich im Spiel?"

„Sie bluffen. Das können Sie alles nich' beweisen."

„Sag ihm, dass ich nicht bluffe, John."

„Sie blufft nicht. Abbie DiAngelo hat Sie soeben als den Mann identifiziert, der sie am 6. Juni am See attackiert hat. Außerdem haben wir zwei Zeugen, die beschwören, dass Sie am Nachmittag der Ermordung von Ian McGregor im Clearwater Motel waren. Und dann haben Sie etwas getan, das nicht sehr schlau war, Arturo. Sie haben Ihre Fingerabdrücke in McGregors Zimmer hinterlassen. Was Ihr Messer angeht, da habe ich noch keine Nachricht von der forensischen Abteilung. Aber ich bin sicher, die Klinge passt zu den Wunden, die Ihr alter Kumpel abgekriegt hat. Glauben Sie jetzt immer noch, dass wir Ihnen nichts beweisen können?"

Da Arturo schwieg, fügte John beiläufig hinzu: „Wir sind bereit, einen Deal mit Ihnen zu machen, Garcia. Wollen Sie ihn hören?"

„Wir würden den Anklagepunkt tätlicher Angriff fallen

lassen und in der Mordanklage auf Notwehr plädieren. Dann müssen Sie uns allerdings sagen, wo Ben DiAngelo ist."

„Seid ihr Typen taub? Ich weiß nich', wo Ben DiAngelo is'. Ich hab' ihn nich'!"

Ein Klopfen an der Tür unterbrach sie. Der Officer, der am nächsten stand, öffnete, und ein Mann, der aussah, als hätte er gerade die Schulzeit hinter sich gebracht, stand im Türrahmen. Er trug einen grauen Nadelstreifenanzug, hielt eine nagelneue Aktentasche in der Hand und wirkte so nervös, als sei dieser Fall eine Nummer zu groß für ihn. Wäre die Situation nicht so ernst gewesen, hätte man über das Mienenspiel beim Anblick seines Klienten lachen müssen. John fürchtete, der Anwalt werde jeden Moment die Flucht ergreifen. Es sprach jedoch für ihn, dass er nach einem zittrigen Lächeln die Höhle des Löwen betrat.

Hinter ihm kam ein zweiter junger Mann herein, den John sofort als den Ricky-Martin-Verschnitt erkannte, dem er in Enriques Garage begegnet war.

„Wer sind Sie?" fragte er, obwohl er es ahnte.

„Tony Garcia. Ich bin Arturos Bruder."

„Und ich bin Jason Hardell", sagte der Mann in dem scharfen Anzug. „Von der Pflichtverteidigung."

John stellte die anderen vor, und man gab sich die Hände. Hardell warf einen nervösen Blick auf Arturo. „Ist das mein Klient?"

„Wie er leibt und lebt", erwiderte Tina und informierte ihn über die diversen Anklagepunkte. Als sie das Kidnapping erwähnte, traten dem jungen Anwalt fast die Augen aus dem Kopf. Er wandte sich an Tony Garcia. „Kidnapping?" Er schluckte. „Das haben Sie mir nicht gesagt. Wen soll er entführt haben?"

„Ben DiAngelo", antwortete Tina. „Und da uns die Zeit davonläuft, schlage ich vor, Sie besprechen sich mit Ihrem Klienten und überzeugen ihn, uns zu sagen, wo der Junge ist. Wir haben ihm einen Deal angeboten, der meiner Meinung nach fair ist. Aber Ihr Klient stellt sich stur, und unsere Geduld hat Grenzen."

Hardell warf noch einen flüchtigen Blick auf seinen Klienten und schien kurz vor einer Ohnmacht zu stehen. John hielt unerfahrene Anwälte gewöhnlich für ein Himmelsgeschenk, doch diesmal nicht. Hardell fehlte möglicherweise die Entschiedenheit, Arturo zur Kooperation zu bewegen. Er sah zu Tony und fragte sich, ob der nicht mehr Glück bei seinem Bruder haben würde.

„Kann ich bitte allein mit meinem Klienten reden?" fragte Hardell.

„Sicher." John, Tina und Tony warteten draußen, bis der Anwalt zehn Minuten später wieder die Tür öffnete. Er sah blass aus, wirkte aber gefasst.

„Mein Klient kann das Angebot nicht annehmen." Hardell blickte von John zu Tina. „Ich bin sicher, Sie wissen, warum."

John hatte eine Vermutung, schüttelte aber trotzdem den Kopf.

„Arturo hat Ben DiAngelo nicht entführt. Er hat es zwar erwogen, weil er es für die einzige Möglichkeit hielt, an Miss DiAngelos achtundvierzigtausend Dollar zu gelangen, aber da waren zu viele Menschen an der Schule, zu viel Chaos. Er konnte die Sache nicht durchziehen."

John sah, dass Tina die Schultern ein wenig sinken ließ. „Sie glauben ihm?" fragte sie.

Der junge Mann hatte wieder ein wenig Selbstsicherheit

gewonnen. „Ja. Und ich glaube ihm auch, dass er Ian McGregor in Notwehr umgebracht hat."

„Dann gibt er es also zu."

„Mein Klient möchte kooperieren, Detective."

„Ist er bereit, eine Aussage zu machen?"

„Ja."

„Dann los."

Als John an seinen Schreibtisch zurückkehrte, waren Abbie und Claudia noch da. Abbie stand auf, sagte diesmal jedoch nichts. Sie sah ihn nur erwartungsvoll an, als sei er der Überbringer guter Nachrichten.

Er sagte nur ungern, was er wusste. „Arturo hat Ben nicht entführt."

„Was soll das heißen? Natürlich hat er das! Du hast doch gehört, was Ken gesagt hat. Arturo war an der Schule."

„Er hat's nicht getan, Abbie. Da war zu viel Betrieb an der Schule, und er bekam es mit der Angst zu tun. Er hat zugegeben, Ian in Notwehr getötet zu haben, und er hat den Angriff auf dich gestanden, aber mehr hat er nicht getan."

„Er lügt! Er kennt die Strafe für Kindesentführung, und er lügt."

„Arturo hat es nicht getan, Abbie. Ich habe mit den Leuten im Internetcafé gesprochen. Sie haben niemanden gesehen, der auch nur im Entferntesten Arturo glich. Und Henrietta schwört, dass er seit zwei Uhr am Nachmittag bei ihr war."

„Und du glaubst ihr?" Abbie stieß ein trockenes Lachen aus und ging im Kreis wie ein gefangenes Tier. „Was ist los mit dir, John? Vor ein paar Stunden warst du noch genauso sicher wie ich, dass Garcia Ben entführt hat. Und jetzt nicht mehr?" Ihr Blick war finster vor Enttäuschung und Ärger. „Würdest du auch so leicht aufgeben, wenn Jordan entführt worden wäre?"

„Ich gebe nicht auf. Ich halte es nur nicht für klug, Zeit und Energie an den falschen Verdächtigen zu verschwenden."

„Und wer ist der richtige Verdächtige?" fragte sie spöttisch. „Professor Gilroy?"

„Zum Beispiel."

„Du irrst dich. Oliver kam vorhin am Restaurant vorbei. Wusstest du das? Er erkundigte sich bei Brady, wie ich mich halte und ob er etwas tun könne. Als Brady ihn bat, für Bens sichere Heimkehr zu beten, erwiderte er, das habe er schon getan und werde es wieder tun. Klingt das nach einem psychopathischen Killer? Wäre er so kühn, in mein Restaurant zu kommen und all dies zu sagen, wenn er Ben entführt hätte?"

Johns Erfahrung sagte ihm, dass ein cleverer Psychopath genau das tun würde. Abbie dies zu erklären wäre im Moment jedoch unklug. Sie war wütend auf ihn und konnte nicht mehr logisch denken. Sie hatte in Arturo den Täter sehen wollen und sich darauf verlassen, um Hoffnung schöpfen zu können. Deshalb war die Enttäuschung jetzt umso größer.

Er wandte sich an Claudia, die sich diskret im Hintergrund gehalten hatte. „Bringen Sie Abbie bitte nach Hause. Und sorgen Sie dafür, dass sie ein bisschen Schlaf bekommt."

Abbie warf ihm einen vernichtenden Blick zu und ging hinaus.

41. KAPITEL

Gegen acht am nächsten Morgen, nach nur drei Stunden Schlaf, rief John Abbie zu Hause an. Natürlich hatte er verstanden, warum sie gestern so wütend auf ihn gewesen war, wollte jedoch vermeiden, dass sich gerade in dieser schwierigen Zeit eine Kluft zwischen ihnen auftat.

Nach dem ersten Klingelzeichen antwortete Rose Panini.

„Rose, was machen Sie denn da?"

„Claudia brauchte etwas Schlaf", flüsterte sie. „Ich bin gekommen, um sie abzulösen."

„Ist Abbie da?"

„Sie schläft, John, gleich hier in der Küche im Sessel. Ich glaube nicht, dass ich sie wecken sollte. Es sei denn, Sie haben gute Neuigkeiten."

„Ich wünschte, es wäre so. Sie haben völlig Recht, sie soll weiterschlafen. Ist Sergeant Tyler da?" erkundigte er sich nach dem Polizeitechniker, der Abbies Telefonleitung anzapfen sollte.

„Ja, aber es hat noch niemand angerufen, außer Freunden und Nachbarn."

John versprach, sich später noch einmal zu melden, und legte auf. Sofort klingelte das Telefon wieder. Sein Vater meldete sich mit überraschenden Neuigkeiten.

„Wie mir scheint, ist dein Professor ein kleiner Lügenbeutel, mein Sohn."

John merkte auf. „In welcher Hinsicht?"

„Um damit anzufangen, er ist kein Witwer. Seine Frau hat sich vor Jahren von ihm scheiden lassen, ehe Gilroy in die Staaten kam. Sie lebt, ist wohlauf und wohnt in einem kleinen Cottage irgendwo in den Cotswolds. Außerdem hat er weder eine Tochter noch einen Enkel."

„Du machst Witze!"

„Nein, die Gilroys waren kinderlos. Und dein Professor hat seit dem Tag, als er in die Staaten kam, auch nie wieder England besucht. Er verbringt seine Urlaube entweder in der Karibik, die er liebt, oder hier zu Hause, wo er seine Züge bastelt. Modelleisenbahnbau ist sein Hobby."

„Ich weiß." John war ziemlich verblüfft. Warum hatte dieser Mann es nötig, eine falsche Familie zu erfinden, die er jedes Jahr besuchte? Und weshalb hatte der Professor auch Abbie diese Lüge aufgetischt? „Du hast nicht zufälligerweise danach gefragt, wo Gilroy wohnt?" Er hörte ein leises, zufriedenes Lachen am anderen Ende der Leitung.

„Hast du je erlebt, dass ich halbe Sachen mache?"

John lächelte. „Nicht, dass ich mich erinnern könnte."

„Professor Gilroy lebt in Princeton, Ridge View Road, Hausnummer 7."

Gilroys Haus im Tudorstil stand auf einem Hügel und war von der Straße deutlich zu sehen, obwohl es weit genug von den Nachbarhäusern entfernt lag, um völlige Privatsphäre zu garantieren. John hatte darauf gesetzt, dass der Professor zu Hause war, würde andernfalls jedoch auf ihn warten. Glücklicherweise war das nicht nötig. Ein schwarzer Stadtwagen in der Einfahrt und Bewegung hinter einem der Vorderfenster verrieten ihm die Anwesenheit des guten Professors. Gilroy öffnete selbst und wirkte so elegant wie an jenem Tag im Campagne.

„Professor Gilroy?"

„Ja?"

„Ich bin Detective John Ryan vom Township P.D. – Jordans Vater."

„Jordan." Nachdenklich presste er die kleinen weißen Zähne auf die dünne Unterlippe, als versuche er den Namen einzuordnen.

„Schwarze Haare, blaue Augen. Sie haben letzte Woche seine Klasse nach Northlandz begleitet und ihm einen Eisenbahnwagen geschenkt."

„Ach ja, ich erinnere mich." Er lächelte. „Der junge Mann mit den vielen Fragen. Tut mir Leid, dass ich einen Moment gebraucht habe, das Gesicht mit dem Namen in Verbindung zu bringen. Ich lerne so viele Jungen kennen."

„Kann ich mir denken." Fragend zog John eine Braue hoch. „Darf ich hereinkommen?"

Das Ansinnen schien ihn zu überraschen. „Eigentlich wollte ich gerade gehen."

„Es dauert nicht lange, Professor. Ich muss Ihnen nur einige Fragen stellen."

Gilroy schien ein wenig aus der Fassung zu geraten, trat jedoch beiseite, ließ John ein und schloss rasch die Tür. „Was für Fragen?"

„Sie stehen im Zusammenhang mit dem Verschwinden von Ben DiAngelo. Wie ich hörte, kennen Sie seine Mutter recht gut."

„Ja, in der Tat. Ich bin einer von Abbies treuesten Gästen und auch ein Freund." Seine Miene verfinsterte sich. „Was mit ihrem Sohn geschehen ist, ist eine Schande. Was für ein Monster würde Mutter und Kind einer solchen Tortur aussetzen?"

„Diese Frage würden viele Menschen gern beantwortet sehen." Johns Blick schweifte über das schwere, geschnitzte, auf Hochglanz polierte Mobiliar. „Wie haben Sie von der Entführung erfahren?"

„Ich war in meinem Wagen und hörte es im Radio." Verwundert schüttelte er den Kopf. „Ich konnte es nicht glauben. Ein vermisstes Kind ist etwas Fürchterliches, doch es berührt einen umso mehr, wenn es jemand ist, den man kennt."

Das klang so aufrichtig, so ehrlich besorgt, dass John sich fragte, ob er mit seinem Verdacht vielleicht doch falsch lag. Es wäre nicht sein erster Irrtum. „Sie haben Abbie seither nicht gesehen?" fragte er. „Oder sonst irgendwie mit ihr kommuniziert?" *Zum Beispiel ihr ein Fax geschickt?*

Falls Gilroy über die Art der Frage verblüfft war, zeigte er es nicht. „Nein. Ich war gestern Abend im Campagne, um Abbie meine Unterstützung anzubieten, aber sie war nicht da. Ich habe ihr über den Souschef etwas ausrichten lassen. Ich hoffe, er hat es weitergegeben."

„Hat er. Aber sie ist momentan nicht in der Verfassung, sich zu melden."

„Das verstehe ich. Ich wollte sie nur wissen lassen, dass ich für sie da bin."

Der Mann ist zu ruhig, dachte John. Zeit, ihn ein wenig aus der Deckung zu locken. „Abbie hat mir erzählt, Sie haben einen Enkel."

Er brauchte einen Moment für die Antwort. „Das ist richtig."

„Henry, nicht wahr? Er lebt in England bei Ihrer Tochter."

„Sie haben mit Abbie über meine Familie gesprochen."

„Das gehört zu meinen Ermittlungen. Es missfällt manchen Leuten, doch wenn ein Kind vermisst wird, nimmt man jeden unter die Lupe."

Gilroys Augen verengten sich ein wenig. „Haben Sie Nachforschungen über mich angestellt, Detective?"

„Nichts Offizielles, nur ein paar Fragen hier und da."

„Und was haben Sie daraus bisher abgeleitet?"

John war klar, dass er sich vor seinem Captain verantworten musste, falls er sich bei diesem Mann irrte. „Dass Ihnen Unaufrichtigkeit passt wie eine zweite Haut. Sie haben Abbie erzählt, sie seien Witwer, dabei sind Sie geschieden, und Ihre Exfrau ist sehr lebendig. Dann gingen Sie einen Schritt weiter und erzählten von einer Tochter und einem Enkel, die beide nicht existieren. Möchten Sie mir erklären, was das alles soll, Professor?"

Er schien eher enttäuscht als aufgebracht zu sein. „Abbie hätte nicht weiterzählen dürfen, was ich ihr anvertraut habe."

„Ist es wahr? Haben Sie Abbie belogen?"

„Ja, es stimmt! Ich habe gelogen. Sind Sie jetzt zufrieden? Habe ich ein Gesetz übertreten?"

„Nein, aber Sie können mir nicht verübeln, dass ich wissen möchte, warum Sie es getan haben."

„Weil ich Mitleid verabscheue!" Seine Stimme bebte vor Empörung. „Und wenn ich eine Familie erfinde, um nicht bemitleidet zu werden, geht das nur mich etwas an."

„Haben Sie nicht eher einen falschen Enkel erfunden, um Abbie DiAngelo näher zu kommen? Oder war es eher Ben, dem Sie näher kommen wollten?"

Das Gesicht des Professors wurde eine Nuance blasser. „Was sagen Sie da? Was werfen Sie mir vor?"

„Beantworten Sie mir eine Frage: Haben Sie Ben DiAngelo jemals zu sich nach Hause eingeladen, damit er sich Ihre Modelleisenbahnen ansieht?“

Gilroys Augenlider zuckten. „Warum sollte ich das tun? Ich kenne Ben kaum.“

„Meinen Sohn kannten Sie auch nicht, trotzdem haben Sie ihn zu sich eingeladen.“

„Ich kann mich nicht erinnern ...“

„Mein Sohn erinnert sich allerdings sehr genau, Professor. Er hat sich sogar auf den Besuch gefreut.“

„Wenn er so sicher ist, habe ich ihn vielleicht eingeladen. Wie gesagt, es ist ein bisschen schwierig, mich zu erinnern, wen ich alles treffe.“

„Was ist mit Eric Sommers? Erinnern Sie sich, ihm begegnet zu sein? Haben Sie ihn zu sich eingeladen?“

John konnte nicht entscheiden, was er zuerst im Blick des Mannes las, Angst oder Wut. Beides war so miteinander verwoben, dass er es unmöglich trennen oder feststellen konnte, ob die Wut gespielt war.

„Das ist empörend!“ erwiderte Gilroy mit leiser, drohender Stimme. „Sie haben keinerlei Recht, mich in meinem eigenen Haus derart zu beschuldigen. Verschwinden Sie, ehe ich Sie Ihren Vorgesetzten melde. Ich habe Beziehungen in dieser Stadt, wissen Sie?“

„Warum beantworten Sie die Frage nicht, Professor?“

„Sie wollen eine Antwort!“ schrie er. „Schön, Sie bekommen eine. Nein, ich habe Eric Sommers nicht zu mir eingeladen. Ich habe nie von Eric Sommers gehört, ehe er gekidnappt wurde. Und ich habe Ben DiAngelo nicht entführt.“ Er strich sich die Krawatte glatt, und seine Hand war bemerkenswert ruhig für einen Menschen, der sich so aufregte. „Wenn Sie jetzt fertig sind ... ich komme sonst zu spät zu einer Verabredung." Er öffnete die Tür. „Guten Tag, Detective."

42. KAPITEL

Abbie erwachte mit einem Schrecken. Kerzengerade aufgerichtet, die Augen weit offen, sah sie sich um. Warum hatte sie in der Küche geschlafen? Und weshalb stand Rose am Tresen und brühte Kaffee auf?

Abbie blinzelte, ehe sich der Nebel aus ihrem Hirn verzog und sie wieder klar zu denken begann.

Ben war verschwunden.

Er hatte die Nacht fern von zu Hause, an einem unbekannten Ort, bei einem rücksichtslosen Entführer verbracht. Hatte er schließlich doch geschlafen, da Müdigkeit ihn übermannte, so wie sie? War ihm kalt? Hatte er Hunger? Hatte er Angst?

Fragte er sich, warum sie nicht kam und ihn holte?

Tränen brannten ihr auf den Wangen und verschleierten ihren Blick, als sie Rose ansah. „Wo ist Claudia?"

Rose drehte sich um und lächelte sie kurz an. „Ich habe sie nach Hause geschickt, damit sie etwas schläft. Sie kommt später zurück."

„Was ist mit dir? Hast du nicht eine Schicht im Diner hinter dir?"

„Ich bin nicht müde. Und ich wollte bei dir sein." Sie setzte sich in den zweiten Sessel Abbie gegenüber. „Ich bin froh, dass du geschlafen hast. Du hast es gebraucht."

Versonnen strich Abbie sich das Haar aus dem Gesicht. „Hat jemand angerufen?"

„John. Er wollte nur wissen, ob Sergeant Tyler hier war. Er will später noch mal anrufen. Und dein Exmann hat sich gemeldet", fügte sie hinzu. „Er ist gerade gelandet und meinte, dass er in ein paar Stunden hier sei."

Abbie freute sich nicht auf das Wiedersehen. Jack würde sie vermutlich für Bens Verschwinden verantwortlich machen. Und sie war nicht in der Verfassung, sich seine Vorwürfe anzuhören. Andererseits hatte er das Recht, hier zu sein.

„Deine Mom hat auch angerufen“, meinte Rose.

Ihrer Mutter von der Entführung zu erzählen war eine Qual gewesen. Zusammen mit Marion hatte sie über eine Stunde gebraucht, die völlig deprimierte und verängstigte Irene wieder zu beruhigen. „Wie geht es ihr?“

Rose erhob sich lächelnd. „Sie macht sich Sorgen um dich und will später auch vorbeikommen.“

Das hatte Abbie befürchtet. Nicht den Besuch der Mutter, sondern die Anrufe und die endlose Parade von wohlmeinenden Freunden und Nachbarn, die bei ihr bleiben und sie trösten wollten, obwohl sie doch viel lieber allein wäre.

„Ich habe Kaffee für den Sergeant gemacht. Tyler ist nebenan. Möchtest du auch eine Tasse?“

Sie blickte zur Tür. Den Polizeitechniker hatte sie ganz vergessen. Er war gestern Abend spät gekommen, um ihr Telefon anzuzapfen, und hatte erklärt, dass sie oder jemand anders im Haus sein müsse, falls sich der Entführer melde. Er hatte die Abhöreinrichtung im Wohnzimmer installiert, um ihr nicht im Weg zu sein, und sich erboten, die ersten zwölf Stunden Wache zu halten, bis jemand ihn ablöste. Falls der Kidnapper anrief, würde es ihre Aufgabe sein, ihn so lange wie möglich in der Leitung zu halten.

„Hier.“ Rose gab ihr einen Becher in die Hand. „Ich hoffe, du magst deinen Kaffee stark, denn bei mir wird er leider immer so.“

„Ich mag ihn stark.“ Abbie trank in kleinen Schlucken, sah auf die Uhr und dann auf das Telefon, als könnte sie es dazu bringen, zu läuten. Warum meldete sich niemand? Warum war der Entführer so grausam?

Was wollte man von ihr?

Sie bemerkte nicht, dass sich ihre Finger so fest um den inzwischen leeren Kaffeebecher legten, dass die Knöchel weiß hervortraten.

Vorsichtig nahm Rose ihr den Becher aus der Hand. „Warum gehst du nicht zum Duschen nach oben? Ich mache dir inzwischen Rührei.“

„Ich habe keinen Hunger.“

„Du musst essen.“

Nicht ehe Ben wieder zu Hause war. Abbie fühlte sich schuldig, weil sie geschlafen hatte. Sie hatte es nicht gewollt, da sie die gedankliche Verbindung zu ihm nicht verlieren durfte. Nein, sie würde nichts essen. Der bloße Gedanke an Nahrung verursachte ihr schon Übelkeit. Eine Dusche hingegen und frische Sachen konnten nicht schaden.

Lange stand sie mit geschlossenen Augen unter dem prasselnden Wasserstrahl. Die Wärme durchdrang ihre Haut, und der Dampf klärte ihre Gedanken.

Nachdem sie sich abgetrocknet hatte, holte sie Jeans und Sweatshirt aus der Kommode im Schlafzimmer und zog sich an. Jede Bewegung lief automatisch ab, ohne dass sie nachdenken musste. Sie war sich schmerzlich bewusst, wie sehr sich dieser Morgen von allen anderen unterschied. Keine hastigen Schritte auf der Treppe, kein Eile, um das Frühstück auf den Tisch zu bringen, kein „Mom, wo ist mein rotes T-Shirt?“, keine Hetze, um den Schulbus zu erwischen.

Wie schafften das andere Eltern? Wie konnten sie nach dem Verlust eines Kindes weiterleben, wo sie kaum den Morgen überstand?

Entgegen besserem Wissen ging sie in Bens Zimmer hinüber. Der Schock war groß, als sie von der Schwelle aus das ordentlich gemachte Bett, den offenen Schrank und den Schreibtisch mit dem Gameboy und den Harry-Potter-Büchern sah.

Der Baseballschläger und der Fanghandschuh am Fußende des Bettes erinnerten sie daran, dass Ben gestern zum ersten Mal sein Training versäumt hatte. Dass sie nicht in Tränen ausbrach, wunderte sie selbst. Vielleicht war sie stärker, als sie dachte. Oder sie hatte schlicht keine Tränen mehr übrig.

Während der nächsten Stunde riefen mehrere Mütter an und erkundigten sich besorgt, ob es Neuigkeiten von ihrem Sohn gebe. Einige wollten zu ihr kommen, doch Abbie redete es ihnen höflich aus und versprach, sich zu melden, sobald Ben gefunden war.

Sie hatte gerade ein Gespräch mit der Mutter von Jimmy Hernandez beendet, als sie das leise Klingeln ihres Handys in der Tasche hörte.

„Was ist das?" Stirnrunzelnd sah Rose sich um, da sie herausfinden wollte, woher das Geräusch kam.

„Mein Handy. Das ist wahrscheinlich John." Sie nahm das Gerät heraus, drückte den Sprechknopf und war bereit, sich für ihre Schroffheit gestern zu entschuldigen. „Hallo?"

„Wie geht's dir, Luder?"

Abbie schnappte nach Luft, ängstlich und erleichtert zugleich, und versuchte vergeblich, die männliche Stimme einzuordnen. Leider fand sie nicht die Worte, die sie so dringend loswerden wollte.

„Hör mir genau zu“, fuhr die Stimme fort. „Falls jemand dein anderes Telefon abhört, schlage ich vor, dass du ihn nicht alarmierst. Informiere niemanden, oder dein Kind stirbt. Hast du mich verstanden?“

„Ja“, erwiderte sie mit erstickter Stimme.

Rose stellte die Glaskanne wieder auf den Tresen und beobachtete Abbie. Die warf ihr ein nervöses Lächeln zu und versuchte, sich gelassen zu geben, doch es gelang ihr nicht.

„Ob dein Sohn lebt oder stirbt, hängt allein von dir ab. Von deiner Fähigkeit, meine Anweisungen zu befolgen. Hol dir Bleistift und Papier.“

Abbie stolperte fast über ihren Laptop, während sie zur Schublade mit dem Kleinkram eilte. Rose ging ihr rasch aus dem Weg, ließ die Freundin jedoch nicht aus den Augen.

„Was ist los?“ formte sie mit den Lippen.

Abbie gab ihr ein Zeichen, still zu sein, und legte einen Spiralnotizblock auf die Arbeitsplatte. „Ich bin bereit“, sagte sie.

„Weißt du, wie du zur Route 80 West kommst?“

Die Route 80 West war der Haupt-Highway in die Pocono Mountains, wo sie jeden Winter mit Ben Ski lief. „Ja“, erwiderte sie. „Aber bitte, lassen Sie mich mit meinem Sohn reden. Ich möchte sicher sein, dass er ...“

„Zu gegebener Zeit. Folge der 80 West bis zur Route 715 North, die am Pocono Creek entlangführt. Nimm die Ausfahrt Camelback.“

Hektisch schrieb Abbie mit. „Was soll ich an der Ausfahrt machen?“

„Folge der 715 bis zur Kreuzung mit dem Holzschild Privatstraße, Zutritt verboten. Ich warne dich, die Straße ist vom Haus auf dem Hügel deutlich zu sehen. Mit anderen Worten, ich sehe dich kommen."

„Sie sehen mich kommen", wiederholte Abbie, um dem Anrufer keinesfalls zu widersprechen oder ihn aufzuregen. „Und was dann?"

„Womit fährst du? Ich habe nämlich deinen Geländewagen."

Abbie standen derzeit nur die Wagen von Sergeant Tyler oder Rose zur Verfügung. „Einen Oldsmobile", erwiderte sie und erntete einen verblüfften Blick von Rose. „Ich fahre einen grünen Oldsmobile mit Kennzeichen aus Ohio."

„Gut. Am Ende der Privatstraße stellst du den Wagen ab. Und zwar so, dass die Rückseite zum Haus zeigt. Man kann es nicht verfehlen. Es ist das einzige da oben. Nachdem du den Wagen abgestellt hast, öffnest du den Kofferraumdeckel."

„Warum das?"

„Weil ich sicher sein will, dass du nicht was Albernes anstellst, zum Beispiel die Kavallerie mitbringen."

„Ich bringe niemanden mit. Versprochen. Ich tue alles, was Sie sagen. Lassen Sie mich nur mit Ben reden."

„Erst wenn du hier bist. Das müsste in zwei Stunden der Fall sein, wenn du dich sofort auf den Weg machst. Und Abbie, kein Wort zu niemandem, wohin du fährst. Vergiss nicht, ich kann dich sehen, wenn du die Privatstraße hochkommst. Falls du nicht allein bist, stirbt der Junge. Und sollte ich auch nur denken, dass du nicht allein bist, stirbt der Junge auch. Haben wir uns verstanden?"

„Ja."

Die Leitung war tot. Eilig schaltete Abbie das Telefon aus, riss den Zettel vom Block und stopfte ihn in die Tasche.

Rose hielt sie am Arm zurück und sprach mit leiser, eindringlicher Stimme. „Du hast doch nicht etwa vor, was ich vermute? Dich mit irgendeinem Irren treffen, ohne zu wissen, ob er der echte Entführer ist?"

Abbie entriss ihr den Arm. „Rose, um Himmels willen, er hat Ben."

„Woher willst du das wissen? Woher weißt du, dass es nicht ein Serienkiller ist, der von dem Fall gelesen hat und darin die Chance sieht, dich anzulocken?"

„Weil ein Serienkiller meine Handynummer nicht kennt."

„Wer kennt sie denn?"

„Wer weiß? Ist ja auch egal. Worauf es ankommt, ist, dass Ben stirbt, wenn ich nicht tue, was er sagt. Möchtest du, dass mein Sohn stirbt, Rose?"

„Natürlich nicht. Ich will nur nicht, dass du allein fährst. Ruf John an."

„Nein. Die Anweisungen waren eindeutig. Keine Polizei. Niemand. Nur ich, oder Ben stirbt."

„Woher weißt du, dass der Kidnapper euch nicht beide umbringt?"

„Das Risiko muss ich eingehen."

Sie ließ Rose stehen, die über die Bemerkung nachgrübelte, lief hinauf und holte ihre Waffe aus der Schublade im Schrank. Da die seit dem misslungenen Verteidigungsversuch gegen Arturo nicht mehr geladen worden war, lud sie neu, schob einige Patronen in die Hosentasche, steckte die Waffe in den Taillenbund und bedeckte sie mit dem losen Sweatshirt.

Wieder in der Küche, überprüfte sie den Inhalt ihrer Tasche, vergewisserte sich, dass sie Geld hatte, und sah Rose an. „Ich brauche deinen Wagen." Flehentlich fügte sie hinzu: „Bitte!"

Rose verschränkte die Arme vor der Brust und machte eine störrische Miene. „Und wenn ich ablehne?"

„Tust du nicht, weil du nicht den Tod meines Jungen auf dem Gewissen haben willst."

Resigniert ging Rose zu ihrer Tasche auf dem Küchentresen, nahm die Autoschlüssel heraus und gab sie Abbie. „Ich weiß, dass ich es bereuen werde."

Aber Abbie war schon durch die Hintertür verschwunden.

43. KAPITEL

„John!“ sagte Rose eindringlich, „Sie müssen sofort zu Abbies Haus kommen!“

John, der soeben sein Jackett auszog, hielt in der Bewegung inne. „Was ist passiert?“

„Abbie bekam einen Anruf auf ihr Handy und zischte ab wie ein geölter Blitz. Sie hat meinen Wagen.“

„Wo ist sie hin?“

„Das wollte sie mir nicht sagen. Offenbar hat der Kidnapper – falls der das überhaupt war – gesagt, dass Ben stirbt, wenn sie sich nicht genau an seine Anweisungen hält.“

„Verdammt!“ John fuhr sich durch das Haar. An ihr Handy hatte er nicht gedacht. „Wie lange ist das her?“

„Sie ist gerade los. Ich musste ihr schwören, Sie nicht anzurufen, aber ... ich habe Angst, John. Der Anruf könnte von irgendjemandem gewesen sein, einem Vergewaltiger, einem Serienkiller. Solche Typen machen so was doch. Die lauern einem auf ...“

„Bleiben Sie, wo Sie sind, Rose. Ich bin gleich da.“

Von ihrem Schreibtisch aus beobachtete Tina ihn voller Sorge. „Was ist los? Ist Abbie was passiert?“

„Komm“, sagte er und hastete los. „Ich erzähle dir alles im Wagen.“

Sergeant Tyler war bei Rose in der Küche, als John und Tina ankamen. Tyler entschuldigte sich sofort.

„Tut mir Leid, John. Sie ist durch die Hintertür verschwunden. Ich habe es erst mitbekommen, als der Wagen anfuhr. Ich bin noch hinterher, aber es war zu spät.“

„Es ist nicht Ihre Schuld.“ Er wandte sich an Rose. „Hat

sie überhaupt etwas gesagt? Haben Sie aus dem Gespräch Hinweise entnehmen können, wohin Sie gefahren ist?"

Rose wiederholte ein paar von Abbies Bemerkungen und die Warnung, dass sie offenbar vom Anrufer gesehen werden könne, wenn sie sich nähere. „Den Rest hat sie auf den Notizblock dort geschrieben." Sie deutete auf den Spiralblock.

John nahm ihn auf und hielt ihn in Augenhöhe. Er entdeckte Eindrücke auf dem leeren Blatt von Abbies Schrift. Schnell nahm er einen Bleistift und fuhr mit der Breitseite der Miene schraffierend darüber, bis sich die Schrift weiß von dem grauen Hintergrund abhob.

John notierte sich die Fahrtroute. „Offenbar ist sie auf dem Weg in die Berge."

„Wir werden Unterstützung brauchen." Tina nahm ihr Handy. „Und einen Hubschrauber, wenn wir sie einholen wollen."

Doch der einzige Polizeihubschrauber war zu einer Massenkarambolage auf der I-95 beordert worden und würde erst in ein paar Stunden zurückkommen.

Tina schaltete das Handy aus. „Mist!"

„Ist schon okay. Ich weiß vielleicht, wie ich einen Hubschrauber bekomme." Er steckte sich die Wegbeschreibung ein. „Gehen wir."

„Was ist mit Unterstützung?"

„Die verständigen wir später." Aus dem Auto rief er seinen Vater an und erzählte, was er brauchte.

Auf dem Weg zu seinem Vater kaufte John eine topografische Karte der Pocono Mountains.

Spencer hatte ebenfalls keine Zeit vergeudet. Er hatte

eine ähnliche Karte wie John auf dem Schreibtisch ausgebreitet. Als begeisterter Skifahrer kannte er die Ausflugsziele: Camelback, Shawnee, Big Boulder, Jack Frost und die weniger bekannten Nebenstrecken.

„Hast du den Hubschrauber?" fragte John.

„Ist aufgetankt und abflugbereit."

John atmete auf. Als er vorhin mit seinem Vater telefoniert hatte, war der nicht sicher gewesen, ob sein alter Armeekumpel Colin Birghman überhaupt in der Stadt war. Er leitete eine kleine, aber erfolgreiche Fluggesellschaft und reiste im Hubschrauber von einer Konferenz zur nächsten.

„Was ist mit einem Piloten?"

„Der wartet am Flughafen Princeton auf dich. Übrigens, ich weiß nicht, wie viele Leute du mitnehmen willst. Aber in dem Vogel haben nur fünf Passagiere Platz, inklusive Pilot."

Tina bestellte bereits per Handy zwei Mann vom Einsatzkommando mit Sturmgewehren und kugelsicheren Westen. Ehe sie das Gespräch beendete, erklärte sie noch den Weg zu Spencers Haus.

„Schau her, mein Sohn." Spencer beugte sich mit John über die Karte. „Laut deinen Angaben ist das hier die Route, die sie nimmt." Er zeichnete den Weg mit orangefarbenem Marker bis zu einem roten X nach. „Und hier liegt nach meiner Einschätzung das Haus." Er deutete auf ein kleineres rotes X. „Und das da ist Big Sky Airfield. Colin benutzt es gelegentlich, wenn er in die Berge geht."

„Wie weit ist das Flugfeld von der Privatstraße entfernt?"

„Ein paar Meilen. Ein Wagen wartet da auf euch."

Er hatte wirklich an alles gedacht. „Danke." Doch jetzt

kam der schwierigere Teil. „Gibt es eine Möglichkeit, ungesehen zum Haus zu gelangen?"

Spencer bewegte den Finger ein kleines Stück. „Ich erinnere mich an einen Pfad in dem Gebiet. Er müsste direkt zum Westteil des Hauses führen. Aber ich warne dich, er geht steil nach oben."

John wandte sich an Tina. „Wie gut bist du im Klettern, Wrightfield?"

„Mindestens so gut wie du, Ryan." Sie lachte. „Was bedeutet, nicht allzu gut."

Es wurde merklich kälter, als Abbie den Berg hinauffuhr und städtische Zivilisation und Verkehrsstaus hinter sich ließ. Das letzte Mal war sie diese Strecke im Februar gefahren, als sie mit Ben am Camelback ein Skiwochenende verbracht hatte.

Bilder von Ben aus den vergangenen Jahren zogen an ihrem inneren Auge vorbei – vom zögerlichen Krabbelkind, das ängstlich die schneebedeckten Hänge hinabschaute, über den mutigeren Fünfjährigen voller Selbstvertrauen und Tatendrang bis zu dem begeisterten Jungen, der die Hänge hinabschwang wie ein Profi, auf dem Punkt anhielt und sie lächelnd fragte: „Mom, bin ich jetzt gut genug für Steamboat Springs?"

Düstere Vorstellungen überlagerten diese Erinnerungen: Ihr Acura vor der Schule. Bens Gesicht, als er erkannte, dass nicht sie hinter dem Steuer saß, und dann das Bild, wie er aus dem Wagen in ein fremdes Haus gezerrt wurde, sich wehrend, vielleicht bewusstlos. Ben gefesselt.

Sie umfasste das Steuer fester. *Ben, ich komme. Halte durch, Baby.*

Bei jeder Bewegung spürte sie den beruhigenden Druck der PPK in ihrem Rücken. Diesmal würde sie nicht zögern. Denn jetzt ging es nicht darum, sich selbst zu retten, sondern ihren Sohn.

Sie fuhr in nordwestlicher Richtung weiter durch Orte wie Stroudsburg, Bartonsville and Tannersville. Ferienhäuser von einfachen Blockhütten bis zu ausladenden Villen lagen vereinzelt an den Berghängen. Zwei Meilen hinter der Ausfahrt Camelback sah sie das Schild Privatstraße. Auf der Bergkuppe glitzerte ein Haus, gebaut aus Rotzeder und Glas, im Sonnenschein.

Wie angewiesen, wendete sie den Wagen, stieg aus und öffnete den Kofferraum. Außer einem Ersatzreifen und einem Kreuzschlüssel, den sie gern mit ins Haus genommen hätte, gab es da nichts, das jemand bemängeln konnte.

Zwanzig oder dreißig Sekunden vergingen. Nichts geschah. Erschrocken erinnerte sie sich an Rose' Warnung. Und wenn das nun wirklich eine Falle war? Der Geistesblitz eines Psychopathen, der sie nur an einen abgelegenen Ort in den Bergen locken wollte?

Endlich klingelte ihr Handy.

„Weiterfahren", sagte die Stimme.

Abbie brauchte etwas mehr als fünfzehn Minuten, um das Haus zu erreichen. Der Acura war nirgends zu sehen. Sie schaltete den Motor ab und stieg aus.

Die massive Tür aus Rotzeder war halb geöffnet. Sobald Abbie eingetreten war, hörte sie ein Zischen und fuhr herum. Die Tür hatte sich geschlossen. Fernbedienung. Abbie blieb einen Moment stehen und sah sich in dem riesigen Foyer mit dem Parkettboden und dem mehrarmigen Lüster um. Durch die doppelten Oberlichter fiel heller Sonnenschein herein.

Ihr Herz klopfte bis zum Hals, als sie den langen Flur entlangging. „Hallo?“

Keine Antwort. Doch die erste Tür zur Linken stand offen, und sie trat hindurch. Eine breite Fensterfront bot einen Ausblick auf den Big Pocono State Park und den Camelback Mountain.

Erst als sie die Person in dem Lehnsessel erkannte, die eine Waffe auf sie richtete, stieß sie einen leisen Schrei aus.

Es war Liz Tilly.

44. KAPITEL:

„Hallo, Abbie. Hattest du eine schöne Fahrt?"

Verwirrt und sprachlos sah Abbie sich um.

„Es ist sonst niemand hier. Wir sind allein."

„Aber die Stimme am Telefon", wandte sie leise ein, als sie ihre Sprache wieder fand.

„War männlich. Ja, ich weiß." Mit Genugtuung nahm Liz ein kleines Gerät vom Tisch, das auf den ersten Blick aussah wie ein Anrufbeantworter. „Das hier ist ein absolutes Wunderding. Es kann deine Stimme klingen lassen wie einen Roboter, es kann die Tonlage heben oder senken oder deine Stimme von männlich nach weiblich verändern und umgekehrt."

Abbie starrte sie an und bemühte sich, die aufsteigende Wut zu beherrschen. *„Du hast das gemacht?* Du hast meinen Sohn entführt?"

Jetzt sah Liz verblüfft aus. „Soll das heißen, meine Vorstellung war so brillant, dass du keine Ahnung hattest?" Sie warf den Kopf zurück und lachte. „Oh Mann. Nicht zu fassen, wenn man bedenkt, dass mir ein Produzent vom Broadway mal einen völligen Mangel an Talent attestiert hat. Das zeigt mal wieder, wie viel Ahnung diese Leute haben."

„Wo ist Ben? Was hast du mit meinem Jungen gemacht?"

„Zuerst sei ein braves Mädchen, und leg deine Waffe auf den Boden – langsam, oder ich könnte nervös werden und dich erschießen. Dann stößt du sie zu mir her, ganz sacht."

Abbie rührte sich nicht. „Was für eine Waffe? Wovon sprichst du?"

„Die Waffe, die den Metalldetektor aktiviert hat, als du durch die Haustür gekommen bist. Das Haus hat Jude gehört, weißt du? Er war paranoid, was seine Sicherheit anging. Allerdings hatte er auch genügend Grund zur Sorge. Bei all den Hassbriefen und Todesdrohungen, die er über die Jahre wegen seiner aggressiven Texte bekommen hat, hätte ich auch Angst gehabt.“ Sie wedelte mit einer Pistole herum, die Abbie als Glock identifizierte. „Komm schon, die Waffe.“

Abbie tat, wie befohlen, und sah, wie Liz die Waffe aufnahm und auf den Beistelltisch legte. „Und jetzt dasselbe mit deiner Tasche.“

Wieder gehorchte sie. Nachdem Liz den Inhalt inspiziert und Abbies Handy abgeschaltet hatte, stellte sie die Tasche auf den Boden.

„Kann ich jetzt meinen Sohn sehen?“

Liz nahm die Fernbedienung vom Tisch neben sich und drückte einen Knopf. In der linken Wand glitt ein Paneel zurück und gab ein Fenster zu einem karg möblierten Raum frei.

Ben saß in denselben Sachen, die er am Morgen seines Verschwindens getragen hatte, auf dem Sofa und wirkte eher gelangweilt als ängstlich. Abbie konnte kaum glauben, dass sie ihn vor vierundzwanzig Stunden das letzte Mal gesehen hatte, denn jetzt kam es ihr wie Jahre vor.

„Ben!“ Sie lief zu der Glaswand und schlug dagegen. „Ben! Ich bin hier! Sieh mich an!“

„Er kann dich weder hören noch sehen“, erklärte Liz ruhig. „Der Raum ist völlig schalldicht. Jude hat da drin mit seiner Band geprobt.“

Abbie ließ die Arme sinken und drehte sich um. „Ich

möchte mit ihm reden. Lass mich zu ihm, Liz. Ich habe alles getan, was du wolltest. Jetzt bist du dran, Wort zu halten."

Liz lachte. „Du bist wohl kaum in der Lage, Forderungen zu stellen."

„Ich stelle keine Forderungen. Ich bitte dich. Behalte mich hier, wenn du willst, aber lass Ben gehen. Er ist nur ein unschuldiges kleines Kind. Lass ihn einfach gehen."

„Das kann ich doch nicht machen, jetzt, wo wir alle vereint sind." Sie schnippte mit den Fingern und korrigierte sich. „Ich sage das zwar immer, aber wir sind ja gar nicht alle vereint. Jemand fehlt. Irene. Eigentlich hatte ich vor, sie in unser kleines Treffen einzubeziehen, aber ich habe es mir anders überlegt. Sie durchlebt ihre eigene Hölle, die schlimmer ist als alles, was ich mir ausdenken könnte."

Abbie blickte in den Raum, in dem Ben festgehalten wurde, und war dankbar, ihn wenigstens sehen zu können. Er hatte sich nicht bewegt, sondern saß nur da, tippte mit dem Fuß auf und blickte aus dem Fenster. *Ich bin da, Ben. Hab keine Angst. Ich werde dich herausholen.*

„Warum hast du uns hergebracht?" Sie wandte sich wieder Liz zu.

„Gerechtigkeit, Abbie. Du glaubst doch an Gerechtigkeit, oder?"

„Um Himmels willen, hör auf, in Rätseln zu sprechen. Gerechtigkeit wofür?"

„Für all das Unrecht, das ich erlitten habe." Liz drückte wieder auf den Knopf, und zu Abbies Entsetzen schob sich das Holzpaneel zu. „Beginnend hiermit." Sie schob sich das Haar hinter ein Ohr, und Abbie sah die Narbe, die ihr schon auf dem Friedhof aufgefallen war.

„Gibst du immer noch meiner Mutter die Schuld an dem Feuer in Palo Alto? Ist es das? Ich habe dir schon gesagt, Irene hatte nichts damit zu tun ..."

„Ich wurde in jener Nacht nicht nur verunstaltet", fuhr Liz fort, als hätte Abbie nicht gesprochen. „Ich habe auch zwei Menschen verloren, die ich mehr als alles auf der Welt geliebt habe."

Zwei Menschen? Soweit Abbie wusste, war Patrick McGregor das einzige Opfer gewesen. „Ich dachte, du hast deinen Vater verabscheut. Du hast mir mal gesagt, du hättest dir gewünscht, dass er anstelle deiner Mutter gestorben wäre."

„Ich habe nicht von meinem Vater gesprochen." Lächelnd strich sie sich mit dem Lauf der Waffe über die Wange. Es war eine fast sinnliche Geste, als bereite es ihr Vergnügen, das kühle Metall auf der vernarbten Haut zu spüren.

„Von wem dann?"

„Glen Fallon. Der erste und einzige Mann, den ich geliebt habe. Wir wollten heiraten, wusstest du das?" Sie wartete nicht auf eine Antwort. „Dann brach das Feuer aus. Als die Ärzte eine Woche später meine Verbände entfernten und Glen mich sah, lief er weg." Ihr Blick wurde ausdruckslos. „Ich habe ihm Angst gemacht, Abbie. Der Mann, den ich von ganzem Herzen und mit ganzer Seele geliebt habe und von dem ich annahm, dass er mich genauso liebt, konnte meinen Anblick nicht ertragen. Er nannte mich ‚Freak'. Das sagte er mir zwar nicht ins Gesicht, aber du weißt, wie Jugendliche sind. Meine so genannten Freunde sorgten dafür, dass ich Wort für Wort erfuhr, was er an Hässlichem über mich redete."

Abbie erinnerte sich an Glen Fallon, der viel Zeit im Haus der McGregors verbracht hatte. Allerdings war ihr neu, dass die zwei sich wegen der Brandnarben getrennt hatten. Wie sollte sie das auch wissen? Sie war damals erst acht gewesen.

„Was du durchgemacht hast, tut mir Leid, Liz. Aber du musst aufhören, meine Mutter dafür verantwortlich zu machen. Sie hatte damit nichts zu tun, und inzwischen kann ich das sogar beweisen. Detective Ryan hat im Stateville Gefängnis mit Earl Kramer gesprochen, und der hat die Lüge gestanden. Ian war mit dieser erfundenen Geschichte über meine Mutter zu ihm gekommen, nicht umgekehrt."

Zornig schlug Liz mit der Faust auf die Armlehne. „Kapierst du nicht? Es ist egal, wie das Feuer ausgebrochen ist. Deine Mutter ist trotzdem verantwortlich für das, was mir zugestoßen ist. Deine Mutter und du."

„Ich?"

„Wenn Irene nicht so bemüht gewesen wäre, zuerst dich zu retten ..."

„Was hätte sie denn tun sollen?" begehrte Abbie auf. „Ich war ihre Tochter, und ich habe geschrieen, dass sie kommen und mich holen soll."

„Sie hätte auch mich herausholen sollen. Mein Zimmer war nur zwei Türen weiter."

„Mom hat es versucht, aber sie konnte die Tür nicht finden. Der Flur war voller Rauch. Nachdem sie Ian und mich bei den Nachbarn abgegeben hatte, wollte sie wieder hinein und dich holen. Aber inzwischen war die Feuerwehr da, und man hat sie daran gehindert."

Liz' Blick war voller Hass. „Deine Mutter hat mich zurückgelassen, damit ich sterbe. Sie hat mich nie gemocht. Denn sie hatte Angst vor mir, weil ich mich angeschlichen und den Schmuck genommen habe, den mein Vater ihr geschenkt hat und der eigentlich mir gehören sollte. Sie sagte meinem Vater, ich sei ungezogen und sogar gefährlich, und schlug vor, ich solle einen Psychiater aufsuchen. Ist das zu glauben?"

„Ich wusste, dass ihr zwei Probleme miteinander hattet, aber ..."

„Sie hasste mich abgrundtief. Deshalb hat sie mich zurückgelassen, damit ich verbrenne." Liz fiel gegen die Sessellehne und rang nach Luft. „Und dabei hat sie mein Baby umgebracht."

Fassungslos starrte Abbie sie an. „Dein Baby? Was für ein Baby?"

„Glens Baby. Ich war im dritten Monat schwanger. In der Notaufnahme hatte ich eine Fehlgeburt."

„Mein Gott." Abbie versuchte, sich an die Gespräche im Krankenhaus zu erinnern, als sie Liz mit Irene besucht hatte. Sie konnte sich nicht entsinnen, etwas von einem Baby oder einer Fehlgeburt gehört zu haben. Das hatte Liz also mit den zwei Menschen gemeint, die sie verloren hatte. Glen und das Baby.

„Hat meine Mutter das gewusst?" fragte Abbie leise.

„Nein." Ihre Stimme hatte einen verträumten Klang, der Abbie so unheimlich und verrückt vorkam, dass sie zu frösteln begann. Mit Liz war etwas entschieden nicht in Ordnung. Sie verhielt sich ... unnatürlich. Warum war ihr das nicht eher aufgefallen?

„Ich habe dieses Kind so sehr gewollt", fuhr sie fort. „Es hätte mir geholfen, über Glen hinwegzukommen. Und wer weiß, vielleicht hätte es mir sogar geholfen, Glen zurückzugewinnen."

„Warum hast du ihm nicht gesagt, dass du sein Baby verloren hast? Wenn er es gewusst hätte, wäre er möglicherweise zu dir zurückgekommen."

„Ich habe es ihm gesagt, doch es war ihm völlig egal. Er hatte bereits eine andere Freundin." Sie drehte die Waffe zu sich und spähte mit einem Auge in den Lauf. „Darum habe ich ihn umgebracht."

Abbie erstarrte.

Liz nahm die Waffe herunter. „Was schockiert dich so, Abbie? Bist du etwa nicht der Meinung, dass Glen den Tod verdient hatte?"

„Ich glaube dir nicht, dass du ihn umgebracht hast. Du willst mir nur Angst machen."

„Du solltest Angst haben, Abbie, sehr sogar, denn ich sage die Wahrheit. Ich habe Glen Fallon umgebracht."

„Wie konntest du das tun? Du hast mir doch gerade gesagt, dass du ihn mehr geliebt hast als alles andere auf der Welt."

„Ja, bis ich merkte, dass meine Liebe nicht erwidert wurde. Wusstest du, dass er schon mit Joanna zusammen war, ehe ich aus dem Krankenhaus kam?"

„Nein."

„Ich habe versucht, das zu akzeptieren. Ich habe mir gesagt, er verdient mich gar nicht und wird mit Joanna, dieser Nutte, nur unglücklich. Aber das hat alles nichts geholfen. Also habe ich ihn umgebracht. Und das war wirklich nicht schwer."

„Aber ich dachte, er hätte einen Autounfall gehabt."

„Einen, an dem ich schuld war, weil ich die Bremsflüssigkeit an seinem Wagen abgelassen hatte. Glens Vater war Automechaniker, falls du dich erinnerst. Um mit Glen zusammen zu sein, war ich so oft wie möglich in der Werkstatt, wo er halbtags gearbeitet hat. Ich habe sogar gelegentlich geholfen und dabei eine Menge gelernt." Sie hob ein wenig das Kinn. „Mr. Fallon sagte, ich sei begabt."

Abbie war entsetzt. „Mein Gott, Liz, du hast einen Mann getötet. Wie kannst du damit leben?"

„Tatsächlich habe ich sogar zwei Männer getötet – meinen Exmann mitgezählt."

„Du hast Jude Tilly umgebracht?"

„Er verdiente den Tod mindestens so sehr wie Glen. Verstehst du, ich hatte gerade gesagt bekommen, dass ich keine Kinder haben könnte. Offenbar war etwas bei der Ausschabung nach der Fehlgeburt schief gegangen. Als Folge war ich unfruchtbar. Also ließ Jude mich fallen. Weißt du, was das für ein Gefühl ist, Abbie, weggeworfen zu werden wie Müll? Nein, natürlich nicht." Sie wedelte mit der Glock in der Hand herum. „Du hast alles, was das kleine Herz begehrt. Eine Mutter und einen Sohn, die dich lieben, ein erfolgreich laufendes Geschäft, ein schönes Zuhause und gute Freunde. Und wenn ich bedenke, wie der gut aussehende Polizist dich bei der Beerdigung angesehen hat, hast du den über kurz oder lang auch noch. Hältst du das für fair, Abbie? Dass du so viel hast und ich so wenig?"

Wie hatte sie nur jemals glauben können, in dieser Frau stecke etwas Gutes? Warum hatte sie nicht wenigstens eine Ahnung gehabt, wie verzerrt ihre Wahrnehmung war? Nur ein kleiner Hinweis, und sie wäre gewarnt gewesen.

„Du hast deinen Job in den Towers, der dir doch gefällt, wie du sagst." Wenn sie Liz weiter in ein Gespräch verwickelte, bliebe ihr vielleicht genügend Zeit, sich zu überlegen, wie sie mit Ben hier herauskommen könnte. „Und du hast dieses Haus." Sie sah sich um und bemerkte erst jetzt das schlichte, aber teure Mobiliar und einen zweiten Flügel, noch größer als der in Liz' Apartment in New York. „Das ist doch auch etwas."

Liz winkte ungeduldig ab. „Alles materielle Dinge. Daraus mache ich mir nichts. Jude, ja, dem war so was wichtig, aber mir nicht. Ich habe nur um dieses Haus gekämpft, weil ich ihm für all die Kränkungen etwas nehmen wollte, woran er hing. Aber es ist mir völlig egal. Ich habe mir immer nur eine Familie gewünscht, Kinder und einen Mann, der mich wirklich liebt. Ich wollte das kleine Haus im Vorort mit weißem Zaun und Kombi in der Garage und dem Kinderplanschbecken im Garten. Das hätte mir gereicht."

Sobald Liz den Blick abwandte, sah Abbie sich verstohlen um. Sie suchte nach einer Waffe oder irgendetwas, das sie gegen die Stiefschwester einsetzen konnte. Im Moment schien nur die Vase auf dem Flügel geeignet, obwohl sie nicht einzuschätzen wagte, ob sie damit viel Schaden anrichten konnte oder vorher getötet wurde.

„Ich habe versucht, dich in unsere Familie einzubeziehen, aber du wolltest nichts mit uns zu tun haben."

„Du hast mir einen Knochen hingeworfen. Wie großzügig."

Ich muss die Waffe an mich bringen, dachte Abbie, das ist meine einzige Chance. „Was willst du von mir?" fragte sie ruhig.

Liz ließ beide Hände zwischen den Beinen hinabbaumeln und beugte sich vor. Ihre Augen glänzten beinah fiebrig. „Ich will, dass du denselben Schmerz empfindest wie ich, als mein Baby starb. Du sollst die entsetzliche Verzweiflung und die Hoffnungslosigkeit kennen lernen, wenn du daliegst und der Tod dein Kind holt."

Abbies Herz hämmerte beinahe schmerzhaft in der Brust. Liz war geistesgestört. Die Rache, die sie sich für sie und Ben ausgedacht hatte, war rücksichtslos und bösartig geplant worden.

Liz würde jetzt keinen Fehler mehr machen, es sei denn, sie könnte sie zu einem verleiten.

„Was hast du mit uns vor?"

Die unerwartete Antwort erschütterte Abbie zutiefst. „Ich werde die Ereignisse jener Nacht vor achtundzwanzig Jahren nachstellen und dieses Haus anzünden, mit dir und Ben darin. Wie oft habe ich mich gefragt, warum ich dieses Haus behalten habe, wo mich doch alles hier an diesen Bastard erinnert. Jetzt weiß ich es." Sie lächelte genüsslich. „Ich habe es für dich aufbewahrt, meine Liebe."

Abbie hatte das Gefühl, als ob der Boden unter ihr nachgeben würde. „Du willst uns lebend verbrennen?"

„Bingo." Liz nahm die Fernbedienung auf, und Abbie hörte ein Klicken. Die Tür hinter ihr hatte sich verriegelt. Liz lächelte teuflisch. „Clever, was? Tod durch Feuer. Rache ist wirklich süß."

„Du bist verrückt."

„Vielleicht. Wahrscheinlich hatte deine Mutter doch Recht. Ich hätte mir Hilfe holen sollen." Sie zuckte die Achseln. „Aber darüber müssen wir uns nun keine Gedanken mehr machen."

Abbie unternahm noch einen Versuch, sie umzustimmen. „Warum tust du das, Liz? Ben und ich, wir sind nicht schuld ..."

„Ach, hör auf zu winseln. Kapierst du es immer noch nicht? Wenn du nicht gewesen wärst, hätte deine Mutter nicht zuerst dich gerettet, sondern mich, und mein Baby hätte überlebt. Deine Schuld ist, dass du geboren wurdest. Du bist schuldig, alle Möglichkeiten gehabt zu haben, die ich nicht hatte. Du bist schuldig, alles zu sein, was ich je sein wollte und verdient hätte zu sein."

Zentimeterweise schob sich Abbie unauffällig näher zum Flügel und damit zu dem Tisch, auf dem ihre Waffe lag. Sie versuchte, ihre Chancen abzuschätzen, Liz zu überwältigen, vorausgesetzt, sie wurde nicht gleich durch eine Kugel gestoppt. Sie waren etwa gleich groß, obwohl ihre Stiefschwester ungefähr zehn Pfund schwerer war als sie selbst. Dass sie Kurse in Selbstverteidigung genommen hatte, könnte ihr jetzt zugute kommen. Doch vorher musste Liz entwaffnet werden.

„Damit kommst du nicht durch." Abbie schob sich noch ein Stück näher. „John Ryan wird herausfinden, wem dieses Haus gehört, und dich jagen. Willst du wirklich kriminell werden wie dein Bruder und den Rest deines Lebens im Gefängnis verbringen?"

Herablassend lächelte Liz sie an. „Ach Abbie, für eine erfolgreiche Geschäftsfrau bist du nicht besonders helle, was? Ich habe nicht vor, mit irgendetwas durchzukommen, und ich bin bestimmt nicht der Typ, vierzig oder fünfzig Jahre im Gefängnis zu verbringen. Ich werde hier bei dir sein und mir meinen feurigen Weg in die Hölle verschaffen, genau wie dir und Ben."

Das eisige Gefühl in Abbies Magengrube breitete sich nun im ganzen Körper aus. Mord und Selbstmord. Das hatte Liz die ganze Zeit geplant. Ihre Hoffnung, sie umstimmen zu können, erstarb. Einer Frau, die nicht mehr leben wollte, hatte sie nichts anzubieten. „Warum willst du sterben?“

Liz standen Tränen in den Augen. „Weil ich allein und unglücklich und hoffnungslos verkorkst bin. Weil ich es leid bin, mich täglich nach etwas zu sehnen, das ich nicht haben kann. Weil ich es satt habe, Mitleid oder sogar Abscheu zu wecken, wenn jemand mich ansieht. Und weil ich einfach lebensmüde bin, Abbie.“

Sie griff unter den Sessel und holte einen Butananzünder mit langem Hebel hervor. Mit ausdruckslosem Gesicht betätigte sie ihn ein paar Mal und sah zu, wie die Flamme an- und ausging. Ein grausames Lächeln umspielte ihre Mundwinkel.

„Hast du noch einen letzten Wunsch, Abbie?“

45. KAPITEL

John, Tina und die zwei Beamten vom Einsatzteam waren sicher auf dem Big Sky Flugfeld gelandet und begannen nun, den steilen Berg hinaufzusteigen.

Der Pfad, den Spencer auf der Karte gezeigt hatte, bestand nicht mehr. Ohne unnötig Zeit mit der Suche danach zu vergeuden, hatten sie sich für einen anderen Aufstieg entschieden und hofften, dass niemand aus einem der vielen Fenster auf dieser Seite des Hauses blicken würde.

Alle vier trugen kugelsichere Westen, und die Männer, alles Scharfschützen, zusätzlich M-16-Gewehre. Tina hielt sich lieber an ihre vertraute 9mm Smith & Wesson. Obwohl heller Sonnenschein durch die Bäume fiel, war die Temperatur in dieser Höhe gute fünfzehn Grad niedriger als im Tal, was ihnen den Aufstieg erleichterte.

Bei einem raschen Aufklärungsflug über das Haus vorhin hatten sie den Oldsmobile entdeckt. Demnach war Abbie hier. Der Acura war allerdings nicht zu sehen. Da Abbie nicht an ihr Handy ging, hatte John über Funk bei den Behörden von Pennsylvania angefragt, wem das Haus gehörte, und Informationen über den Besitzer erbeten. Auf die Antwort wartete er noch.

Tina blieb hinter ihm stehen, um Atem zu schöpfen. John drehte sich um.

„Alles in Ordnung?"

„Alles bestens." Sie kletterte weiter, zu stolz zum Jammern. John tat es ihr gleich und schwieg, um Energie zu sparen.

Seit der Abfahrt aus Princeton kreisten seine Gedanken um Abbie. Zwar war er sauer, dass sie ihn nicht informiert hatte, ehe sie losfuhr, doch er hatte auch Verständnis für sie. Sie war Mutter und hatte reagiert wie eine Mutter, indem sie ihrem Kind blindlings zu Hilfe eilte.

Er versuchte, sich das Undenkbare nicht vorzustellen: dass Abbie einem Wahnsinnigen in die Hände gefallen war, der sie und ihren Sohn töten wollte. Seine Gefühle für Abbie, die plötzlich erwacht waren und seine Einstellung zu Frauen verändert hatten, musste er beiseite lassen. Jetzt war nur noch wichtig, Abbie und Ben lebend aus diesem Haus zu holen.

Sein Handy klingelte, und drei Augenpaare richteten sich auf ihn. John klopfte auf der Suche nach dem Gerät seine Brust ab, fand es in der Tasche und nahm den Anruf beim dritten Klingelzeichen entgegen. „John Ryan."

„Detective Ryan, hier ist Lieutenant Bernard vom Tannersville P.D. Sie haben vor einer Weile wegen des Hauses an der Evergreen Road angerufen."

„Ja. Wissen Sie, wem es gehört?"

„Sicher. Es gehört Elizabeth Tilly. Es war Teil der Scheidungsabfindung von Rockstar Jude Tilly."

Liz! Heiliger Strohsack!

„Ich hoffe, das hilft Ihnen, Detective."

„Und wie. Danke, Lieutenant."

Seine drei Begleiter beobachteten ihn immer noch. „Das Haus gehört Liz Tilly", sagte er und klappte das Handy zu.

Tina riss die Augen auf. „McGregors Schwester? Die Frau, die du in New York besucht hast? Die hat Ben gekidnappt?"

„Offenbar."

Von neuer Energie beseelt, eilten die vier die restlichen Meter hinauf.

Liz sprang aus dem Sessel auf. „Was war das?"

„Ich habe nichts gehört", log Abbie rasch, um sie zu beschwichtigen. Sie hatte ein dumpfes Geräusch vernommen, das sie nicht identifizieren konnte. Da draußen war jemand.

Liz stopfte sich den Butananzünder in den Taillenbund. „An die Wand!" befahl sie. „Sofort!"

Abbie presste sich gegen die Wand und suchte verzweifelt nach einer Möglichkeit, diese unerwartete Situation für sich auszunutzen.

Liz, die nun gar nicht mehr ruhig und gelassen war, lief von Fenster zu Fenster, spähte hinaus und brabbelte vor sich hin, ließ Abbie jedoch nie lange genug aus den Augen, dass sie etwas hätte unternehmen können.

„Gibt es hier wilde Tiere? Vielleicht hast du ein Tier gehört." Während Abbie redete, blickte sie immer wieder zu der PPK auf dem Tisch. Wenn ich sie doch nur unbeobachtet an mich nehmen könnte.

Liz hielt eine Fernbedienung in Richtung eines Monitors, den Abbie bisher nicht bemerkt hatte. Kurz darauf erschien ein Teil des Außenbereiches auf dem Bildschirm. Dort schien nichts Verdächtiges zu sein, bis Liz einen zweiten Monitor aktivierte. Abbie sah vier bewaffnete Leute, eine Frau und drei Männer, die rasch den Berghang heraufstiegen.

Mit wutverzerrtem Gesicht sagte Liz: „Du hast die Bullen mitgebracht!"

Abbie versuchte, die Waffe nicht anzusehen, die auf ihren Bauch zielte. „Nein, habe ich nicht. Das schwöre ich dir."

„Hast du wohl. Das ist John Ryan da draußen!“ schrie Liz und deutete zum Monitor.

Abbie sah wie im Fieber zum Bildschirm. Ihre Stiefschwester hatte Recht. Draußen waren John und Tina Wrightfield. Man hatte sie gefunden!

„Ich habe denen nichts gesagt, Liz, das schwöre ich!“ beteuerte sie laut und hoffte, dass die anderen sie hören konnten. „Du musst mir glauben, Liz. Ich bin sofort losgefahren, nach dem Gespräch mit dir.“

„Halt die Klappe!“

Während die vier rasch vorankamen, holte Liz einen roten Kanister hinter ihrem Sessel hervor und schraubte die Kappe ab.

„Oh Gott, Liz! Nein!“

„Du glaubst doch nicht, dass die Ankunft deines Freundes etwas ändert, hm?“ Sie warf ihr einen harten, zynischen Blick zu. „Du wirst trotzdem zusehen, wie dein Sohn stirbt, Abbie. Das verspreche ich dir. Wir müssen uns nur ein wenig mehr beeilen, als ich dachte.“

Sie begann, im Zimmer umherzugehen und alles mit Benzin zu tränken – Sessel, Teppiche, Tische –, bis auch der letzte Tropfen vergossen war.

Abbie war wie im Fieber. Sie musste etwas tun, denn sie konnte nicht zulassen, dass diese Irre sie lebendig verbrannte. Sie trat einen Schritt vor.

Der Knall eines Schusses explodierte in ihrem Ohr. Abbie schrie auf und packte ihren linken Arm, durch den ein feurig heißer Schmerz hinaufschoss. Sie war getroffen, Liz hatte sie angeschossen.

„Noch so eine dumme Bewegung, und ich schieße dir eine Kugel in den anderen Arm. Aber ich werde dich nicht töten, falls du darauf hoffst." Sie wedelte mit der Waffe herum. „Zurück an die Wand!"

Abbie brauchte kein schauspielerisches Talent, um stöhnend die Verletzte zu spielen. Blut hatte ihren Ärmel durchtränkt und ließ die Wunde gefährlicher aussehen, als sie vielleicht war. Gut. Abbie spekulierte darauf, dass Liz sie für schwer verletzt hielt.

Ihr Arm schmerzte entsetzlich, doch sie konnte ihn bewegen. Und sie konnte ihre Finger benutzen, was bedeutete, dass kein Nerv getroffen war.

„Mein Arm." Die Augen geschlossen, wiegte sie sich vor und zurück. „Ich fühle nichts. Ich kann meinen Arm nicht mehr spüren!"

Liz lief umher und überprüfte alle Schlösser. „Halt verdammt noch mal die Klappe! Du störst mich beim Denken."

„Ich blute", sagte Abbie mit betont schwacher Stimme.

„Heilige Scheiße!"

Draußen liefen jetzt schwere Schritte über das Dach. „Polizei!" rief jemand. „Öffnen Sie!"

Liz stieß einen kleinen, frustrierten Schrei aus, riss den Anzünder aus dem Taillenbund und ließ Abbie dabei für wenige Sekunden aus den Augen. Das reichte ihr, um sich die Waffe zu schnappen.

Kniend packte sie die Pistole mit beiden Händen und presste die Zähne zusammen, um den Schmerz zu unterdrücken. „Liz!"

Der scharfe Ton ließ ihre Stiefschwester aufblicken. „Du Schlampe!" zischte sie.

Liz hob die Glock und drückte den Abzug den Bruchteil einer Sekunde später als Abbie den ihren.

Einen Moment stand Liz nur da, in einer Hand die Waffe, in der anderen den Anzünder. Sie sah schockiert aus. Wäre da nicht das kleine schwarze Loch mitten auf der Stirn gewesen, hätte Abbie bezweifelt, dass sie Liz getroffen hatte.

Einen Sekundenbruchteil später fielen Liz' Arme am Körper hinab. Waffe und Anzünder entglitten ihren Händen. Sie sackte auf die Knie, wie eine Frau im Gebet, ehe sie, mit dem Gesicht nach unten, auf den Boden fiel.

Abbie hörte Gewehrschüsse und berstendes Glas. Mit einem erstickten Schluchzen krabbelte sie zum Tisch und nahm die Fernbedienung. Ben! Sie musste zu Ben!

Lautes, heftiges Pochen erschütterte die Tür. „Abbie, bist du da drin? Abbie, antworte mir!"

„John! Ich bin hier!" Warum konnte sie nicht lauter sprechen? Weshalb fand sie nicht die Kraft aufzustehen? Was war los mit ihr? „Ich bin hier", flüsterte sie.

„Geh weg von der Tür!"

Weitere Schüsse hallten ihr in den Ohren, dann stürmte John herein, gefolgt von Tina.

„Großer Gott!" Er lief zu Abbie und nahm vorsichtig ihren Arm. „Du hast einen Schuss abgekriegt!"

„Mein Gott, John", hörte sie Tina sagen. „Sie verliert eine Menge Blut."

„Ich weiß." Er riss ihr den Ärmel auf, um die Wunde freizulegen. „Ruf das Krankenhaus in Tannersville an. Sag ihnen, wir bringen jemanden mit einer Schussverletzung. Es könnte ernst sein."

„John ..." Abbie gab ihm die Fernbedienung und deutete auf die Paneele hinter ihm. „Ben ... ist da ..."

Die Lider wurden ihr schwer, und sie musste sich anstrengen, die Augen offen zu halten. „Muss ihn holen. Muss Ben holen."

Tina nahm ihr die Fernbedienung ab. „Ich mache das, Abbie. Bleiben Sie ruhig."

Abbie nahm noch vage zur Kenntnis, dass John sein Hemd auszog und es ihr fest um den Arm wickelte. „Ben ... ich muss Ben sehen."

„Pst." John hielt sie, als zwei weitere Männer mit einem Erste-Hilfe-Kasten hereinkamen. „Mit Ben wird alles gut. Nicht reden, Darling. Um Himmels willen nicht reden."

Sie versuchte, wach zu bleiben. Doch Finsternis hüllte sie allmählich ein, löschte Geräusche und Licht und nahm ihr die Willenskraft.

Seufzend gab sie sich der Dunkelheit hin.

46. KAPITEL

Als Abbie erwachte, saß Ben auf ihrer Bettkante und hielt ihr die Hand. Er sah besorgt aus, war aber unverletzt.

Sie fühlte sich erschöpft und erinnerte sich schwach, dass ihr eine Schwester ein Sedativum gegeben hatte. Wann war das gewesen? Gestern? Vorgestern? Allmählich begann sich ihr benebeltes Hirn jedoch zu erinnern. Die Fahrt nach Tannersville, die Konfrontation mit Liz. Die Schießerei.

Sie blickte auf ihren bandagierten Arm in der Schlinge hinab. „Ben“, sagte sie leise. *Danke, Gott.*

Der Druck an ihrer Hand wurde fester. „Hallo, Mom.“

„Wo bin ich?“

„Memorial Hospital in Tannersville. Das ist in den Poconos. Du hast viel Blut verloren, aber die Ärzte sagen, du bist bald wieder okay.“

„Was ist mit dir?“ Mit der unverletzten Hand langte sie nach dem geliebten Gesicht und streichelte es. „Alles in Ordnung?“

„Ja, alles in Ordnung. Mr. Ryan und Claudia haben sich um mich gekümmert. Sie warten draußen, bis sie hereinkommen dürfen.“

„Wie lange bin ich schon hier?“

„Seit gestern Nachmittag. Ich durfte heute Nacht hier bleiben. Zuerst wollten die nicht, aber Mr. Ryan hat mit dem Chefarzt gesprochen, und dann haben sie mir ein Bett gegeben.“ Er deutete hinter sich. „Gleich da neben dir.“

Abbie schloss die Augen. „Erzähl mir, wie das war mit dir und Liz.“

„Mr. Ryan sagte, ich sollte noch warten.“

„Ich möchte es jetzt hören, Ben. Von dir.“

Er nickte mit ernstem Gesicht. „Ich weiß, ich hätte nicht mit Liz mitgehen sollen. Ich hätte daran denken müssen, dass nur drei Leute die Erlaubnis haben, mich von der Schule abzuholen. Du, Claudia und Brady. Aber da sie deinen Wagen fuhr und mir sagte, ich solle schnell einsteigen, habe ich nicht nachgedacht, Mom, und es einfach getan."

Natürlich. Schließlich hatten sie Liz gerade in New York besucht und mit ihr gefrühstückt. Hatte sie nicht sogar versprochen, ihn zu besuchen?

„Als ich im Auto war", fuhr Ben fort, „wurde sie auf einmal ganz komisch. Und dann hat sie mir ein grässlich riechendes Taschentuch aufs Gesicht gedrückt. Ich war wohl bewusstlos. Irgendwann bin ich wieder wach geworden und war in dem Raum, ganz allein. Ich habe gegen die Tür und die Fenster geschlagen, aber die waren verschlossen, und keiner hat mich gehört."

„Hat sie dir was zu essen gegeben?"

„Nur etwas Brot und kalten Aufschnitt."

„Hat sie dir wehgetan?"

Nachdrücklich schüttelte er den Kopf. „Ich habe sie nur einmal gesehen, als sie das Essen gebracht hat, aber sie hat nicht gesprochen. Sie hat nur das Tablett auf den Tisch gestellt und ist gegangen." Den Blick gesenkt, fügte er hinzu: „Ich hatte Angst, Mom. Ich dachte, Liz würde mich in dem Zimmer sterben lassen und niemand würde mich finden."

„Komm her." Er kuschelte sich an sie, und sie drückte ihn mit dem gesunden Arm. „Es ist keine Schande, Angst zu haben, Sportsfreund. Ich hatte auch Angst."

„Mr. Ryan will mir nicht sagen, was passiert ist, als du ins Haus gekommen bist. Er sagte, wir beide sollten später darüber sprechen, aber ..." Besorgt fragte er: „Wie bist du angeschossen worden, Mom? Hat Liz das gemacht?"

Zumindest nannte er sie nicht mehr Tante Liz. „Ich erzähle dir alles, wenn ich mich ein bisschen kräftiger fühle, ja? Im Moment möchte ich dich nur festhalten."

Eng umschlungen fanden John und Claudia sie vor, als sie ein paar Minuten später eintraten.

„Hallo, Schlafmütze." Claudia kam zu Abbie ans Bett und küsste sie auf die Stirn. „Wurde auch langsam Zeit, dass du aufwachst."

„Du bist ekelhaft munter", beschwerte Abbie sich leise.

„Das könnte an der frischen Bergluft liegen. Apropos frische Bergluft", fügte sie hinzu und wandte sich an Ben. „Ich bin am Verhungern. Wir zwei sollten zum Frühstück in die Cafeteria gehen. Wie ich höre, machen die hier ein ziemlich gutes Omelette."

„Ich hätte lieber Pfannkuchen."

„Bekommst du, Kumpel. Gehen wir."

John wartete, bis sie fort waren, ehe er sich auf den Stuhl neben Abbies Bett setzte. „Wie fühlst du dich?"

„Als wäre ich ungefähr neunzig."

„Nützt es dir irgendwie, wenn ich versichere, dass du keinen Tag älter als zwanzig aussiehst?"

„Nur, wenn du es ehrlich meinst."

„Ich meine es ehrlich. Du bist wunderschön und lebendig." Er nahm ihre Hand und führte sie an die Lippen. „Du hast mir einen Heidenschrecken eingejagt, Lady."

„Hast du auch die Nacht hier verbracht?"

„Allerdings." Er deutete mit dem Daumen zur Tür. „Leider fehlt mir Bens Charme, deshalb bekam ich lediglich die Erlaubnis, auf einem der Stühle vor deinem Zimmer zu kampieren. Claudia leistete mir Gesellschaft. Wusstest du, dass sie beim Pokern schummelt?“

Abbie lächelte. „Wie viel hat sie dir abgeknöpft?“

„Fünfundvierzig Mäuse.“

„Da hast du aber Glück gehabt.“

Er küsste ihr noch einmal die Fingerspitzen. „Als ich dich halb bewusstlos und stark blutend fand, dachte ich fast, du würdest es nicht schaffen. Und es ging mir durch den Sinn, dass ich als Polizist eigentlich darauf trainiert bin, Menschen zu beschützen und Leben zu retten. Doch ich konnte nichts für die Frau tun, die ich liebe.“

Die Frau, die ich liebe.

Sie wollte die Liebeserklärung erwidern, doch die Lider wurden ihr wieder schwer, und sie bekam vor Müdigkeit kein Wort heraus. Daher lag sie nur töricht lächelnd da und genoss das unerwartete Geständnis.

Er redete immer noch, als sie einschlummerte.

46. KAPITEL

Eine Woche später

Wie nicht anders zu erwarten, hatte Jordan sich auf die Chance, bei seinem Vater einzuziehen, geradezu gestürzt. Dank Percy, der alle Vorkehrungen getroffen hatte, verlief der Umzug von einem Haushalt in den anderen schnell und reibungslos. Zunächst hatte John befürchtet, sein Stadthaus sei zu klein für zwei Männer und einen lebhaften Jungen, um jedem noch die gewohnte Privatsphäre zu garantieren. Aber bei drei Schlafzimmern, zwei Bädern und Johns Arbeitszimmer, das er Percy als Büro aufdrängte, war das Raumproblem bald gelöst.

Clarice rief jeden Nachmittag an, und in den fünf Tagen seit dem Umzug war sie bereits zwei Mal da gewesen, um sich zu vergewissern, dass die Lebensumstände ihres Sohnes akzeptabel waren. Doch selbst ihr kritischer Blick konnte nichts entdecken, das zur Missbilligung Anlass hätte geben können. Zum ersten Mal seit zwei Jahren war Johns Haus tadellos sauber, aufgeräumt und der Kühlschrank gefüllt.

„Dad?“ Jordan stand mit Baseballschläger und Fanghandschuh vor ihm. „Ist es schon Zeit, zu Miss DiAngelo zu fahren?“

„Erst in einer Viertelstunde. Sie erwartet uns gegen zwei.“

„Sie hätte nichts dagegen, wenn wir früher kommen.“

John lächelte über die Ungeduld des Jungen, obwohl er selbst kaum geduldiger war. Außer im Krankenhaus und beim Gang zur Staatsanwaltschaft, auf dem er Abbie begleitet hatte, als sie ihre Aussage machen musste, hatte er sie in den letzten Tagen kaum zu Gesicht bekommen. Er war mit Jordans Umzug und dem Abschluss des McGregor-Falles beschäftigt gewesen. Und Abbie hatte die Zeit der Erholung hauptsächlich genutzt, um mit Ben zusammen zu sein. Mit ihrer Einladung heute wollte sie sich bei allen Freunden für den Beistand bedanken, den sie in den letzten schwierigen Wochen erhalten hatte.

„Weißt du“, sagte John und blickte auf die drei Kisten mit der Aufschrift Bücher, „die nächste Viertelstunde vergeht viel schneller, wenn du dich beschäftigst.“

„Was soll ich tun?“

„Du könntest damit anfangen, die Kisten in dein Zimmer zu bringen und auszupacken.“

„Aber Percy will das machen, wenn er von Großvater zurück ist.“

Typisch Kind, hatte Jordan sich sofort daran gewöhnt, dass ihm Arbeit abgenommen wurde. „Percy kann nicht alles für dich erledigen. Wir haben doch darüber gesprochen, oder nicht?“

Der Junge schwang den Kopf in dieser für ihn typischen Bewegung hin und her, die seine missbilligende Zustimmung ausdrücken sollte, nahm eine Kiste und trug sie die Treppe hinauf. Dabei stampfte er gerade laut genug auf, um seinem Vater seinen Unmut zu zeigen.

Da John die Situation nicht eskalieren lassen wollte, folgte er Jordan, blieb im Türrahmen stehen und sah zu, wie der Junge seine Bücher in das neue Regal stellte.

„Es tut dir doch nicht Leid, dass du hier eingezogen bist, hm?“

Jordan fuhr herum. „Nee, überhaupt nicht, Dad. Ich bin

gern bei dir, und ich finde es toll, dass wir uns jetzt jeden Tag sehen." Er grinste. „Und Männerkram machen."

„Ich freue mich auch. Und ich bin sicher, dass wir eine gute Zeit miteinander haben werden. Trotzdem musst du gewisse Arbeiten im Haus übernehmen, genau wie bei deiner Mom."

Jordan nickte.

„Was Percy betrifft, so hat er uns einen riesigen Gefallen getan, dass er hier eingezogen ist. Andernfalls hätte deine Mom nie zugestimmt, dass du zu mir kommst."

„Das weiß ich."

„Dann verstehst du auch, warum er nicht wie ein Dienstbote behandelt werden darf."

„Das wollte ich auch nicht, Dad. Aber Percy will mir dauernd Arbeiten abnehmen."

Das stimmte. John erinnerte sich, dass er als Kind selbst Nutzen aus der Umsicht des Butlers gezogen hatte, bis ihm sein Vater dieselbe Predigt gehalten hatte, die er nun Jordan hielt. „Dann werde ich wohl noch mal mit ihm reden müssen."

Als Jordan das letzte Buch aus der Kiste nahm, sah John auf die Uhr. „Na bitte, Zeit zu gehen."

Nachdem die Ärzte Abbie noch eine Nacht im Tannersville Memorial behalten hatten, war sie als geheilt entlassen worden. Die Kugel hatte den Arm durchschlagen, was zu größerem Blutverlust geführt hatte, ohne dass jedoch Nerven oder größere Muskeln beschädigt worden waren. Sobald die Wunde geheilt war, würde der Arm wieder normal zu benutzen sein.

Trotz John an ihrer Seite war Abbie bei ihrer Aussage

im Büro der Staatsanwältin von Tannersville ziemlich nervös gewesen. Sandra Zolov verzichtete auf Anklageerhebung gegen sie und akzeptierte Abbies Darstellung, Liz Tilly in Notwehr getötet zu haben. John erklärte ihr später, dass die Staatsanwaltschaft durchaus die Möglichkeit gehabt hätte, sie wegen Totschlags zu belangen. Aber in einem Wahljahr und aufgrund der besonderen Umstände des Falles hielt Sandra Zolov es für angeraten, Abbie gehen zu lassen.

Bei der Heimkehr hatte Abbies Exmann bereits auf sie gewartet. Vater und Sohn verbrachten einen ganzen Tag miteinander und holten verlorene Zeit nach. Als er sich verabschiedete, versprach Jack, häufiger zu kommen. Abbie wusste nicht, ob er sein Wort halten würde, doch Ben schien daran zu glauben, und das war vorerst genug.

Wie Abbie erfuhr, war die Staatsanwaltschaft von Princeton sehr beschäftigt. Nicht nur mit dem Fall Garcia – Arturo würde wegen Mordes an Ian vor Gericht kommen –, sondern auch mit einer absonderlichen Entwicklung – der Verhaftung von Professor Oliver Gilroy.

Unzufrieden mit seinem wenig aufschlussreichen Gespräch mit dem Professor, hatte John Kontakt zu Scotland Yard aufgenommen und erfahren, dass Gilroy 1987 von einem zwölfjährigen Nachbarjungen der Belästigung bezichtigt worden war. Der Junge hatte später seine Anschuldigung widerrufen und erklärt, er sei nur wütend auf den Professor gewesen, weil der ihm während der Sammeltour der Pfadfinder keine Dose Vanillekekse abkaufen wollte.

Auch wenn die Anklage daraufhin fallen gelassen wurde und der Junge sich öffentlich entschuldigte, wurde der Professor mit den Worten zitiert, sein Ruf sei irreparabel ruiniert. Ein halbes Jahr später ließ sich seine Frau überraschenderweise nach achtzehn Ehejahren von ihm scheiden.

Obwohl man Gilroy nicht aufforderte, seinen Lehrerposten am Middlesex College aufzugeben, fühlte er sich nicht mehr wohl dort. Kurz nachdem er seine Kündigung eingereicht hatte, bemühte er sich um ein Visum für die Staaten und zog um.

Bei der Durchsuchung von Gilroys hiesigem Haus wurde ein verschlossener Raum gefunden, dessen eine Wand fast vollständig mit Schnappschüssen kleiner, von ihm selbst fotografierter Jungen bedeckt war. Einige mit ihrem Wissen, andere offenbar ohne. Darunter waren auch Eric Sommers und die anderen beiden ermordeten Jungen sowie Jordan und Ben.

Auf dem oberen Regal in seinem Schrank entdeckte die Polizei kinderpornografische Schriften und noch etwas Interessantes – einen Hut und einen cremefarbenen Fedora, von dem Gilroy behauptete, ihn seit Jahren nicht getragen zu haben.

Auch nach seiner Festnahme weigerte er sich, die Vergewaltigung und Ermordung der drei Jungen aus New Jersey zu gestehen. Er beharrte, die Fotos seien nichts weiter als eine harmlose Zuneigung zu den Jungen, die seine Leidenschaft für Eisenbahnen teilten. Im Hinblick auf das pornografische Material behauptete er, keine Ahnung zu haben, wie es dahin gelangt sei. Es gehöre nicht ihm. Da er die Zusammenarbeit verweigerte, hatte Captain Farwell Tina zu weiteren Nachforschungen nach England geschickt.

Es war ein strahlender Sonntagnachmittag, und zum ersten Mal seit über einer Woche fühlte Abbie sich wieder richtig wohl. John war mit Jordan gekommen, und die beiden Jungen lachten und tobten bereits im Pool, als hätte es die Ereignisse der letzten Woche nicht gegeben.

Abbie, John, Claudia, Rose und Brady saßen auf der Terrasse vor den Resten von Irenes Erdbeer-Käsekuchen. Ihre Mutter war vorhin kurz vorbeigekommen, um ihn persönlich abzugeben, hatte jedoch nicht bleiben wollen. Abbie hatte sie nicht gedrängt, da sie wusste, wie unbehaglich Irene sich inmitten vieler Menschen fühlte. An der Tür hatte Irene ihr jedoch überraschend zugeflüstert: „Dieser Detective Ryan gefällt mir sehr. Er ist genau so, wie Claudia ihn beschrieben hat."

Abbie wurde aus ihren Gedanken gerissen, da Rose eine Frage an John stellte. „Und was passiert jetzt? Mit dem Professor, meine ich."

„Das hängt davon ab, was Tina in England herausfindet."

Brady nahm sich noch eine Tasse Kaffee. „Wird sie mit Gilroys Exfrau sprechen?"

„Ja, und mit Peter Brice, dem Jungen – inzwischen ist er ein Mann –, der vor sechzehn Jahren die Anschuldigungen gegen Gilroy vorgebracht hat. Wir müssen Gilroy irgendwie knacken. Mit den Aussagen von Brice gelingt uns das hoffentlich."

„Aber wenn Sie genug für eine Anklage haben", sagte Claudia, „reicht es dann nicht auch für eine Verurteilung aus, ob mit oder ohne Geständnis?"

„Ich wünschte, es wäre so. Die Beweise gegen ihn sind leider nur Indizien. Wir können ihn anklagen und einen starken Fall vor Gericht aufbauen, aber ob wir damit eine Verurteilung erhalten, ist fraglich. Wir hoffen, dass wir in

England so Belastendes erfahren, dass Gilroy sich schuldig bekennt, als Gegenleistung für eine mildere Strafe – lebenslänglich anstelle der Todesstrafe –, und dem Land die Kosten eines Gerichtsverfahrens erspart."

„Und was ist mit diesem niedlichen Jungen, Tony Garcia?" fragte Claudia mit Unschuldsmiene. „Gibt es eine Chance, dass die ihn laufen lassen?"

Brady lachte lauthals. „Hier kommt Bräutigam Nummer vier. Die Braut, die sich nicht traut, schlägt wieder zu!"

Sie schlug ihm auf den Arm. „Hör auf, Brady."

„Wie es aussieht", begann John, „ist Tony ein guter Junge, der versucht hat, seinen Bruder zum Aufgeben zu überreden, was ihm jedoch nicht gelungen ist. Natürlich hat er sich falsch verhalten, indem er einen Mörder schützte, aber ich denke, bei ihm wird man Milde walten lassen, genau wie bei Enrique."

Er sah Abbie an, die während des Gesprächs schweigsam geblieben war. „Du sagst gar nichts. Alles in Ordnung mit dir?"

Abbie blickte auf ihre Armschlinge und streckte die Finger, um sicherzugehen, dass sie funktionierten. „Ich denke gerade an Liz. Ich kann immer noch nicht glauben, wie ich mich von ihr habe hereinlegen lassen. Und was für ein schreckliches Schicksal sie einem Jungen zugedacht hatte, der nur ihre Zuneigung wollte."

„Wir werden nie wissen, was wirklich in ihrem Kopf vor sich gegangen ist", erwiderte John. „Aber es ist nicht ungewöhnlich, dass jemand nach einem schweren Verlust Rachegefühle gegenüber denen empfindet, die er für seinen Verlust verantwortlich macht. Der Hass auf dich und deine Mutter hat vielleicht jahrelang in Liz geschlummert. Vermutlich wäre er nie ausgebrochen, wenn Ian nicht zu ihr gekommen wäre und sie von Irenes Schuld überzeugt hätte."

„Aber als ich ihr auf dem Friedhof gesagt habe, meine Mutter sei nicht verantwortlich für das Feuer, hatte ich den Eindruck, sie glaubt mir."

„Ob oder ob nicht, ist gar nicht wichtig. Sie hat deiner Mutter vor allem vorgeworfen, dass sie dich zuerst gerettet hat. In ihrer Vorstellung war das der Grund, weshalb sie das Baby und danach Glen verlor, schließlich unfruchtbar wurde und dann auch noch Jude Tilly verlor."

Abbie dachte an ihr letztes Gespräch mit Liz und deren Überzeugung, dass ihr Vorhaben im Sinne von Fairness und Rache gerechtfertigt war. „Sie hat zwei Menschen umgebracht", sagte sie leise. „Und nach jeder Tat hat sie weitergelebt, als wäre nichts geschehen."

„Sie war eine kranke Frau, Abbie."

„Und ich habe es ihr auch noch so leicht gemacht. Ich habe sie angerufen und sie praktisch darum gebeten, an unserem Leben teilzunehmen."

„Wenn du den Kontakt nicht hergestellt hättest, hätte sie es gemacht. Nachdem Ian bei ihr gewesen war, stand ihr Plan bereits fest."

Rose nahm Abbies Hand. „Denk nicht mehr darüber nach, okay? Freu dich einfach, dass du und Ben gesund und mun..."

Sie wurden durch ein Sturmläuten an der Tür unterbrochen. Eine aufgeregte Stimme rief: „Abbie! Ich bin es, Sean! Machen Sie auf, schnell!"

Beklommen lief Abbie zur Tür, gefolgt von den anderen, und fragte sich, welche Katastrophe nun wieder über sie hereinbrechen würde.

Sean stand mit hochrotem Gesicht auf der vorderen Veranda, in der Hand ein Blatt Papier. „Ich habe gestern meinen Tennisschläger im Restaurant liegen lassen und musste heute hinfahren, um ihn zu holen. Als ich in den Wirtschaftsraum ging, kam dieses Fax." Strahlend reichte er Abbie das Blatt. „Es ist von Archibald Gunther."

„Die Beurteilung." Brady ließ den Arm vorschnellen und entriss Sean das Blatt. „Oh mein Gott!" sagte er, als er mit einem Blick die Seite überflog. „Allmächtiger!"

„Ist es gut?" fragte Abbie mit Herzklopfen. „Wie gut? Verdammt, Brady, lies vor!"

Brady räusperte sich, hielt das Blatt auf Armlänge von sich, als wolle er die Unabhängigkeitserklärung vorlesen, und begann:

„In den letzten Wochen wurde viel Aufhebens um das Campagne und seine Chefin Abbie DiAngelo gemacht. Wir wissen, dass sie in Frankreich ausgebildet wurde, sich einen Namen im Partyservice machte und – natürlich – letzten Monat den Bocuse d'Or gewann, jenen Preis, der nur an die Allerbesten verliehen wird und den noch nie ein Amerikaner gewann, ganz zu schweigen von einer Amerikanerin.

Neugierig, ob das Gerede gerechtfertigt war, brach ich meine goldene Regel, nichts auf Gerüchte zu geben, und begab mich an einem milden Montagabend auf die Reise nach Princeton, New Jersey.

Wenn Sie genau wie ich der französischen Restaurants mit Edith-Piaf-Balladen im Hintergrund, Postern der Belle Epoque an den Wänden und falschen französischen Akzenten überdrüssig sind, werden Sie das Campagne als erfrischend andersartig empfinden.

Mit seiner klugen Mischung aus bunten Tischtüchern, zurückhaltendem Geschirr, preiswerten Gläsern und tadellosem Service hat das Campagne eine behagliche Landatmosphäre geschaffen, die angenehm fürs Auge und sehr entspannend ist.

Ich begann mein Mahl mit einer bescheidenen ‚Soupe au Pistou', einer der besten, die ich je gegessen habe, obwohl das Gemüse eine Nuance feiner hätte geschnitten sein können. Das Pesto, das manchmal unangenehm überwältigend sein kann, war eine perfekte Kombination aus Basilikum, Knoblauch, Pinienkernen und Olivenöl, zu einer glatten Konsistenz gemixt und leicht unter die Suppe gezogen.

Der zweite Gang war warmer Linsensalat mit ‚Magret de Canard' – dünnen, halbroh gebratenen Entenbrustscheiben – auf einem Berg frischem Friséesalat serviert. Eine bessere Einleitung zum Hauptgericht, einer zarten, nach Thymian duftenden Kalbshachse, langsam auf den Punkt gegart, konnte es nicht geben. Die normannische Version der Hachse, die mir neu war, wurde mit trockenem Cidre, einem Hauch Sahne und Eigelb zum Andicken der Sauce zubereitet. Der dampfende Spargel zum Fleisch schmeckte, als sei er noch am selben Tag auf einem ortsansässigen Bauernhof gestochen worden. Das Kartoffelgratin, außen braun und kross, war innen cremig zart, mit einem Hauch Muskat.

Die vielen anderen delikaten Angebote auf der Speisekarte weckten in mir den Wunsch, mehr bestellt zu haben. Ich hatte jedoch nur noch Platz für ein leichtes, schmackhaftes Dessert aus reifen, roten gerösteten Feigen mit Crème fraîche, das mich immer noch zum Lächeln bringt, wenn ich daran denke.

Auf meine vorherige Frage, ob Chefköchin DiAngelo die ganze Aufregung wert ist, gibt es nur ein nachdrückliches Ja. Es bleibt jetzt abzuwarten, ob dieses exzellente Niveau die nächsten zwanzig, dreißig Jahre gehalten werden kann."

Brady senkte den Arm, als Abbie einen Jubelschrei ausstieß. „Ich sage nie mehr ein hässliches Wort über den Mann", schwor sie und fiel ihrem Souschef um den Hals. „Von jetzt an ist er ein Gott."

„Ich habe ja immer gewusst, dass der Mann einen ausgezeichneten Geschmack hat", bestätigte er, um eine ernste Miene bemüht.

„Lügner. Du hast ihn genauso verabscheut wie wir alle."

„Was war das für eine Bemerkung wegen des Gemüses?" wollte Claudia wissen.

Das fröhliche Geplauder verstummte, als sich zwei Augenpaare auf John richteten. „Du", sagte Abbie und zeigte mit dem Finger auf John. „Du hast das Gemüse geschnitten."

John hob in einer scherzhaften Kapitulationsgeste beide Hände. „Nun mal langsam. Darf ich dich daran erinnern, dass du ziemlich erleichtert warst, als ich eingesprungen bin? Für fast eine Stunde habe ich deine Temperamentsausbrüche, die laut gebrüllten Anweisungen und deine Depressionen ertragen. Und was bekomme ich dafür?"

„Okay, okay", sagte Brady. „Diesmal lassen wir Sie noch vom Haken."

Zur Feier des Tages holte Abbie eine Flasche Dom Pérignon heraus, und die nächste Stunde wurde über das positive Urteil, seine Auswirkungen auf das Restaurant und die beste Möglichkeit, es zu nutzen, diskutiert.

Nachdem alle fort waren, zog John Abbie in eine Ecke der Küche und nahm sie in die Arme. „Endlich allein." Er blickte hinaus zu den Jungen, die hinter dem Pool Fangen spielten. Da die zwei nicht auf sie achteten, küsste er Abbie. Es wurde ein langer, leidenschaftlicher Kuss, den sie mit der Hingabe erwiderte, zu der eine Einarmige fähig war.

„Also, ich hatte mich schon gefragt, wann du endlich dazu kommst", sagte sie, als er sie losließ.

„Ich hätte es schon früher versucht, aber ich bin zu scheu, jemanden vor Publikum zu küssen."

„Wenn das so ist, solltest du die Chance gleich noch mal nutzen." Sie schlang ihm den gesunden Arm um den Hals. „Wir haben einiges nachzuholen."

Als sie sich schließlich voneinander lösten, holte John aus seinem Jackett, das über der Stuhllehne hing, ein flaches, in helles Papier gewickeltes Kästchen. „Ich habe dir etwas mitgebracht."

Sie strahlte. „Ein Geschenk? Zu welchem Anlass?"

„Wegen deiner sicheren Heimkehr. Und ich hatte noch keine Gelegenheit, dir ordentlich zu danken."

Sie löste bereits das Band und riss das hübsche Papier auf. „Danken? Wofür?"

„Für deine Ermutigung. Ohne deine Aufmunterung würde ich mich wohl immer noch mit dem Wunsch begnügen, Jordan bei mir zu haben. Dass der Wunsch in Erfüllung gegangen ist, verdanke ich dir. Du hast mir klargemacht, dass es möglich ist, wenn man es wirklich will."

„Es freut mich, dass für dich und Jordan alles gut geworden ...“ Sie öffnete das Kästchen. „Oh!“

Eine Karte lag darin mit einem Logo, das sie sofort erkannte. Es gehörte zur L’Auberge du Midi in Avignon in Frankreich. Eine Reservierung für ein Dinner zu zweit auf Johns Namen.

Verblüfft blickte Abbie auf. „In der L’Auberge du Midi habe ich meine Lehre gemacht.“

„Ich weiß. Du hast es mir an dem Tag erzählt, als ich mit Jordan hier war. Und ich erinnere mich auch, wie du gesagt hast, dass du gerne noch einmal dorthin möchtest. Nun, Lady, der Tag ist gekommen.“

Fast zu Tränen gerührt zog Abbie die Karte mit der handschriftlichen Reservierungsbestätigung ihres ehemaligen Chefs heraus. Diese Reservierung war das netteste Geschenk, das ihr je ein Mensch gemacht hatte.

„François hat mich vor einigen Tagen angerufen, als er hörte, was hier passiert war“, sagte sie mit nicht ganz fester Stimme. „Er hat nichts hiervon erwähnt.“

„Darum hatte ich ihn gebeten.“

Verwundert lachte sie auf. „Du hast mit François gesprochen, der kein Wort Englisch spricht? Warte, sag nichts. Du sprichst Französisch.“

„*Un peu.*“ Er brachte Daumen und Zeigefinger nah zusammen. „Genug, um mich François verständlich zu machen. Er freut sich übrigens sehr. Er kann es gar nicht erwarten, dich mit seinen Gästen bekannt zu machen, von denen sich einige an dich erinnern.“

„Du steckst voller Überraschungen, Detective Ryan.“

„Das ist noch gar nichts, Chef DiAngelo.“

„Wie hast du François ausfindig gemacht?“

„Brady hat mir geholfen."

Sie lachte. „Der Verschwörer. Warum überrascht mich das nicht?"

„Übrigens habe ich schon mit Percy gesprochen. Er freut sich darauf, wenn Ben ein paar Tage zu Jordan kommt, falls du nichts einzuwenden hast. Ich hätte die Jungs auch mitgenommen ..." Er zog sie an sich. „Aber es sollte eine besondere Zeit nur für uns zwei werden."

Die Vorstellung, in diesem zauberhaften Teil der Welt mit diesem besonderen Mann zusammen zu sein, führte sie sofort zur nächsten Frage. „Wann reisen wir?"

„Am 12. Juli. Da bleibt uns genügend Zeit, mit Ben und Jordan über uns zu reden, damit sie sich an die Vorstellung gewöhnen, dass wir zusammengehören."

Dass wir zusammengehören. Es klang schön.

„Und wie du siehst", fügte er stolz hinzu, „habe ich die Reservierung für den 14. Juli gemacht, den französischen Nationalfeiertag. François sagte, dass es mehrere Feuerwerke vor dem Lokal gibt."

„Ich liebe Feuerwerke."

„Auch das weiß ich." Er drängte sie sacht gegen die Wand, küsste sie erneut und flüsterte nah an ihren Lippen: „Wer weiß? Vielleicht veranstalten wir unser eigenes kleines Feuerwerk."

– ENDE –

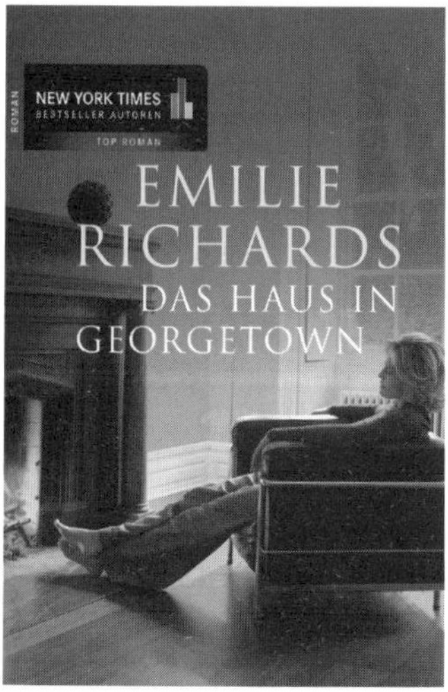

Emilie Richards

Das Haus in Georgetown

Etwas Entsetzliches geschah vor vielen Jahren in dem Haus in der Prospect Street, das Faith nach der Scheidung mit ihren Kindern bezieht ...

Band-Nr. 25053
7,95 € (D)
ISBN 3-89941-068-8

MIRA®

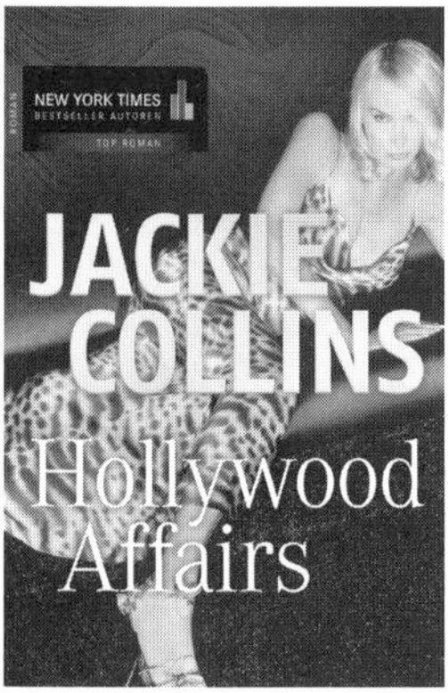

Jackie Collins
Hollywood Affairs
Band-Nr. 25062
7,95 € (D)
ISBN 3-89941-083-1

Jennifer Blake
Der Benedict Clan
„Zwischen Hoffen und Bangen“
Band-Nr. 25070
7,95 € (D)
ISBN 3-89941-092-0

Erica Spindler
Der Tod kommt lautlos
Band-Nr. 25063
7,95 € (D)
ISBN 3-89941-084-X

Sharon Sala
Blutroter Schnee
Band-Nr. 25025
7,95 € (D)
ISBN 3-89941-033-5

Alex Kava
Das Böse
Band-Nr. 25001
7,95 € (D)
ISBN 3-89941-001-7

Alex Kava
Schwarze Seelen
Band-Nr. 25052
7,95 € (D)
ISBN 3-89941-067-X

Alex Kava
Eiskalter Wahnsinn
Band-Nr. 25069
7,95 € (D)
ISBN 3-89941-091-2

Heather Graham
Mord in Miami
Band-Nr. 25071
7,95 € (D)
ISBN 3-89941-093-9